À la merci d'un courant violent

Du même auteur

L'Or de la Terre Promise
Grasset, 1989

HENRY ROTH

À la merci d'un courant violent

Une étoile brille sur Mount Morris Park

Traduit de l'américain par Michel Lederer

OUVRAGE TRADUIT AVEC LE CONCOURS DU CENTRE NATIONAL DU LIVRE

ÉDITIONS DE L'OLIVIER

ISBN 2-87929-063-5

Cet ouvrage est paru chez St-Martin's Press, New York,
sous le titre : *Mercy of a Rude Stream* (*A Star Shines Over Mt. Morris Park*).

à Larry Fox
« Voici ma main,
ami fidèle. »

Comme ces gamins espiègles qui nagent sur des vessies,
Je me suis aventuré depuis nombre d'étés
Sur un océan de gloire,
Où j'ai perdu pied. Mon orgueil gonflé d'air
A fini par crever sous moi, et me laisse maintenant,
Épuisé et vieilli par les labeurs, à la merci
D'un courant violent qui doit m'engloutir à jamais.

Henry VIII, III, 2.

Sans trop oser chicaner Will l'incomparable, je me permets cependant de me demander comment il se fait que ses gamins espiègles sur des vessies, d'abord présentés en train de nager sur un océan de gloire, peuvent ensuite être engloutis par un courant violent — ce qui suggérerait plutôt un torrent qu'un océan, à moins, bien sûr, qu'il ne s'agisse d'un courant marin comme le Gulf Stream, mais on ne peut guère qualifier celui-ci de violent. Le mot « marée » aurait sans doute été plus exact, quoique loin d'être aussi heureux.

Et puis je voudrais faire remarquer que bien qu'il utilise le mot « merci » dans un sens ironique, il n'en est pas de même pour moi. J'ai été, en effet, à la merci d'un courant violent, lequel a eu pitié de moi.

PREMIÈRE PARTIE

CHAPITRE I

C'était le milieu de l'été. Dans son esprit, les trois incidents demeureraient toujours associés de manière plus durable et plus profonde que tout ce qui devait survenir au cours de l'été de cette année 1914, son premier à Harlem. Il était par ailleurs étonnant que l'arrivée de la famille de Ma, l'emménagement à Harlem et le sinistre été de 1914 eussent coïncidé — comme si toute sa personne et son comportement avaient été ébranlés par la force de l'histoire sous le déguisement du simple avènement de nouveaux parents. Des milliers de fois, il devait se dire en vain : si seulement ça s'était passé quelques années plus tard. Tout le reste aurait pu être pareil, la guerre, la nouvelle famille ; si seulement il avait eu quelques années de plus, habité un peu plus longtemps le Lower East Side, jusqu'à sa bar-mitsva, mettons...

On était en août [Ecclesias, *or m'aiutate*], et les deux crieurs de journaux surgirent dans la 115e Rue, hurlant les gros titres en yiddish d'une voix discordante et confuse. Chacun portait en bandoulière une quantité impressionnante de journaux yiddish pliés en accordéon, et hurlait : « *Wuxtra! Wuxtra!* Sensationnel ! *Milkhome!* », suivi d'un flot de mauvais yiddish. Le petit Ira — il avait huit ans — venait juste d'entrer dans la salle à manger où ses grands-parents, assis près de la fenêtre à l'ombre des stores, profitaient d'un souffle d'air frais. Comme eux, son attention fut attirée par les cris qui montaient de la rue, et il regarda pour en connaître la cause. Le soleil tapait sur le trottoir brûlant et faisait miroiter le macadam. Le calme et la léthargie qui régnaient une minute auparavant étaient maintenant troublés par les deux hommes qui, écarlates, braillaient un charabia rauque d'où émergeait un seul mot compréhensible, répété à l'envi : « *Milkhome! Milkhome!* » Guerre ! Sur le seuil des maisons et des boutiques apparurent des clients pour les deux vendeurs, les uns se précipitant derrière eux, les autres se contentant de les attendre. Sourcils froncés, ils déchiffraient les titres, se passaient les journaux de main en main, gesticulaient et interpellaient les gens penchés aux fenêtres.

« Il crie guerre, dit Zaïde.

— Pauvre de moi, dit Bobe.

— C'est quoi cette pièce qu'ils payent pour le journal ? demanda Zaïde.

— Je crois que c'est un nickel, Zaïde, répondit Ira. Cinq *cents*.

— Comme ça ?

— Ouais.

— Cours, mon enfant. Va m'en chercher un. »

Il donna le nickel à Ira qui, serrant la pièce dans sa main, dévala les deux étages, déboucha dans la fournaise et courut après les vendeurs qui continuaient à hurler les titres. Ira tendit l'argent, reçut en échange un journal arraché d'un geste vif et, poursuivi par le cri fiévreux, s'empressa de regagner la maison, de monter les escaliers quatre à quatre. Hors d'haleine, il entra dans la salle à manger.

« Oui, la guerre, dit Zaïde après avoir jeté un coup d'œil sur la une qui s'étalait sinistrement en yiddish. Ils recommencent à s'entre-tuer.

— Qui ? demanda Bobe.

— L'Autriche et la Serbie.

— *Oï ! gevald !* gémit Bobe. Ma pauvre fille. Ma pauvre Genya, et qui encore attend un enfant au milieu de ce péril. Que Dieu les protège ! Que Dieu ait pitié d'eux !

— Fous ! Détruire ! Détruire ! Ils n'en finiront donc jamais ! s'emporta Zaïde. Heureusement, nous avons échappé à temps à ce charnier. Loué soit le Seigneur ! »

Et c'est ainsi que la Grande Guerre fit irruption à Harlem : par les vendeurs de journaux qui criaient les nouvelles toutes chaudes dans la rue assommée de chaleur, tandis qu'un garçon embarrassé tendait un nickel au messager du malheur, le visage rouge de sueur...

CHAPITRE II

On était en juillet, un mois avant le début de la guerre. La proche famille de Ma devait arriver en Amérique d'ici quelques jours, partie du petit village de Veljich, en Autriche-Hongrie, pour venir s'installer à Harlem. Leur appartement, un vaste six-pièces bien situé, au deuxième étage seulement, avec chauffage à la vapeur, électricité et eau chaude courante — et même stores rayés au-dessus des fenêtres de devant —, se trouvait au milieu du bloc, au milieu de la 115e Rue, entre Park Avenue et Madison Avenue. En « yinglish » on appelait ça un *shaïner b'tveen* — littéralement : un « joli entre ». C'était un quartier cent pour cent juif et sympathique, et en plus très pratique pour les courses. Tout près, le marché juif des voitures à bras s'abritait sous le grand pont en fer du New York Central Railway, sur Park Avenue ; les immigrants pouvaient sans contrainte y marchander en yiddish avec les colporteurs. L'appartement possédait en outre l'avantage d'être en face de celui de *tanta* Mamie et sa famille (sans nul doute une raison supplémentaire pour laquelle les deux oncles américanisés d'Ira, Moe et Saul, l'avaient choisi). Mamie pouvait ainsi parler à Bobe ou à Zaïde, ou encore à l'un de ses frères et sœurs — et inversement — d'une fenêtre à l'autre, sans que quiconque eût besoin de sortir de chez soi.

Entre-temps, Ma, en prévision du bonheur qu'elle aurait à habiter près de sa famille, et Pa, en prévision des prérogatives que lui vaudrait un statut de laitier indépendant (rendu possible par la proximité du dépôt de lait et des entrepôts de la 125e Rue Ouest) abandonnèrent leur frais nid d'aigle du quatrième étage au coin de l'Avenue D et de la 9e Rue, et, en compagnie de leur fils de huit ans, unis par l'espoir, emménagèrent à Harlem. Désireuse d'être près de sa famille tout en se cantonnant dans les limites qu'autorisaient les modestes moyens de son mari, Ma dut se résigner à vivre dans un trois-pièces « sur cour », le moins cher qu'elle trouva dans le « Harlem juif », trois petites pièces étouffantes sur la 114e Rue, à quelques pas de Park Avenue. C'est donc dans ce petit logement sans air que, dès l'école finie et les vacances d'été commencées, la famille Stigman vint s'installer.

Les immigrants débarquèrent : le père et la mère de Ma, Zaïde, un Juif orthodoxe barbu, déjà l'allure d'un patriarche à cinquante-cinq ans, mécontent et irascible, et Bobe, sa femme patiente et ratatinée (elle avait jadis aimé passionnément son mari, disait Ma, mais l'égoïsme démesuré de celui-ci avait fini par éteindre son amour). Elle lui avait donné onze enfants. Les deux derniers, des jumeaux, auraient eu l'âge d'Ira s'ils avaient survécu, mais ils étaient morts en bas âge. Sur les neuf restants, on comptait cinq filles et quatre garçons. Tous avaient maintenant immigré en Amérique à l'exception de Genya, la deuxième des enfants et l'une des sœurs cadettes de Ma. Genya, la plus jolie de toute la progéniture de Zaïde à en croire Ma, avait épousé un homme qui gagnait très bien sa vie en tant qu'expert en bois. D'un commun accord, ils avaient décidé de rester en Autriche-Hongrie avec leur fils nouveau-né.

Ô tout ce qui est arrivé, Ecclesias, à moi, à nous, à ma femme adorée et à moi, en ce 14 janvier 1985, à nos héritiers, à notre pays, à Israël. Tout ce qui est arrivé ! Mon ami, l'écrivain Clarence G, avait coutume de tempêter contre les sagas familiales (il avait l'œuvre de Thomas Mann à l'esprit). « Je déteste les sagas, pas toi ? Ça me rend fou ! » Je crois que je suis d'accord avec lui, mais là, c'est différent, Ecclesias ; je dois me découvrir d'une manière si différente...

Neuf enfants survivants, cinq filles et quatre garçons, tous en Amérique sauf Genya (qui plus tard devait disparaître avec sa fille dans un camp d'extermination nazi. Son mari et son fils, en raison de leur compétence commune, eurent le droit de vivre — et de voir les deux femmes poussées dans un camion, et d'entendre la jeune fille crier : « Papa, je suis trop jeune pour mourir ! »). Tous sauf Genya étaient donc en Amérique. Ma arriva la première, amenée par Pa, qui, comme les autres maris déjà installés dans le nouveau monde, économisa sur tout, et, dans son cas, se priva au point de souffrir d'insuffisance alimentaire, jusqu'à ce qu'il eût assez d'argent pour payer la traversée en troisième classe de sa femme et de son tout jeune fils. « On a vu des léviathans, de grandes créatures marines qui suivaient le bateau. » Ma essayait en vain de réveiller les souvenirs d'Ira. « Tu ne te rappelles pas ? Et tu réclamais du lait en pleurant, et on devait payer un supplément. Lait, le seul mot que tu savais dire en polonais. »

Après Ma, ce fut au tour de Mamie, le troisième enfant de Bobe et la deuxième sœur cadette de Ma, tanta Mamie, impétueuse et sûre d'elle-même. Elle habita chez le frère de Zaïde, le grand-oncle Nathan, un diamantaire florissant dénué de scrupules. La pauvre fille fit pratiquement office de domestique — jusqu'à ce qu'elle trouve du travail dans l'industrie du vêtement et gagne assez d'argent pour se louer une chambre dans Manhattan. (Presque au même moment, elle rencontra son futur mari, Jonas, un immigrant d'une acculturation égale à la sienne, une espèce de gnome qui travaillait dans l'immeuble adjacent, dans la confection. Il commença par la courtiser à l'heure du déjeuner, puis le soir, quand il la raccompagnait chez elle, et enfin, pour prouver le sérieux de ses intentions, il l'emmena un samedi soir au théâtre yiddish sur la Deuxième Avenue écouter Tomachevski, le célèbre acteur dramatique yiddish. Ils se marièrent, fondèrent un foyer, non dans l'East Side où Pa et Ma habitaient déjà, mais dans un petit appartement du Harlem juif, situé dans le même *b'tveen* où Bobe, Zaïde et leurs enfants célibataires devaient résider plus tard.)

Le suivant à émigrer aux États-Unis fut Moe, le quatrième enfant de Bobe et le premier de ses fils. Au contraire de sa sœur Mamie, il s'installa chez les parents d'Ira, qui occupaient alors un logement dans la 9e Rue, surplombant de très haut les rails du tramway tiré par des chevaux qui passait Avenue D. Moe évita les travaux d'aiguille ; préférant l'industrie lourde, il se présenta dans des aciéries puis dans une usine d'accumulateurs, mais on ne l'embaucha pas, au motif qu'il était juif. Il trouva un emploi de garçon de restaurant dans un café où on le faisait trimer jusqu'à des heures indues, chose considérée en ce temps-là comme l'apprentissage nécessaire avant de devenir serveur. D'une taille au-dessus de la moyenne pour l'époque, mais pas vraiment grand, Moe était d'une belle carrure (il avait travaillé dans des camps de bûcherons au cœur des forêts des Carpates). Les yeux bleus, blond, rien du Juif « typique » de l'Europe de l'Est, Moe était l'exemple même du paysan candide et franc. Doté de la bonté de Ma, de sa générosité, de sa tolérance et de son rire facile, il aimait sans affectation son premier neveu, le premier des petits-enfants de Ben Zïon Farb le patriarche. Les soirs d'été, Moe, ou Morris comme il préférait qu'on l'appelle, quittait le restaurant au sol recouvert de sciure et regagnait d'un pas lourd l'immeuble qui faisait le coin de l'Avenue D ; son neveu agrippé à sa main, il descendait à la confiserie située juste en bas et achetait cinq ou six barres de chocolat à un *cent*, ou même plus, et, cédant aux cris de l'enfant, il lui en octroyait une tandis qu'il tirait les autres de leur emballage et les fourrait l'une après l'autre dans sa bouche jusqu'à ce que, l'espace d'un instant, les barres de chocolat évoquent les pointes en arc de cercle qui coiffent la statue de la Liberté.

Moe était le deuxième des proches parents de Ma à effectuer la traversée. (Un vrai rustre ! À Hambourg, où le jeune nigaud dut passer la nuit dans une pension avant d'embarquer, il souffla l'éclairage au gaz au moment de se coucher ; sans l'intervention opportune d'un camarade de chambre, son voyage vers l'Amérique se serait achevé là.)

Après lui arriva Saul, le tortueux, le furtif, l'hystérique, Saul qui, comme son frère, devint garçon de restaurant, mais qui, au contraire de celui-ci, dès qu'il atteignit le statut de serveur, dédaigna de travailler dans les établissements juifs. Les meilleurs hôtels, les restaurants les plus chics — où travaillaient les « esclaves blancs », comme Pa qualifia les serveurs allemands quand il devint lui-même serveur — étaient les seuls endroits où Saul jugeait digne d'exercer ses talents.

Le soleil se réfléchit sur le pare-brise d'une voiture qui passait. La lumière éclata en un spectre terrifiant et disloqua la pénombre qui régnait derrière les yeux mi-clos d'Ira fixés sur l'écran de l'ordinateur. Il se demandait ce que signifiaient ces commandos de l'OLP contrôlés par la Syrie qui, selon la radio, s'infiltraient dans des pays étrangers afin d'assassiner les partisans d'Arafat. Et son esprit, avec sa sténo involontaire, signala : Arafat essaie de se rapprocher de Hussein, et ce dernier de l'Irak, tandis que la Syrie est plutôt du côté de l'Iran. Est-ce que cela voulait dire qu'Arafat devenait plus modéré, résigné à aboutir à un compromis avec Israël ? Douteux. Très douteux.

Saul courait après tout ce qui était américain. « Surtout les *shikses* dévergondées, murmurait Ma à son jeune fils avec gêne. C'est pas convenable. » Parmi les quelques images de son oncle, couvées au fil des années depuis l'enfance, il en conservait deux intactes : Saul, l'air vindicatif, tentant d'écraser à l'aide d'un exemplaire roulé du *Journal American* deux taons qui copulaient au soleil sur les rochers de granit de Mount Morris Park. Par hasard, Ira avait accompagné dans le parc Saul et le plus jeune de ses oncles, Max, arrivé depuis peu... Une autre fois, un soir, alors qu'Ira écoutait : en réponse à Pa qui avait proposé qu'ils investissent chacun deux ou trois cents dollars pour s'associer dans une cafétéria, Saul, levant un visage insouciant à la lumière du lampadaire, s'était vanté :

« J'ai dépensé plus que ça pour une nuit avec une putain.

— *Shah !* » s'était exclamé Pa, choqué, l'avertissant de la présence de jeunes oreilles.

Ces quatre frères et sœurs, Ma et Mamie, Moe et Saul, se trouvaient déjà dans le nouveau monde. Au printemps 1914, Zaïde vendit son petit *gesheft* de Veljich, son bazar, et utilisa le produit de la vente pour acheter des billets de deuxième classe pour l'Amérique. Ils coûtaient beaucoup plus cher que ceux de troisième classe, et le prix de la traversée pour six adultes épuisa pratiquement les ressources de Zaïde. Mais comme c'était la seule façon de leur assurer, à lui et à sa famille, des repas kasher durant le trajet, tous les six voyagèrent en deuxième classe. Ils débarquèrent aux États-Unis en grande pompe, bien que sans le sou. Zaïde comptait sur ses deux fils en Amérique pour s'occuper de lui — et de Bobe — jusqu'à ce que le reste de sa progéniture pût se charger du fardeau, ce qu'ils firent sans discuter.

Le père, la mère et leurs quatre enfants arrivant dans le nouveau monde : deux garçons, deux filles, tous célibataires.

D'un seul coup, le nombre des enfants de Zaïde et de Bobe en Amérique fut multiplié par deux ; Ira acquit non seulement deux grands-parents, mais aussi quatre oncles et tantes. Six proches parents d'un seul coup. Au début, ce fut un peu déroutant.

Ella était la plus âgée des quatre. Calme, quelconque, effacée, elle était extraordinairement douée pour la couture. (Des années plus tard, Ira se demanderait ce que ceux-là, ainsi que des millions d'autres immigrants, auraient pu accomplir dans le nouveau monde s'ils avaient reçu ne serait-ce que quelques conseils et un peu d'aide.) Les produits du travail d'Ella, de belles broderies hébraïques, ornaient les murs du nouvel appartement dont ils constituaient la seule décoration, en dehors des calendriers de caisses d'épargne. C'est Ella qui avait brodé les traditionnels lions de Judée rampants des tables de la Loi, sur le velours couleur saphir du sac dans lequel Zaïde rangeait ses phylactères et son châle de prière, de même que les charmants motifs à fils d'or sur le velours écarlate de la boîte à *matses* qui embellissait la table pour la Pâque.

Venant ensuite par rang d'âge, et fort différente de sa sœur sur le plan du caractère ainsi que sous de nombreux autres aspects, il y avait Sadie. Elle était très laide ; elle était exubérante ; elle était impulsive et obstinée à l'excès. Et elle était également illettrée. Peut-être à cause de sa très mauvaise vue qui, dans le hameau où vivait la famille, n'avait pas été corrigée faute d'un oculiste, Sadie était la seule illettrée des neuf enfants survivants de Zaïde et de Bobe. Elle était si myope qu'à deux reprises, dans l'appartement de Harlem, elle passa la tête à travers les carreaux d'une fenêtre fermée. Quand Ma l'emmena se faire faire des lunettes, et après qu'on lui eut demandé de lire les lettres affichées au mur, elle se mit à ânonner, pathétique : « Aaa... béé... céé... déé... » Ma se borna ensuite à ce commentaire laconique : « L'oculiste a compris ce qu'il avait à faire. » Plus tard, fiancée à Max S, un serveur, à qui on avait caché son analphabétisme, Sadie, désormais munie de lunettes, fit une honnête tentative pour apprendre à lire un peu d'anglais sous la tutelle de son jeune neveu. Ses efforts se révélèrent inutiles. Impatiente, fébrile, elle semblait incapable de se concentrer sur les caractères — et au bout d'un certain temps, Ira, alors adolescent, fut pour sa part incapable de continuer à lui enseigner. Son agitation, ses gestes d'impuissance l'énervaient — ce qu'elle ne manqua pas de remarquer —, et les leçons furent suspendues.

Son problème de vue réglé, Sadie se montra exceptionnellement adroite de ses mains. Une fois initiée aux exigences de la mode américaine (et après avoir appris à s'y retrouver en ville), elle devint experte dans la confection d'ornements de plumes pour chapeaux de femmes et gagna davantage à la pièce qu'Ella avec ses broderies. Déduction faite de la pension versée au fonds commun du foyer, ses revenus lui laissaient encore une jolie somme ; naturellement, elle en déposait une partie à la caisse d'épargne et en consacrait une autre à l'achat de parures diverses et de produits de beauté. Les produits de beauté mettaient son frère aîné, Saul, hors de lui. Depuis longtemps américanisé, et de surcroît habitué à l'élégance discrète des clients aux manières onctueuses qu'il servait dans les restaurants des hôtels de luxe — et aux poules de luxe après lesquelles il soupirait —, les parfums violents ainsi que les épaisses couches de poudre et le rouge écarlate dont sa sœur se tartinait le visage le faisaient hurler. C'était un fou furieux, et sa sœur, avec son entêtement, ne lui cédait en rien : de violentes disputes éclataient entre eux, où les insultes — « putain » et « coureur de putains » — pleuvaient, jusqu'à ce qu'ils soulèvent un tel tourbillon de haine, que le dimanche, quand tous étaient encore couchés, les autres frères et sœurs s'en mêlaient, soit pour les exciter, soit pour protester. L'appartement devenait alors une véritable tour de Babel où l'on criait en polonais, en yiddish, en slave et en mauvais anglais et où régnait un tumulte que seul Zaïde parvenait à calmer. Il arrivait, la canne et la *yarmulke* à la main, et distribuait des coups sans distinction. Ira fut à deux ou trois reprises témoin de ces horribles prises de bec : pour le petit *shnorrer* désargenté qu'il était, le dimanche matin était le meilleur moment pour rendre visite à Zaïde et à Bobe, et récolter quelques pièces de monnaie, les petits pourboires de la parenté. Un jour, il entra au moment où Saul bondissait de son lit et se précipitait vers celui de Sadie pour la gifler ; elle lui rendit la pareille. Aussitôt l'appartement devint une vraie maison de fous. La pauvre Bobe, toute ridée, se réfugia dans la cuisine en murmurant d'un air malheureux ; et Zaïde, proférant des imprécations, rétablit l'ordre de sa façon habituelle : avec sa canne et sa *yarmulke*.

Donc, il y avait Ella, et il y avait Sadie, et quelle haine Pa et cette dernière se portaient ! *Die blinde*, il la surnommait : l'aveugle — parce qu'elle lui tenait tête, sans se laisser impressionner par sa colère comme c'était si souvent le cas avec Ma au cours de ces premières années. Pas le moins du monde intimidée, Sadie répliquait à son beau-frère : *Meshuggener hunt !* Chien fou ! (Et trop souvent, hélas, Ira était secrètement d'accord avec elle.) « Pourquoi je n'ai pas appris à lire ? » confiait-elle avec amertume à son jeune professeur pendant ces séances stériles et désormais ambiguës, maintenant qu'il devenait évident que son élève inconstante et agitée se révélait incapable de dominer sa nervosité, et Ira ses espérances charnelles. « Je n'ai pas appris à lire, disait Sadie, parce qu'on m'a envoyée servir de petite bonne dans la maison de tes parents à Tysmenitz où ils habitaient avec le père de ton père — vivant de sa générosité. À l'époque où j'aurais pu recevoir un peu d'éducation, à la place je m'occupais de toi, un bébé. » Ses yeux marron, derrière ses épaisses lunettes, lancèrent un regard furieux à son neveu, lequel s'efforçait de détourner son attention de son gros nez outrageusement poudré, de ses joues couvertes d'un rouge agressif et de l'objet de ses désirs coupables. « Et tu sais ce que ton père il me faisait quand ta mère te portait, quand ta mère allait accoucher et que j'avais la charge de toute la maison ? Il me pétait à la figure.

— Ah, ouais ? »

Ira exprimait sa sympathie. Les fils se composent d'un seul brin ; les cordes, de plusieurs brins entrelacés : l'ambivalence du vrai. Et si les jumeaux de Bobe avaient vécu, le garçon et la fille, la fille qui aurait son âge et à qui il apprendrait aussi l'anglais ? Peut-être que...

Il y avait Ella et Sadie. La première épousa Meyer D, propriétaire de la boucherie kasher d'en face, alors florissante, où Bobe s'approvisionnait et continua à s'approvisionner lorsqu'elle s'aperçut que Meyer était un beau parti. C'était un homme corpulent, taciturne, d'âge mûr, dont la seule distraction paraissait se résumer à une partie de cartes qu'il faisait dans un café de la 116e Rue. Ella se maria donc la première, suivie par Sadie. Celle-ci épousa le grand et mince Max S — qui découvrit trop tard, tellement on le lui avait bien dissimulé, que sa femme était analphabète. (« *Ot azoï, ot azoï*, dit la chanson yiddish, *nart men op a khus'n.* » « C'est comme ça qu'on berne le fiancé. ») Max S en fit peu de cas. Il avait trouvé ce qu'il cherchait, une femme juive qui lui ressemblait, fidèle et appliquée.

Les deux nouveaux oncles d'Ira étaient les plus jeunes membres de la famille de ses grands-parents. Max F était plus âgé que son frère Harry — et beaucoup plus séduisant, fantasque et amusant. De taille moyenne (pour l'époque), Max était équilibré et bien proportionné ; les yeux bleus, le nez retroussé, les traits slaves, comme ceux de Bobe — et de Mamie aussi. Il avait des cheveux châtains incomparablement drus et bouclés. Ingénieux, inventif, grand « bricoleur », Max se prétendait un « Héros » (c'était un des premiers mots qu'il avait appris en arrivant ; au début, sa façon de l'utiliser surprit quelque peu Ira, qui l'associait plutôt à un guerrier d'une formidable audace. Plus tard, il comprit que Max voulait dire *« aïn Held »*, ce qui, en yiddish, ne signifie pas nécessairement une personne de grande valeur, mais quelqu'un de résolu, ou même de simplement vigoureux et solide). Et Max entreprit de prouver qu'il était un Héros — et un Héros astucieux : il attacha une série de crochets à un gros peigne, enfonça celui-ci dans ses boucles épaisses et, après avoir glissé les crochets sous un lourd bureau, il le souleva du sol. Samson lui-même aurait-il pu se glorifier d'une chevelure plus héroïque ?

Une heure après que les nouveaux immigrants se furent installés dans l'appartement — ce devait être le tout premier souvenir qu'Ira conserverait de son oncle Max —, le jeune homme demanda à son neveu de le conduire au marché des quatre-saisons, sous le pont de chemin de fer de Park Avenue. Là, il le pria de se renseigner sur le prix de deux petites carottes. Elles coûtaient un *cent*. Max lui donna la pièce de cuivre, et Ira effectua l'achat. Avec quelle précision et quelle habileté Max gratta les carottes à l'aide de son couteau de poche ! Puis il offrit à son neveu la plus petite des deux.

« Mais c'est cru ! s'exclama Ira avec un mouvement de recul. Personne ne mange de carottes crues, mon oncle.

— *Ess, ess,* l'encouragea Max. Goûte. C'est sucré. »

Et, à la surprise d'Ira, c'était vrai : sucré et croquant. Le souvenir, le composé flou du visage de Max qui sourit vaguement, les marchandises sur les charrettes, le couteau qui épluche une carotte, la chaleur de l'été et le contraste entre l'ombre sous le vaste toit d'acier du pont de chemin de fer et le soleil sur le trottoir, tout cela se condenserait pour lui sous la forme de la première inférence dont il ait eu conscience en tant que telle : de ce composé, il pouvait déduire le genre d'existence qu'on menait auprès de Ma et sa famille, auprès de Zaïde, de Bobe et les autres dans ce léthargique village *galitsianer* appelé Veljich. La carotte humide et épluchée qui figurait au cœur de son souvenir attestait tout ce que Ma lui avait raconté : la maigreur des rations, le garde-manger qu'on fermait à clé, l'autocratie de Zaïde, son exigence d'être servi le premier, d'avoir les meilleurs morceaux — et à satiété. Quant à ses enfants : « Celui à qui on donne du bon pain et du beurre ne doit pas demander plus. » Telle était la maxime de Zaïde.

CHAPITRE III

Maintenant va suivre l'un des nombreux épisodes dont Ira a eu honte, et qui semble marquer le début de l'attrition de son identité, un épisode qu'il a toujours associé à son départ de l'East Side pour Harlem.

Secoue la tête avec un air de reproche, mon ami; joins les mains pour former une cage de tes doigts et réfléchis : pour la première fois de ta carrière scolaire tu as ramené à la maison un bulletin médiocre, médiocre en comportement, en efforts et en résultats. Un bulletin si honteux que tu as essayé de convaincre Ma de le signer sans le montrer à Pa, mais elle a refusé...

Harry, le plus jeune des oncles d'Ira, avait seize ans. Bobe le considérait comme un enfant — sa contribution n'était pas exigée au sein du foyer devenu prospère depuis que les cinq enfants ramenaient un salaire, car Max avait lui aussi trouvé du travail —, et elle désirait ardemment voir son plus jeune fils entrer dans une école publique américaine, afin de bénéficier des avantages d'une éducation américaine comme en jouissait le plus âgé de ses petits-enfants. En outre, fréquentant le même établissement qu'Ira, il pourrait apprendre de son neveu les règles et usages en vigueur dans les salles de classe.

Malheureusement pour Harry et pour Ira, juste avant la rentrée de septembre Ma et Pa décidèrent de quitter la 114e Rue, à l'est de Park Avenue, pour s'installer dans la 119e Rue. Une distance de cinq blocs, mais qui s'avéra fatale. Non seulement ils se retrouvèrent dans un *b'tveen* bien moins agréable, un *b'tveen* goy au lieu d'un *b'tveen* juif, mais l'école la plus proche était une école primaire : l'école 103, à l'angle de la 119e Rue et de Madison Avenue. Elle n'acceptait les enfants que jusqu'au cours moyen deuxième année, ce qui signifiait que les plus âgés avaient dans les douze ans — alors que Harry en avait déjà seize.

Comment cette regrettable situation avait-elle pu se produire ? Pa et Ma n'étaient pas satisfaits de leur premier appartement de Harlem. Les pièces étaient petites et étouffantes, mais ça restait supportable. Après tout, il y avait l'eau chaude à volonté dans chacune d'elles, et en hiver le chauffage à la vapeur, comme chez Mamie et chez Bobe. Non, Ma n'était pas heureuse parce que les pièces donnaient « sur l'arrière ». La vue était morne et immuable : jour après jour, le regard se posait sur les mêmes cours. Ça lui rappelait trop son ancienne maison de Veljich : apathique. Morte. Elle devint déprimée. Elle rêvait d'une fenêtre à laquelle elle pourrait se pencher pour contempler les scènes changeantes de la rue. Elle rêvait d'un appartement « sur le devant ». Comme celui de l'East Side, où toutes les fenêtres ouvraient sur la rue : d'un côté l'Avenue D, animée, toujours pleine de jeunes, de vieux, de gens qui attendaient aux carrefours les tramways tirés par les chevaux. Et puis Woodrow Wilson en personne était apparu sur l'Avenue D, et il avait salué la foule avec son tuyau de poêle qu'il tenait d'une main ou de l'autre. Du quatrième étage, on avait vu le soleil se refléter sur son *zvicker*, le pince-nez que portait le candidat à la présidence. Et de l'autre côté, la 9e Rue. On apercevait même l'East River. Quelle merveille qu'un cinq-pièces en coin ! « Il ne me manquait qu'une chose, disait Ma. Une bêtise : *lyupka*. »

Mais dans le Harlem juif, les appartements sur rue coûtaient une fortune — selon les critères de Pa. Tout ce qui était juif était cher, cher parce que juif, et cher en dollars et en *cents*. Un peu plus loin, le prix des loyers chutait, surtout ceux des logements ayant seulement l'eau froide. Et Pa, désireux d'économiser le moindre nickel pour son projet de laitier-entrepreneur, décida de sacrifier l'environnement juif à un loyer meilleur marché. Ils s'installèrent donc hors du Harlem juif, dans un quatre-pièces avec eau froide, au premier étage, et « sur le devant ». Leur nouveau domicile se trouvait dans un immeuble minable de quatre étages en briques grises et marron situé au n° 108 de la 119e Rue Est.

Et c'est là, même s'ils durent renoncer à un certain confort — l'eau chaude à volonté, l'électricité, le chauffage à la vapeur, la salle de bains particulière —, qu'ils trouvèrent presque l'un et l'autre leur bonheur : Ma avait une fenêtre sur rue où elle pouvait se pencher, et Pa un loyer de 12 $ par mois seulement. Et, miracle, à un bloc de là, sur Lexington Avenue, il y avait une écurie où il pourrait mettre la voiture de laitier et le vieux cheval qu'il venait d'acheter. Comme c'était commode ! Comme tout se présentait sous d'heureux auspices ! Alors, quelle importance si leur nouveau chez-soi se situait à la limite du Harlem juif et du Harlem goy ? Les Juifs ne tarderaient pas à arriver. Et quelle importance s'ils devaient s'éclairer au gaz plutôt qu'à l'électricité ? Ils y étaient habitués, dans l'East Side. Enfin, quelle importance si les toilettes-salle de bains ne se trouvaient pas dans l'appartement mais dans le couloir, si la baignoire ressemblait à une immense auge de fer-blanc peinte en vert encastrée dans un cercueil de bois aux planches assorties, et si la peinture s'écaillait sous l'eau chaude et se collait à vos fesses ? De toute façon, ils prenaient rarement des bains, et encore à peine tièdes, car il fallait d'abord faire chauffer l'eau dans une bouilloire. Le loyer n'était que de 12 $ par mois, c'était cela qui comptait. Ma avait sa fenêtre sur rue et Pa une écurie pour son cheval et sa voiture.

En dépit de leur satisfaction mutuelle et de ces heureux auspices, ils ne connurent là que le malheur. Pour Ira, il dura longtemps. Et lui gâcha l'existence. Pour Harry, il fut bref — douloureux mais bref. Si Saul, son fils américain acculturé — appuyé par Pa —, n'avait pas persuadé Bobe que Harry s'en tirerait mieux sous l'aile d'Ira, au lieu d'inscrire le plus jeune de ses enfants encore en vie à l'école 103, elle l'aurait inscrit à la grande école 86 commodément située sur la 116e Rue à l'ouest de la Cinquième Avenue ; elle acceptait les élèves jusqu'en troisième, et ce grand échalas de Harry serait à peu près passé inaperçu parmi les garçons de quatorze et quinze ans. Plus important encore : il aurait été dans une école que fréquentait une majorité de Juifs, et qui, en tout cas, se montrait très tolérante vis-à-vis des nouveaux immigrants. À l'école 103, dès son arrivée, il devint un objet de dérision, de dérision irlandaise (et existait-il une dérision plus blessante ?). Il devint un objet de railleries, le Juif qu'on tourmentait, cible de boulettes, d'élastiques, d'éponges et de morceaux de craie. Ça, c'était à l'intérieur de l'école. À l'extérieur, il était bombardé de crottin de cheval et de pierres, et, plus tard, en hiver, de boules de neige mêlées de glace ou de gravier. Jour après jour, sous les yeux de son neveu craintif et lâche (dont le dernier recours consistait à renier ses liens de parenté, à se réfugier dans un rôle d'observateur et même à feindre de participer à la curée), son oncle s'efforçait de tenir à distance une meute de gamins irlandais déchaînés.

Apparemment impuissante face à cette situation, Miss Flaherty, la directrice, dispensa Harry d'assister aux cours et lui donna des leçons particulières d'anglais dans le sanctuaire du « Bureau de la Directrice ». Dans l'intervalle, elle lui confiait des missions : aller acheter des bananes chez le fruitier au coin de la rue, remettre des messages à des professeurs, prendre des piles de livres ou de fournitures dans la réserve pour les distribuer dans les salles de classe. L'apparition sur le pas de la porte de ce nouvel immigrant, ce plouc, ce « greenhorn », comme on les appelait, dégingandé et lugubre, au milieu d'un cours, était quelque chose qu'Ira n'oublierait jamais ; les ricanements, les sifflets étouffés et les sarcasmes qui fusaient en dépit des réprimandes du professeur devaient se graver dans sa mémoire pour le reste de son existence — marque indélébile de la première fois où il avait renié un ami ou un parent cruellement agressé. Quelques décennies plus tard, Ira se demanderait ce qui se serait produit si Harry avait été inscrit dans un établissement de l'East Side, où la myriade d'immigrants récents fournissait une sorte de matrice protectrice aux tout derniers arrivants. Comme l'issue aurait été plus heureuse, tant pour son oncle adolescent que pour lui-même ! Telles que les choses se présentaient, non seulement son premier bulletin comportait trois fois l'appréciation « médiocre », mais il en fut de même des deux suivants. Il fallut attendre le quatrième pour voir apparaître la mention « bien ». Quant à savoir si cette amélioration était due au fait que Harry avait quitté l'école pour prendre un emploi, Ira l'ignorerait toujours. Cependant, il en doutait.

Il en doutait parce que ce n'était pas la première fois qu'il rejetait un membre de sa propre famille. Les graines avaient déjà été semées — avant qu'il n'eût lâchement abandonné son jeune oncle —, des semaines et des semaines auparavant, avant l'école, semées dès qu'il avait aperçu ses nouveaux parents. Ils n'avaient pas encore pénétré dans leur appartement de Harlem qu'il éprouvait à leur égard un sentiment de rejet, lié au chagrin et à la désillusion ressentis lors de sa première rencontre avec eux. Ce fut là, à cet instant précis, qu'une déception irrévocable et corrosive s'insinua en lui : lorsque les deux taxis se rangèrent devant l'immeuble, le long du trottoir inondé de soleil, les deux taxis qui transportaient les six immigrants et leurs bagages — de même que leurs deux cicérones de fils, Moe dans un taxi et Saul dans l'autre —, et que les nouveaux arrivants en sortirent, Mamie, toujours excessive, et près de s'évanouir de ravissement, hurla par la fenêtre : « *Mamenyou! mamenyou! tate! tate!* » Et Ma, quoique maîtrisant mieux ses émotions, transportée de joie, les yeux gonflés de larmes, et tout le monde, même la petite Stella, la fille de Mamie, de se précipiter aux fenêtres des deux pièces sur le devant et de crier aux visages levés qui criaient eux aussi, produisant une joyeuse cacophonie yiddish qui amena aux fenêtres les habitants des maisons voisines; c'est là que s'ouvrit sur-le-champ une brèche désespérée entre lui et lui, laquelle ne devait jamais se combler.

En effet, durant les jours et les semaines précédant leur arrivée, cependant que grandissait l'impatience de Ma, sa nostalgie, à laquelle se mêlait peut-être celle de sa propre enfance, se traduisit chez Ira par des fantasmes aussi éloignés qu'un rêve de la réalité à laquelle il allait bientôt être confronté : nobles images d'oncles et de tantes, gentils, munificents, affectueux et indulgents. Il se figurait, dans son rêve d'enfant, que les nouveaux arrivants ressembleraient à « l'oncle Louie » — le neveu de Pa, encore que plus âgé —, un facteur en uniforme bleu de la poste qui avait servi dans l'armée des États-Unis et racontait des histoires captivantes d'Indiens et de bisons, de montagnes et de déserts, et qui, par-dessus tout, se montrait d'une bonté et d'une générosité sans limites envers son faux neveu, ne partant jamais, que ce soit de l'appartement de la 114e Rue ou de celui de la 119e, sans gratifier Ira d'une poignée de petite monnaie, toute une poignée à un enfant qui sinon ne pouvait que très rarement se vanter de posséder ne serait-ce qu'un nickel. Pa avait beau crier : *« Be lo! be lo! »* Laisse! laisse!, oncle Louie passait outre, avec un large sourire qui faisait briller ses dents en or, tandis que derrière ses lunettes à monture en or ses sourcils se levaient au-dessus de ses yeux marron. *« Be lo! be lo! »* ne servait à rien avec l'oncle Louie américanisé! Et comme les riches pièces d'argent d'Ira tintaient...

Il croyait que les nouveaux arrivants seraient comme l'oncle Louie, généreux, connaissant un tas d'anecdotes fascinantes et de détails précieux sur d'autres pays et d'autres coutumes, et qu'ils ne demanderaient qu'à les faire partager à leur petit parent avide de savoir. En résumé, ils seraient adorablement, magiquement et généreusement pré-américanisés. Alors qu'ils n'étaient que des « greenhorns » ! Des paysans aux gestes frustes, gauches et barbares, qui, après s'être écriés combien le petit de Leah avait grandi depuis la dernière fois qu'ils l'avaient vu, ne prêtèrent plus attention à lui, et se lancèrent dans toutes sortes de discours impossibles à comprendre, parlant dans un yiddish « épais », sans le moindre mot d'anglais pour l'éclaircir, des mœurs du Nouveau Monde, des boutiques kasher du quartier et des possibilités de travail ainsi que des parents, des amis et des événements survenus dans le petit hameau qu'ils venaient de quitter : des événements de ploucs, insignifiants et incolores.

Une fois encore — devait se dire plus tard Ira — si leur arrivée dans le Nouveau Monde avait eu lieu dans l'ambiance de l'East Side, leurs cris, leur aspect d'étrangers, leur *yiddishkeit* n'auraient pas semblé aussi tapageurs. Mais là, avec ces gens transplantés de cet univers juif plus large et homogène, combien le monde goy qui entourait la petite enclave juive où il vivait, entrevu de tous côtés, perçu dans chaque exploration prudente du voisinage, paraissait vaste et prédominant, si bien qu'aussitôt naissait un contraste, un contraste qui croissait avec chaque jour passé sur la 114e Rue. Après l'inconscience d'autrefois, la conscience devenait insupportable ; de même que le contraste : la lourdeur et les grimaces des nouveaux immigrants, leurs dents jaunes et cariées, le sentiment d'orthodoxie oppressante sous la férule de Zaïde — la façon dont, sur son ordre, ils se précipitaient vers l'évier pour se rincer la bouche à l'eau salée —, leur comportement totalement étranger, tout cela se combinait pour engendrer chez Ira un chagrin et une déception indescriptibles.

Quand il revint de sa promenade au marché des quatre-saisons en compagnie de Max, un tel sentiment d'isolement et de désillusion l'envahit que, inconsolable, et afin d'échapper à cette atmosphère, il demanda à Ma la permission de redescendre. Elle la lui accorda et, comme témoignage de sa joie, lui donna un nickel pour s'acheter ce dont il avait envie. Il dévala les deux étages et déboucha du couloir dans la 114e Rue vide, ensoleillée et triste ; ne trouvant personne de son âge avec qui lier connaissance, il se dirigea en flânant vers la Cinquième Avenue et entra dans la première confiserie acheter une jolie boîte aux couleurs gaies de Cracker Jacks. Mâchouillant le pop-corn sucré enrobé de mélasse, il prit en direction du coin de Central Park et de la 110e Rue.

Les Cracker Jacks ne contribuèrent guère à atténuer son découragement. Après avoir consommé la moitié de la boîte, il n'en tira plus le moindre réconfort, mais il se crut plutôt obligé, bien que rassasié, à tout finir puisqu'il l'avait payée. Il se sentait inconsolable ; il avait l'impression d'avoir été roulé par la perversité de la réalité, une réalité rebelle qui se moquait de ses désirs, de ses besoins et de ses espoirs. Des ploucs, mal dégrossis, frustes au point d'en être gênants, et qui ne lui étaient d'aucun secours pour combler le sentiment de vide qui ne cessait de grandir en lui depuis qu'il habitait la 114e Rue. Comme ils étaient laids, quel yiddish impénétrable ils parlaient et de quelles contorsions ils accompagnaient leurs paroles ! Ils étaient ici pour découvrir l'Amérique par eux-mêmes, pour apprendre le mode de vie américain, pour gagner leur vie en Amérique, et pas pour le chérir ni lui glisser des pièces dans la main.

Non, non, non. Eux-mêmes n'avaient pas d'argent : Max et ses deux carottes pour un *cent*, Max qui faisait une folie pour une friandise. Il était venu chercher du travail, car il ne gagnait pas sa vie dans ce village, Veljich, et ses deux tantes, chercher du travail *et* un mari. Sinon, comme le disait Ma, elles deviendraient des vieilles filles. Non. Il fallait attendre qu'elles aient du boulot pour espérer le moindre nickel... Il s'avança vers le bord du trottoir. Toujours cette douceur écœurante, la douceur de la mélasse qui recouvrait chaque grain de pop-corn. Ça donnait soif. Le joyeux dessin sur l'emballage, représentant des gamins en train de jouer au base-ball, promettait beaucoup plus que ce qu'il y avait à l'intérieur. Fini. Il aurait bien voulu récupérer son nickel. Il jeta la boîte dans une petite flaque du caniveau. Plus jamais.

Florissante Cinquième Avenue... Il continua sa promenade, la démarche traînante. A ses yeux, la Cinquième Avenue avait toujours eu un côté gras, gras et florissant : comme du *schmaltz* de poulet. Pleine d'*all-rightnicks*, de parvenus juifs, suffisants et bien nourris. Des couples gras accompagnés de leurs enfants qui léchaient des cornets de glace. Les magasins et les restaurants eux-mêmes avaient l'air gras et florissant. Et lui seul, avec ses idées noires, mécontent, errait d'un pas lourd au milieu des passants satisfaits. Ainsi... ce... ce... cette passerelle qu'il recherchait, une passerelle qui lui permettrait d'aller de lui à eux, les parents de Ma, était barrée, infranchissable. La communion à laquelle il aspirait depuis longtemps, le sens perdu d'appartenance qui le rongeait, presque sans qu'il le sache, depuis son départ de la 9e Rue, et qu'il avait espéré qu'ils lui apporteraient, comme l'oncle Louie le faisait, de manière si brève, avec sa sympathie et sa compréhension, ses largesses et son rire, eh bien ils ne pourraient jamais le lui apporter. Ridicule de l'avoir cru. La solitude d'un nouveau genre qu'il avait commencé à éprouver depuis son arrivée à Harlem s'accrut. Ses belles illusions s'étaient envolées, transformées en de grotesques « greenhorns ». Pauvre crétin, va!

Il entra dans le parc : rides sur le lac agité et ensoleillé, canots qui soulevaient des éclaboussures argentées et troublaient le reflet des nuages. Promeneurs, gamins bruyants qui couraient dans tous les sens, bébés dans des landaus, mères assises sur les bancs peints en vert, qui réprimandaient et bavardaient, couples qui flânaient. Deux chemins s'ouvraient à lui, deux allées pavées qui bifurquaient. Il pouvait emprunter celle qui contournait le lac par l'ouest, en direction du hangar à bateaux, ou bien celle qui le contournait par le sud. Se diriger vers l'est, c'était marcher parallèlement à la 110e Rue et aux rails sur lesquels circulait le « bidule » électrique, le petit tram bringuebalant à accumulateurs qui traversait la ville et dont tout le monde se moquait. Prendre vers le sud, c'était aller vers le « centre ». Pour Ira, la 110e Rue représentait une sorte de frontière subjective avec Harlem. Le tentaculaire Casino de Harlem abritant mariages juifs, bar-mitsva chics et autres cérémonies exceptionnelles se dressait au coin de la Cinquième Avenue et de la 110e Rue. Il paraissait être le point d'ancrage des rangées ininterrompues d'immeubles de luxe avec ascenseurs, des immeubles imposants de sept ou neuf étages qui partaient de la Cinquième Avenue Ouest et formaient comme une unique façade vers Lenox Avenue et la Septième Avenue, jusqu'à la frontière ouest imaginaire de Harlem, où le chemin de fer aérien semblait dessiner une courbe au charbon autour du coin du parc. Au-delà, la riche artère de Central Park Ouest devenait l'industrieuse et banale Huitième Avenue.

Ira avait déjà déterminé ces frontières, les siennes propres, parce qu'il n'avait personne à interroger, parce qu'il avait exploré seul les alentours. Seul. Rien à voir avec la manière dont il avait reconnu les environs de la 9e Rue dès son arrivée, toujours, toujours en compagnie d'autres gosses, Izzy, Moïsh, Ziggy, Hersh ou Yussie. Avec l'un ou l'autre, ou avec tous, éprouvant un léger sentiment d'effroi, il s'était tenu dans l'ombre du sombre et sinistre Marché aux poissons de Fulton Street, sous le pont de Brooklyn que dominaient les immenses réservoirs à gaz de la 14e Rue Est, pareils à d'énormes tambours à côté des baguettes que formaient les cheminées. Ou près des autres docks de l'East

River où l'on pouvait regarder les chalands chargés de toutes sortes de marchandises, bois, charbon ou pavés, que les remorqueurs conduisaient vers leurs mouillages, où les grosses amarres de chanvre venaient s'enrouler autour des bittes. Ou encore courir vers l'Avenue A et les Bains publics au sol composé de carreaux glissants. Eh oui ! Mais maintenant, il était seul.

Quelle que fût l'allée qu'on choisissait une fois entré dans le parc, on longeait la barrière tubulaire qui bordait le petit lac. De l'autre côté, un énorme rocher émergeait de l'eau, pareil à un sein de granit, surmonté de buissons et d'arbres qui devenaient de plus en plus touffus jusqu'à se fondre au ciel en un bosquet ombragé. Lequel paraissait l'appeler pour lui offrir un abri solitaire en accord avec son sentiment d'isolement. Il prit vers le sud en contournant le lac et déboucha sur un chemin pavé qui montait. Des marches de pierre, un autre chemin pavé, d'autres marches de pierre, et il fut tout en haut. De là, d'étroits sentiers descendaient au milieu des arbres en direction du lac dont il apercevait par endroits la surface brillante. Il distinguait également les façades et les fenêtres des immeubles de la 110e Rue et même un petit « bidule « , un tram qui cahotait sur les rails. Il avait plu la veille, et l'eau ruisselait encore sur les brindilles et les feuilles qui jonchaient le sol.

Il avait soif. Pas au point, toutefois, de ne pouvoir attendre de boire aux robinets de la cuisine de Zaïde et de Bobe, dans leur nouveau logement. Sa soif semblait liée à une vague nostalgie engendrée par la désillusion, et on eût dit que son intense déception avait distillé son propre analgésique pour l'étancher en partie. Un rêve l'envahit soudain, qui le souleva et l'emporta loin au-dessus du découragement et du chagrin diffus : il était un éclaireur, un explorateur de l'Amérique inconnue, solitaire, intrépide et pouvant compter sur ses propres ressources, qui parcourait le pays imaginaire et arrivait à ce ruisseau au cœur de la forêt vierge. L'espace d'un instant, une pensée lui traversa l'esprit, qui allait à l'encontre du reste : et si quelqu'un avait pissé dans le ruisseau qui coulait à ses pieds ? Bien que l'eau parût claire, il n'était peut-être pas prudent de boire. Mais il devait faire preuve de détermination — il était un éclaireur audacieux vêtu de peaux de daim, un explorateur de grande envergure qui, silencieux comme une ombre, se glissait dans les contrées sauvages : il avait pris une nouvelle résolution, prononcé un nouveau « serment d'allégeance », conclu une alliance qu'il était incapable de nommer, une alliance américaine ; et il devait boire pour la sceller. Il s'agenouilla, et, le visage penché au-dessus du petit ruisseau, il but quelques petites gorgées...

CHAPITRE IV

C'était encore les vacances, quelques jours avant la rentrée de septembre. Ira avait tellement insisté auprès de Ma pour retourner dans la 9e Rue, revoir l'East Side — une envie d'autant plus forte qu'il habitait à présent la 119e Rue à majorité irlandaise — qu'elle avait fini par céder. En vérité, elle aussi désirait revoir les voisins et les connaissances de son ancien quartier. Un matin, avant la Fête du travail, ils se préparèrent donc à partir.

Bien récuré, vêtu d'une chemise propre et de son plus beau pantalon de golf, il gambada autour de Ma tandis qu'ils longeaient la 116e Rue en direction de la station du métro aérien de la Deuxième Avenue où Pa leur avait conseillé d'aller. Ils montèrent dans le train presque vide qui roula avec fracas vers le centre-ville, s'arrêtant à d'innombrables stations, pendant qu'Ira, fou de joie, agenouillé sur le siège couleur paille, contemplait par la fenêtre ouverte les toits et les auvents rouillés des façades, une enfilade de tristes petits immeubles de briques qui bordaient la ligne du métro.

Enfin ils arrivèrent à la station de la 8e Rue ! Tenant à peine compte des avertissements de sa mère, Ira dévala les escaliers jusqu'à la rue, laquelle se situait au-delà de la limite des territoires que ses copains et lui avaient explorés : la Deuxième Avenue ; pourtant, il distinguait déjà des repères familiers : la

Première Avenue, la tache de verdure que formait le petit parc de l'Avenue A, là où se trouvaient les Bains publics. En compagnie d'Izzy, de Heshy, de Mutke et des autres gamins de l'East Side, il y prenait des douches en été et s'amusait à glisser sur ses petites fesses roses sur les carreaux mouillés.

Ils poursuivirent leur chemin ; et bientôt il fut dans son ancien quartier, l'Avenue C, avec les files de charrettes à bras, l'agitation, les marchandages, les cris vantant les marchandises — en yiddish —, la foule des gens qui faisaient leurs courses et parlaient avec les mains, une foule juive, et puis les papillotes. Il apercevait déjà la grande maison de briques rouges — la sienne ! — à l'angle de l'Avenue D..., les fenêtres tout en haut, près du toit, les siennes, et un petit bout du fleuve, l'East River, si frais, qui n'avait pas bougé, au-delà des dépotoirs où flottait l'odeur de charogne des cadavres de chats, où ils jouaient à imiter les mouvements de l'un d'entre eux parmi les vieilles chaudières et les débris de machines, devant l'atelier du maréchal-ferrant qui puait les sabots brûlés et la petite maison de bois où le fils du concierge polonais, un blond, l'avait traité de youpin : et Ira de répliquer : « Attends qu'on se retrouve dans la rue ! » Comme il était intrépide alors, un sacré bagarreur disaient les autres gamins ; il avait posé pour sa ferrotype en posture de boxeur, et lorsque la mère d'un garçon à qui il avait donné un coup de poing sur le nez fit irruption à la maison, furieuse, il avait dû se cacher sous le lit pendant que Ma répondait qu'il n'était pas là. À présent, il se sentait mal à l'aise, pénétré d'un sentiment d'appréhension.

« Je veux revenir ! s'écria-t-il soudain en anglais. (Il était sûr que Ma comprendrait.) Je veux retourner dans la 9e Rue. Je veux revenir ici. Je ne veux pas habiter Harlem.

— *Bi'st meshugge ?* demanda Ma, surprise. Tu es fou ?

— C'est plein d'Irlandais. Ils veulent tout le temps se battre.

— Et tu peux pas ? depuis quand ?

— Si, mais pas contre tous à la fois ! Ils sont tous irlandais. Tout le monde est de leur côté.

— *Nou*, il va falloir que tu apprennes à éviter les querelles — par un bon mot, une plaisanterie. Comment je pourrais t'aider ? C'est l'éternelle histoire des Juifs parmi les goyim. Tu as une cervelle de Juif. Il faudra que tu t'en serves pour apprendre à te débrouiller seul.

— Ouais, mais même la 114e Rue c'était mieux !

— Où je restais toute la journée à contempler les murs de briques ? Qu'est-ce que j'y peux si ton père est un fou qui ne cherche que les *drek* ? Douze *shmoulyaris* par mois. Un dollar ou deux de plus, et louer quelque chose avec l'électricité, l'eau chaude ? Non ! Un esprit tordu. Et chaque penny, il l'économise pour acheter du lait aux fermiers, pour acheter de l'avoine, pour acheter du foin. Et il travaille jour et nuit. N'importe qui serait content de travailler pour un patron. Qu'est-ce que je peux faire ?

— Ah !

— Va ! ne sois pas bête. Là, j'ai mes sœurs, ma mère, un peu de bonheur. Lui, il a son écurie à côté. Il faudra que tu t'y habitues. »

Ira garda le silence. Inutile de continuer. Ils passèrent devant l'entrée du *heder* situé sur le trottoir d'en face, longèrent la plateforme en planches vermoulues devant la laiterie Levi pour laquelle Pa avait autrefois travaillé, ce quai où Ira s'était assis avec d'autres gamins un après-midi d'été ; il se souvenait encore de Mutke qui disait : « Puisqu'il y a eu une Guerre de l'Argent, c'est quand qu'il y a eu la Guerre de l'Or ? » Ils arrivèrent près de la confiserie où son oncle Morris se montrait si généreux, et il avait même économisé assez de bons d'achat pour l'emmener avec Ma dans le magasin lui acheter un tricycle qu'on lui avait volé dès le premier jour. Comme il avait pleuré ! C'était sa rue, son univers, sa vie. Ici. Où étaient ses copains ?

« Je monte voir Mrs. Dvorshkin. Tu veux venir ?

— Non. Je vais faire le tour du bloc. Peut-être qu'ils sont du côté de la fabrique de meubles. Ils font des arcs et des flèches avec les chutes. »

Elle ne comprit pas.

« *Nou*. Sois prudent, dit-elle en escaladant le petit perron. Ne t'éloigne pas trop. »

Elle disparut dans le couloir.

Il s'attarda un instant devant la maison. C'est dans ce couloir qu'il avait essayé d'embrasser la brune et jolie petite Annie. Elle lui avait griffé le visage. En face habitait Izzy, avec qui il s'était associé pour construire une machine « à tous les coups on gagne » composée d'une flèche sur un panneau de bois divisé en secteurs comportant chacun un lot d'une tablette de chewing-gum, plus un qui offrait un paquet entier. À la lueur des lampes à acétylène des charrettes à bras de l'Avenue C, ils avaient ouvert boutique et invité les passants à risquer un penny. Ils avaient fait du bénéfice, et après l'avoir partagé, ils étaient rentrés chez eux — tard : neuf heures passées, l'heure de se coucher pour Pa, que son métier de laitier obligeait à se lever tôt. Quelle correction il avait reçue ! N'empêche qu'il aurait pu devenir un homme d'affaires, un homme d'affaires juif. C'était amusant et excitant de se retrouver au milieu de la foule du samedi soir, après le shabbat, et de crier : « Tentez votre chance, à tous les coups on gagne ! » Mais maintenant, dans la 119e Rue, les goyim se moquaient des Juifs : « Les Juifs, faire de l'argent, *oï ! oï !* » Certains avaient même appris à le dire en yiddish : *Makh'n geld*, en agitant les mains sous le menton. Comme il détestait ça !

Ah ! l'East River — il marcha vers le coin. La seule fois, ou presque, que Pa avait paru amical, détendu avec lui, et réciproquement, c'est quand ils avaient été s'asseoir sur une grosse poutre au-dessus de l'eau, sur le grand dock en bois au bout de la rue pavée, tandis que la brise paraissait un don du fleuve lui-même, une fraîcheur, une véritable bénédiction.

Non. Personne. Il revint sur ses pas. Peut-être qu'il ferait mieux de rejoindre Ma chez Mrs. Dvorshkin ; peut-être que Heshy y était : le dernier étage, le cinquième, un étage au-dessus de celui où habitaient alors les Stigman ; grimper jusque-là, juste en dessous du toit. Oh ! le jour où Pa avait ri quand ils étaient tous les deux montés sur le toit par une froide journée : Pa avait accroché deux pieds de veau à l'intérieur d'une cheminée qui fumait, ainsi qu'on le faisait dans son lointain pays de l'autre côté de l'océan, la Galicie.

Est-ce que ce n'était pas Izzy qui criait ? Ira s'immobilisa sur le seuil. Un coup de chance ! Il allait entrer mais ils l'avaient vu les premiers. Mieux : ils avaient un chariot, Heshy et Izzy qui venaient vers lui par l'Avenue C, l'un qui le poussait et l'autre qui le dirigeait à l'aide de cordes attachées à l'essieu de devant, et maintenant qu'ils l'avaient reconnu, Heshy accélérait. Ira courut le long du caniveau à leur rencontre.

« Izzy ! Heshy ! »

Oh ! c'était comme s'il n'était jamais parti ! Cette manière qu'avait Izzy de faire grimper le chariot sur le trottoir pour éviter un chargement laissé par un cheval ! Et tous trois dansèrent de joie en se retrouvant. Izzy, vif, le teint basané, avec ses épais sourcils et son nez épaté. Heshy avec son beau sourire et ses cheveux blonds qui dégageaient une légère odeur de ranci, comme s'ils avait été enduits de vieux beurre. Ils parlèrent en vrac du passé, de leurs jeux, de qui habitait maintenant « sa » maison et de la façon dont ils avaient obtenu les roues de landau — en échange de patins à roulettes « avec déjà des petites roues en acier ». C'est eux qui étaient à présent associés dans la machine « à tous les coups on gagne ».

« T'as grossi, dit Heshy. Ça te plaît où t'es ?

— Non, c'est moche. Ça vaut rien ! (Ira en aurait pleuré.) C'est plein de sales goyim d'Irlandais. Ils me traitent tout le temps de sale Juif, et ils cherchent sans arrêt la bagarre.

— Tu sais te battre, lui rappela Izzy. Alors, casse-leur la figure.

— Pas là-bas, dit Ira en baissant la tête d'un air renfrogné. Tout le monde est de leur côté.

— Y a pas de Juifs ? demanda Heshy, incrédule.

— Presque pas.

— Alors pourquoi vous êtes allés là-bas ? » s'étonna Izzy.

Ira s'efforça de leur expliquer.

« Et où tu vas au *heder* ? demandèrent-ils.

— J'y ai pas encore été.

— Ooh ! Tu vas pas au *heder* ? Y a pas de *heder* ?

— Si, mais mon père il veut l'argent pour acheter une voiture de laitier. »

Il leur fallut quelques secondes pour se pénétrer de toute la gravité de cette réponse.

« Tu veux monter ? lui proposa Heshy.

— Non, c'est ton chariot. Je vais pousser.

— Non, monte.

— Non, je pousse d'abord.

— Allez, monte », insistèrent-ils.

Il protesta en vain. C'était pas l'habitude, il fallait pas : c'était leur chariot. Il était censé pousser d'abord ; le code l'exigeait. C'est seulement quand il leur aurait fait faire le tour du bloc à leur entière satisfaction, et seulement là, qu'il aurait le droit de demander à s'asseoir sur le siège du conducteur et à tenir les cordes qui permettaient de diriger le chariot. Tout le monde savait que c'était l'ordre établi. Mais les deux autres ne voulaient rien entendre. Il était leur invité. Et puis regardez comme il était beau ! Une chemise propre, un pantalon de golf propre. Il allait se salir tout de suite en poussant.

Finalement, ils l'emportèrent : c'est eux qui le poussèrent ! Installé sur le siège, malheureux, s'élevant contre ce privilège immérité, il les laissa se relayer pour le pousser de l'Avenue D jusqu'au milieu de l'Avenue C, et retour.

« Maintenant à moi », réclama-t-il.

Personne ne pouvait plus nier que c'était son tour de pousser. Mais ils refusèrent. Non, il n'avait pas besoin de le faire. Pas de problème. Et puis sa mère risquait d'arriver et elle ne saurait pas où il était. Il valait mieux qu'il reste là. Ils pourraient descendre en roue libre la petite pente devant « l'usine à glace », en face des rails du tramway de la 10ᵉ Rue. Ils n'auraient qu'à amener le chariot vide jusqu'en haut. Ainsi, Izzy qui conduisait et Heshy qui poussait, ils le laissèrent au coin de l'Avenue D.

Sa gorge se serra sous l'effet d'un chagrin inexprimable ; il refoula les larmes qui gonflaient ses yeux. Maintenant il faisait figure d'invité parmi eux. Lui encore si semblable aux autres deux mois auparavant se voyait à présent exclu de la famille qu'ils formaient. Il le pressentait : le traitement particulier qu'on lui réservait était le signe de son bannissement.

Ma remarqua son silence pendant le long trajet du retour.

« *Nou*, tu t'es bien amusé ? demanda-t-elle.

— Ouais.

— Tu n'as rien à raconter ? Tu étais si impatient d'y aller. (Elle l'étudia attentivement.) Pourquoi tu boudes ?

— Je ne boude pas. Je ne veux pas parler yiddish dans le train.

— Personne n'écoute.

— Je veux pas parler, c'est tout.

— Stupide enfant. Jusqu'à la 116ᵉ Rue ? »

Ira ne répondit pas.

« Tu as besoin de faire pipi, c'est ça ?

— Non, j'ai fait dans la rue.

— Tu as faim ?

— Non, répondit-il avec irritation. Laisse-moi tranquille.

— Alors je ne parlerai plus — jusqu'à la maison. (Elle se pencha et murmura pour le taquiner :) Après, je pourrai ?

— Je vais enlever mes belles affaires et aller à la bibliothèque.

— Ah ! Une autre histoire avec un ours. Ça sera encore ouvert ?

— Jusqu'à six heures ils laissent entrer. »

CHAPITRE V

Combien il avait changé au cours de ces derniers mois, entre le moment où ils avaient emménagé dans la maison de la 119e Rue et celui où son oncle Harry avait quitté l'école. Il était différent maintenant, différent de ce premier jour, quand il avait aidé Ma à sortir du tonneau à sucre la vaisselle emballée dans des journaux yiddish. Comme il s'ennuyait, il quitta la cuisine, descendit l'escalier recouvert de lino avec toute la prudence d'un jeune animal explorant un nouvel environnement, franchit rapidement le long couloir sombre sur lequel donnaient l'appartement du concierge et celui occupé par les fabricants de cigares. Un peu plus tôt, il les avait vus assis près de la fenêtre ouverte du rez-de-chaussée en train de rouler des cigares. La lumière brillait sur les vieilles boîtes aux lettres en cuivre de l'entrée. Dehors, trois gamins étaient assis sur les marches de pierre du perron, trois gamins de son âge, les cheveux décolorés par le soleil. Il attendit un instant devant la porte — ils parlaient entre eux avec la voix dure et claire des Gentils —, à guetter un signe indiquant qu'ils avaient remarqué sa présence. Celui qui se trouvait au milieu — il s'appelait Heffernan, comme Ira l'apprendrait plus tard — finit par tourner la tête :

« T'habites ici ?

— Ouais. On vient d'arriver.

— On veut pas de maudits Juifs ici.

— Non ?

— Non. (Le garçon avait les yeux bleus, un air batailleur, une peau claire et un nez retroussé.) Espèce de sales Juifs, pourquoi vous restez pas chez vous ? »

Poignardé au cœur, Ira recula dans le couloir, remonta les escaliers quatre à quatre et fit irruption dans la cuisine.

« Qu'est-ce qui se passe ? demanda Ma.

— Ils sont assis sur le perron, les Irlandais.

— Et alors ? Ils ont bien le droit.

— Ils ne m'aiment pas. Ils m'ont traité de sale Juif.

— Ce n'est pas nouveau, dit Ma. Qu'est-ce que tu veux attendre des goyim ? Ne joue pas avec eux. Va ailleurs. Va chez Bobe. Va dans la 114e Rue où on habitait. Je te regarderai par la fenêtre jusqu'à ce que tu aies tourné le coin.

— Je ne veux pas aller là-bas.

— Alors reste ici et aide-moi à déballer la vaisselle de *Pessah*.

— Je ne veux pas rester ici, je veux descendre.

— Alors qu'est-ce que tu espères de moi ?

— On n'aurait pas dû venir ici.

— Voilà que tu recommences ?

— Ouais.

— Je suis plus inquiète de ne pas avoir encore mis la main sur mon collier de corail rouge, le cadeau de noces de ma tante Rachel de Lemberg, dit Ma en déchirant le journal yiddish qui enveloppait la salière en argent de *Pessah*. Des voleurs et des sans cœur, ces déménageurs. Je ne le trouve nulle part. Mon beau collier de corail. *Gevald !* Où est-il ? (Puis, s'adressant à Ira d'un ton fâché :) Ne fais pas comme ton père. N'aie pas peur des goyim.

— Je n'ai pas peur ! explosa Ira. Ils sont trois sur les marches !

— Alors qu'est-ce que je peux faire ? Tu veux que je me batte avec eux ? »

Plein de ressentiment, il quitta la cuisine, traversa les deux chambres qui venaient d'être repeintes pour entrer dans la salle de séjour, dont les meubles étaient encore posés n'importe comment, et alla se pencher par la fenêtre ouverte qui donnait sur la rue. L'autre fenêtre donnait sur l'escalier de secours et le palier extérieur en fer noir qu'ils partageaient avec leurs voisins. En bas, les gamins étaient toujours assis sur les marches du perron, le blond au milieu, ce sale Irlandais qui l'avait traité de sale Juif. Il allait lui montrer !

Dissimulant ses dispositions belliqueuses à sa mère, et se contentant de répondre par un « ouais » qui n'engageait à rien quand elle lui dit d'un ton à la fois impératif et soucieux que quelques bonnes paroles lui éviteraient les ennuis, il ressortit. Ils lui tournaient le dos et le soleil brillait sur leurs cheveux blonds. Les poings serrés, il se glissa derrière Heffernan et le frappa de toutes ses forces sur la joue. Le gosse vacilla sous l'impact. Ira regagna le couloir en courant et remonta chez lui.

Il ne dit rien à Ma. De retour à la fenêtre, il constata qu'ils n'avaient pas bougé. Quelques instants plus tard, l'un des trois s'en alla. Ira dégringola l'escalier. Prêt à la bagarre, il descendit les marches du perron, jetant un regard vindicatif sur Heffernan. Le gamin lui adressa un gentil sourire de reproche, une offre de trêve.

Voilà ce qu'il aurait dû faire, ne cesserait-il de se répéter des années plus tard : se battre, à la loyale ou en traître, mais se battre. Il se souviendrait de « Greeny » qui avait quelques années de plus que lui, mais qui était un « greenhorn » intégral, un jeune immigrant venu de Russie dont la famille était arrivée en Amérique à peine quelques mois avant les autres parents d'Ira. Greeny s'était battu contre ses persécuteurs irlandais de la 119ᵉ Rue. Bien que recevant à chaque fois une dérouillée, le nez en sang, les yeux au beurre noir, il recommençait sans arrêt. Il finit ainsi par se faire accepter par les Irlandais ; ils l'emmenèrent au gymnase de l'école paroissiale pour lui apprendre à boxer. Ils vinrent l'encourager lors de son premier combat, et lui jouèrent un sale tour d'Irlandais en lui conseillant de se gaver de nourriture et de bière pour prendre des forces. Il vomit tripes et boyaux sur le ring, à l'immense joie des spectateurs. N'empêche qu'ils l'acceptèrent, avec son grand nez, son accent juif et tout le reste. Il devint un membre à part entière de la bande de la 119e Rue.

Il aurait donc dû se battre, se dit-il, et il se rappela que déjà à l'époque, dès son arrivée dans la 119e Rue, il retint la leçon — même s'il n'en tira pas profit. Il n'avait pas le courage moral — lui semblait-il —, ni le cran, ni la persévérance nécessaires à affronter une telle situation. Et puis il devint tout mou. Peu après le début du deuxième trimestre, il ramena à la maison un mot de l'infirmière de l'école disant qu'il souffrait de « malnutrition » — mauvaise alimentation, lui expliqua son professeur —, ce à quoi sa mère répliqua avec mépris : « Je ne te donne peut-être pas assez de *bulkies* et de beurre, et puis de *latkes* et de crème ? » Mou, gros, il perdit son agilité et sa vigueur. Au cours d'une funeste bagarre, à la fin de l'hiver, glissant tout le temps sur la neige fraîche, il était sur le point d'avoir le dessous face à son adversaire, un Irlandais maigre et nerveux dont les deux larges dents de devant qui luisaient de salive le déconcentraient, quand Ma écarta soudain le cercle des gamins hostiles.

« *Gaï araïn !* s'écria-t-elle en levant le bras sur le petit Irlandais.

— Fous le camp, sale Juive ! » la défia le galopin qui cependant recula, mais en ricanant, devant la menace du bras levé de Ma.

Quant à Ira... eh bien, il éclata en sanglots. Jamais il n'oublierait cette humiliation. Existait-il plus cruelle ignominie que d'être sauvé de la défaite par sa mère juive, pâle et agitée, une mère juive hystérique qui s'interposait et devenait l'objet de railleries ? Pleurant à chaudes larmes, il abandonna son adversaire qui exultait et échappa au groupe de gosses ricanants pour se précipiter vers la maison. Il avait l'impression que son courage était à jamais anéanti.

Hélas, il ne se trompait pas. Son effronterie de l'East Side avait disparu. Certes, il continua à se battre dans la rue avec d'autres petits Irlandais, mais toujours dans l'espoir qu'un adulte intervienne, qu'on appelle un flic ou bien que surgisse n'importe quel prétexte pour mettre fin à la bagarre. Il ne retrouva jamais son assurance, ne gagna jamais, ni même n'espéra gagner contre eux. Ô quelle catastrophe que ce changement ! — il la sentait se produire, cette érosion de la confiance en soi, lui qui était naguère si batailleur. Il sentait quelque chose se défaire en lui, sentait s'atrophier le garçon qu'il était dans l'East Side.

Et pour ne rien arranger, au début du printemps, une bande de petits Irlandais, la plupart beaucoup plus jeunes que lui, le suivit un jour depuis le coin de Park Avenue jusqu'au perron de chez lui en chantant : « Le gros, le gros, le rat d'eau, cinquante balles dans la peau ! » Il se retourna une ou deux fois pour leur faire peur, et, poussant des cris ravis, ils s'enfuirent en désordre. Il monta les escaliers et entra dans la cuisine où Pa était seul, en train de lire son journal yiddish. Ira prit un livre de la bibliothèque et se plongea dans un conte de fées...

Un coup frappé à la porte les fit sursauter. Ira alla ouvrir et se trouva devant Mrs. True, la jeune mère de famille irlandaise qui habitait au-dessus de chez eux. Elle était entourée de quelques-uns de ces mêmes enfants qui l'avaient harcelé dans la rue un moment auparavant : elle accusa Ira d'avoir jeté par terre son petit Danny de cinq ans, qui s'était entaillé le cuir chevelu. C'était une jolie brunette, Mrs. True, et la colère qui étincelait dans ses yeux marron rehaussait son visage mutin au teint rose. Ira nia en vain. Il n'avait jamais poussé le petit Danny, ni personne : les enfants lui criaient des injures, il s'était borné à se retourner pour leur faire peur et ils s'étaient enfuis en se bousculant — Non ! c'était pas vrai ! s'exclamèrent les gosses : il avait poussé le petit Danny.

Brusquement, Mrs. True leva la main et gifla Ira. Ce geste, comme s'il constituait pour lui une incitation, libéra toute la fureur empreinte de terreur de Pa. Ira ne se rappellerait jamais avec quoi son père le corrigea, un bâton ou un tisonnier. On le sacrifiait dans le but d'éviter des représailles plus graves. Il se rappellerait seulement avoir rampé aux pieds de son père en criant :« Non, papa ! non ! je t'en supplie ! arrête ! » Ses cris et ses gémissements ne purent stopper la pluie de coups. Et sans l'intervention de Mrs. Shapiro, la nouvelle locataire « sur cour », la petite *Litvak* boulotte, nul ne sait comment cela aurait fini. Pa ne se contrôlait plus et commençait à piétiner son fils, si bien que même la satisfaction affichée par Mrs. True fit place à une expression de dégoût. Mrs. Shapiro, résolue, imperturbable, s'interposa entre l'enfant à terre qui hurlait et sa brute de père.

« Quoi ! vous allez tuer votre fils pour faire plaisir à une goy ? » dit-elle en yiddish.

Elle refusa de bouger, résista aux imprécations de Pa, et, inflexible, résista même à la sauvage poussée dont il la gratifia. Ma, alertée par les cris de son fils qu'on entendait du couloir d'en bas, grimpa les escaliers quatre à quatre et fit irruption dans la cuisine.

« Maman ! »

Jamais son visage ne lui avait paru plus providentiel dans son acharnement à le défendre.

« Fou ! hurla-t-elle à son mari d'une voix rauque. Bête sauvage ! Chien fou ! Qu'est-ce que tu as fait à cet enfant ? Que le ciel te fende en deux ! »

Formidable de fureur, elle affrontait Pa, le menton en avant et les bras levés, prête à frapper. Il recula. Aussitôt, elle se tourna, furieuse, vers Mrs. True :

« Et vous, quoi vous voulez ? »

Mrs. True et sa ribambelle de gosses se retirèrent en silence.

Il se souviendrait de cet effroyable après-midi comme d'une sorte d'expiation pour tout ce qu'il avait été, une sorte d'anéantissement de tout ce qu'il avait autrefois cru juste et louable en ce qui le concernait — et qui ne l'était plus. Il devrait apprendre à agir autrement ; à essayer de... d'éviter les bagarres, les ennuis, les disputes, et puis apprendre à dire oui, à passer sur les différences, à aplanir les aspérités à l'aide d'un mot gentil comme le lui conseillait Ma. Ou d'une phrase qui n'engageait à rien, lancée sur un ton conciliant : « Ah bon ? Je ne savais pas. » Il s'imaginait sentir l'enfant autrefois plein d'assurance de l'East Side se racornir en lui pour ne laisser... qu'une espèce de vide.

CHAPITRE VI

Eddie Ferry devint tout de suite son ami, le petit Eddie Ferry, le fils de la concierge, une veuve qui venait d'emménager au rez-de-chaussée. Ensemble, ils construisirent des téléphones avec des boîtes de conserve, dont le fil, reliant les deux appartements, montait jusqu'au premier étage. Ensemble, ils allèrent se promener du côté de la 125e Rue, un quartier de Gentils, admirant au passage les vitrines des magasins de luxe, toujours inspirés par le même objectif : la grande quincaillerie située aux abords du métro aérien de la Huitième Avenue qui les fascinait tant. Ils restaient là des heures, le nez collé à la double vitrine qui faisait le coin, et leurs doigts curieux couraient sur le verre en crissant et en laissant des traces : oh ! les splendides télégraphes en laiton et les rouleaux de fil de cuivre qui les accompagnaient, et puis les piles sèches, les sonnettes électriques, les équipements de camping, les cannes à pêche et les étincelantes carabines à air comprimé — si seulement ils avaient de l'argent !

Eddie lui apprit comment les choses fonctionnaient. Il connaissait tout en électricité ; il savait comment fabriquer des piles avec les tiges de zinc et de charbon récupérées sur de vieilles piles ainsi que pour dix *cents* de solution de chlorure d'ammonium qu'on se procurait à la pharmacie. Ça ne le dérangeait pas qu'Ira soit juif ; il disait qu'il était différent des autres Juifs, des sales Juifs comme Davey Baer et son jeune frère Maxie qui venaient d'arriver dans l'immeuble en briques rouges d'en face, et qui le battaient toujours au jeu des vignettes de joueurs de base-ball, à pile ou face ou au lancer de pièces. Ce n'est que rarement, et de manière tout à fait occasionnelle que, s'emportant à cause de quelque chose qu'Ira avait dit ou fait, il lui lançait : « Espèce de sale Juif ! »

Mais ça paraissait presque naturel ; il n'y mettait rien de particulier, se contentant de saisir la première arme qui passait à sa portée pour manifester sa désapprobation. Ira apprit à accueillir l'épithète avec un simple sourire de reproche — qui masquait un léger embarras, de la même façon qu'Eddie souriait quand, à bout de nerfs, sa mère fulminait contre les locataires et s'écriait : « Je les emmerde. » (La pauvre femme disait-elle vraiment « je les emmerde », devait se demander Ira des années plus tard, ou bien laissait-elle la fin du mot en suspens ?) C'est avec Eddie, s'abritant derrière son intrépidité irlandaise, qu'Ira commença à explorer les territoires des autres quartiers de la ville, à l'ouest, du côté de Riverside Drive jusqu'au tombeau de Grant et aux voies de chemin de fer de marchandises le long de la large et imposante Hudson River, ou bien vers l'est, vers la 125e Rue bordée, après les marquises des music-halls, de petits restaurants avec des T-bone steaks *traïf* appétissants disposés sur des morceaux de glace dans la vitrine — ainsi que ces étranges et répugnantes créatures tachetées de vert-bleu et munies de grosses pinces qui rampaient paresseusement sur leur lit de glace.

« C'est bon, c'est des homards, assura Eddie à Ira plutôt sceptique.

— Bon ? Ça ? Avec toutes ces pattes vertes ? dit Ira en faisant une grimace de dégoût. Comment tu peux manger ça ?

— Quoi, comment tu peux manger ça ? Bon Dieu ! vous, les Juifs, vous devez être complètement idiots. Ben, tu les fais cuire et tu casses la carapace avec un casse-noix. Ces gros trucs devant, c'est pas des pattes. C'est des pinces.

— Ah bon ? » fit Ira, conciliant.

Eddie représentait désormais le monde auquel Ira aspirait à accéder, celui qu'il voulait être autorisé à partager. Il n'était que trop désireux de glisser sur les différences, d'étouffer ce sentiment d'être un étranger que l'East Side avait implanté en lui à travers le caractère sacré de la nourriture kasher et l'observation des rites. C'étaient autant d'obstacles à son accession à l'univers d'Eddie, un univers de toits et de cerfs-volants, de promenades jusqu'aux magnifiques ponts tournants au-dessus de la Harlem River, pareils à celui qui, au bout de Madison Avenue, pivotait lentement, tout entier, pour laisser passer les bateaux, et même de l'autre côté de la rivière, dans le Bronx inconnu et son réseau ahurissant de voies de chemin de fer autour des immenses gares de marchandises. Ou encore loin à l'est, après la petite Italie où les gens parlaient une langue bizarre et marchandaient en longues syllabes parfois stridentes, avec de grands gestes, au-dessus de curieuses marchandises étalées sur des charrettes à bras ou dans des vitrines, et dont même Eddie ignorait le nom — « Bah, c'est des trucs pour les Ritals » —, jusqu'à la piscine flottante de l'East River où, sous la tutelle d'Eddie, Ira finit par apprendre à flotter dans l'eau et, miracle, à nager en chien parmi les gosses nus qui s'arrosaient en poussant des cris perçants. « Tout le monde pisse dans l'eau, alors en avale pas ou ça te fera dégobiller », lui recommanda Eddie. Ensemble, ils escaladèrent les rochers qui sentaient la merde et menaient au sommet de Mount Morris Park...

Quelque chose le tracassait, quelque chose qui demandait à être pris en considération et exigeait un retour en arrière par souci d'authenticité. Cette omission suscitait en lui un sentiment de panique, une peur irrationnelle apparentée à la catastrophe qui avait stoppé le cours normal des événements et qui, maintenant, de manière imprévue, étendait dans le présent ses tentacules au cœur de sa psyché. Peu importe, essaya-t-il de se rassurer — ajoute ce qui a été omis et continue ; la substance en est insignifiante. Pourtant, sans cela, le récit demeurera imparfait, et le portrait incomplet : Ira et ses parents n'étaient pas les premiers Juifs à habiter la 119e Rue. Bref, encore que cela doive priver l'auteur d'une situation dramatique fort alléchante, il faut reconnaître qu'il avait la possibilité de fréquenter d'autres enfants juifs.

Une autre famille juive habitait la même maison que lui, Mrs. Schneider, de l'appartement d'en face, mais elle n'avait pas de garçons de son âge. Des Juifs logeaient peut-être déjà dans le grand meublé de Jake au coin de Park Avenue, mais aucun gosse ne venait jouer dans sa rue. Quelques Juifs occupaient l'immeuble de cinq étages à l'autre coin de Park Avenue (un immeuble avec eau courante chaude et froide — et chauffage à la vapeur), assez confortable pour abriter la famille du pharmacien juif, Biolov, dont l'officine — le drugstore — se trouvait également au coin, et dont la femme grassouillette et condescendante promenait le plus luxueux landau de tout le quartier. Mais aucun des gamins de cet immeuble, même ceux qui étaient assez grands, ne jouait dans la 119e Rue. Seuls le faisaient ceux de la famille juive indigente qui vivait en face, dans le bâtiment de briques rouges de cinq étages avec eau froide seulement : Davey, décharné et brun de peau, et son jeune frère Maxie, tout aussi décharné et brun. Ils avaient une sœur, Dora, qui venait entre les deux, craintive et fuyante comme une souris, d'une peau aussi brune qu'eux, et aussi un petit frère, un bébé, couvert de plaques affreuses. Leur mère était mince et brune, et leur père petit et affable.

Ils vivaient dans une telle pauvreté qu'Ira lui-même, pourtant habitué à la misère noire, et n'y prêtant d'ailleurs guère attention, resta tout interdit la première fois qu'il entra chez eux. Oublierait-il un jour le bébé plein de croûtes, dans sa chaise haute tout éraflée et tachée, attrapant un cafard dans son poing sale et voulant le mettre dans le verre de thé de son père qui, à moitié gâteux devant lui, se contentait de lui adresser de tendres reproches ? Mr. Baer était un joueur, affirmait Ma : il refusait de faire quoi que ce soit en dehors de passer son temps devant les tables de cartes. Les faméliques Davey et Maxie étaient eux aussi des joueurs acharnés. Ils pratiquaient tous les jeux avec une égale concentration et ne cessaient de crier et de se disputer. Ira ne le supportait pas. Il apprit très vite à éviter de les affronter sur ce terrain.

Ils firent connaissance l'après-midi même où Ira frappa Heffernan en traître. Les deux frères étaient comme lui de nouveaux arrivants. Leur judéité commune confirmée, et affirmée, car à présent ils étaient trois, ils partirent en excursion. Ils pénétrèrent dans Mount Morris Park à l'angle de la 120e Rue et de Madison Avenue, contemplèrent avec émerveillement la grande colline rocheuse plantée d'arbres qui se dressait au milieu du parc, et levèrent un regard perplexe sur le clocher en bois juché au sommet. Ils sortirent à l'autre bout, par la 124e Rue, puis tournèrent vers l'ouest pour longer les demeures de grès brun endormies parmi lesquelles on remarquait le bâtiment gris et sage de la bibliothèque municipale. Ils traversèrent Lenox Avenue, bruyante et animée, puis un quartier riche et tranquille, avec ses maisons bourgeoises, et débouchèrent sur la Huitième Avenue et ses immeubles de luxe, ses boutiques élégantes ; des Pierce Arrow et des Packard étaient garées le long du trottoir. Tous trois ouvraient de grands yeux ; à l'angle de la 125e Rue et de la large avenue, l'imposant hôtel Theresa semblait écraser tous les immeubles cossus du voisinage. Au coin même où ils se tenaient, sur la 124e Rue, de somptueux bacs, une rangée entière de bacs contenant de petits arbres verts, s'alignaient impeccablement sur le trottoir, disposés tout près les uns des autres si bien que les branches s'entrelaçaient. Ils formaient une haie de verdure devant un restaurant ; ils délimitaient une terrasse.

Ils s'avancèrent en catimini et jetèrent un coup d'œil au travers du feuillage : ils distinguèrent de jolies tables rondes recouvertes de nappes à carreaux bleus et blancs et ornées chacune d'un vase de fleurs de couleur crème placé au centre. Le serveur, un blond avec un nœud papillon et un gilet à rayures lie de vin, qui était en train de mettre les couverts sur l'une des tables, leva la tête, et son regard se posa sur la haie de verdure derrière laquelle se dissimulaient les trois gamins juifs. Il parut ne pas les voir. Il prit une serviette, sembla balayer une miette, et, l'air toujours concentré sur sa tâche, se dirigea avec nonchalance vers l'entrée de la terrasse. Mais Davey, qui avait percé à jour ses intentions, fit signe aux autres de se préparer à s'enfuir. Dès que le serveur sortit en courant, ils lui filèrent sous le nez. Ils s'enfuirent en désordre par la 124e Rue ; il se précipita à leurs trousses, mais renonça vite. Lorsqu'ils regardèrent par-dessus leurs épaules, ils constatèrent qu'il avait abandonné la poursuite — ou du moins feint de le faire. Ils s'arrêtèrent donc à leur tour, au milieu de la petite rue déserte, puis Davey et Maxie, les mains en porte-voix, lancèrent un grand cri de délivrance et de défi auquel se mêlait un restant de peur.

CHAPITRE VII

L'été se termina et il n'avait toujours pas été au *heder*, sous prétexte du bouleversement apporté par les déménagements successifs, passant de l'East Side à la 114e Rue dans Harlem, puis de là à la 119e. En outre, les cours coûtaient vingt-cinq *cents*; Ma n'était alors que trop heureuse de ne pas avoir à débourser une telle somme, car les finances de Pa se trouvaient au plus bas : ses illusions d'obtenir que les fermiers lui fournissent du lait en gros aux entrepôts du West Side s'étaient envolées, et avec elles son rêve de devenir un entrepreneur. Les grandes compagnies — les mots qu'il saisissait çà et là dans les conversations de ses parents finissaient par s'associer pour former un sens —, les grandes compagnies, donc, empêchaient Pa de mener à bien son projet ; elles déjouaient ses plans; elles recommandaient aux fermiers de ne pas lui vendre de lait. D'un ton empreint de pitié, ou de dérision, il arrivait que Ma, Zaïde ou l'un des oncles d'Ira dise :

« Il s'imagine que les grandes compagnies vont le laisser livrer du lait en indépendant ? Que Borden et Sheffield vont le laisser jouer sur leur terrain ? Allons donc ! »

Pendant quelque temps, la voiture de laitier anonyme de Pa demeura garée devant chez eux, tandis qu'entre les brancards le pauvre vieux canasson — dont Ira avait honte au milieu de tous ces goyim — dressait l'encolure pour attraper ce qui restait d'avoine au fond de son sac de nourriture, piaffait pour chasser les mouches agglutinées sur ses jambes au-dessus du crottin, et piaffait aussi quand les gamins irlandais lui arrachaient les longs poils de sa queue pour en tresser des bagues. Puis le cheval et la voiture disparurent, au soulagement d'Ira. Ils furent aussitôt remplacés par un autre cheval, et une autre voiture, qui ressemblait beaucoup à la première mais sur les flancs de laquelle était peint en larges lettres blanches : BLANCHISSERIE DE HARLEM, cependant qu'à l'intérieur s'entassaient de gros sacs gris pleins de linge sale à laver, ou bien de linge propre encore dégoulinant à livrer. Ils disparurent également, et Pa se retrouva sans travail. Furibond et sans travail. L'alliance en or de Ma, la bague de diamant qu'elle avait payée en plusieurs versements au grand-oncle Nathan d'Ira, quand ils habitaient encore l'East Side, l'argenterie de la Pâque et la montre en or de Pa, tout cela fut mis en gage — et Ira dispensé d'aller au *heder*.

Pourtant, il conserva sa facilité à lire l'hébreu. La religion continua à maintenir son emprise durant ces premiers mois où ils avaient quitté la 9e Rue pour Harlem. Il accompagnait même Zaïde, lors des prières du samedi matin, à la minable petite synagogue située au rez-de-chaussée d'une maison de la 115e Rue Est, avec ses quelques rangées de bancs inconfortables, ses livres de prières qui sentaient le moisi, et dont les Juifs barbus ressemblant à Zaïde tournaient les pages écornées à l'aide de leur pouce qu'ils humectaient d'une manière si particulière. Pendant qu'ils priaient, ils reniflaient et lâchaient des crachats sur le plancher nu, qu'ils écrasaient sous leurs semelles, sans cesser de *davenen*, et de *davenen*, et de se balancer sur un rythme irrégulier et résolu. Au cours de ces premières semaines, Ira retournait même le samedi en fin d'après-midi avec Zaïde pour l'office du soir, le *havdala*, célébré par Schloïme F., l'oncle de Zaïde, impérial, lorsque, avec son haut-de-forme en soie noire, il se rendait à la *shul* pour le shabbat. Sa barbe blanche fourchue frôlant le rouleau de parchemin sur le lutrin, il priait en se raclant la gorge à profusion. Ira, en petit-fils respectueux, s'efforçait de mériter les éloges et restait jusqu'à la fin du *havdala* dans la sinistre synagogue. Après le shabbat, et une fois allumées les ampoules nues du plafond, il partageait leur léger repas : le petit gobelet de vin que lui tendait l'un ou l'autre des membres de la communauté rayonnant et riche, un morceau de hareng mariné, une tranche de pain de seigle et les extraordinaires, les stupéfiantes et grasses olives grecques d'un noir de jais dont on finissait par se régaler, en dépit de la légère répugnance qu'on éprouvait au début.

Ainsi se déroulèrent les premières semaines, cependant que Harlem supplantait petit à petit l'East Side, gravait de nouvelles impressions sur les anciens souvenirs, comme ces brins de raphia qu'il tressait à l'école pour en faire des tapis, de nouveaux brins qu'on mêlait aux vieux. Après l'office du samedi matin, il montait avec Zaïde dans la cuisine — ou bien on l'invitait à venir allumer la cuisinière à gaz puisqu'il était trop jeune pour pécher —, et demeurait ensuite un moment à parler avec la douce Bobe tandis que chauffait le repas de son mari. Une fois servi, celui-ci se mettait voracement à manger, s'interrompait, et, la bouche encore à moitié pleine, disait :

« Tiens, mon enfant, avant de partir, goûte-moi ça. »

Il prenait une patte de poulet bouilli dans son assiette, arrachait d'un coup de dents le bulbe charnu à la base, puis tendait à son petit-fils ce qui restait de la patte jaune terminée par des doigts maigres.

« Merci, Zaïde. »

Avant la fin de l'été, les affaires de Pa s'arrangèrent. Sur les sollicitations pressantes de son beau-frère Moe, il devint garçon de restaurant dans le même établissement où celui-ci était serveur, chez Karg & Zinz. Le franc et robuste Moe était un homme de cœur, qui s'efforçait d'aider sa sœur dans le besoin. Mais avant de démissionner — ou de se faire flanquer à la porte —,

Pa fit une scène terrible. Ira ne l'apprit que des années plus tard, de la bouche même de son père qui riait encore de la farce dont il était à l'origine (il possédait en effet en commun avec son fils le don de percevoir le côté absurde des situations délicates dans lesquelles il se mettait tout seul). Il raconta que l'un des propriétaires, Mr. Zinz, était tout le temps sur son dos et considérait d'un regard désapprobateur tout ce qu'il faisait (hélas, il ne supportait aucune forme de subordination). Il adressait des « observations » à Pa sur son travail. Moe lui conseillait en vain : « C'est le patron, il te paye, et tu encaisses une jolie part des pourboires que ramassent les cinq serveurs ; tu gagnes ta vie. Chaque serveur reçoit des "observations" des clients, quand ce n'est pas du patron. Et chaque serveur le sait parfaitement, conclut-il. Quand on te fait une observation, tu la glisses dans ta poche. »

Rien à faire. Pa projeta un pichet d'eau sur la grande glace du mur. Un client alla chercher un flic qui arriva au moment où le grand Mr. Zinz, fou de rage, était sur le point d'administrer une raclée à Pa qui se changeait dans la cave du restaurant. « Regardez-le et regardez-moi, dit Pa au flic irlandais à la large carrure. Qu'est-ce que je peux lui faire ? Il voulait me donner une correction, alors j'ai lancé le pichet pour que quelqu'un appelle la police. » Et il avait réussi à « produire quelques larmes », ajouta-t-il à titre de parenthèse cynique. Le policier finit par menacer Mr. Zinz de l'arrêter.

Le geste de Pa provoqua une cassure entre Ma et le reste de sa famille : Zaïde eut beau condamner la conduite de son gendre, et, avec son ton acerbe habituel, le qualifier de fou, Ma prit le parti de son mari injustement traité et persécuté — comme elle continuerait à le faire un certain temps, jusqu'à ce que sa véritable nature lui apparaisse et qu'elle ne puisse plus la nier. Pa, en réponse, considéra la brouille avec son mépris typique — et son ingratitude toute aussi typique. « Je n'ai pas besoin de leur aide. J'ai maîtrisé l'art de ce métier, déclara-t-il, dédaigneux. J'en ai appris toute la technique. Et si j'ai besoin de mes beaux-parents, tu sais où ? Dans le derrière ! Je suis un serveur accompli, maintenant. »

Il tira profit de sa vantardise. Vêtu du faux plastron qu'il venait d'acheter et d'un smoking d'occasion, il réussit à se faire passer pour un serveur. En peu de temps, il en devint un excellent. Ses revenus augmentèrent, mais dans quelle mesure ? Il garda le secret là-dessus — comme toujours.

On récupéra les objets de valeur mis en gage. Et une nouvelle fois, Ma souleva la question du *heder*. Ce coup-ci, c'est Ira qui résista :

« Je ne veux pas y aller !

— Tu dois y aller. Comment, tu veux pas y aller ? Tu vas devenir un vrai goy. J'ai les vingt-cinq *cents*. Tu n'as plus aucune excuse pour ne pas y aller. Comment tu vas préparer ta barmitsva ? Et qu'est-ce que Zaïde va dire ? Je ne veux plus entendre de protestations. Je vais chercher le *melamed* le plus près.

— Nonnn ! »

Gémir ne servit à rien. Elle traîna son fils chez le professeur d'hébreu qui tenait son *heder* dans la salle de séjour de son appartement de la 117e Rue, à l'est de Madison Avenue, et après s'être mise d'accord avec lui, elle y laissa Ira. On était à la fin du printemps. En raison de la mésentente entre sa famille et celle de ses grands-parents, plusieurs mois s'étaient écoulés depuis la dernière fois qu'il avait accompagné Zaïde à la *shul*. Et au grand chagrin d'Ira — et à son étonnement aussi —, l'hébreu qu'il récitait comme un perroquet avec tant de facilité peu de temps auparavant commençait à faiblir. Alors qu'il avait été chaudement félicité par son grand-père — et par son dernier *melamed* qui, surtout le dimanche matin quand il se trouvait seul en compagnie de son élève dans le *heder* installé dans une boutique en sous-sol vide, avait souvent récompensé Ira d'une petite pièce pour ses mérites —, il était à présent l'objet de fréquentes remarques, de claquements de langue et de hochements de tête désapprobateurs ainsi que de mesures disciplinaires, comme se faire tirer l'oreille. Son aisance d'antan ne lui revint pas, ni son désir de plaire. Suivre le texte devenait de plus en plus pénible. Il semblait régresser plutôt que progresser. Les réprimandes orales se changeaient de plus en plus souvent en réprimandes physiques : oreilles tordues, bras secoués, une tape impatiente sur la cuisse.

« Je veux plus y aller ! cria-t-il à Ma après quelques semaines. J'y vais pas !

— Tu y vas ! Je vais le dire à ton père. Il va te donner à réfléchir.

— Je m'en fiche. Qu'il me batte, ça m'est égal. J'irai pas ! Le rabbi pue. Sa bouche pue. Elle pue la cigarette et l'oignon !

— Va raconter ça à d'autres ! Il se plaint que tu ne fais rien. Tu n'écoutes pas. À chaque observation, tu ergotes, tu hausses les épaules. Qu'est-ce qui t'arrive ? Il y a un an, plus d'un an même, le *melamed* de la 9e Rue, il me disait que tu étais prêt à commencer le *Khumesh*, à apprendre la Torah. Pauvre de moi ! S'il voyait quel goy tu es devenu, les ténèbres obscurciraient ses yeux.

— Je m'en fiche.

— Et qu'est-ce que tu sauras pour ta bar-mitsva si tu ne vas pas au *heder* ? Et Zaïde, qu'est-ce qu'il dira quand il apprendra que tu *davenst* comme un muet ?

— Et après ? Je vais plus jamais chez Bobe. Je peux aller au *heder* juste avant la bar-mitsva.

— *Oï ! gevald !* La peste soit de toi ! Je ne te laisserai pas devenir un goy ! Là-dessus je ne céderai pas. On trouvera un autre *melamed*. »

Elle en parla à Pa.

« Avec la façon dont tu l'as élevé, ça n'a rien d'étonnant, répliqua-t-il. Une mère comme il faut l'aurait rondement giflé et expédié là-bas sans discuter. Et puis ça te fera économiser une pièce de vingt-cinq *cents* sur l'argent que je te donne, s'il ne va pas au *heder*.

— *Gaï mir in d'rerd!* J'ai dit qu'on trouverait un autre *melamed*, s'écria Ma, rouge de colère. Qu'est-ce qu'un homme n'inventerait pas : j'économise tout un *quarter* si ce galopin ne va pas au *heder*? C'est ça qui compte? Je donnerais avec joie deux fois plus pour qu'il aille au *heder*, et qu'il y aille de bon cœur. Qu'est-ce que mon père il va dire quand il apprendra ça?

— Ce Juif dévot! Qu'il l'apprenne! Je ne suis pas assez bien pour lui. Que son petit-fils devienne donc un goy.

— Quel rapport?

— Fous-moi la paix! Tu tiens à ce qu'il y aille, alors envoie-le.

— Et pas toi? Tu es son père.

— C'est surtout le fils chéri à sa maman! »

Ma resta un instant silencieuse, puis elle reprit avec un profond soupir :

« Je vois, oh! je vois très bien. Il est comme toi. Tu voulais aller au *heder* ? Seule la canne de ton père t'y obligeait. Et puis tu tourmentais ton jeune frère Jacob pendant qu'il étudiait le Talmud, non?

— *Gaï mir in kaïver!* (Pa ouvrit d'un coup sec son journal yiddish.) Je ne veux plus en parler.

— Tu causeras ma mort, dit Ma à Ira. Avec le chagrin que tu m'infliges!

— Bon, j'irai, concéda Ira. Doux Jésus!

— Épargne-nous tes doux Jésus dans cette maison, ou tu vas en recevoir une », le menaça Pa.

Ira y retourna encore quelques semaines avec mauvaise grâce — jusqu'à ce que le *melamed* en personne, exaspéré, le renvoie :

« Va dire à ta mère de chercher un autre *melamed*. Tu as besoin, tu sais de quoi tu as besoin? D'être fouetté jusqu'au sang. Tu n'es qu'un goy!

— Pauvre de moi ! se lamenta Ma quand Ira rentra à la maison et lui apprit la nouvelle. Tu as pour mère une goy qui ne croit pas ; et ta mère a pour fils un goy. Mais écoute-moi bien : quand on sera réconciliés avec ton grand-père, il faudra que tu y ailles. »

CHAPITRE VIII

Ainsi les semaines passèrent sans qu'il retourne au *heder*. L'été arriva, puis l'automne — et novembre s'annonça. Les chars des élections défilèrent avec fracas dans la rue. Tirés par de lourds chevaux, ils portaient de grandes pancartes adossées les unes aux autres qui faisaient comme des toiles de tente, et qui proclamaient : « DELANEY APPELLE A VOTER POUR ALDERMAN ! UN CANDIDAT HONNÊTE ET EXPÉRIMENTÉ ! Ou : VOTEZ POUR O'HARA, LE CANDIDAT DU PEUPLE ! Ou encore : VOTEZ POUR LA LISTE DÉMOCRATE ! VOTEZ POUR LE PARTI DU PEUPLE ! Le jour des élections approchait. Tous les jeunes de la rue furent recrutés — ou se portèrent volontaires avec enthousiasme — pour constituer des équipes chargées de ramasser du bois, des combustibles de toutes sortes et de toutes formes, vieux meubles, matelas, caisses d'emballage, planches, caisses d'œufs, boîtes de lait chipées devant les épiceries ou même barrières protégeant les travaux de voirie. On entreposa le tout sur les escaliers extérieurs des caves d'immeubles, et bientôt d'énormes piles s'élevèrent presque jusqu'au niveau du trottoir tandis que les concierges irlandais, tolérants, feignaient de regarder ailleurs. La fièvre s'emparait des jeunes et des adolescents. Ira fut également contaminé, lui qui pourtant protestait en hurlant quand Ma le suppliait d'aller lui chercher dans la rue, comme le faisaient les autres gosses, un peu de petit bois en provenance de caisses de fruits cassées ou de n'importe quoi pour aider le feu à prendre dans la cuisinière à charbon.

« *Shemevdick! Foïl!* lançait-elle avec fureur. Sale paresseux! »

Peine perdue. Et là, infatigable, il ramassa tout ce qui pouvait brûler, surpassant même les petits Irlandais par son zèle.

« Ils ont un char! Ils ont un char! »

La nouvelle se propagea dans tout le bloc — l'après-midi même des élections.

« McIntyre, Kelly et les autres — ils ont un char. Ils l'amènent sous le pont! »

Danny Heffernan, Vito, Eddie, Ira, Davey et Maxie ainsi qu'une demi-douzaine d'autres se précipitèrent vers le pont de chemin de fer de Park Avenue. Parvenus au coin, ils virent, arrivant de la 120e Rue, un char électoral avec VOTEZ JAMES LEAHY inscrit sur la toile cirée, tiré par un essaim de gosses et de jeunes vauriens en direction de la 119e Rue. Les nouveaux venus entreprirent aussitôt de le pousser le long de Park Avenue. « Guide-le, O'Neill! Et toi aussi, Madigan! » Le chariot allait faire le plus beau feu de joie qu'on ait jamais vu dans la 119e Rue, le plus beau de tout Harlem. Mais soudain :

« Barrons-nous! V'la les flics! »

Trois agents de police en uniforme bleu fondaient sur les coupables. Laissant tomber les brancards, les rayons des roues sur lesquels ils s'arc-boutaient, ils prirent tous la fuite. Le lourd véhicule, seul et abandonné dans la lumière grise de l'après-midi, s'immobilisa devant un pilier du pont de chemin de fer. Les flics se précipitèrent à leur poursuite. Les chenapans s'égaillèrent dans toutes les directions en criant. Les policiers lancèrent leurs matraques sur eux. Elles rebondirent sur le trottoir et résonnèrent sur le bitume, derrière les fuyards qui détalaient à toutes jambes. Le visage rouge d'avoir couru, Ira se rua dans le couloir et grimpa les escaliers quatre à quatre. Hors d'haleine, il s'affala sur une chaise de la cuisine.

« Ooh ! les policiers ont lancé leurs matraques, dit-il d'une voix entrecoupée.

— Sur qui ? demanda Ma qui était en train de faire blanchir des feuilles de choux sur la toile cirée recouvrant le baquet. Tu es essoufflé. Qu'est-ce que c'est ?

— On tirait un de ces grands chariots pour le faire brûler ce soir dans la rue. Pour la nuit des élections.

— *Oï ! gevald !* Le faire brûler ? Un chariot entier ? Ça aussi tu l'auras fait ! *Oï ! vaï'z mir !* Pas étonnant que la police a lancé ses matraques contre vous !

— Ouais ! Bong ! bong ! bong ! Elles sautaient en l'air sur nous. (Ira pouffa de rire.) On a couru. Tout le monde courait.

— Elles auraient pu te fendre le crâne. Ton père a raison : ces sauvages d'Irlandais causeront ta perte. Un jour on te ramènera avec le crâne ouvert. Tu ne peux pas jouer avec de braves garçons juifs ?

— Et où je les trouverais ? Il y a juste Davey et Maxie, et tout ce qu'ils aiment, c'est parier.

— Si tu allais au *heder*, tu les trouverais.

— Et s'ils habitent la 114e Rue, ou la 115e ? Ou la Cinquième Avenue ?

— Va là-bas. Va jouer là-bas.

— Alors pourquoi on n'habite pas là-bas ?

— Je vais te montrer pourquoi. (Elle leva la main sur lui, mais son regard était soucieux.) Tu te conduis mal, tu commets des péchés. Qu'est-ce que je pouvais faire s'il voulait venir ici ? Tu te moques de mes soucis.

— Ah ouais ? Toi, tu ne voulais pas venir ici ? Tu ne voulais pas t'installer à Harlem ? Près de Bobe et de Zaïde ? Et on ne les voit même plus. Qui est-ce qui voulait un appartement sur le devant ? Toi.

— Tu as un cœur de pierre », dit-elle.

Même sans le char électoral, le feu de joie fut spectaculaire.

Le brasier illumina tout le bloc et les étincelles volèrent jusqu'aux toits des immeubles de cinq étages, tandis que les flammes se reflétaient dans les vitrines de l'épicerie et du tailleur. La chaleur se propageait sur plusieurs mètres, et la plupart des locataires, y compris Pa et Ma, regardaient aux fenêtres — jusqu'à l'arrivée des pompiers. Ils dispersèrent les débris enflammés avec le jet puissant du tuyau branché à la bouche d'incendie. Soudain, la rue devint toute noire. Le lendemain après-midi, un camion de la ville arriva et des hommes enlevèrent à la pelle les restes calcinés et encore mouillés. L'odeur de goudron fondu emplit la rue. Ira et les autres gosses assistèrent à la réparation de la chaussée abîmée : les ouvriers qui tassaient le sol avec leurs lourds outils, le rouleau compresseur qui passait et repassait...

C'était il y a soixante-dix ans, songea Ira. Plus de soixante-dix ans même. Mon Dieu ! Qui est encore vivant ? Yonnie True, Eddie, Mario, Vito, les deux fils du barbier, Petey Hunt ? Comme s'il venait soudain de les déloger, les images surgirent dans son esprit en se bousculant : les tuyaux, le réservoir bordé de cuivre au-dessus des toilettes du couloir qui avaient gelé à la suite d'un coup de froid, et après le dégel, des torrents d'eau qui cascadaient. « Une bassine ! Une inondation ! La concierge ! » Ma qui courait de la cuisine au couloir. « *Gevald !* Cours, Ira ! La goy ! La concierge ! »...

En raison de la brouille entre ses parents et la famille de Ma, il ne pouvait plus profiter de l'eau chaude et de la baignoire de chez Bobe (pendant une courte période, Pa en voulut également à Mamie). La couche de crasse devint noire sur ses pieds qu'il ne lava pas de tout l'hiver, si noire, et elle montait jusqu'aux chevilles, digne d'admiration, pareille à une écorce noire — à peler, à peler avec regret presque, comme il le fit au printemps dans la baignoire de Bobe après que les deux familles se furent enfin réconciliées.

« Quelles ont été tes années les plus heureuses en Amérique ? » demanda-t-il un jour à Ma, s'attendant à ce qu'elle réponde celles de l'East Side, ce qui correspondait à sa propre impression, au sentiment de bien-être et d'enracinement qu'il avait alors éprouvé.

Mais non. « Mes années les plus heureuses, ce sont mes premières années à Harlem, répondit-elle. Quand Bobe vivait encore et que toute ma famille habitait à côté.

— Celles-là, vraiment ?

— Oui. »

Assis dans le fauteuil à bascule dans la salle à manger de Bobe, il fredonnait des chansons sans queue ni tête cependant que le shabbat touchait à sa fin, que la nuit tombait et que les femmes, Ma, ses trois sœurs et Bobe, bavardaient interminablement en attendant qu'on allume la lumière.

Et de nouveau, comme on était samedi soir, que Ma détestait avoir à s'arracher à son fauteuil et que Pa avait été engagé comme extra pour un banquet, Ma envoyait Ira à la « delicatessen » au coin de la 116e Rue et de Madison Avenue acheter deux saucisses kasher (mais pas assez kasher pour Zaïde qui ravalait sa salive et s'abstenait), pour un *quarter* de pain blanc frais coupé en tranches et un tortillon de moutarde. Il s'empressait de remonter, et, le shabbat terminé, guettait impatiemment le moment où Ma mettait enfin les saucisses à cuire. Il se jetait sur la nourriture avec une telle voracité, enfournant un gros morceau de saucisse avec une bouchée de pain à peine mastiquée, qu'il lui arriva plus d'une fois d'aller vomir le tout dans les toilettes à chasse d'eau de Bobe — et d'en ressortir, déplorant d'avoir ainsi gaspillé son plat préféré. Ma se moquait de lui : « Qu'est-ce que j'y peux si tu manges comme un sauvage ? »

Tel était Ira, petit garçon au milieu de l'hiver alors que descendait le morne crépuscule, balançant au bout de son bras une boîte de conserve munie d'une anse en fil de fer où brûlaient de petits morceaux de bois sur lesquels cuisait la maigre patate que Ma lui avait donnée, cependant que des flammèches s'échappaient par les trous percés au fond. Comme si elles traversaient une atmosphère noire et étrangère, entre les perrons de pierre et le bord du trottoir, des silhouettes emmitouflées se hâtaient de rentrer chez elles après le travail, et s'enfonçaient dans la nuit froide tandis que, pour une fois insouciant, il faisait tournoyer devant la maison sa pomme de terre en train de rôtir — jusqu'à ce que Ma l'appelle par la fenêtre, de sa voix de contralto, pour lui dire qu'il était l'heure de dîner... Elles formaient comme des strates, ces nouvelles impressions, des impressions de goy, des strates qui s'accumulaient, constituées des mœurs et des distractions de goy, et qui venaient recouvrir les souvenirs de la 9e Rue et de l'East Side : halloween quand les gamins irlandais remplissaient de longs bas noirs de cendres (rarement, très rarement de farine), qu'on lançait avec brutalité sur le dos des gens et qui laissaient des marques pâles et poussiéreuses sur les vestes ou les manteaux à carreaux (quand on ne les portait pas à l'envers, ainsi que certains enfants le faisaient pour échapper aux réprimandes de leurs parents). Et aussi les glissades sur les longs rubans de glace débarrassés de la neige, un danger pour les chevaux aux sabots ferrés qui dérapaient dessus, et puis les forts de neige qu'on construisait de part et d'autre de la rue où se déroulaient des batailles de boules de neige féroces et débridées, des boules de neige souvent lestées de morceaux de glace.

CHAPITRE IX

Les éclairs, sulfureux comme deux cailloux qu'on frotte l'un contre l'autre, zébraient au loin le ciel au cœur de l'été étouffant. La voisine, une femme aimable qui n'était pas juive — et pas irlandaise non plus, qui disait « regôrder » pour regarder et « Wôrshington » pour Washington — le souleva des marches du perron pour l'asseoir sur le rebord en pierre qui encadrait de chaque côté l'escalier après la rampe en cuivre toute bosselée. Elle fut tellement étonnée de lui trouver les aisselles moites et malodorantes que, le nez froncé, elle renifla ses mains à deux reprises et poussa une exclamation de surprise mêlée de dégoût. Oui, sur ce même rebord de pierre où l'on jouait aux acrobates en se suspendant au-dessus des marches de la cave — quelle peur ça lui faisait ! Les maigres réussissaient — sans danger —, comme Eddie, ou comme Weasel, la Belette, après qu'Eddie et sa mère eurent déménagé.

Mais Ira, lui, pesait dix kilos de plus qu'eux, et quand il essaya à son tour, le rebord commença à bouger, à céder. Terrifié, il se hissa en toute hâte sur le perron. Qu'est-ce que Ma aurait dit si le rebord et lui avaient dégringolé dans la cave ? C'en aurait été fini de lui. Pensez : fini de lui à neuf ans, plongeant dans la cave accroché à la grosse pierre et hurlant pendant sa chute. Benny Levinsky, dont le grand frère au nez crochu était un gangster et avait été abattu par un flic alors qu'il s'enfuyait après avoir braqué une partie de dés, était tombé du toit de la boucherie *traïf* de la Troisième Avenue, une boucherie allemande avec toutes ces belles et épaisses saucisses — des chapelets de saucisses de toutes sortes. Oh ! comme la viande avait l'air appétissante dans les boucheries goy — Ma elle-même le reconnaissait —, avec les os des côtes dressés comme une couronne, les rôtis soigneusement ficelés et une dinde grasse et alléchante, rien à voir avec les boucheries kasher où la viande avait l'air morte et où le poulet était suspendu dans la vitrine au bout d'un crochet, comme s'il s'excusait de paraître si peu attirant. Benny voulait faucher un salami tout en sachant que c'était *traïf*, et il était tombé du toit pour atterrir droit sur la marquise de la boucherie. Quelle chance il avait eue, non ? Il s'en tira avec un bon coup de pied au cul. Donc, à neuf ans, si Ira était tombé dans la cave, il se serait éteint.

Les pensées d'Ira se figèrent ; ne pas avoir connu les soixante-dix années qui ont suivi. Ne pas avoir connu M. Et elle, qui aurait-elle connu, ou aimé ? Tout aurait été changé... tandis que, hurlant de terreur, il tombait dans la cave.

Quel empoté il faisait avec une balle (et il en reçut une dans l'œil comme il passait dans la 117ᵉ Rue en revenant de chez Bobe) ; assis sur le bord du trottoir, sanglotant, tandis que le propriétaire de la balle de base-ball s'avançait sur la pointe des pieds, la récupérait à côté d'Ira où elle avait roulé, puis repartait en courant. Et la gentille mère de famille juive de demander : « Qu'est-ce que tu as ? » Puis de maudire les joueurs — qui avaient à présent disparu. Et Ira de continuer à sangloter assis sur le bord du trottoir au coin de la 117ᵉ Rue et de Park Avenue.

Le base-ball. Là où il était le plus mauvais : un empoté, un manche, incapable d'attraper, incapable de frapper, incapable de courir. Il était toujours le dernier qu'on choisissait au moment de la composition des équipes — que ce soit au base-ball, au hand-ball ou à la pelote —, celui qu'on prenait en ultime ressort quand il manquait un joueur. Du reste, il n'était pas réellement choisi mais plutôt intégré à contrecœur. Inapte à tous les sports, sauf au genre de football américain que pratiquaient surtout les enfants (le ballon était très gros et on l'attrapait autrement — avec les bras et le corps, non avec les mains — et il savait particulièrement bien reprendre de volée) et à la natation — il nageait comme un poisson. Mais partout ailleurs il était nul : à la toupie, aux billes ou au lancer de pions. Au printemps, alors qu'il était au cours moyen, la maîtresse les amena dans l'aire de jeu de Mount Morris Park où chacun, tenant un long ruban, tourna autour du mât de cocagne en chantant. L'étrangeté, l'innocence ne s'effaceraient jamais. Au milieu de l'été, après en avoir ôté l'amande amère, il frotta des noyaux de prunes sur les pavés de granit rugueux du trottoir pour en faire des sifflets. Il y avait cependant quelque chose de bizarre dans la manière dont, l'été, il se tenait près de Ma sur le perron, apprenant même à faire comme elle de la dentelle avec deux navettes de bois. Devant les voisins, elle riait de lui, l'air de s'excuser. Et un soir, après une averse, quelle magnifique tache de lumière verte éclaira le ciel ! Jamais il ne reverrait une couleur pareille, un vert émeraude, si pur, qu'il contempla avec émerveillement. Les gamins entraient en fraude au cinéma (il se rappelait encore le petit Levine surpris par le directeur et proprement giflé devant l'entrée de la salle). Ma l'emmena un jour voir un spectacle de music-hall auquel il ne comprit pas grand-chose hormis le numéro des jongleurs et des danseurs de claquettes. Et aussi celui des Juifs hawaiiens dont les pagnes en raphia ondulaient au rythme des ukulélés tandis qu'ils chantaient :

« *Tocka houla, wickie doulah, Moïshe, laï mir finef toulah.* Dans un jour ou deux, je te les rendrai. À la banque j'irai. *Zollstu khapp'n a kranck. Oumen !*»

Malheureusement, Ira était si fasciné par l'absurdité de la chanson — *Moïshe, laï mir finef toulah* signifiait : Moïshe, prête-moi cinq dollars — qu'il tourna soudain la tête, et cogna Ma sur le nez, qui, par réflexe, lui donna une gifle...

Le samedi, quand on allait au cinéma seul, il était conseillé de se munir de trois *cents* et d'attendre un autre gamin qui avait deux *cents* (c'était plus sûr que l'inverse), puis de demander à un adulte sur le point d'entrer : « M'sieur, vous nous prenez avec vous ? » Deux places pour cinq *cents*, un nickel, tel était le tarif pour les enfants le samedi matin... Et une fois dans la salle, on voyait ce gros bonhomme — Bunny, c'est bien ça ? Ira ne le trouvait pas très drôle (quelques années plus tard, la mort d'une invitée à une orgie scandaleuse de Hollywood, provoquée par une rupture du vagin dans lequel il avait fourré des morceaux de glace pilée, lui valut d'être condamné pour homicide involontaire). Pas plus qu'il ne trouvait drôle ce personnage lugubre et sans cesse tyrannisé, Musty Suffer. Mais par contre, dès que Chaplin apparaissait sur l'écran... Quels rires à se tenir les côtes déclenchaient ses premiers films de deux bobines ! Et comme on se sentait triste quand on sortait du cinéma avec Davey et Maxie qui avaient réussi on ne sait comment à grappiller un nickel (peut-être que leur père avait gagné aux cartes, ou peut-être qu'ils avaient un tout petit peu plus d'argent maintenant que le bébé était mort) et qui insistaient pour regarder plusieurs fois les films et les courts métrages, puis qu'on se retrouvait dans le monde réel, dans la lumière réelle de l'après-midi qui filtrait au travers de la structure du métro aérien de la Troisième Avenue où était situé le cinéma, et comme on se sentait malheureux, abattu et vide. Jamais il ne recommencerait.

Ils prirent le métro sans payer, de nouveau Davey, Maxie et lui ainsi que deux ou trois gosses irlandais, et comme ces derniers n'arrêtaient pas de chahuter, galopant partout et sautant pour s'accrocher aux poignées, le conducteur du train les débarqua au terminus, Bronx Park, à la 180e Rue. Loin, très loin de chez lui. Les autres riaient nerveusement ou bien restaient assis sur les bancs du quai, l'air penaud. Loin de chez lui, loin de maman. Maman ! Il se mit à pleurer comme un veau :

« Je veux rentrer chez moi ! Je veux rentrer chez moi ! Ma maman m'attend ! »

Ce fut plus qu'un des gardes de la station n'en put supporter :

« Bon, allez-y, remontez, et tâchez de vous conduire correctement.

— Merci, m'sieur ! Merci ! Merci beaucoup ! » Ira débordait de gratitude.

Et il se conduisit correctement (comme il l'avait fait auparavant, timide et réservé), mais pas les autres : ils recommencèrent à courir partout. Et ils se moquèrent de lui :

« Le petit bébé à sa maman ! le petit bébé à sa maman !

— Peut-être, mais c'est grâce à moi qu'on vous a autorisés à remonter dans le train », se défendit-il.

Et pendant le reste du trajet de retour, il s'assit à l'écart des autres, tout seul, et fit comme s'il ne les connaissait pas.

Ma lui donna un nickel lorsqu'il passa dans la classe supérieure, et le gamin irlandais contre qui il s'était battu et avait eu le dessous cette première fois, McGowan, qui avait grandi mais dont les dents de devant luisaient toujours, vint s'asseoir près de lui dans l'arrière-cour de la 114e Rue Est, attendant qu'Ira décide comment utiliser l'argent. Allaient-ils le dépenser dans la petite confiserie où régnait un fouillis indescriptible, tenue par un vieux couple de Juifs, vieux et lents, qui servaient avec patience les gosses irlandais : « J'voudrais trois de ceux-là, deux de ceux-là et quatre de ceux-là — non, quatre autres de ceux-là. » Quel sentiment d'euphorie que d'être assis à l'ombre d'une barrière en bois dans la cour au bout de l'école ! Il passait dans la classe supérieure avec trois « bien » sur son bulletin, et la bénédiction de Ma dans son cœur. Et il avait un nickel en poche et un ami irlandais à côté de lui, qui disait oui à tout ce qu'il disait, mais qui, l'esprit ailleurs, ne comprenait pas, et ne pouvait peut-être pas comprendre la félicité éphémère et précieuse qu'on ressentait à se prélasser dans la cour au début de l'été, entouré de barrières dorées.

Cela aurait dû faire un roman, plusieurs romans, peut-être, écrits au début de l'âge d'homme, après sa première — et seule — œuvre de fiction. Des romans auraient dû suivre, écrits avec la maturité acquise au travers de ce premier roman.

— Eh bien, sauve ce que tu peux, des souvenirs défraîchis qui luisent dans ta mémoire.

En partie pour des questions de santé (ses poumons étaient atteints, laissa entendre Ma) et en partie en raison de ses convictions socialistes, l'oncle Louie vivait dans une ferme à Stelton, dans le New Jersey. Il y emmena un jour son faux neveu éperdu d'adoration. Ils descendirent du train, et Ira effectua le trajet jusqu'à la petite ferme sur le guidon de la bicyclette de l'oncle Louie. Et qu'est-ce qu'il se conduisit mal ensuite ! Il se battit avec les deux fils d'oncle Louie, se moqua de Rosie, sa fille, l'imitant quand elle s'exerçait sur le morceau de carton qui représentait un clavier de piano. Et quand tante Sarah l'attrapa parce qu'il avait failli noyer un caneton dans une casserole — en lui maintenant la tête sous l'eau, qui plus est —, il s'écria en pleurnichant : « Je veux rentrer chez moi ! » (Quel sale môme il était ! Pas étonnant que seule Ma soit capable de le supporter.)

Et puis il vola un nickel à Bobe — il avait remarqué qu'elle rangeait son porte-monnaie dans le deuxième tiroir de la commode qu'elle fermait à clé. Mais le tiroir du dessus, lui, n'était pas fermé à clé. Comme il se montra malin en le tirant complètement pour avoir ainsi accès au porte-monnaie ! Zaïde lui-même reconnut, après avoir corrigé son petit-fils, qu'il était un petit vaurien fort ingénieux.

Il joua une fois au craps à l'ombre du pont de chemin de fer, faisant rouler les dés sur la base en ciment de l'un des piliers à entretoises qui sentaient l'urine. C'est la seule fois où il eut de la chance au jeu, réussissant six, sept — ou même huit ! — passes consécutives. S'il avait été un joueur chevronné comme Davey ou Maxie, il aurait raflé toute la mise ; au lieu de cela, il retira ses gains après chaque coup — à la colère et à l'écœurement des gamins irlandais qui misaient avec lui : enfin, bon sang ! de quoi pouvait-il avoir peur avec une série pareille ? Mais le fait est qu'il avait peur. Aussi il ne gagna qu'une douzaine de pennies (dont cinq furent consacrés à acheter un hot-dog garni de choucroute au marchand italien ambulant ; et, conscient de la présence de Davey et de Maxie qui étaient trop fauchés pour jouer et qui le regardaient, leurs yeux marron brillants de convoitise, silencieux et tendus comme deux chiens affamés prêts à se jeter sur le moindre morceau de nourriture, Ira tendit impulsivement le reste du festin à Davey. Quel plaisir de voir celui-ci mordre une minuscule bouchée du petit bout de hot-dog et, dans le même mouvement, sans marquer de temps d'arrêt, le passer à son petit frère).

Tels étaient les rares, très rares fils qui nouaient la trame de l'existence d'un enfant dans East Harlem au cours des années dix du XXe siècle, Ecclesias. Inutile de demander ce qu'aurait été sa vie parmi les siens dans le ghetto juif qu'il avait quitté.

— L'existence d'un enfant, as-tu dit ?
Oui. La sienne.
— Quand vas-tu rectifier l'omission, introduire le facteur crucial ?
En temps voulu, Ecclesias, en temps voulu...

CHAPITRE X

Par une belle fin de matinée ensoleillée, il grimpa les marches de granit brut qui menaient en haut de la colline de Mount Morris Park. Trois gamins jouaient à chat près du clocher et un homme seul occupait l'un des bancs verts du parc disposés en cercle autour de la barrière tubulaire qui délimitait le sommet de la colline. En bas s'étendait le réseau des rues et des avenues de Harlem. Sur Madison Avenue, au pied de la colline, on voyait les rails du tramway, et à hauteur du regard s'offrait un panorama disparate : les toits des demeures de grès brun, la flèche d'une église de briques rouges située sur la 121ᵉ Rue, les mornes façades des petits immeubles et, à l'ouest du parc, celles des immeubles de luxe, décorées et bien entretenues. De la fumée et des traînées de nuages dérivaient dans le ciel, qui marquaient l'horizon pâle. Juste au-dessus de sa tête pendait la grosse cloche de bronze — raison de sa présence ici —, immobile dans le beffroi surplombant les poutres massives de la tour.

Un peu essoufflé par l'escalade, Ira se dirigea vers la tour, les yeux levés pour admirer le spectacle de l'énorme cloche au milieu des poutres à ciel ouvert, et se demanda comment on avait pu l'utiliser jadis, ainsi qu'il l'avait entendu raconter, pour signaler les incendies. En effet, le temps de grimper jusque-là et de sonner la cloche pour alerter les pompiers, et le feu aurait eu tout de loisir d'accomplir ses ravages.

Sans grande hâte, sans grand tapage, les trois enfants jouaient maintenant à cache-cache de manière sporadique, disparaissant derrière la tour ou bien trottant le long de la barrière qui entourait le sommet. L'adulte solitaire leur jetait de temps à autre un regard indifférent — mais quand Ira s'approcha, à son étonnement, l'homme le salua. Il engagea la conversation. Ira aimait les collines, la forêt et la campagne, non ?

Si. Il adorait la campagne. L'étranger aussi adorait la campagne. Il connaissait des endroits merveilleux, et pas très loin d'ici, il suffisait de prendre le tramway. Ira aimait-il les tramways découverts ? Oui, il adorait ça. Alors ils pourraient y aller ensemble — visiter un endroit vraiment sauvage et rentrer tout de suite après.

Il plaisantait, sans doute. Jamais il n'emmènerait Ira faire une promenade pareille. Un trajet en tramway coûtait cinq *cents*. Tout le monde le savait. Non, non, il devait de toute façon y aller. Ce serait agréable d'avoir de la compagnie. Si Ira voulait venir, il lui paierait sa place.

Ira hésitait. L'inconnu souriait, mais gardait un air sérieux. Ira l'étudia, essayant de savoir s'il pensait réellement ce qu'il disait. L'homme avait les yeux bleus, était mince et élancé. Il portait un feutre rond marron, tout aplati, du style de ceux que les gamins de sa rue surnommaient des « pâtés en croûte ». Quant à ses vêtements, ils avaient un aspect vétuste, usé, mais ils n'étaient pas fripés. Non, il ne semblait pas plaisanter. Et puis il se montrait si amical, si jovial et si décontracté.

« Il faut d'abord que je rentre manger. Ma maman s'inquiéterait.

— Oui, c'est vrai. Après déjeuner, alors. On a tout le temps.

— Ah bon ?

— Dès que tu auras fini, tu n'as qu'à venir me retrouver au coin de la 125e Rue et de la Cinquième Avenue. On prendra le tramway et on s'amusera.

— D'accord.

— Je m'appelle Joe, et toi ?

— Moi, je m'appelle Ira.

— Très bien. Je t'attendrai donc au coin, Ira : Cinquième Avenue et 125e Rue, tu te souviendras ?

— Ouais. »

Ira ne dit rien à sa mère. Elle aurait risqué de tout gâcher. Son déjeuner avalé, il courut vers la 125e Rue et, comme Joe le lui avait demandé, se posta à l'angle de la Cinquième Avenue où passait le tramway. Il vit Joe s'approcher, l'air dégingandé et le regard fixé droit devant lui, comme s'il allait le dépasser d'un pas nonchalant sans même le remarquer alors qu'ils avaient rendez-vous ! Si Ira ne l'avait pas intercepté, n'avait pas crié à son nouvel ami : « Je suis là, Joe ! » il aurait continué son chemin.

Ah oui. Il reconnut Ira, un sourire indulgent aux lèvres. Ils prendraient donc le tramway à ciel ouvert ici, au coin — et ils iraient dans ce merveilleux parc qu'il connaissait, Fort Tryon Park, au bout de la ligne, au terminus, après une belle balade.

Et le voyage commença à bord du tramway où les sièges ressemblaient à des bancs, occupant toute la largeur, et où le conducteur se tenait sur le marchepied pour encaisser le prix du ticket. Le tramway tourna sur Broadway, et Ira aperçut l'Hudson River tandis qu'ils se dirigeaient vers le haut de la ville, jusqu'à ce que les numéros des rues aillent au-delà de 200, que la circulation se fasse de plus en plus rare et qu'on arrive vraiment dans la campagne, avec ses champs, ses bosquets d'arbres et ses maisons isolées. Le trajet dura si longtemps et les amena si loin qu'Ira éprouva une drôle d'impression : une espèce de malaise.

Oui, c'était un parc splendide, plein de grands arbres qui donnaient de l'ombre, sauvage et isolé comme une forêt. Un étroit sentier, ombragé par des branches feuillues, serpentait le long d'une pente raide et s'enfonçait dans un bois plus touffu encore. Mais quelque chose n'allait pas. Pas du tout. Être si seul... avec Mr. Joe. Il faudrait retourner maintenant qu'il avait vu le parc, même si le monsieur parlait avec tant de gentillesse et de bonne humeur pendant qu'il marchait devant et s'arrêtait de temps en temps pour regarder autour de lui d'un air naturel.

« Là, c'est parfait », dit-il.

Il contourna un gros rocher, s'immobilisa et examina calmement les alentours. Puis, d'une voix douce mais insistante, il reprit :

« Baisse ton pantalon.

— Quoi ? »

La situation dans laquelle il se trouvait, ses dangers et sa propre impuissance, tout cela le frappa soudain avec une force brutale.

« Baisse ton pantalon. » La voix était toujours douce mais plus impérative.

« Je veux pas.

— Je te dis de baisser ton pantalon.

— Je veux pas. » Trop effrayé pour pleurer, Ira se mit à gémir : « Laissez-moi, je veux rentrer chez moi !

— Allons, mon petit, je ne vais pas te faire de mal. Maintenant, baisse ce pantalon. » Mr. Joe, le visage fermé, bougea ses grands bras, et une main aux doigts puissants se posa sur la ceinture d'Ira pour la défaire tandis que l'autre s'efforçait d'écarter celles du garçon. « Arrête de te débattre, je t'ai dit que je ne te ferai pas de mal. »

Mais s'il ne se soumettait pas, quelque chose de bien pire le guettait : la terreur. La main luttait contre les deux mains d'Ira. Et un instant plus tard, cette main se leva avec impatience.

« Cesse donc de te démener, petit salaud ! »

La main, prête à frapper...

Quand soudain, au-dessus du fourré qui cachait Mr. Joe et

Ira, on entendit les broussailles craquer et des bruits approcher, le petit rire joyeux d'une femme, un gloussement d'homme, qui se mêlaient, de plus en plus près, une bénédiction, un ange qui descendait le sentier, qui apparaissait : le jeune couple déboucha dans la lumière, en apothéose, et jamais plus il ne serait aussi épanoui, les yeux brillants, elle, la jeune Irlandaise rougissante, et lui, le jeune costaud irlandais, la chemise blanche au col ouvert, le rire aux lèvres, fort et passionné. À peine surpris de voir Ira et Mr. Joe, les deux amoureux leur jetèrent tout juste un regard un peu gêné. Ils eurent un léger sourire d'excuse, puis ils bifurquèrent et disparurent dans le sous-bois qui se referma derrière eux.

Leur passage suffit à briser le lien honteux et innommable qui unissait le bourreau et la victime, Mr. Joe, qui avait été à un cheveu d'être découvert, et Ira, si intimement lié à lui qu'il avait été incapable de se précipiter vers les amoureux pour leur crier : Hé ! Joe — le monsieur, là, il veut que je..., et qu'il partageait un sentiment de honte et de culpabilité pour avoir accompagné Mr. Joe jusqu'ici...

On était sorti de l'impasse. Et tous deux le comprirent.

« Rentrons », dit Mr. Joe.

Ira s'empressa de le suivre le long du sentier qui montait la colline. Mais un peu plus loin, Joe s'arrêta, juste avant d'arriver en terrain découvert, alors qu'on entendait déjà les automobiles dans la rue, les tramways, les voix des passants, tous ces bruits rassurants. Joe s'arrêta donc, puis entraîna Ira derrière un bosquet d'arbres, et le garçon, tranquillisé par la proximité d'autres êtres humains dont les sons lui parvenaient et vers lesquels il pourrait courir, se laissa faire sans protester. Déboutonnant sa braguette, Joe se mit à astiquer le gros truc qu'il tenait dans sa main jusqu'à ce que — avec un halètement audible d'animal — il empoigne les fesses d'Ira et projette une substance pâle et visqueuse contre l'écorce d'un arbre.

Mr. Joe se reboutonna. Ils franchirent la courte distance qui les séparait de la rue et de l'arrêt du tramway, puis s'installèrent dans le premier qui passa.

Mr. Joe paya, et ils rentrèrent, traversant une succession de rues dont les numéros — ô bonheur ! — ne cessaient de diminuer. Ira ne fit même pas attention à la main de Mr. Joe qui demeura posée sur sa cuisse durant tout le trajet. Débordant de joie, il vit le tramway tourner dans la 125ᵉ Rue, puis croiser la Septième Avenue avec l'hôtel Theresa — oh ! il aurait volontiers marché de là jusque chez lui, mais il préféra rester ; et puis Lenox, la Cinquième Avenue, Madison et, quel plaisir de le retrouver ! le pont du chemin de fer peint en gris avec l'animation de la station et le guichet en bas : Park Avenue ! Il était arrivé !

« Je descends ici, dit Ira en se levant. Ma maman m'attend.

— Bien sûr. À un de ces jours. » Avec un sourire aimable, Mr. Joe leva le bras pour tirer le cordon.

Ira descendit et tourna aussitôt au coin du bar à bière. À l'angle de la 124ᵉ Rue et de Park Avenue où se tenait la boutique de fournitures de plomberie, il aperçut un morceau de Mount Morris Park. Tel qu'il le voyait à présent, et qu'il le verrait au bout de chaque rue qu'il traverserait, le parc — ainsi que la colline et le clocher qui le surplombaient — lui paraissait entouré d'un halo menaçant, de même que tout le reste : les maisons, les gens, les vitrines des magasins, les piliers du pont, tout baignait dans une lumière sinistre, atténuée cependant par un sentiment de délivrance, mais tenace, comme une souillure indélébile.

Ne dis rien à Ma. Pa te tuerait.

CHAPITRE XI

Lui aussi, songea Ira avec ironie, pouvait dater ses écrits après ou av. J.-C. : après ou avant Junior Computer. Car ce qu'il écrivait maintenant (aujourd'hui, 4 février 1985) était par essence — et dans une large mesure — ce qu'il avait entrepris de taper à la machine exactement six années auparavant en février 1979. Il se trouvait donc confronté, de même que cela se produirait de temps en temps avec des apartés en provenance d'une autre période, à une époque où il écrivait à la machine — où il était encore capable de le faire, où ses doigts étaient encore capables de supporter l'impact des touches de son Olivetti mécanique.

Tel était le cas aujourd'hui. Le double jaune attendant d'être retranscrit sur disquette commençait ainsi : nous sommes le 3 avril 1979. La matinée est belle, la température un peu plus fraîche que de saison. J'ai passé la nuit dans d'atroces douleurs. M, mon épouse dévouée, devra de nouveau me conduire cet après-midi au Presbyterian Hospital pour les examens de sang et d'urine permettant de déterminer à quel point l'organisme a supporté les piqûres « d'or », le remède ultime, ou presque, destiné à stopper les ravages de cette maladie pernicieuse dite rhumatisme articulaire en langage médical, abrégée ici en RA (la coïncidence aurait plu à Joyce, qui aurait été enchanté par le fait que RA en hébreu signifie tout ce qui est mal, toute l'étendue du spectre du mal). Devant la fenêtre de mon bureau, les premiers bourgeons éphémères, couleur bronze, estompent les contours des branches de peupliers.

Menahem Begin est au Caire. On rapporte qu'il a apprécié la réception froide encore que correcte que lui ont réservée les Égyptiens (et qu'il s'est abstenu de mentionner qu'une partie du travail lié à la construction des Pyramides qu'il a visitées a été assurée par des esclaves hébreux). À mes yeux, l'homme est sans attrait, tant par sa présence physique que par son discours, un peu comme Calvin Coolidge, ce président du début du siècle, forgé dans le contexte partisan israélien. Mais je me dis que tout cela est hors de propos, saugrenu et équivoque. El-Arich doit être rendue à l'Égypte le 27 mai 1979. La majorité du monde arabe concentre sa haine sur Sadate ; et pourtant, même ses ennemis arabes sont divisés — comme toujours, loué en soit Allah !

Je me demande si c'est sincère, durable. La paix entre les deux pays tiendra-t-elle ? Ou bien doit-on considérer toute l'affaire comme une ruse de guerre (une ruse de paix ?) de la part d'Anouar el-Sadate, qui avait apparemment réussi à endormir le gouvernement et le haut commandement israéliens pour, allié à la Syrie, attaquer le jour de Yom Kippour ? Comme d'habitude, les détails mineurs tendent à occuper une place indue dans la mémoire : le débat entre les deux alliés pour déterminer si l'attaque devait être déclenchée à l'aube ou bien au crépuscule, quand le soleil serait dans le dos des uns et dans les yeux des autres. En vérité, cet homme est le roi de la fourberie, et, grâce à l'aide du corpulent Henry Kissinger, un Juif allemand — « Ffous n'aurez pas... » — il est parvenu à récupérer les champs pétrolifères occupés par Israël et vitaux pour l'économie de ce pays sans tirer un seul coup de feu supplémentaire ; et maintenant, avec la bénédiction du souriant Jimmy, il s'apprête à récupérer le Sinaï tout entier.

Mais y avait-il un autre choix ? Que Begin me plaise ou non sur le plan personnel ou politique, la question n'est pas là ; ce qui importe, c'est de savoir si les accords qu'il a signés et les concessions qu'il a consenties ont placé Israël en danger de mort — ou permis de faire un pas vers une paix réelle...

C'était plus qu'il ne pouvait espérer démêler pour le moment. Les sourcils froncés, il contempla les pages suivantes, ses doubles, ces pelures jaunes qu'il avait prises pour faire des économies — comme Pa, inénarrable, qui s'entêtait à acheter des articles de qualité inférieure sur la seule base du prix. « Tu t'imagines que le marchand ne connaît pas le coût de ses marchandises ? » essayait de le raisonner Ma. En vain. Cela ne l'empêcherait pas d'acheter un revêtement de sol imprimé plutôt que du lino de qualité, dont peu de temps après, une fois les motifs floraux écaillés, il ne resterait plus qu'une trame d'un marron sale et terne. Les recommandations pragmatiques et pleines de bon sens dont Ma le harcelait ne servaient à rien.

Les pages se seraient-elles mélangées ? Sur celle d'après, le récit commençait au milieu — et il savait, savait avec certitude que les événements de cette année-là — ou bien était-ce l'année d'avant ? — étaient d'une importance vitale pour lui sur le plan personnel, pour lui en tant que narrateur. Il vaudrait mieux — il regarda sa montre : 3 heures 20 — faire une pause, sauvegarder ce qui était sur l'écran et tâcher de mettre un peu d'ordre dans ce qui venait ensuite. Il s'entendit marquer d'un claquement de langue sa contrariété à la perspective désagréable d'avoir à tirer un sens du fatras qui gisait devant lui. Mais il n'y échapperait pas. D'une manière ou d'une autre, il faudrait bien qu'il rassemble tout cela, qu'il en rende compte, qu'il s'en débarrasse. Comme l'esprit infini de Platon (la pensée méritait-elle d'être enregistrée, alors qu'il se préparait mentalement à finir, à « sauver » ; non, c'était idiot : la notion d'esprit infini existant sur une disquette infinie).

CHAPITRE XII

Les garçons possédant les nouvelles luges à direction, comme on appelait les derniers modèles, munies de patins en fer, dévalaient la pente enneigée de la colline de Mount Morris Park. Combien les moments de joyeux abandon étaient rares : quand les enfants à qui appartenaient ces luges vous laissaient vous coucher dessus à plat ventre pour filer le long de la pente à toute vitesse. Oncle Max en fabriqua une à son neveu sans le sou à l'aide d'une caisse en bois et de patins faits avec des planches de récupération — et il resta à l'écart, tout penaud, prenant un air dégagé devant les railleries qui accueillirent le gamin lorsqu'il se joignit aux autres avec sa luge rudimentaire. Avec leurs patins en fer, ils pouvaient même descendre les marches de pierre couvertes de neige. La luge d'Ira se brisa après quelques modestes tentatives sur une légère déclivité. Elle se disloqua pour redevenir une ridicule caisse de pommes sur laquelle figurait encore l'étiquette, de simples bouts de bois hérissés de clous, feu les patins, une pauvre chose infirme, une caricature de luge, abandonnée dans la neige...

Avec Harry, maintenant que l'épreuve de son instruction à l'école élémentaire était terminée, ils essayèrent de vendre des journaux yiddish après la classe, sillonnant les rues du Harlem juif à la nuit tombée en criant les gros titres, mais sans rencontrer beaucoup de succès. Ils n'avaient pas de « Wuxtra », pas de nouvelle sensationnelle à vendre comme celle d'août quelques mois plus tôt, ce que les passants savaient... Ils s'égosillaient en vain, et la plupart des journaux leur restaient sur les bras, si bien qu'au bout de deux ou trois jours ils renoncèrent.

Toutefois, pendant plus de soixante-dix ans, demeurerait gravée dans l'esprit d'Ira l'image d'un petit garçon en pantalon de golf et bas noirs qui se hâtait, pris de panique, et criait d'une voix aiguë dans une rue de Harlem envahie par le crépuscule du passé...

Et de temps à autre, désœuvré, il reviendrait à une époque — ou s'y projetterait — non pas incertaine comme l'était devenu le présent, mais de nouveau sans discontinuité, comme jadis ; un retour en arrière, une nostalgie, le désir informulé que quelque part, d'une manière ou d'une autre, les morceaux épars de son univers hétéroclite se ressoudent une fois de plus. Sinon, pourquoi se tenait-il ici, à ce coin de rue, au cours de ses promenades solitaires, un coin de rue familier dans le Harlem juif animé, soudain transfiguré, rempli d'une espérance dorée, une rédemption au-delà du grand idiot qu'il était, le « grand saucisson » comme l'appelaient les gamins de sa rue, au-delà des apostrophes exaspérées de Pa qui hurlait en yiddish : « *Lemekh !* Quel pauvre Turc boiteux tu es devenu ! »

— Oh ! oui, tu faisais des petits boulots, non ? Tu voulais gagner un peu d'argent.

Avant l'école. Il se levait de bonne heure, dans l'aube grise de l'hiver de ce quartier pauvre, pour livrer des petits pains frais et du beurre ou du fromage blanc dans la 119e Rue, entre Park Avenue et Madison Avenue, où les maisons étaient un peu moins laides — et plus juives. L'épicier qui habitait le même bloc qu'eux l'avait engagé. Pareil à une ombre, le garçon montait et descendait les escaliers en courant avec ses *bulkies* frais. Pa se montrait toujours ravi quand Ira gagnait un dollar ou deux, et son attitude se modifiait durant tout le temps que son fils travaillait — il devenait même amical —, mais il ne pouvait s'empêcher de provoquer Ma en disant que l'argent rapporté par Ira devrait être déduit de celui qu'il lui donnait. « *Gaï mir in d'rerd!* » s'emportait-elle, et elle répétait plus fort : « *Gaï mir in d'rerd!* » C'était elle qui désapprouvait ces livraisons matinales qu'il effectuait avant l'école, l'exploitation dont il était l'objet, le pauvre enfant. « Je n'ai pas besoin de ces quelques *shmoulyaris* », disait-elle, appelant comme de coutume *shmoulyare* le billet vert méprisé. Et après l'école, il travaillait dans un petit magasin qui sentait le renfermé où le propriétaire et sa femme, qui vivaient dans l'arrière-boutique, fabriquaient des boutons fantaisie; Ira apprit donc à fabriquer des boutons fantaisie en posant un bout de tissu sur un bouton nu en métal et en l'emboutissant à l'aide d'une presse fonctionnant avec un levier. À moitié endormi, comme d'habitude, il se coinça le pouce entre la presse et le bouton, et hurla de douleur.

On l'envoyait faire des courses : un jour livrer des boutons à un tailleur dans la « *hundert und dezieme stritt* ». Naturellement, Ira se rendit dans la 112e Rue, n'y trouva pas de boutique de tailleur, et revint avec les boutons.

« J'ai dit *hundert und dezieme stritt*, répéta le patron indigné.

— Mais j'y ai été! protesta Ira. 112e Rue!

— Non! *Oï! gevald!* Rien tu comprends! Dezieme, dezieme, pas douzième! »

Et : à onze ans (comme l'âge de l'innocence est bref : livres d'enfants, le troll est sur le pont, Billygoat Gruff). À onze ans, donc, il travaillait dans la pharmacie de Biolov. Tous les jours après la classe et le samedi toute la journée. À faire un tas de choses, des corvées, des courses en tous genres : nettoyer le carrelage, astiquer les vitrines — avec une feuille de journal. « Un peu plus d'huile de coude », disait Mr. Biolov, un petit homme chauve et affable. De l'huile de coude. C'était la première fois qu'Ira entendait l'expression, et il crut un moment que cette substance existait réellement. Porter des ordonnances, faire des commissions, et tout ça pour 2 dollars 50 par semaine. Et quand il perdit, ou bien qu'on lui faucha dans sa poche un billet de cinq dollars que Mr. Biolov lui avait confié pour aller acheter des médicaments chez le grossiste de la Troisième Avenue, il dut travailler deux semaines pour rien afin de rembourser. Mortiers et pilons avec lesquels, mais oui ! mais oui ! on préparait les médicaments dans l'arrière-boutique de la pharmacie. Le sirop n'était que de l'eau sucrée, non ? La salsepareille qu'on mélangeait à l'huile de ricin. Mr. Biolov était un « *shtickl dokter* », disait Ma, à savoir « un peu docteur ». En attendant l'ambulance, il donnait les premiers soins aux victimes d'accidents qu'on amenait à la pharmacie. Il ôtait les escarbilles qu'on avait dans l'œil, savait quand prescrire de la poudre Seidlitz, quand prescrire les baies séchées dont Ma faisait une tisane si agréablement laxative, et quand prescrire du citrate de magnésie — qu'on conservait sur de la glace, qui était froid et pétillant avec un goût de citron, et qui vous expédiait aux toilettes aussi vite que l'huile de ricin. Salsepareille. Esprit d'ammoniaque. Essence de menthe. Sur les étagères s'alignaient des pots contenant toutes sortes de composés, non pas des pots ordinaires, mais tous pareils, en bel émail, munis de larges goulots et fermés par des bouchons en verre.

Au fond de la pharmacie se trouvaient des tables spéciales creusées de longs sillons. Mr. Biolov les remplissait avec la pâte qu'il confectionnait en écrasant puis en mélangeant différents produits, de façon à obtenir des espèces de serpents de pâte qu'il coupait pour en faire des pilules qu'il roulait ensuite dans du sucre en poudre. À chaque coin de la vitrine, il y avait une magnifique amphore de verre, chacune remplie de liquide, l'un de couleur émeraude, l'autre rubis. Entre les deux, au milieu de la vitrine, un singe mécanique recommençait sans cesse son tour, à la longue lassant, transvasant le même liquide d'un verre à un autre. Un jour, sa curiosité éveillée par les cachotteries de Mr. Biolov, Ira jeta un coup d'œil dans le petit paquet qu'on lui avait demandé de livrer : une sorte de coupelle en caoutchouc autour d'un anneau : mystère ; ce n'était pas un préservatif ; les préservatifs, il en avait déjà vu, il connaissait ; des capotes, on les appelait dans la rue. Lui aussi en avait récupéré un paquet jeté à la poubelle et avait essayé de les gonfler, mais comme le caoutchouc s'était détérioré, elles avaient explosé.

Ce qu'il préférait, c'était conduire les gens à la cabine de téléphone installée dans l'officine ; ils lui glissaient presque toujours un nickel pour le remercier ; et plus d'une fois, quand il allait chercher une jeune fille irlandaise qu'on demandait au téléphone, une jolie Irlandaise aux joues roses et aux yeux brillants qui dévalait derrière lui l'escalier sentant le chou du petit immeuble décrépit, celle-ci, essoufflée, le regard lointain, lui donnait une *dime*. Il devinait pourquoi, mais ne comprenait pas. Ulcéré par le manque de cœur de Mr. Biolov qui l'avait obligé à travailler deux semaines pour rien, Ira resta encore quelque temps, puis il quitta sa place.

À présent, l'été était revenu ; un été décousu, désordonné. Quelques arbres entre Madison Avenue et Mount Morris Park perdaient de petites cosses vertes qui tombaient en tourbillonnant. Les gamins les appelaient des « papillons » ; on les ouvrait en deux et on se les collait sur l'arête du nez. C'est un soir d'été qu'Ira, pour la seule et unique fois à Harlem, administra une trempe à un autre gosse, Morty Nussbaum, un Juif qui habitait au dernier étage du n° 108 de la rue. Morty avait voulu lui montrer comment « se branler » — il faisait chaud et ils étaient sur le toit, le zizi à l'air ; et brusquement, Ira refusa d'aller plus loin. Ses souvenirs semblèrent se coaguler et former comme deux horribles caillots : un grand type en chapeau mou et vêtements usés mais propres, ce qu'il avait voulu faire à Ira et ce qu'il avait fait ensuite contre le tronc d'un arbre. Morty eut beau soutenir que c'était agréable, Ira recula ; il reboutonna sa braguette. Comment quelque chose d'aussi répugnant pouvait-il être agréable ? Plus tard, pour une broutille, il se battit à coups de poing avec lui, et l'emporta facilement. Mais tout en sachant qu'il gagnait, il avait conscience des petits Irlandais qui les encourageaient, eux, les deux Juifs. Et bien qu'exultant après que Morty eut reconnu sa défaite, Ira négligea l'injonction des Irlandais qui voulaient qu'il le frappe dans le dos en poussant le traditionnel cri de victoire. Peu de temps après, Morty et sa famille déménagèrent.

L'été, on pouvait marcher longtemps, aller à pied jusqu'au lointain Muséum d'histoire naturelle. On venait de lire pendant le cours d'Actualité de sixième que plusieurs grosses météorites tombées du ciel se trouvaient maintenant devant les portes du musée. Pas besoin d'entrer — d'ailleurs on ne vous aurait peut-être pas laissé —, mais ce n'était pas grave, parce que c'étaient les météorites qu'on voulait voir, et elles étaient à l'extérieur. Tout cela parce qu'on avait lu, écrit en petits caractères en bas d'une page des *Légendes de Scandinavie*, que si l'épée de Siegfried était si tranchante, c'est qu'elle était faite d'une météorite. Or, les météorites contenaient souvent un acier spécial, si dur qu'une fois l'épée forgée et aiguisée, il suffisait de la plonger dans un ruisseau pour qu'elle coupe des morceaux d'une toison qui viendrait simplement l'effleurer. C'est dire à quel point elle était tranchante ! Quel sujet d'émerveillement cependant qu'on parcourait les chemins pavés de Central Park au cœur de l'été verdoyant, qu'on croisait des gens chics arborant des cannes à pommeau d'argent et des bonnes d'enfants poussant des landaus luxueux, plus luxueux encore que celui de Mrs. Biolov, pourtant le plus luxueux de la rue, et la longue, longue promenade vous amenait devant l'immense bâtiment du musée dont l'entrée se situait au pied d'un petit escalier. En bas des marches, tout intimidé, on contemplait avec un sentiment d'effroi ces pierres noires criblées de trous : les météorites tombées du ciel sur la terre.

« *S'iz a maïsse mit a bear*, le taquina gentiment Ma quand il rentra enfin à la maison, fatigué d'avoir tant marché, et qu'il lui raconta ce qu'il avait vu.

— C'est pas une *maïsse mit a bear !* explosa-t-il. C'est l'histoire des dieux scandinaves Odin, Thor et Loki. Et de Siegfried et de Brunhild. Tu sais même pas quelle merveilleuse épée il avait.

— *Azoï ?* fit-elle, conciliante. Mon fils si intelligent. Un *bulkie* et un peu de fromage blanc frais te feraient du bien après une bonne promenade, non ? »

Une histoire avec un ours, les appelait Ma. Mais il les préférait de beaucoup à celles de Horatio Alger que Davey Baer aimait : *Tom le cireur de chaussures* ou *Pluck et Luck*, le genre d'histoires qui plaisaient aux autres garçons : Tom Swift et sa motocyclette, qui, avec des trésors d'ingéniosité, parvenait à la réparer à l'aide d'un bout de fil de fer ; ou les petits Rover qui étaient si honnêtes et jouaient si bien au base-ball ; ou encore Young Wild West qui, vêtu d'une veste de daim à franges, combattait les perfides Peaux-Rouges, encore qu'Ira ne comprît pas pourquoi. Et certains contes de fées, des histoires de sorcières et de croquemitaines, l'effrayaient tant qu'il avait peur du noir, peur de descendre à la cave chercher un seau de charbon dans le cagibi fermé à clé ; et il avait même peur d'aller vider la poubelle dans les grandes boîtes à ordures qu'on sortait le soir devant l'immeuble — il faisait tout pour y échapper ! La porte de la cave en bas de l'escalier mal éclairé le remplissait de panique chaque fois qu'il passait dans le couloir.

C'étaient pourtant ces histoires-là qu'il plaçait au-dessus des autres, celles qu'il adorait : des histoires d'enchantements et de dorures, de princes et de blondes princesses. Souvent, les princesses n'étaient pas seulement blondes, mais les plus blondes de toute la chrétienté. On n'y pouvait rien. Peut-être que ça ne les dérangerait pas qu'il soit juif. Et il y avait les chevaliers du roi Arthur, en quête du saint Graal, la coupe splendide, le calice dans lequel Jésus avait bu du vin. Ainsi, tout ce qui était beau était chrétien. Tout ce qui était parfait, pur, audacieux, élégant et chevaleresque était goy. Parfois, il ne savait pas quoi penser, quoi éprouver : de la tristesse, peut-être ; il se sentait exclu ; il était soulagé quand on ne parlait pas des Juifs, reconnaissant : alors il pouvait combattre les Sarrasins aux côtés de Roland. Ou être content de voir M. Travail partout, quand le garçon du conte de Grimm fuyait son professeur, M. Travail, et qu'il dirigeait même l'orchestre de musiciens — du moment qu'il n'était pas juif...

CHAPITRE XIII

M entra dans son bureau. Elle tenait à la main deux écheveaux de laine qu'elle voulait lui montrer, l'un noir de jais, l'autre gris anthracite.

« Je ne sais pas pourquoi je n'ai pas pensé à refaire le tissage des parties usées du *chaleco* », dit-elle.

« Celui que tu as sur toi ? » demanda-t-il.

M portait le *chaleco* poivre et sel qu'elle avait acheté au Mexique — où exactement ? en tout cas pas à Tlaqui-paqui, ou je ne sais comment on écrit cela, où le jeune tisserand travaillait devant son métier dans la pénombre (à qui Ira avait également acheté un *chaleco*). C'était à la fin des années 60.

« Oui. Il a fait plus que son temps, mais je l'aime bien », dit-elle.

« Sinon tu aurais du mal à retrouver une pareille rareté », acquiesça-t-il.

Une pareille rareté — songea-t-il tandis qu'elle le quittait pour aller s'installer au piano dans le séjour. Mon amour, il faudrait le Taj Mahal soi-même pour te rendre justice, toi la femme grande et mince devenue vieille, avec tes cheveux naguère fauves devenus gris. Ridée, les traits adorables, toujours nobles. Où sont allés les millions d'instants, le million de millions d'instants passés ensemble ? Elle rentrait juste de faire les courses et elle avait dit :

« Tu crois que c'est le froid qui empêchait les gens de sortir ? Il y avait foule aujourd'hui. C'est vrai que le temps de ces deux derniers jours ne donnait pas particulièrement envie d'aller se promener. Personne ne tenait à affronter ce froid. »

« Non, tu as raison. »

« Et je t'ai acheté un cadeau pour ton anniversaire : du pastrami de dinde. »

Elle le déballa : une petite brique de viande, entourée d'un film de plastique.

Il pensa à un couteau électrique, à en acheter un, mais elle ne serait pas d'accord : un objet de plus dans la maison, dirait-elle avec son bon sens habituel. Il se contenta d'un :

« Oh ! merci beaucoup ! »

« Il va falloir jeter ces deux coupons de chez Hardee qui offrent deux sandwiches au rosbif pour le prix d'un. Demain c'est le dernier jour et on a Margaret à la maison. »

« Tu sais que McDonald fait de la publicité pour ses hamburgers à trente-neuf *cents* ? »

« La concurrence doit être féroce. »

« Il y a une autre chaîne de hamburgers à trente-neuf *cents* qui vient d'ouvrir en ville. Tu étais avec moi quand on l'a vue l'autre jour. »

« Ah oui. »

« Je me demande à quoi peut bien ressembler un hamburger à trente-neuf *cents* ? »

« On n'a qu'à en acheter une demi-douzaine, suggéra-t-il. Le McDonald est juste à côté. »

« Je mettrai probablement mes trois tranches de viande dans un seul pain. »

Voilà pourquoi sa silhouette restait mince et élégante : trois tranches de viande et un seul pain. Et lui, plébéien :

« Oh ! j'aime bien les pains caoutchouteux. Je suis habitué à manger comme ça. »

Et tout cela, réfléchit-il — après qu'elle eut commencé à travailler depuis un moment un morceau de piano, un morceau familier dont il aurait eu honte d'avouer qu'il ignorait le nom — il le retrouverait une autre fois —, tout cela parce qu'il lui avait demandé si elle savait où l'une de ses nouvelles était rangée : elle était si méthodique, si efficace, toutes qualités enviables qu'il ne possédait pas.

Elle le savait, et, dévouée, lui apporta le carton, ajoutant simplement qu'elle allait s'asseoir pour fouiller à la recherche de celle qu'il désirait : une petite nouvelle qu'il avait écrite pour le *New Yorker* et qu'il avait eu la chance de voir acceptée. Écrite en 1940, et qu'allait-il en penser aujourd'hui ? Quarante-cinq ans auparavant, quarante-cinq années plus proches du garnement égocentrique, jouisseur, mal à l'aise, solitaire, lunatique et futile qu'il était alors... taillée, certes, pour le *New Yorker*. Est-ce qu'elle contiendrait encore suffisamment de vérité, de fidélité à l'égard de celui qu'il était autrefois, pour qu'elle mérite la peine d'être retranscrite, incluse ici ?

IL Y A TOUJOURS QUELQU'UN QUI PREND LE VIOLET

En haut de l'escalier, après la pendule et les vases posés devant la salle de lecture réservée aux adultes, après les murs crème, les moulures en chêne, les rayonnages de chêne et la statue de Persée due à Cellini, se trouvait la salle des enfants de la bibliothèque municipale de la 123e Rue. Le jeune Sammy Farber tira de sa poche une carte de bibliothèque froissée et écornée, puis il entra. C'était un garçon vif et trapu de onze ou douze ans. Il lissa sa carte sur le comptoir et, en attendant la bibliothécaire, regarda autour de lui. Il n'y avait presque personne dans la salle. Deux garçons en tricots de couleurs vives parlaient à voix basse devant l'un des rayonnages. Sur le mur au-dessus de leurs têtes on voyait une frise composée de petits amours grecs qui soufflaient dans des trompettes. La bibliothécaire s'approcha.

« Madame, commença Sammy. Je viens de déménager, madame. Vous voulez bien la changer — l'adresse ? »

La bibliothécaire, une femme maigre, grisonnante et impassible, chaussée d'un pince-nez, jeta un coup d'œil sur sa carte.

« Fais voir tes mains, Samuel. »

Il s'exécuta. Elle approuva d'un hochement de tête, puis retourna sa carte. Elle était couverte de tampons.

« Il faudrait mieux qu'on t'en fasse une nouvelle, dit-elle.

— Je pourrais la prendre la prochaine fois, madame ? Je suis un peu pressé.

— Bon, d'accord. Et quelle est ton adresse, maintenant ?

— 520, 120e Rue Est. (Il la regarda barrer son adresse de Orchard Street pour inscrire la nouvelle.) Madame, reprit-il dans un murmure qu'on entendit à peine, vous avez *Le Conte de fées violet* ici ?

— Le quoi ?

— *Le Conte de fées violet*, répéta-t-il en se frottant le nez d'un air embarrassé. Tout le monde prétend que je suis trop grand pour lire des contes de fées. Ma mère appelle ça des histoires avec un ours.

— Des histoires avec un ours ?

— Oui, elle ne parle pas très bien anglais. Vous l'avez ?

— Oui, je crois. Il doit être dans les rayons.

— Où ça, madame ? (Il s'éloignait déjà.)

— Une seconde, Samuel. Reprends ta carte. Bien. Je vais te montrer où c'est. »

Ils traversèrent ensemble la salle en direction d'un rayon marqué d'une plaque de cuivre indiquant : « Contes de fées. » Sammy s'agenouilla pour déchiffrer plus commodément les titres. Il n'y avait pas beaucoup de livres dans cette section — quelques légendes pour garçons sur Arthur et Roland placées sur l'étagère du haut, puis une petite rangée de contes de fées classés par pays et enfin, tout en bas, quelques livres classés par couleurs : bleu, bleu, vert... le doigt de la bibliothécaire effleurait la tranche des minces volumes. Rouge... jaune...

« Je suis désolée.

— Ah ! fit-il avec un soupir. Ils l'ont encore pris.

— Tu as lu les autres ? Tu as lu le bleu ?

— Oui, je l'ai lu. (Il se releva lentement.) J'ai lu le bleu, le vert et le jaune. Toutes les couleurs. Et même celles qui sont pas là. J'ai lu le lilas. Mais il y a toujours quelqu'un qui prend le violet.

— Je suis à peu près certaine que *Le Conte de fées violet* n'a pas été emprunté. Va donc voir sur les tables. Il y est peut-être.

— Je vais toujours le faire, dit-il. Mais je sais très bien. Une fois qu'ils le prennent, on peut toujours courir ! »

Il alla néanmoins de table en table, prenant les livres abandonnés là pour en vérifier le titre avant de les reposer. Son visage rond était l'image même de l'espoir déçu. S'approchant de l'une des dernières tables, il s'arrêta net. Un garçon y était installé devant une pile de livres, plongé dans la lecture. Sammy s'avança derrière lui sur la pointe des pieds et jeta un coup d'œil par-dessus son épaule. Sur une page il y avait le texte et sur l'autre, une illustration en couleurs représentant un prince aux allures sereines qui, la main sur le pommeau de son épée, contemplait un gnome tout tordu qui lui lançait des regards noirs. La reliure du livre était violette. Sammy soupira et retourna voir la bibliothécaire.

« Je l'ai trouvé, madame. Il est là-bas, dit-il en tendant le bras. C'est lui qui l'a.

— Je suis navrée, Samuel. C'est le seul exemplaire que nous ayons.

— Il a pas les mains aussi propres que moi, risqua Samuel.

— Oh ! je suis sûre que si. Pourquoi tu n'essayerais pas autre chose ? suggéra-t-elle. En général, les livres d'aventures plaisent beaucoup aux garçons.

— Pas à lui, dit Sammy avec un regard sombre en direction du garçon. C'est ce qu'on me racontait tout le temps dans l'East

Side. Je vois pas pourquoi ils devraient plaire. Quand un homme découvre un trésor dans un livre d'aventures, il faut tout de suite que ce soit des dollars et des *cents.* Qui est-ce que ça intéresse les dollars et les *cents*? J'en entends déjà assez parler comme ça à la maison.

— Il y a le roman, lui rappela-t-elle. Peut-être que tu es de ces garçons qui préfèrent les histoires d'adultes.

— Bah ! c'est pareil ! dit-il en secouant la tête. J'ai lu un roman une fois, et dedans il y avait un héros avec des lorgnons. (Il eut un rire bref et compatissant.) Comment un héros peut-il porter des lorgnons ? Il ressemblerait à mon père. »

La bibliothécaire ajusta son pince-nez.

« Il ne va peut-être pas l'emporter, tu sais. Attends un peu, dit-elle.

— Je peux aller lui demander ?

— Non, ne le dérange pas.

— Je veux juste lui demander s'il va le prendre ou pas. À quoi ça servirait que je passe toute la journée ici ?

— Bon, d'accord, mais c'est tout. »

Sammy retourna auprès du garçon et lança :

« Hé ! tu vas le prendre, hein ? »

Comme tiré brusquement du sommeil, le garçon sursauta en écarquillant les yeux.

« Pourquoi tu lis ce truc-là ? reprit Sammy. Un conte de fées ! (Ses lèvres, son regard, tout son visage exprimaient le dédain.) Tiens, voilà un livre d'aventures, dit-il en saisissant le premier qui lui tomba sous la main. T'aime pas les livres d'aventures ? »

Le garçon se redressa sur sa chaise.

« Pourquoi tu viens m'embêter ?

— Je t'embête pas. T'as lu *Le Conte de fées bleu* ? C'est le meilleur. On le trouve pas facilement.

— Hé ! je vais le dire à la dame ! (Le garçon tourna la tête.) C'est çui-là que je lis, reprit-il avec colère. Et j'en veux pas d'autres. T'as qu'à les lire toi-même ! »

Sammy se tut un instant, puis il fit une nouvelle tentative : « Tu sais que tu devrais pas lire des contes de fées à la bibliothèque ? »

Le garçon se leva en serrant le livre contre sa poitrine : « Tu veux te battre ?

— T'énerve pas, dit Sammy en lui faisant signe de se rasseoir tout en reculant d'un pas. Je voulais juste dire que c'est mieux de lire les contes de fées à la maison, tu crois pas ? Comme quand t'es assis dans la salle à manger et que ta mère prépare le repas dans la cuisine. C'est pas mieux ?

— Ouais, et après ?

— Comme ça, ici tu peux lire autre chose. Des trucs sur le roi Arthur et toutes les *mites*. »

Le garçon vit clair dans son jeu. Il chassa Sammy d'un geste. « Je vais lire ce bouquin ici et je vais le lire aussi à la maison, abruti.

— C'est tout ce que je voulais savoir, dit Sammy. Tu vas le prendre, hein ?

— Et comment que je vais le prendre !

— Je me disais bien que tu le prendrais. »

Sammy alla se poster derrière l'un des piliers de la salle pour observer le garçon. La même expression d'émerveillement et de fascination qui envahit le visage mince de celui-ci tandis qu'il lisait se peignit sur la figure rondouillarde de Sammy, comme s'il partageait son plaisir. Quelques minutes plus tard, il se leva et, le livre à la main, s'avança vers le comptoir. La bibliothécaire retira la carte à l'intérieur du livre puis tamponna celle du garçon. La mine de Sammy s'assombrit. Il attendit néanmoins que l'autre ait eu le temps de descendre les escaliers avant de remettre sa carte toute froissée dans sa poche et de se diriger à son tour vers la sortie.

Bon... c'était touchant, mais pas trop. Après tout, il s'agissait du *New Yorker*, celui de cette époque, avec ses objectifs, les mêmes qu'aujourd'hui peut-être, encore qu'il le lût rarement, divertir le lecteur, un lecteur sans doute plutôt cultivé et aisé. La nouvelle avait été écrite selon les directives de son agent littéraire : ne jamais laisser le lecteur s'identifier au personnage principal d'une histoire, mais faire en sorte qu'il se sente légèrement supérieur à lui. Par conséquent, le gamin du récit était à la fois lui-même et pas lui-même. Ira pensa ironiquement à l'alternative de Hamlet : être ou ne pas être. C'était toujours l'un et l'autre, et il ne pouvait exister d'unité que les deux ensemble. Il était cependant étrange, et plus qu'un peu retardant — pouvait-on dire cela? —, bloquant, inhibant, d'avoir sous les yeux la preuve de l'écrivain qu'il était, qu'il était autrefois, le témoignage de l'écrivain qu'il avait été : l'auteur arrogant, égotiste et sûr de soi de sa première nouvelle. Relire sa production d'il y a quarante-cinq ans le vidait de ce qu'il était aujourd'hui... quelque chose de mieux que ce qu'il avait été, pensait-il, espérait-il. Comment avait-il pu laisser cette vie, toute cette vie, avec sa causticité et ses conflits, lui échapper? alors que c'était encore accessible, à portée de main, récupérable.

Mon Dieu! quatorze ans dans ce taudis de Harlem, sa composition et son contexte fluctuants, son esthétique sordide — il faut que ça sorte, des tonnes de copie, comme dirait le journaliste, couleur locale, nouveauté, depuis le moment où tu as débouché dans la rue, mis le pied hors du couloir. Tu as tout foutu par terre, comme on disait alors; il y repenserait un million de fois, maintenant que M l'avait redressé dans son lit parce que son rhumatisme articulaire lui interdisait presque de bouger après une nuit d'immobilité. Plus tard, il prit sa douche, pour s'assouplir un peu, et il en sortit broyant du noir plutôt que réfléchissant : ah! les richesses perdues — quelles étaient-elles? Les misérables richesses joyciennes?

Peut-être parce que son point de vue sur le sujet s'était modifié : il ne pouvait pas se limiter à une perception en surface. Quelles étaient les conséquences du marxisme? de l'influence du Parti? Il lui fallait considérer, reconnaître, mentionner implicitement dans ses écrits les cruelles conditions sociales, les cruels rapports de classes, les ravages provoqués par les privations qui se dissimulaient sous une apparence risible. Fini le mélange olympien d'ironie et de pitié à la Anatole France. Et c'était pour cela qu'il s'insurgeait avec tant de force contre Joyce aujourd'hui. En tout cas, quelque chose lui avait barré le chemin dans le même temps qu'il le minait. Ce quelque chose qu'on appellerait aujourd'hui perte d'identité. Et avec la perte d'identité venait la perte d'affirmation. Et sans identité ni affirmation, le vaste panorama de quatorze années d'existence dans et hors de la 119e Rue de Harlem lui était refusé — de fait, si on voulait l'amplifier, le ramifier, l'état d'adulte lui-même, un état d'adulte acceptable, était prohibé.

Il se sentait donc triste, pensif... Tu sais pourquoi je ne peux pas le décrire maintenant, Ecclesias.

— Je sais que tu sais pourquoi.

Quel était ce jour de l'été où, dans la fraîcheur du matin, plein du bonheur des vacances scolaires nouvelles, il se dirigeait vers le Metropolitan Museum, seul ? (mets-le, mets-le : personne de la 119e Rue ne voulait l'accompagner). Longeant à grands pas le muret de pierres noircies et effritées qui bordait le parc et le séparait de l'avenue ainsi que des rangées d'hôtels particuliers immensément cossus situés de l'autre côté. Sous les arbres feuillus de la Cinquième Avenue, Ira marchait vite, admirant, s'extasiant devant les baies vitrées d'imposants édifices qui se dressaient fièrement, orgueilleux, avec chaque store tiré exactement à la même hauteur. Et puis les linteaux de marbre, les cheminées qui, tels des tuyaux d'orgue, surmontaient les toits d'ardoise aux bordures de cuivre vert-de-grisées. Pendant ce temps-là, les autobus à impériale sillonnaient l'avenue, les autobus à dix *cents* le ticket que seuls les riches pouvaient s'offrir.

« Où cours-tu comme ça, jeune homme ? » lui demanda le monsieur corpulent à la moustache couleur paille, qui se tenait à côté de la dame chaussée de lorgnons qui attendait elle aussi l'autobus.

« Moi ? Je vais au musée. »

« Vraiment ? De si bonne heure ? »

« Ouais, c'est loin. » Avait-il enfin appris à se méfier des aimables inconnus ? Ou bien la présence d'une femme lui procurait-elle un sentiment de sécurité ? « Et après, faudra que je revienne. »

« Bien sûr. »

Les deux personnes qui attendaient l'autobus se tournèrent l'une vers l'autre, un petit sourire aux lèvres, et il reprit son chemin. Ces moments s'imprimeraient dans sa mémoire comme une strophe d'un poème, ou quelques mesures d'une mélodie qui le consolerait, des années plus tard. Dans le néant des années qui ont suivi, Ecclesias, quand le cordon ombilical a été coupé, que les plombs ont sauté, que les rouages tournent à vide ou que le vent a emporté les lentilles de contact.

CHAPITRE XIV

La Grande Guerre était proche — il tâcherait de s'y retrouver de son mieux dans le désordre des feuilles mal tapées et le fouillis de sa mémoire. Très proche. Ira avait déjà eu l'occasion de voir et d'entendre des Juifs d'un certain âge se lever avec colère des bancs de Mount Morris Park en brandissant leurs cannes et en échangeant des insultes en yiddish : « Allemand pompeux ! *Litvak* grossier ! »...

Arrêté sur le chemin de la piscine flottante de l'East Side par une bande de petits Italiens agressifs, on le questionna d'un ton menaçant :

« De quel bord t'es ? T'es quoi ? Allemand ? Tu viens d'Autriche ? »

Ira devina ce qui l'attendait.

« Non. Pas moi.

— T'es quoi, alors ?

— Hongrois. Les Hongrois aiment pas les Autrichiens. »

Ses agresseurs semblèrent déconcertés. Leur chef le mit au défi :

« Dis quelque chose en hongrois.

— Ouais. *Choig iggid bolligid*. Ça veut dire je vous aime bien.

— Comment on peut savoir ? demanda un de ses acolytes.

— Je peux le répéter, proposa Ira.

— Dis en hongrois que t'es du côté des Italiens, ordonna le chef.

— *Choig iligid bolligid Itollyanis.*

— Laissez-le partir », décida alors le chef.

Et pour partir, Ira partit...

La Grande Guerre arrivait. Les Boches empalaient les bébés sur leurs baïonnettes — encore que Ma tournât en ridicule les récits des atrocités allemandes :

« Quoi ! le Russe, il est mieux ? Le tsar *Koïlki* [*koïl* signifiait "balle"] *iz a faïner mensh* ? Qui au monde est plus ignorant que le moujik ? Qui a oublié leurs pogroms, les pogroms de Kichinev en 1903 ? Des pogroms menés par des séminaristes, surtout à Pâques — à Kichinev, quand j'étais encore une jeune fille. Et quand ils ont perdu la guerre contre les *Yapontichkes* et que j'ai rencontré ton père, ils ont tout mis sur le dos des Juifs ! Va ! C'est le Russe qui empale les bébés sur sa baïonnette. »

Pour une fois, Pa fut de tout cœur d'accord avec elle :

« Tu te rappelles Mendel Beilis quand on habitait encore l'East Side ? dit-il en poussant Ira du coude. Où as-tu la tête ? Tu ne te rappelles pas toute l'agitation quand les Russes l'ont jugé ? Et pourquoi ? Le Juif avait égorgé un enfant goy pour faire des *matses* pour *Pessah*. Et les moujiks l'ont cru.

— Peut-être qu'un goy nous a vus boire du *bortsh* pour *Pessah*, suggéra Ira. C'est rouge.

— Va ! tu n'es qu'un imbécile ! Un moujik est un moujik et restera un moujik jusqu'à sa mort. Est-ce qu'on ne connaît pas les moujiks ?

— Écoute-moi bien, mon enfant, dit Ma. C'est comme ça avec les Juifs : quand deux rois se font la guerre et que l'un des deux punit les Juifs de l'autre, l'autre dit : "Puisque tu punis mes Juifs, je vais punir les tiens." (Ma eut un rire sans joie.) Tu comprends ? »

La Grande Guerre était là. Que de confusion dans l'esprit d'un enfant ! L'oncle Louie, toujours en uniforme de facteur, arrivait à la maison avec le *Call* socialiste dans la poche et, dépliant le journal sur la toile cirée verte de la table de la cuisine, il lisait ce qu'Eugene Debs disait de la guerre — et entraînait à chaque fois Ma dans la conversation :

« Tu entends, Leah ? Debs dit que c'est une guerre capitaliste où les travailleurs payent de leur vie pour que les capitalistes d'un pays deviennent plus puissants que ceux d'un autre pays et s'emparent de leurs commerces, de leurs colonies — qui ont été prises par la force aux gens simples qui vivaient là, volées, si tu préfères. Mais quel que soit le vainqueur, les travailleurs resteront toujours des esclaves salariés. »

Pa écoutait intensément et son visage subissait une transformation radicale, comme illuminé de l'intérieur ; Ma gardait plus de distance cependant qu'oncle Louie poursuivait :

« Woodrow Wilson parle de défendre la démocratie. Mais vous ne pouvez pas imaginer à quel point l'antisémitisme s'est développé à la Poste.

— Où est-ce qu'on aime les Juifs ? demanda Ma, question purement rhétorique. Nulle part. Ils font de l'excellente chair à canons. C'est comme ça en Russie et dans toute l'Europe. Même en Autriche où François-Joseph les tolère. Il ne laisse pas les Cent Noirs organiser des pogroms comme en Russie sous le tsar. Là, le Juif est un peu plus en sécurité, il peut respirer un peu plus librement. Mais est-ce qu'on l'aime ? Je te le demande. Pour une chose, ils l'aiment : donne-moi ton Juif que j'en fasse un soldat. Lui au moins il sait lire et écrire. »

Oncle Louie la considéra avec admiration, puis il détourna la tête et ses lèvres se crispèrent tandis qu'il avalait sa salive. Il dit à Pa :

« Toi-même tu as bien failli devenir soldat. »

Pa eut un sourire épanoui ; il adorait raconter ses souvenirs :

« Oui, quand je suis revenu en Autriche où on a manigancé pour me forcer à l'épouser. »

C'était une plaisanterie que Ma n'appréciait pas outre mesure.

« Naturellement, tu as commencé par te quereller avec Gabe », lui rappela-t-elle.

Gabe était le frère aîné de Pa, qui vivait à présent à Saint Louis. Du côté paternel, il y avait toute une famille dont la plupart des membres avaient immigré à Chicago ou à Saint Louis, des parents trop nombreux et trop éloignés pour qu'on puisse espérer en conserver la trace. Comme le disait Ma, c'était surtout leur conduite scandaleuse en Amérique ou en Galicie qui entretenait Ira dans le lien ténu de parenté qui le rattachait à eux.

Que se serait-il produit si, comme Pa avait fini par le faire, ils s'étaient installés à New York ? Il y aurait eu deux clans, la première génération américanisée établie depuis longtemps, les Américains « mûrs », ainsi que les Juifs nommaient les immigrants acculturés, et les Américains « verts », comme la famille de Ma. Dans quelle toile il se serait trouvé pris s'il avait dû faire la navette entre l'orthodoxie et le mauvais caractère de Zaïde, l'oncle Gabe et l'oncle Sam à Saint Louis, puis l'oncle Jacob à Chicago. On peut affirmer sans risque de se tromper qu'il y aurait eu une certaine affinité, ou similarité, entre l'oncle Jacob et Zaïde, mais pas autant, ou en tout cas beaucoup moins, avec ses deux autres oncles du côté paternel. Bien que proches de Zaïde par l'âge, et, si Ira devait en croire Ma, comme lui d'humeur fantasque, leur allure et leur comportement les rapprocheraient plutôt de ses oncles débarqués depuis peu.

Oh ! de quel réseau de fils il aurait été prisonnier — Ira interrompit le cours de ses pensées pour remercier sa bonne étoile de n'avoir pas eu à s'en dépêtrer. Le simple souvenir suffisait.

Sam, le frère de Pa qui venait ensuite par l'âge, un homme de belle stature, avait été soldat et était tombé amoureux de la femme d'un autre — ce que désapprouva violemment son père, le Juif barbu au visage sévère encadré de papillotes dont le portrait figurait sur le mur de la salle à manger, à côté de celui de sa femme au visage tout aussi sévère. Et ils se disputaient sans arrêt, Sam et son père, lequel avait levé sa canne afin de corriger son fils, mais celui-ci la lui avait aussitôt arrachée pour le frapper. Sam s'enfuit en Amérique avec cette femme. C'est ce que racontait Ma, source de toutes ces histoires, de même qu'elle racontait que Gabe avait épousé une femme beaucoup plus vieille que lui, une certaine Clara, une harpie. « *Oï!* cette Clara! Et jalouse en plus! Une vraie mégère!» Après, il y avait Jacob, celui qui habitait Chicago, qui était couvert de boutons, un gringalet qui, pendant qu'il étudiait le Talmud, subissait les harcèlements de son jeune frère, Pa, jusqu'à ce qu'ils en viennent aux mains. Un jour, Pa l'avait roué de coups au point qu'il avait dû s'enfuir et aller se cacher. Il avait dormi dans une remise, et sa mère lui avait porté à manger en cachette en pleine nuit. Il y avait aussi une sœur aînée, Khatche. Elle avait épousé un dandy du nom de Schnapper, un homme extrêmement beau et libertin. Ils habitaient également le Middle West, mais pas à Saint Louis ni à Chicago. Elle souffrait tant des *amours* continuelles et mal dissimulées de son coureur de mari qu'un jour elle s'arrosa de pétrole et y mit le feu (Ma baissa la voix en le racontant). Et des années, des années et des années plus tard, Ira remarquerait, au cours d'une visite qu'il rendit à Fanny (une très jolie femme aux traits réguliers — à n'en pas douter la fille de son père), comment le vieillard, Schnapper en personne, alors âgé de plus de quatre-vingt-dix ans, regardait toutes les femmes qui passaient : la vue d'un jupon déclenchait chez lui un véritable réflexe. Et comme Pa était le plus jeune des frères et sœurs, et que l'oncle Louie était l'aîné des enfants de la sœur aînée de Pa, il se trouvait que le neveu était plus âgé que l'oncle.

Quant au père de Pa — bien que Ma racontât que, la veille de leur départ pour l'Amérique, Ira, alors un bambin de deux ans et demi, avait dansé de manière si ravissante devant son grand-père que les larmes avaient jailli des yeux du vieil homme qui le regardait, appuyé sur sa canne —, Ira ne s'en souvenait pas. Plus tard, en vérité, il essayerait de se représenter — comme il le faisait avec certains de ses très vieux professeurs de grammaire de l'école — ce grand-père mort en 1914 à plus de quatre-vingts ans, peu après le début de la guerre. Juif riche, il fut arrêté par les soldats du tsar quand ils envahirent la Galicie et détenu en vue d'être échangé contre une rançon. Lorsque les troupes russes se replièrent en désordre devant la contre-attaque menée par l'armée autrichienne, on le jeta à bas du chariot dans un fossé. Le froid sévissait déjà; il souffrit de gelures et ne dut la vie sauve qu'au passage d'un paysan qui entendit ses gémissements et le reconnut : il reconnut Saul, le directeur de la distillerie du baron, de surcroît réputé pour ses talents de vétérinaire. Le paysan transporta l'octogénaire dans sa cabane et s'occupa de lui jusqu'à ce qu'on avertisse ses proches, qui vinrent le chercher pour le ramener chez eux. Mais le froid et le choc eurent raison de sa constitution affaiblie par l'âge, et Saul, le directeur, Shaul Shaffer comme on l'appelait, mourut peu de temps après — à l'automne 1914, l'automne de cette même année où Bobe, Zaïde et leurs enfants arrivèrent en Amérique. Pa ne s'était pas encore fâché avec ses beaux-parents. Il alla chez eux alors qu'Ira s'y trouvait déjà et s'accroupit sur un petit tabouret. C'était la première fois qu'Ira voyait quelqu'un faire *shiva*, comme on nommait les sept premiers jours de deuil...

« Oui, reprit Pa en s'adressant à l'oncle Louie. Ils m'ont jeté en prison, dans le *sraïmoulye*, un nom plutôt drôle pour "prison", non? (Il éclata de rire.) Parce que je ne m'étais pas fait recenser. Alors ils m'ont arrêté. Ils ne savaient pas que j'étais déjà citoyen américain — ou ils ne voulaient pas le savoir. Gabe m'avait fait naturaliser avant que j'aie l'âge requis pour que je puisse voter Républicain. Je suis devenu citoyen américain en 1900. Je suis né en 1882. Je n'avais que dix-huit ans, et un acte de naissance, je n'en avais pas. Gabe me dit : tu n'as qu'à dire que tu as vingt et un ans ; et c'est lui qui a témoigné que je les avais bien.

— Et pourquoi les Autrichiens t'ont laissé sortir ? demanda l'oncle Louie.

— Soit parce qu'ils ont découvert que j'étais américain, soit parce qu'ils ne m'ont pas estimé bon pour le service — grand et fort, je ne suis pas —, le gardien est entré, "dehors ! dehors !" il a dit. (Pa s'esclaffa.) Il y en avait un avec moi — on était trois ou quatre dans la cellule — *entshuldik'n mir*, mais il pouvait faire un *fartz* quand il voulait. Il suffisait de lui dire : "*Fartz*, Stanislas", et hop ! il lâchait un *fartz*. Khé ! khé ! khé ! »

CHAPITRE XV

La guerre arrivait. Rendue confuse par les étranges agitations en lui et les étranges rumeurs du dehors, la Grande Guerre demeurerait toujours un composé nébuleux de souvenirs hors du temps et de la réalité. Mamie, à présent mère de deux filles, achetait toujours à Ira une chemise de flanelle pour son anniversaire, une chemise de flanelle grise. Quel rapport cela avait-il avec la Grande Guerre ? Il avait l'impression de devoir répondre à une espèce de catéchisme : au sein d'une existence établie de pauvre, dans cet appartement sinistre sans eau chaude, encore éclairé au gaz, et où seule la cuisine était chauffée en hiver — par les petites flammes pareilles à des perles bleues de l'unique brûleur de la cuisinière à gaz. Il ne faisait bon que dans la cuisine, où régnait une odeur parfois fétide, tandis que les trois autres pièces de l'appartement, derrière la porte fermée, étaient d'un froid glacial. Il allait se coucher sous la toile à matelas glacée rembourrée de plumes d'oie, laquelle n'était pas piquée, si bien que les plumes se promenaient à l'intérieur et venaient s'agglutiner à un bout ou à l'autre et qu'il fallait, après s'être mis au lit, pédaler quelques minutes comme sur une bicyclette imaginaire pour créer un petit cocon de chaleur. Ils venaient d'Europe : les lits de plumes étaient l'héritage des duvets.

« En hiver, quand on n'avait rien à faire, se souvenait Pa avec nostalgie, tout le monde s'asseyait autour de la grande table dans la maison de mon père, et on plumait les oies, on arrachait les grandes plumes des ailes et de la queue, puis on en ôtait le tuyau. On utilisait tout, même le duvet. »

Et à l'intérieur de la toile, il y avait aussi deux ou trois pièces de monnaie — Ira les sentait parfois quand elles se rassemblaient dans un coin, mais les coutures étaient si serrées qu'on ne parvenait pas les attraper. (C'étaient des porte-bonheur, apprit-il plus tard, qu'on glissait avec les plumes pour apporter la fécondité et le bonheur.) Et Mamie au grand cœur fit cadeau à son neveu d'une paire de bottes à lacets, pas neuves, certes, mais oh ! trésor inestimable ! des bottes qu'on pouvait porter même pour marcher dans une épaisse couche de neige.

« Chez nous, ça ne pousse pas par terre, dit Ma, ironique. Eh bien, puisses-tu te trouver beau avec. »

Pulsions inexplicables : c'était sa dernière année à l'école publique n° 103, l'école élémentaire. Qu'est-ce qui l'incita, après la classe, à se cacher sur le trottoir d'en face pour guetter les grandes portes de chêne de l'entrée principale ? Et à attendre jusqu'à ce que Miss Driscoll, sa maîtresse, sorte. Miss Driscoll aux traits fins et délicats, mince et élancée, si sérieuse et distante. Avec une excitation indéfinissable, teintée d'un sentiment de culpabilité, il la suivit rue après rue, jusqu'à la 125ᵉ, gardant le maximum de distance entre elle et lui. Vers quelle mystérieuse demeure se dirigeait-elle ? Quelles mystérieuses cérémonies s'y dérouleraient, à quelles langueurs, à quel amant secret s'abandonnerait-elle ?

Miss Driscoll parcourut la 125ᵉ Rue en flânant, solitaire et digne, cependant que, dans son sillage, Ira se faufilait au milieu des piétons. Puis elle s'engagea dans Amsterdam Avenue, banale, sillonnée de tramways et bordée d'immeubles de cinq étages sans ascenseur et sans caractère. Les toits et les perrons formaient comme des marches d'escalier à mesure qu'on gravissait la colline. Ira était persuadé qu'au bout l'attendait une révélation, une découverte à vous couper le souffle. Miss Driscoll prit la 130e Rue, puis elle redescendit la colline, entre les murs d'un stade immense et des constructions grises et blanches semblables aux églises qui illustraient ses contes de fées, ou à des châteaux formidables. Et soudain, elle tourna le coin de l'un des châteaux au pied de la colline et disparut comme par magie... Mais il y avait une porte ouverte, qui donnait directement sur le trottoir, à l'endroit où les bâtiments encadraient un grand square avec un mât, des arbres et une horloge en haut d'une tourelle elle aussi en pierres grises et blanches. C'était donc là qu'elle se rendait ? Il y avait du monde, quelques femmes, comme Miss Driscoll, mais surtout des jeunes gens dont un grand nombre tenait des livres ou des cartables à la main. Il s'agissait simplement d'une autre école. C'était tout ? Déçu et chagriné, il fit demi-tour, et, dans cette heure qui précède le crépuscule, laissa derrière lui les constructions grises et blanches qui évoquaient des églises ou des châteaux.

Combien de fois passerait-il la même porte sur le chemin de l'école, tant de fois qu'il oublierait que c'était la même. On pouvait regretter, certes, que l'ignorance, non, la folie de l'adolescence eût été plus grande que la simple ignorance du gamin qu'il avait été. Mais à quoi cela lui servait-il d'en avoir conscience ?

Vinrent les premières émotions — signaux dont il ne comprendrait le sens, et qu'il ne serait à même de nommer que plus tard, quand il s'efforcerait de leur répondre, comme à un appel. Quelque chose bourgeonne en vous, identifiable encore que difficile à définir, un besoin qui n'appartient qu'à vous seul. Le petit garçon en manteau à carreaux qui rentre chez lui, à six heures du soir, après la fermeture de la salle de lecture du premier étage de la bibliothèque de la 124e Rue. Il serre sous son bras les livres de contes et légendes qu'il aime tant. Il passe au pied de la colline de Mount Morris Park, dans le crépuscule d'automne, tandis qu'au-dessus du clocher en bois brille l'étoile du berger dans un ciel limpide. Elle est si belle : un enchantement. Cela lui pose un problème qu'il s'imagine être le seul à se poser. Comment l'exprimer ? Avant que les lueurs bleu pâle du crépuscule s'effacent du regard, il faut l'énoncer, utiliser les mots qui le disent : bleu, indigo, bleu, indigo. Des mots qui correspondent à cette étoile qui flotte au-dessus de la colline et de la tour ; quels mots pour la décrire ? Étoile solitaire qui flotte au-dessus de la colline. Qui ne scintille pas, non, scintille, scintille petite étoile — ces mots appartiennent à quelqu'un d'autre. Il faut les trouver toi-même : qui flotte dans les flots bleus, tu pourrais dire... peut-être. Comme ce bleu avec lequel Ma rince les chemises blanches. Non, on ne peut pas dire ça... Comme c'est clair. Une étoile brille au-dessus de la colline de Mount Morris Park. Et la nuit tombe, le froid tombe — ouh ! la la ! et si au lieu de froid, je disais fraîcheur ? Une étoile brille au-dessus de la colline de Mount Morris Park. Et la nuit tombe, la fraîcheur tombe...

DEUXIÈME PARTIE

CHAPITRE I

Le moment approche... Apathique, encore sous le choc des rêves fous de la nuit, fiévreux et désespéré, perturbé par le médicament qu'il a pris ce matin de bonne heure pour soulager la douleur extrême provoquée par RA, l'idée de continuer lui faisait horreur. Mais aussi, et surtout, parce que le moment approchait.

Oh ! ce n'était pas seulement la guerre — qu'était la guerre pour un gamin qui venait d'avoir douze ans ? Une compréhension superficielle, une conscience sporadique : la collecte des noyaux de pêche pour les masques à gaz — à l'école —, un discours patriotique, un illustré, une affiche, une chanson, quelques mots par-ci, par-là, le sujet abordé à la maison et dans la rue. Il s'engagea pour quelque temps chez les boy-scouts, par un soir d'été, assis sur le trottoir avec Davey Baer devant la bibliothèque de la 124e Rue, en face de l'entrée nord de Mount Morris Park —, et il ne tarda pas à proposer timidement des bons d'emprunt à la foule rassemblée au cours d'une réunion patriotique organisée par sa troupe, au carrefour de la Septième Avenue et de la 124e Rue. Aspects fragmentaires et hétérogènes qui laissaient peu d'impressions profondes et durables — jusqu'à ce jour d'avril où l'Amérique fut en guerre.

— Mais c'était un an plus tard. Tu avais douze ans.

En effet. C'était en 1918.

— Et tu parles de l'année d'avant, 1917.

Juste avant que les États-Unis entrent en guerre. Oui.

— Mais le point critique, ou l'instant, c'était 1918.

Oui.

— Alors, pourquoi ne pas attendre ?

En effet, pourquoi pas ?

— Tôt ou tard il faudra bien que tu franchisses cet obstacle.

Oui.

— Je t'avais dit au début, quand tu as délibérément omis l'élément crucial dans ton récit, que tu ne pourrais pas éviter de le prendre en considération.

Je sais, Ecclesias. Peut-être que je n'étais pas prêt.

— Et maintenant, tu l'es ?

Oui. Je m'y suis préparé.

— Quand il le fallait. C'est finalement devenu inévitable.

Oui. L'affronter, conséquence de la vie qui continue. Chose, tu le remarqueras, Ecclesias, que je suis parvenu à éviter dans le seul roman que j'aie écrit : m'y attaquer.

— C'était habile. Tu as réussi une fuite spectaculaire, tu as fait une apocalypse de ton refus de poursuivre, un tour de force apocalyptique au prix du renoncement à ton avenir littéraire. Cette pyrotechnie méritait quelque éloge. En tout cas, cela t'a valu la reconnaissance. Continue.

Pa décida soudain qu'il voulait aller à Saint Louis ; il éprouvait le désir de revoir ses frères installés là-bas ; à moins qu'il n'eût la nostalgie des premiers mois qu'il y avait passés en 1899, à son arrivée en Amérique ? Et se mêlait à cela l'espoir illusoire habituel de prendre un nouveau départ avec l'aide de son frère Gabe qui, grâce à sa dévotion constante au Parti républicain (et aussi de son allégeance à la franc-maçonnerie), avait atteint une position relativement élevée dans les rangs de ce parti, et c'était grâce à ses bons offices que son frère Sam occupait le poste d'inspecteur de l'Hygiène des services de la ville de Saint Louis. De même, il avait procuré à son neveu, qui s'appelait également Gabe, une place dans les bureaux du contrôleur des

Finances. Oncle Gabe, le frère de Pa, était donc devenu un personnage important au sein du Parti républicain, en raison de sa fidélité inébranlable à sa ligne, mais surtout parce qu'il avait choisi de vivre dans un quartier en majorité noir. Il servait les intérêts de ses concitoyens avec tant de dévouement qu'on pouvait compter sur lui pour « ramener le vote noir ». Pa disait : « Peut-être, peut-être que cette fois j'aurai un peu de chance. » À ses yeux, le succès ou l'échec étaient toujours une question de chance — *mazl* — et presque jamais de bon ou de mauvais jugement.

« Peut-être, peut-être que j'aurai de la chance. Gabe pourra m'aider. Il a beaucoup d'influence. Tu comprends ce que ça veut dire, le mot influence ? demanda-t-il à Ma en le lui traduisant en yiddish. Ça veut dire qu'il a l'oreille du maire, du député et des autres *gvirim* parmi les politiciens. Il saura peut-être par la mairie où je pourrai ouvrir une cafétéria. Avec de l'influence et quelques centaines de dollars, je pourrai moi aussi devenir un *makher*.

— La dernière fois, tu t'es disputé avec lui, lui rappela Ma.

— La dernière fois, c'était la dernière fois. Qu'est-ce que ça a à voir ? »

Ma fit la grimace.

« Et si rien n'en ressort, j'aurai quand même vu mes frères. Toi, tu as toute ta tribu à New York. Moi, vers qui je peux me tourner ? Personne.

— Et quand tu étais à Saint Louis, ça t'a servi à quelque chose ?

— Va ! tu parles comme une imbécile. Comment tu peux comparer un garçon de dix-huit ans à l'homme que je suis aujourd'hui ? J'ai un métier. Je suis serveur. Je connais la restauration. Une cafétéria, si je l'ouvre avec les conseils de Gabe, je parie que ce sera un succès. Je lui demande juste d'intercéder pour moi auprès des politiciens. Regarde ce qu'il a fait pour mon frère Sam, pour mon neveu Gabe S. Et pour le jeune Sam, j'ai entendu dire qu'il l'aide à ouvrir une boutique de cigares sur une avenue animée.

— Eh bien, vas-y, acquiesça Ma. Du moment que tu me laisses l'argent pour la maison.

— Je vais te le laisser, je vais te le laisser. Quoi ! je partirais sans te donner tes huit dollars par semaine ? Le loyer est payé, la facture de gaz est payée, dit Pa qui se mit à psalmodier comme pour *davenen*. Deux semaines, je vais te laisser. Et pour le reste, on verra.

— *Nou*, fit Ma en levant les sourcils d'un air résigné avant de reprendre avec une ironie désabusée : Je vais être sans mari — abandonnée, comme Mrs. Greenspan dans la maison d'en face. Et quand la famille l'apprendra, qu'est-ce qu'elle dira ? conclut-elle en secouant la tête.

— Laisse-les dire. Pour le bien qu'ils m'ont fait. Tiens, que j'aie seulement un peu de chance, et je leur montrerai. »

Ce fut pour Ira un soulagement de savoir que son père allait partir — plusieurs jours de suite —, un soulagement teinté néanmoins d'inquiétude. L'absence de son père lui procurerait certes un répit, mais sa joie à l'idée de la liberté dont il jouirait pendant ce temps-là était ternie par l'anxiété de Ma devant le départ du soutien de famille.

Une semaine plus tard, Pa était prêt à partir, et son sac d'occasion au fermoir renforcé par de la corde à linge reposait sur le sol de la cuisine à côté de lui. Tendu, le visage pincé, sa nervosité se trahissait dans chacun de ses mouvements, et on ne manquait pas de remarquer, en dépit de sa finesse, le réseau de capillaires rouges et bleus qui sillonnaient le bout de son nez, pareils aux minces filets des billets de banque.

« *Nou*, Leah, dit-il avec brusquerie pour masquer son énervement. Disons-nous au revoir et embrassons-nous.

— Oui, disons-nous au revoir », répéta Ma.

Ils s'embrassèrent, le petit homme frêle avec des lorgnons et la grande femme bien en chair aux lèvres pleines, presque impassible. Tels deux étrangers, l'air embarrassé, ils se séparèrent.

« Va et porte-toi bien, dit Ma.

— Je ne veux pas apprendre à mon retour que tu t'es mal conduit », dit Pa à Ira.

Il se baissa, l'embrassa avec des lèvres étrangement douces et tendres, puis il prit son sac.

« Tu écriras, dit Ma.

— Quoi d'autre ? Bien sûr. (La mine sombre, les traits noués par l'appréhension, il ouvrit la porte.) Au revoir. (Il la referma derrière lui.)

— Puisse-t-il faire bon voyage, dit Ma, mais sans conviction... puis elle soupira : *Oï!* comme il court. Comme il court ! Que Dieu lui vienne en aide ! Quel drôle d'homme ! Enfin, qu'est-ce qu'on y peut ? (Préoccupée, elle marqua une pause.) Je vais aller un moment chez Bobe. Je ferai les courses en rentrant. Tu veux venir avec moi ?

— Non, je vais lire.

— Tu vas t'abîmer les yeux à force de lire. Tu veux que j'allume le manchon à gaz maintenant ? Il va bientôt faire nuit.

— Non, dit-il en boudant. Je me mettrai devant la fenêtre. »

Elle resta absente une heure ou deux, et revint alors que le crépuscule commençait à estomper les cordes à linge tendues dans la cour. Elle paraissait plutôt irritée que malheureuse. Les sourcils froncés, elle prépara le dîner — l'un des plats préférés d'Ira, des côtelettes de veau panées — puis s'efforça de refréner sa voracité.

« Deux fois abandonnée. La première fois à Tysmenitz, avec cette belle-mère sévère et inflexible, et maintenant ici. Eh bien, qu'il s'en aille — et pour une année entière si ça lui chante, ajouta-t-elle, mécontente de montrer qu'elle était malgré tout contrariée. On n'est pas à Tysmenitz, où j'ai attendu à la charge de mes beaux-parents, des mois, jusqu'à ce que le billet arrive, et avec un bébé, en plus. Je vois à ta figure que ces choses-là ne t'intéressent pas.

— Non, ça ne m'intéresse pas. C'est l'Europe.

— Une grande différence, ça fait — non, se reprit-elle. Tu as raison. Voilà ce que je devrais dire : c'était Tysmenitz, et j'étais toute seule au milieu d'étrangers. Ici, c'est New York, Amérique. Ma famille est là. J'ai des parents. Quand même, où il court ? Est-ce qu'il sera mieux reçu par son frère avec qui il s'est disputé dans le temps ? Est-ce qu'ils ont besoin de lui ? Comme moi j'ai besoin de la peste ! Il court après des chimères. Un homme établi aurait trouvé un honnête gagne-pain depuis longtemps, peut-être pas dans les vêtements pour dames comme le Joe de Mamie, mais ailleurs. Il est serveur, il n'a qu'à rester serveur. Mon frère Moe, il est maintenant maître d'hôtel dans le même restaurant où il a commencé comme serveur. Mon Chaïm est connu dans la moitié des restaurants de l'East Side et même dans les restaurants végétariens, je suis sûre. Mais qu'est-ce qu'on y peut ?

— Bon ! s'exclama Ira avec impatience.

— Bon, tu as raison. J'ai fait de la compote.

— Bon. »

Elle se leva pour le servir et reprit :

« Là-haut habite une certaine Mrs. Karp. Le mari, il va travailler tous les jours que le bon Dieu fait. Et à quoi ? À fabriquer des rideaux. Il ne cherche pas à devenir patron du jour au lendemain, lui. Je suis certaine qu'ils ont des économies. Parce qu'elle m'a dit que le moment venu, quand ils auront l'argent, elle espère avec l'aide de Dieu acheter la petite usine de rideaux. Le patron en personne, il acceptera peut-être un règlement partiel. Ses enfants ne veulent pas fabriquer des rideaux. Ils ne pensent qu'à aller à l'université. Tu vois, les gens prudents, ils ont des projets. Elle l'aidera ; ses enfants l'aideront. Ils ont l'esprit pratique. Ils ont confiance les uns dans les autres. Ils construisent l'avenir ensemble. Avec lui, tout est secret, ce qu'il gagne, ses projets, tout.

— Bon ! l'interrompit de nouveau Ira.

— Je me demande bien pourquoi je t'embête avec ça, dit-elle en posant la compote devant lui. C'est le cœur qui parle. »

Il fit ses devoirs jusqu'à l'heure du coucher. Il n'aimait pas les exercices d'arithmétique ; la plupart se rapportaient aux dollars et aux *cents* : intérêts sur l'argent placé à la banque, commissions sur les ventes, bénéfices commerciaux. Il détestait les divisions. Il n'aimait que les exercices où il y avait une figure : un rectangle, un carré ou un triangle qui permettaient d'appliquer une formule. Il n'aimait pas la géographie, tolérait l'histoire. Mais lire, ah ! c'était le gros problème ; il passait trop de temps dans les livres, au détriment du reste. Quand il habitait la 9e Rue, il ne lisait pas autant ; il ne se rappelait même pas où se trouvait la bibliothèque de l'East Side. Il savait où était le *heder*, mais pas la bibliothèque. Maintenant, c'était pratiquement l'inverse. Il connaissait l'adresse d'au moins quatre bibliothèques. Et il lisait beaucoup mieux l'anglais ; il était capable de deviner le sens des mots dans un conte de fées ou une légende, même s'il ne les prononçait pas toujours comme il fallait. Ira sourit intérieurement. Un jour qu'il lisait à voix haute en classe, il avait dit « kercle » au lieu de cercle. Même la maîtresse avait ri.

CHAPITRE II

La petite et boulotte Mrs. Shapiro leur rendait visite le soir (Ira oublierait-il jamais la gentillesse et le courage dont elle avait fait preuve devant la fureur de Pa ?). Après avoir frappé à la porte, elle s'annonçait au travers du battant. Elle venait ainsi depuis quelques semaines, car Pa avait fait des heures « sup » : en plus du petit-déjeuner et du déjeuner, son service habituel, il assurait le dîner afin d'amasser le plus d'argent possible en vue des occasions qui pourraient se présenter à Saint Louis. Comme elle adorait qu'on lui lise le *roman*, le feuilleton quotidien publié dans *Der Tug*, Mrs. Shapiro profitait de l'absence de Pa. Ira s'éloignait du flot de yiddish que Ma déversait et se permettait de temps en temps un sourire sarcastique quand il entendait sa mère s'écrier : « Kha ! kha ! kha ! *hot er gelakht !* » Drôle de manière de dire : ah ! ah ! ah ! a-t-il ri.

Au début, Ma ne parla pas du départ de son mari, puisque de toute façon il n'était pas là le soir, mais quelques jours plus tard, elle finit par confier à sa voisine qu'il était à Saint Louis. Alors, elles parlèrent beaucoup de son absence, et Ma lut une longue lettre en yiddish où il racontait tout ce qu'il faisait à Saint Louis. Il était très favorablement impressionné. Il avait de grands espoirs et pensait réussir dans cette ville où la vie était plus facile — pas comme à New York, toujours plein de gens hargneux et de *khukhem*. Et puis il s'entendait à merveille avec les *shvartze*. Gabe pensait qu'une cafétéria ou un café marcheraient bien dans le quartier où lui-même habitait, peuplé surtout de *shvartze*. Ils préféraient fréquenter les établissements tenus par des Blancs plutôt que ceux tenus par des membres de leur propre race. De toute manière, ils ne savaient pas comment faire marcher un restaurant.

« On dirait vraiment qu'il aimerait habiter dans ce Saint Louis, dit Mrs. Shapiro. Et vous ?

— Moi ? S'il s'imagine que je vais aller vivre à Saint Louis, il est complètement fou. Habiter à côté de sa famille, des gens glacials comme ça ?

— *Azoï ?* Et qu'est-ce que vous ferez ?

— On n'en est pas encore là, répondit Ma d'un ton bref mais résolu.

— Pa dit que c'est une grande ville, intervint Ira. Peut-être qu'il n'y a pas autant d'Irlandais là-bas. Je pourrais avoir des amis.

— Si ce n'est pas les Irlandais, c'est les Noirs. Qu'est-ce que tu préfères ?

— Ce serait différent.

— Des gens tellement peu doués, dit Mrs. Shapiro. Et laids. *Oï ! gevald !*

— Et *shlep'n* avec les meubles ? Et puis il faudrait que tu changes d'école. Tu te plains des Irlandais — des goyim, des antisémites enragés. Est-ce que tu sais seulement ce qui t'attend là-bas ?

— Pa écrit que ce sont des amis. Il y a encore plus d'Irlandais dans l'école 24 où je dois aller l'année prochaine, répliqua Ira. Il faut que je change d'école, de toute façon. Comment tu peux savoir que tu ne te plairais pas plus à Saint Louis ?

— Vous entendez ce garçon ? dit Ma, prenant Mrs. Shapiro à témoin. Bête, il est, bête, il reste. Quand on est arrivés à Harlem, il a pleuré pour retourner dans l'East Side. Et maintenant qu'il est habitué à ce quartier, il veut aller à Saint Louis.

— Ici, tu as ta grand-mère et ton grand-père, dit Mrs. Shapiro à Ira. Et des tantes et des oncles...

— Là-bas aussi j'ai des tantes et des oncles, l'interrompit-il.

— Mais juste à quelques rues : à la 115e.

— Va ! dit Ma pour mettre un terme aux objections d'Ira. Ici, j'ai mes sœurs et ma mère. Ici, je sais m'y retrouver. Je sais où acheter des vêtements, un dessus-de-lit, et puis où acheter du raifort, du brochet bien frais et des œufs fêlés. Et à la caisse d'épargne, c'est un caissier juif qui m'accueille. Qu'est-ce que je saurais dans une nouvelle ville goy ? Si loin dans un pays sauvage. Ils se mettraient tout de suite à imiter mes manières pour se moquer de moi. On va voir ce qu'on va voir s'il se fourre dans la tête de s'installer là-bas. Je n'irai pas ! Ici, au moins, j'ai ma famille ; je peux supporter cette misère. Comment ça serait au milieu de sa famille à lui ? Ce sont des étrangers. Ils sont froids et distants. Et vous croyez qu'il tiendra longtemps sans se brouiller avec eux ? Et qu'est-ce que je deviendrai, moi ? Je reste ici. Qu'il m'envoie mon argent pour la semaine, c'est tout ce que je demande. Non, Mrs. Shapiro ?

— Oui, oui, oui.

— Bon. »

Ira jeta un regard inquiet sur sa mère, qui affichait une expression à la fois soucieuse et butée. Pourtant, au malaise que le trouble de Ma suscitait en lui se mêlaient de curieuses images contradictoires : vagues notions d'une existence à Saint Louis, un univers lointain, plus vaste, plus frais et meilleur qu'ici, à Harlem. Qu'est-ce qu'il préférait ? Ici sans son père, ou là-bas à Saint Louis avec lui ? Ici sans lui, à l'abri du danger d'une nouvelle et terrible correction comme celle qu'il avait reçue après que Mrs. True était venue se plaindre — et quand Mrs. Shapiro, qui était là ce soir, impassible, l'avait sauvé d'un sort peut-être pire encore ? Non, il ne l'avait jamais dit à personne — et à qui l'aurait-il dit ? — que cette nuit-là, il avait rêvé qu'il tentait de s'emparer d'un couteau pour poignarder son père, mais qu'il s'était retrouvé collé à la table, comme par un aimant. Et il avait refait le même rêve plus tard. Comme la lame aiguisée étincelait ! Non, plutôt ici sans lui, ou alors avec lui mais dans un monde nouveau, avec de nouveaux parents, des parents qui parlaient anglais. Il ne savait plus.

Après le départ de Mrs. Shapiro, Ma, embarrassée par sa propre agitation, sembla se reprendre :

« Qu'est-ce que je raconte ? Comme s'ils ne le connaissaient pas, ses frères ? Comme s'ils ne connaissaient pas Chaïm, ses lubies et ses singeries ? Je parle, je parle. Ce n'est rien. Tu retrouveras ton père — laisse-lui une semaine ou deux. (Elle hocha résolument la tête.) Quoi ? ils le supporteront comme moi ? Quoi ? ils auront pitié de lui comme moi ? Ce n'est pas demain la veille. Tu es prêt à aller te coucher ?

— Ouais.

— Tu dormiras dans mon lit.

— Et toi où tu..., commença-t-il sans pouvoir finir sa phrase. Je vais coucher dans votre lit ?

— Oui. Pour que je t'aie à côté de moi s'il arrive quelque chose.

— Qu'est-ce qui peut arriver ?

— Qui sait ? Je suis toute seule. Ça, je sais. Va faire pipi. »

Il mouillait encore son lit de temps en temps, ce qui l'humiliait, mais il n'y pouvait rien : il rêvait qu'il faisait pipi dans le caniveau, ou au pied de l'escalier extérieur de la cave. Il sortit dans le couloir plongé dans l'obscurité car, après neuf heures, le concierge éteignait le petit brûleur à gaz sur le palier des étages impairs. Aller du couloir aux toilettes, et même dans le noir on distinguait le reflet blanc de la cuvette — elle était près de la fenêtre, voilà pourquoi —, passer devant la longue baignoire en fer-blanc et son coffrage de bois, uriner. Ce serait terrible si dans le lit... non, pas ce soir, non. Il tâtonna, tira la chaîne, attendit le bruit du flot habituel, regagna l'appartement, se mit en sous-vêtements, lança un regard interrogateur à Ma avant de lui demander :

« Je me mets où ?

— Tu dors contre le mur », répondit-elle.

CHAPITRE III

Deux ou trois soirs plus tard, de bonne heure, le dîner à peine fini, trop tôt pour que ce soit Mrs. Shapiro, une voix répondit au « Qui c'est ? » de Ma : « C'est Louie, Louie S. » Ma rougit, ouvrit la porte de la cuisine. Grand et mince dans son uniforme de facteur, l'oncle Louie s'encadra sur le seuil.

« Oncle Louie ! s'écria Ira en sautant de joie. Oncle Louie !

— *Yingele*, le salua-t-il avec un grand sourire qui fit briller ses dents en or. Il devient un grand *yingatch, kaïn aïn horè* », ajouta-t-il à l'intention de Ma.

C'était ça aussi qui était merveilleux avec l'oncle Louie : il parlait yiddish comme n'importe quel Juif, mais il parlait aussi anglais comme un vrai Américain, un Yankee.

« *Nou*, Chaïm est à Saint Louis, Leah, reprit-il. J'ai reçu une carte de lui. Il est parti quand ?

— Lundi dernier. Il t'a écrit ? Viens, assieds-toi, l'invita Ma. Comment va ta famille ? Sarah et les enfants ?

— Tout le monde va bien, Dieu soit loué ! Sarah est occupée avec la maison et avec les enfants. On a acheté un piano pour Rose. (Il sourit à Ira de toutes ses dents en or.)

— Ah ouais ? dit Ira en baissant les yeux d'un air penaud.

— *Nou, mazl tov.* Un peu de *jaba*, proposa Ma en plaisantant. (*Jaba* signifiait grenouille mais pouvait également vouloir dire café : *java, kava*.)

— Non. *A schaïner dank*, refusa-t-il. Chaïm t'a écrit ?

— Il m'a écrit, répondit Ma. Une longue lettre. Il est chez Gabe et Clara.

— Il me l'a dit aussi. Et pour combien de temps ?

— Ça... (Ma eut un sourire pensif.)... Seul Chaïm le sait.

— Il m'a écrit qu'il avait l'impression de tout juste arriver en Amérique. Dans un autre pays. Vraiment. » Puis il ajouta d'un air songeur : « Il me semble qu'il y a autre chose qu'une simple visite à Gabe et à Sam et au reste de la *mishpukhe*. Je me trompe ?

— Moi, il m'a dit... je ne sais pas. Une visite et plus qu'une visite. Je connais mon Chaïm. Rien de ce qui lui arrive ne lui arrive tout seul — si tu me comprends : tout amène une autre idée, une occasion. Peut-être que Gabe va l'aider dans ses affaires. Gabe est un politicien ; peut-être qu'il va se servir de son influence, le conseiller sur le meilleur endroit où ouvrir une cafétéria, au milieu des *shvartze*, des choses comme ça. Est-ce que Gabe va l'aider ? Est-ce qu'il ne connaît pas Chaïm ? Folie ! folie ! Et je ne dis pas ça pour le rabaisser. Il n'est pas fait pour ça. Et moi, il ne m'écoute pas ou alors il ne me dit rien. D'ailleurs, moi non plus, je ne suis pas faite pour ça.

— Toi, tu es calme, raisonnable, dit oncle Louie en secouant gravement la tête. Tu sais souffrir en silence. Et ton catarrhe ?

— À chaque jour suffit sa peine. Tout juste un petit sifflement.

— Un petit sifflement, répéta oncle Louie avec commisération. On ne l'entend pas ?

— Le diable seul le sait. »

Louie se leva et pencha la tête vers Ma, si près que leurs joues se frôlèrent. Elle s'empourpra. C'est la seule chose qu'Ira était certain de ne pas imaginer, la rougeur qui envahit le visage de Ma, au contraire du reste : le regard d'oncle Louie fixé sur la poitrine de Ma ou Ma qui détournait rapidement les yeux de sa cuisse moulée dans son pantalon bleu de facteur. C'était la chose la plus étrange à imaginer, si on le voulait bien. Et il le voulait bien, sachant presque pourquoi.

Oncle Louie se redressa et dit, compatissant :

« Non, je n'entends rien, Leah.

— C'est une maladie, rien de plus. Je suis contente quand ça siffle si peu. Une infirmité, *nou*.

— Je le crains, dit-il en se rasseyant. Un peu de bonheur dans la vie ne te ferait pas de mal, je suis sûr. Une présence, un peu de changement, un autre climat, apprendre l'anglais, voir le monde...

— La passion et le *Kholyorado*, dit Ma en riant.

— Oui, la passion et le Colorado. Qui sait ? Là-haut dans les montagnes, avec l'air pur et raréfié, le sifflement disparaîtrait peut-être complètement.

— Dans l'autre monde, oui. Ben Zïon, mon père, m'a souvent corrigée à cause de mon entêtement. Quand elle dit non, il criait, tu peux toujours essayer de la tuer. »

Louie secoua la tête puis se tourna vers Ira :

« Alors, *yingele*, tu te rappelles les poulets que ton père et moi on élevait dans East New York ?

— Oui ! je me rappelle ! s'écria Ira.

— East New York ? *Azoï*. Tu ne devais même pas avoir trois ans.

— Un grand, grand coq rouge, dit Ira. Et tante Sarah me grondait par la fenêtre. Peut-être que je voulais le frapper avec un bâton. »

Les dents en or d'oncle Louie étincelèrent de nouveau tandis qu'il riait.

« Un *yingatch*, dit-il à Ma avec admiration.

— Pour un beau coq, c'était un beau coq, dit Ma. Et une nuit, on les a tous volés, tous les poulets.

— J'aime bien Chaïm, reprit oncle Louie, redevenant sérieux. Il arrive à rire de tout quand il n'est pas énervé. Et il a bon cœur. Mais un bon jugement, non. C'est triste, qu'est-ce qu'on peut dire d'autre ? Et Gabe aussi le sait.

— Pour le moment, c'est mieux comme ça pour moi. Je sais qu'il va revenir. Je n'aurai pas à faire le voyage. (Elle agita les bras.) Comme si je n'avais pas déjà assez de soucis sans Saint Louis. Et toi, tu restes à New York ce soir ?

— Un préposé au tri est malade — peut-être toute la semaine. J'habite chez Fannie à Brooklyn. Leah, si on allait faire une petite promenade ? Il fait bon dehors. Presque comme en été. Marcher jusqu'au parc à côté de chez vous.

— Mount Morris Park, précisa Ira avec empressement. J'aime bien y aller.

— Je n'ai que ma veste sur le dos, dit Louie. On se croirait en plein été.

— M'man, viens avec oncle Louie ! »

Louie aida Ma à passer un manteau léger, et ils sortirent tous les trois, laissant l'éclairage au gaz allumé. Ira débordait de joie. Être près d'oncle Louie, marcher à côté de lui pendant qu'il parlait à Ma de la ferme de Stelton, de la crise mondiale, de la guerre à présent inévitable.

« Dieu merci, je n'ai pas de fils en âge d'être soldat, dit-elle. Il y a presque trois ans que le malheur s'est abattu sur le monde. Et comment va Sarah ?

— Sarah est Sarah, répondit oncle Louie avec un petit bruit de bouche désapprobateur. Ça ne lui suffit pas d'être une mère de famille avec trois enfants à élever. Et j'ai un bon salaire, tu peux me croire...

— Par là, les dirigea Ira comme ils arrivaient sur Madison Avenue. Ça, c'est mon école.

— Ah ! très bien, dit oncle Louie en prenant la main de Ma pour la guider.

— Qu'est-ce qu'elle voudrait ? demanda-t-elle.

— Qu'on quitte Stelton, les socialistes, qu'on s'installe ailleurs, quelque part dans New York, et qu'on achète une maison plus grande pour prendre des pensionnaires.

— Encore des affaires de *Yiddish*, dit Ma.

— Eh oui.

— Bon, si c'est ça qu'elle veut. Tout le travail lui retombera dessus.

— Je sais. Et on aurait plus d'argent, peut-être. Mais je ne suis pas un homme d'affaires, Leah. Elle ne comprend pas ça. Moi, parler à d'autres socialistes, à d'autres libres penseurs, écouter un bon orateur, ça m'enrichit. (Son visage maigre s'anima et son long bras balaya l'espace.) Et après on discute, de l'avenir, du changement que connaîtra le peuple une fois que la religion ne nous divisera plus, ni le *geld*, comme nous disons, quand les femmes seront égales en droit, dans le mariage et en amour. Des fois, j'ai même envie de l'écrire, surtout pour dire combien la vie des femmes sera changée. L'amour libre, je suis sûr, régnera dans l'avenir. On peut parler des heures de tout ça. On se met en colère, on s'énerve, mais on reste amis. Sarah ne comprend pas ça.

— *Azoï ?* »

CHAPITRE IV

La soirée, en ce début de printemps, embaumait. Ils longeaient tous les trois Mount Morris Park, et les réverbères à l'intérieur luisaient faiblement dans la nuit tandis que ceux qui marquaient la colline jusqu'au sommet brillaient, mélancoliques. Le ciel nocturne semblait se pencher avec bienveillance sur la colline du parc, et la tour sombre projetait son clocher vers les étoiles scintillantes qui parsemaient l'horizon brumeux. Des promeneurs allaient d'un pas tranquille. De même que les automobiles et les rares tramways paraissaient rouler plus doucement qu'à l'accoutumée. Madison Avenue n'avait jamais eu l'air si calme et rassurant. Pourquoi Pa ne faisait pas ça, se demandait Ira. Il ne le faisait jamais, jamais. Toujours énervé, toujours à cran. Il marchait uniquement pour se rendre quelque part, le plus vite possible, arriver et en finir — pas comme oncle Louie qui profitait de la promenade et parlait tout en flânant, grand et mince dans son uniforme de postier. Et puis qui parlait de sujets que Pa n'abordait jamais, des sujets intéressants, prometteurs, et pas tout le temps de la famille, du loyer, de la note de gaz ou de l'argent qu'il donnait à Ma...

« Quand j'écoute Debs, disait Louie à Ma en yiddish, j'ai l'impression d'entendre parler mon cœur.

— Si éloquent, il est ? (Il y avait une trace de raideur dans le ton de Ma — et dans son maintien aussi cependant qu'elle marchait à côté de Louie, comme si elle se tenait sur ses gardes ou qu'elle adoptât une réserve empreinte de gêne.) J'ai lu des articles sur lui dans *Der Tug*. Il n'est pas juif, mais il me semble être une personne très bien.

— C'est un socialiste, dit Louie. Et parmi les socialistes, juif ou non juif, ça n'a aucune importance. Il a lutté contre l'oppression et les persécutions dont sont victimes tous les peuples. Pas seulement les Juifs, mais aussi les Noirs opprimés du Sud.

— *Azoï?*

— Trouve-moi quelqu'un d'autre, trouve-moi un Juif qui ait fait autant que Debs pour les pauvres et les ouvriers. Il a fait de la prison pour eux.

— Je sais.

— Son rêve, c'est que les travailleurs gouvernent, poursuivit Louie avec enthousiasme. L'écrivain Jack London a écrit là-dessus — le Rêve de Debs : que les travailleurs s'unissent et se tiennent les coudes. Ils peuvent arrêter toutes les usines. Ils peuvent mettre les gros capitalistes à genoux. Plus rien ne tournerait, ni une roue de chemin de fer, ni une machine à coudre dans ces ateliers où on exploite les ouvriers. Tout reviendrait aux travailleurs.

— C'est un beau rêve, dit Ma avec un petit rire bref. Mais ce n'est qu'un rêve. Est-ce que l'ouvrier le comprend? Quel ouvrier en Amérique ne cherche pas à devenir un homme d'affaires? Pourquoi il est venu ici? Comme mon Chaïm aujourd'hui : il n'aspire qu'à être propriétaire d'un restaurant, d'une cafétéria. Même moi j'ai appris ce mot, cafétéria. Je le prononce bien, non? Et c'est pareil pour la plupart des Juifs. C'est l'Amérique, l'*Eldorado*. En Europe, les compagnies de paquebots nous montraient des photographies de travailleurs ordinaires qui transportaient des sacs de pièces d'or sur leur dos. Et qu'est-ce que les socialistes feront des commerçants, des marchands de légumes, du marchand de harengs *galitsianer* de Park Avenue

— il ne possède que deux ou trois tonneaux de harengs ? Mais c'est quand même un propriétaire. Pour quelle autre raison mon Chaïm il est allé à Saint Louis ? Pour devenir un propriétaire, un boss, comme on dit ici.

— Certains d'entre nous, et ils sont nombreux, ont un idéal, répliqua Louie avec un grand sérieux. Certains voient plus loin que le marchand de harengs *galitsianer*. Il est venu ici pour réussir, et pourquoi ? Parce qu'il vivait sous le règne d'un tyran bienveillant, François-Joseph. Mais ceux qui vivaient sous la botte du tsar sont venus ici pour trouver la liberté. Beaucoup appartenaient au Bund, le parti socialiste juif. Et les socialistes veulent la liberté pour l'humanité entière, et en premier lieu pour les esclaves salariés. (Il redressa la tête.) Sans les idéalistes, sans ceux qui luttent pour le bien de l'humanité, la race humaine serait perdue. Et je te l'affirme, Leah, les petites gens comme ton marchand de harengs *galitsianer*, les socialistes ne s'en préoccupent pas. Ils ne comptent pas. Ce sont les gros capitalistes qui comptent, Mr. Schwab des aciéries, Mr. Ford, cet antisémite, les magnats du chemin de fer, des compagnies de navigation, et au Massachusetts, les fabricants de tissu. C'est ceux-là, avec les banques et les Wall Streetniks, qui comptent. Mais de qui ils dépendent ? Sur le dos de qui ils ont bâti leur fortune ? Sur celui des travailleurs. Dans les aciéries, dans les mines, dans les usines. Sans les ouvriers, qu'est-ce qu'ils seraient ? Que seraient même les banquiers, que serait J. P. Morgan ? Quand ceux qui leur ont fait gagner leurs millions à la sueur de leur front, l'ouvrier des aciéries, l'ouvrier du chemin de fer et le mineur s'uniront, pour le propriétaire, pour le magnat, pour le capitaliste, ce sera fini. Est-ce que tu te rends compte que c'est un Juif qui a pensé ça le premier, Karl Marx ?

— J'ai vu son nom dans le journal juif, dit Ma. Son père s'est converti, je crois, un fils de rabbin et un apostat. Mon père,

Zaïde, dit que c'était un ennemi juré des enfants d'Israël, comme tous les apostats. C'est terrible, un Juif pourtant.

— Et à cause de ça, tu ne crois pas ce qu'il dit ?

— *Oï ! gevald !* Louie, qu'est-ce que je sais, moi ? Qu'est-ce que tu veux que je te dise ? J'admire tes idéaux, mais ils ne me semblent pas applicables. Tu es un postier. Toi-même, tu nous a raconté combien les goyim sont antisémites chez toi. Ces gens-là ont pourtant de l'éducation, non ? Et tu espères qu'ils vont s'unir ? Tu ne vois pas comment chacun essaye de dépouiller son voisin ? Même moi avec mon Chaïm, pour la misérable somme d'argent qu'il me donne. Qu'est-ce que je peux faire ? Je fais comme les autres.

— Chaïm finira par te rabaisser à son niveau. Tu mérites mieux que Chaïm.

— Ça, c'est autre chose, dit Ma en soupirant. Ce que je mérite est fonction du jugement de chacun. Pour Ben Zïon Farb, le premier qui désirait m'épouser était le mari que je méritais — j'étais déjà une godiche de vingt-deux ans. Je n'ai pas besoin de t'apprendre qu'en Galicie une fille de dix-huit ans était déjà considérée comme...

— Ne le dis pas. Je suis libre penseur. Et on n'est plus en Galicie.

— Non, mais je parle de ce qui était. De l'instruction, je n'en avais pas. Et j'avais quatre sœurs qui attendaient leur tour de se marier. *Freg nisht.* Mon père Ben Zïon était dans tous ses états. Coincées dans ce village perdu de Veljich avec un seul marieur sur qui compter pour espérer s'en échapper. Comme j'ai pleuré, le jour où mon père m'a emmenée rendre visite à ma tante Rebecca à Lemberg ! « Laisse-moi rester ici comme servante, je l'ai supplié. Père, laisse-moi rester. » Il a fallu qu'il me menace de sa canne pour me faire partir.

— Je sais. Je connais toute l'histoire. C'est une tragédie.

— *Nou.*

— Tu as une bonne nature.

— Pour ce que ça aide d'avoir une bonne nature, dit Ma d'un air pince-sans-rire.

— Ah ! Leah ! tu ne devrais pas parler comme ça, dit Louie en secouant la tête. Ton cœur, ta bonté ne changeront jamais. C'est ça que j'aime chez toi. Sarah... (il leva le doigt pour souligner ses paroles), Sarah est une femme sans tendresse. Sarah est froide. Pas toi.

— Pour moi, c'est trop tard, Louie, tout ce que tu dis, tout ce que tu souhaites. Comme j'ai vécu je mourrai.

— Tu es encore une femme jeune, Leah. Et tu peux me croire, une femme séduisante.

— Si on peut être riche sans argent, alors je suis jeune sans pensées jeunes. »

Ils se promenèrent un moment en silence.

« *Nou, yingele*, finit par dire Louie avec son large sourire à Ira qui longeait en sautillant le petit chemin entre le trottoir pavé et la palissade entourant le parc.

— J'adore marcher sur la terre », déclara-t-il.

Oncle Louie éclata de rire.

« Tu vois, Leah, combien il aime la nature, la terre elle-même.

— Il aspire à devenir un *khunter* », dit Ma avec un accent particulier, celui qu'Ira savait depuis longtemps être destiné à lui cacher le sens d'un mot ou d'une phrase. Ça sonnait presque comme « khunter » mais pas tout à fait. Il devinait qu'il n'était pas censé comprendre davantage. Pourtant, ce mot avait quelque chose de familier. Serait-ce possible ? À la lumière du réverbère, le visage de Ma avait un air espiègle, à la fois amusé et un peu contraint.

« Il n'en a pas besoin », protesta-t-elle en vain.

Une poignée de petite monnaie passa de la main d'oncle Louie à celle d'Ira.

« Merci, mon oncle ! Merci beaucoup ! »

Malgré l'ombre projetée sur le visage de son oncle par la visière de sa casquette de facteur, Ira vit son sourire disparaître pour faire place à une expression intense comme il regardait Ma. Puis il fit demi-tour et, mince et élancé, s'éloigna à longues enjambées, le bleu de son uniforme prenant des nuances de plus en plus claires à mesure qu'il approchait du réverbère au coin de la rue.

Seul avec sa mère, Ira compta ses richesses en montant les marches du perron.

« Il m'a donné vingt-deux *cents*, maman.

— Tu n'aurais pas dû accepter. *Shnorrer* », le gronda-t-elle.

Ira protesta en bégayant :

« Il me les a donnés. Je ne les ai pas demandés.

— En effet, tu ne les pas demandés, lui lança Ma par-dessus son épaule d'un ton ironique, le précédant dans l'escalier sombre. Je n'ai pas besoin de lui, et je n'ai pas besoin de ses cadeaux.

— Hein ?

— C'est vrai, tu es un enfant de pauvre. À quoi bon te gronder ? Quelle pitié ! (Ils tournèrent sur le palier du premier étage et s'engagèrent dans le couloir lugubre.) La prochaine fois qu'il revient, ne t'en va pas de la maison. Tu m'entends ? Pendant que ton père est parti, tu restes avec moi.

— Ah ?

— Il est venu presque tout de suite. Presque tout de suite, répéta Ma en ouvrant la porte. Heureusement que j'ai pensé à Mrs. Shapiro. Ça prouve que la gentillesse est parfois récompensée. » Elle monta l'éclairage au gaz qu'elle avait laissé en veilleuse et, le visage ainsi éclairé, elle murmura avec une petite grimace et un étrange soupir moqueur : « *Lyupka.* »

C'était un mot polonais, ou russe, ou encore un mot slave de Galicie, mais tout le monde pouvait deviner : *lyupka*. Ça ne lui plaisait pas à sa mère et elle n'approuvait pas. C'était quoi *lyupka* ? Comme dans les films ? S'embrasser et se serrer l'un contre l'autre ? Et pourquoi elle tordait les lèvres comme ça ? Il était si avide de comprendre. Et puis pourquoi elle était devenue toute rouge avec un air un peu méprisant ? *Lyupka.* C'était sans doute ça que les grands voulaient dire quand ils lançaient tous ces mots dans la rue : baiser, tringler, enfiler, tout ça, et puis gonzesse, cul, chatte, con — *khunte*, le mot dont Ma s'était moquée ; c'était ça ? Et à quoi servaient ces préservatifs que Biolov jetait à la poubelle et que les gamins repêchaient ? Des capotes, ils appelaient ça. On déchargeait dedans quand on venait. Décharger quoi ? Venir où ? Le sale type qui voulait qu'il baisse son pantalon dans ce parc lointain et qui avait fait gicler comme du blanc d'œuf contre un arbre... Oh ! c'était donc ça *lyupka* ? Et quand ce jeune couple d'Irlandais était arrivé juste à temps, tout excité, c'était différent, ou quoi ? Et l'oncle Louie, c'était ce genre de *lyupka*... ?

Il se glissa sous la couette, maintenant trop chaude avec l'approche du printemps, et alla se mettre tout au fond du lit, vers le mur, comme il le faisait depuis le départ de Pa. Il ne dormait jamais contre Ma. Il ne devait pas. Pourquoi ? C'était quelque chose en rapport avec *lyupka.* Lorsqu'il entendait sa mère se déshabiller dans la cuisine, il revoyait derrière ses paupières closes son image le jour où il avait pénétré en coup de vent à la maison — c'était quand ? — alors qu'ils ne voulaient plus rien avoir à faire avec Bobe et toute la famille. « *Oï ! gevald !* j'ai oublié de fermer la porte ! » s'était-elle écriée. Elle était debout dans le baquet, les pieds dans l'eau, et elle se lavait, toute nue avec ses gros machins. Elle avait attrapé une serviette pour s'en couvrir. « Ferme la porte et va dans la salle à manger ! », lui avait-elle ordonné. Il avait obéi. On n'avait pas le droit de voir. C'était *lyupka.* C'était pour ça que Pa lui avait flanqué cette terrible raclée avec le manche de son fouet quand d'autres gamins et lui avaient fait de vilaines choses avec les petites filles dans Henry Street où elles habitaient, et que leurs mères étaient venues se plaindre. « *Genug! Shoïn genug!* » Assez! Comme Mrs. Shapiro, Ma s'était interposée. Mais quelles marques violettes il avait eues après sur le dos! Donc... c'était ça, *lyupka*. L'image de Ma flottait encore sur l'écran de ses paupières closes, et il s'endormit...

Et se réveilla — horreur! Il faisait de vilaines choses contre les jambes nues de Ma : allongé sur le flanc, il poussait, frottait, pressait son zizi tout raide entre les cuisses de Ma. Elle se réveilla.

« Je l'ai pas fait exprès! gémit Ira, mort de honte. Je rêvais... »

Elle eut un rire indulgent.

« Rendors-toi. »

Il roula sur le côté et, encore haletant, alla se réfugier le plus loin possible d'elle en lui tournant le dos. Qu'était donc ce plaisir qui semblait sur le point de déborder? Qui le poussait à faire ça à Ma dans son rêve... qui voulait, qui désirait plus : *lyupka*.

Après cette nuit-là, il dormit dans son propre lit.

— J'avais prévu que tu aurais des difficultés.

Ce n'était pas difficile à prévoir.

— Dois-je te projeter dans le futur, un quart de siècle plus tard à bord d'un train de marchandises qui se dirige vers l'est?

J'implore ta pitié, Ecclesias.

— Qu'est-ce que tu vas faire?

Faire sans.

— Tchou. Tchou. Tchou. Tûûûût! Le sifflet au passage à niveau. Noire est la nuit au-dessus du Texas. Et froide. Et les étoiles, denses comme la roche trappéenne, s'allument et criblent le ciel sans lune.

Ouais. Mais *Procul O, procul est, por favor.*

CHAPITRE V

Oncle Louie revint un samedi soir, cette fois sans son uniforme. Il paraissait encore plus mince, grand et nerveux, le torse plat. Quelque chose dans sa manière de regarder Ma avec des yeux qui ne cillaient pas derrière ses lunettes à montures en or, quelque chose dans sa voix contraignit Ira à fixer obstinément son livre, *L'Histoire du roi Arthur*. Mais le même quelque chose alourdissait l'atmosphère de la cuisine et le poussait, en dépit de lui-même, à lever les yeux de sa page pour observer à la dérobée les deux adultes qui conversaient, assis à la table recouverte de toile cirée verte. Il sentait que leur ton neutre était feint ; il en était presque sûr, encore qu'il ne comprît pas pourquoi. Ils parlaient de la guerre, une guerre de capitalistes, comme la qualifiait oncle Louie ; les travailleurs mouraient et combattaient pour le profit des capitalistes. Dieu merci, leurs enfants étaient encore jeunes et échapperaient à ce carnage, disait Ma. Mais Pa serait-il exempté ?

« Mon bonhomme, dit-elle en riant. Il m'écrit que Gabe a une nouvelle proposition : une concession pour une cafétéria dans l'hôtel de ville. Un businessman, propriétaire d'une affaire, marié et père d'un enfant, il sera dispensé du service militaire, non ?

— Mais il faudra que tu ailles à Saint Louis.

— Je vais lui écrire sur-le-champ.

— Tu iras ?

— Jamais.

— Et s'il reste ? S'il insiste pour rester à Saint Louis ?

— Qu'il m'envoie mon argent ici.

— Leah, commença Louie — des mots étrangers, polonais ou slaves, noyèrent la suite de sa phrase.

— Je sais, répondit Ma en yiddish, secouant la tête. Je pense lui écrire dès ce soir.

— Leah, cesse de me tourmenter !

— *S'iz a narishkeit*, dit-elle. C'est des fadaises. »

Ira connaissait ce mot, savait maintenant avec certitude que son hypothèse était juste : tout ça c'était au sujet de *lyupka*.

« Tu as une femme, poursuivit fermement Ma en yiddish. Une femme et trois enfants. Tu cherches les ennuis.

— Mais si je brûle d'amour ? »

Ma haussa les épaules :

« Si tu brûles d'amour, tu as une femme.

— Ce n'est pas pareil. Tu sais très bien que ce n'est pas pareil. Tu as un mari.

— En effet. Tu dis la vérité.

— Tu l'aimes ? Toi aussi, dis la vérité.

— Ça n'a plus d'importance. Des années auparavant, dans l'East Side, je le savais déjà : l'amour m'est refusé. Là où l'amour devrait être, il y a un vide, une absence. (Elle passa au polonais, jeta un coup d'œil en direction d'Ira qui la prit de vitesse et plongea la tête dans son livre.) Le *yeled*, prévint-elle.

— Alors dis à Chaïm de rester. Pourquoi ne pas lui dire de rester ? plaida Louie. Il meurt d'envie de réussir, d'avoir une affaire à lui. Il trouvera peut-être les deux, et peut-être qu'il se trouvera lui-même à Saint Louis au milieu de ses frères — là où il est arrivé en premier quand il était jeune. Tu lui assurerais le bonheur, le respect, tout ce qu'il désire. Et à nous, tu donnerais la vie. Est-ce que moi aussi je n'ai pas un vide dans mon existence ? Ce vide, eh bien tu le comblerais. Tu comblerais le vide de nos deux existences. Tu nous donnerais à tous les deux l'amour ! Leah, pense au bonheur que ça signifierait !

— Non, Louie. Autrefois, ça aurait pu compter : quand on habitait la 9e Rue, que j'étais dans la cuisine et que la pensée de ce vide me venait, quelque chose, une folie, *lyupka*. Mais aujourd'hui — ce serait vraiment une folie. Je vais te dire une dernière chose, et après on arrête la discussion...

— Non ! Leah ! Je me jette à tes pieds. Leah !

— Quel beau spectacle ce serait ! Un jour, j'ai vu mon frère Morris tout nu, et j'ai brûlé de désir. Je le confesse. C'est honteux... (Ma revint au polonais ou au slave, puis de nouveau au yiddish.) Mais c'est la vérité. Consumée de désir, j'étais. Et c'est pourquoi, maintenant, je suis..., continua-t-elle en écartant les doigts de ses deux mains... je suis *oïsgebrent*. J'ai pris aussitôt une décision définitive...

— Leah, qu'est-ce que tu racontes ? Je ne suis pas ton frère. Je suis Louie S. Accorde-moi ce que je demande : ton amour. Satisfais mon désir.

— Non, Louie. Je ne céderai pas.

— Tu ne m'aimes donc pas du tout ?

— Louie, pour la dernière fois je te répète que je n'ai plus rien à voir avec l'amour. *Ikh bin gans oïsgebrent*. Tu peux me croire. »

Louie demeura quelques secondes silencieux, puis il se leva, triste et sombre, le regard rivé sur Ma.

« *Nou*, dit-il sur un ton amer teinté d'ironie. Et quand ta voisine, elle vient entendre le dernier épisode du *roman*, Leah ?

— Le shabbat est fini, répondit Ma. *Der Tug* ne paraît pas le jour du shabbat.

— Non, naturellement, dit-il avec un profond soupir, toujours debout, une main osseuse posée sur ses lèvres. Inutile de parler de moi à Chaïm. Tu ne me reverras jamais — seul.

— Je ne parlerai pas de toi, affirma-t-elle en jetant un coup d'œil vers Ira. Et où tu vas, maintenant ? demanda-t-elle d'une voix inexpressive.

— Chez Fannie et Will. Ils ont toujours un lit disponible.

— Dis-leur bonjour de ma part. »

Il inclina la tête presque sèchement, puis, la mine sévère, ouvrit la porte de la cuisine et lança : « Bonne nuit, Leah », avant de refermer derrière lui sans laisser à Ma le temps de répondre.

Et pas de petite monnaie pour lui, non plus. Les lettres dansaient sous les yeux d'Ira : des yeux qui suivaient sans les voir les mouvements de sa mère qui alla de l'évier au placard d'où elle sortit le porte-plume en bois et la bouteille d'encre bleue. Pourquoi il ne pourrait pas avoir oncle Louie pour père ? Même s'il s'était mal conduit à Stelton, dans la ferme d'oncle Louie, il préférerait encore vivre dans un endroit de ce genre. Mais Ma, c'était elle qui détestait les fermes ; elle détestait les *dorfs*, les hameaux, disait-elle. Elle en avait fait le tour. Seulement, même si oncle Louie n'avait pas habité un village, une ferme, elle n'aurait pas voulu de lui. Quel dommage ! Il était maigre et desséché, comme disait Ma, c'est vrai, et puis il n'avait qu'une petite « touche » au poumon, et c'est pour ça qu'il était quand même devenu soldat. Et il savait tout sur le Far West, il connaissait l'Amérique, Debs, le socialisme, il parlait d'un monde meilleur où on ne dirait pas tout le temps, Juif, sale Juif, youpin...

Ma se rassit et sa plume crissa sur la feuille du bloc de papier ligné que Pa avait acheté. Qu'est-ce que ça aurait signifié d'avoir un père comme oncle Louie ? Sans doute aller écouter à Stelton des orateurs perchés sur des tribunes éclairées la nuit à la lumière électrique. Des nuits chaudes et humides, et des moustiques. L'un d'eux s'appelait Cornell, Ira s'en souvenait encore. Il y aurait eu aussi le soleil et la campagne, des jardins où poussaient les légumes, et puis des vaches et des poulets, et de longs chemins de terre à explorer.

Il n'aurait pas dû se moquer de Rosy quand elle s'exerçait sur son clavier de piano en carton. Il était censé l'épouser — parce que, longtemps auparavant, quand ils habitaient tous East New York où l'on attachait des chèvres dans les terrains vagues, et où la neige était épaisse en hiver, il lui avait montré son *petzl* et avait raconté ensuite à tout le monde qu'il se marierait avec elle. Oh ! comme c'était différent lorsqu'on aimait son père ! Les gamins irlandais couraient à la rencontre des leurs quand ils rentraient du travail, alors qu'en été il faisait encore jour, et ils se pendaient à eux. « Hé ! p'pa, tu me donnes un nickel ? Qu'est-ce que t'as dit, p'pa ? » Et les pères de sourire malgré eux et de pêcher une pièce dans leur poche. S'il avait essayé de les imiter, il aurait reçu une taloche qui l'aurait envoyé valdinguer.

Ma s'arrêta d'écrire.

« Tu ne le diras pas.

— Quoi ? demanda Ira.

— Que Louie était ici. Une fois. Il est venu une fois. Ça, tu peux le dire.

— Il est venu une fois ? répéta consciencieusement Ira. Et on a été au parc ?

— Oui, très bien. On s'est promenés. » Puis, comme si elle y pensait après coup, elle reprit : « Je vais lui dire moi-même. Je vais lui raconter. Une partie, du moins. »

Elle se pencha de nouveau sur sa feuille.

Voilà donc comment ça se passait : de la petite fente rouge et du *petzl*, ça devenait *lyupka*. Louie qui suppliait Ma : « Satisfais mon désir. » Mais comment faisait-on ? Eh bien de la manière qu'il avait rêvé, avec cet étrange renflement quand il s'était frotté contre Ma. Voilà comment on faisait. Et cette espèce de méchant vagabond n'avait pas besoin de femmes — il le faisait tout seul contre un arbre. Et si Ma avait dit oui au lieu de « je ne céderai pas » ? Est-ce que Louie serait devenu son père ? S'il avait feint de s'endormir, qu'est-ce qu'ils auraient fait ? « Regarde ce que j'ai, Leah », disait Morris. Oh ! si seulement elle allait à Saint Louis...

« Demain, il faudra que j'aille chez Biolov acheter un timbre à deux *cents*, dit-elle. Je lui ai écrit en yiddish. Tu crois que tu pourras faire l'enveloppe en anglais ?

— Oui, je crois. Qu'est-ce que je mets ?

— L'adresse qu'il a laissée sur ce bout de papier.

— Je devrais y arriver, dit Ira en étudiant l'écriture de son père. Il y a d'abord Hyman Stigman.

— Alors, écris. » Ma fit glisser l'enveloppe vers lui. « Pose ton livre une minute.

— Tu ne vas pas le rejoindre ?

— Je ne l'écoute pas, dit-elle en plaçant le porte-plume et l'encre devant lui. Tiens. Et applique-toi. »

CHAPITRE VI

Je n'avais pas le choix, songea Ira. Il ne se rappelait rien des importantes déclarations de Woodrow Wilson tandis que les États-Unis approchaient du moment où ils allaient entrer en guerre. Les déclarations, les accusations, les contre-accusations. 1917, c'était il y a près de soixante-dix ans. (Il contemplait les années, tellement imbriquées les unes dans les autres qu'elles en paraissaient opaques.) Que dire dont il se souvenait vraiment ? Certes, il avait dû entendre parler sans cesse du carnage en Europe, de la tension croissante entre les États-Unis et l'Allemagne, du torpillage du *Lusitania*, de la mort de François-Joseph, empereur d'Autriche-Hongrie — « Franz Yussel », comme le surnommaient les Juifs avec humour. Ira sentit de nouveau courir en lui le regret des occasions perdues : 1934, après avoir fini son premier roman, quand il n'avait que vingt-huit ans, qu'il était d'un demi-siècle plus proche de ces événements et qu'il pouvait encore se tourner vers des gens qui s'en souvenaient, capables de rafraîchir sa mémoire au sujet des jours critiques qui avaient conduit à l'entrée en guerre des États-Unis. Hélas ! une mémoire d'enfant, c'est tout ce qui lui restait, Verdun rejoué sur une scène de music-hall, un spectacle où l'avait peut-être amené son oncle Max : étincelles qui jaillissaient de bâtiments éventrés, murs en flammes qui s'effondraient, artillerie qui tonnait au loin...

Il avait depuis longtemps dépassé les soixante-dix ans. Qui aurait aujourd'hui le temps de rechercher les événements historiques intervenus au cours de sa onzième année, de recréer 1917 en 1980 ? Pourtant, il lui fallait une indication, aussi brève fût-elle, pour définir l'atmosphère d'autrefois. Mais quoi ? Dans l'immédiat, il n'avait pas d'autre choix que de consulter le premier document à portée de main, le résumé microscopique des événements marquants de l'année 1917 selon l'*Almanach mondial* de 1972. 1917, l'année où son père partit pour Saint Louis et où oncle Louie tenta de séduire Ma. Année funeste pour Ira quand il se frotta en rêve contre Ma et sentit ce curieux renflement — et une telle honte. Année funeste pour Ira quand il commença à avoir une vague idée de ce qu'oncle Louie désirait et que Ma n'accordait pas. Et l'ambivalence de son attitude ensuite, cependant qu'il fantasmait : et si Ma avait dit oui à Louie — oncle Louie le maigrichon et Ma la rondouillarde. Feindre de dormir et écouter... imaginer... encourager ce qui n'était jamais arrivé.

Pourquoi ? se demanda Ira. Pourquoi était-il fou à ce point ? Mêler la bombe lors du défilé pour la guerre de San Francisco, l'année précédente, et la sentence de mort prononcée contre les leaders ouvriers innocents Mooney et Billings, à la fureur de Louie et au ravissement de Ma. Pourquoi ? Anormalement et précocement sensible aux carences affectives de Ma, sans doute. C'était ça, sa mère frustrée qui brûlait de désir à la vue du phallus de Moe. *Oï ! az maïn manneke volt gevez'n azoï vi du, Moïsche !* : « Il te faut un cheval. Un cheval. *Verbrent*, de deux heures du matin, quand il partait chercher sa voiture de laitier, seule je m'enflammais, avec un frère robuste qui ronflait dans la pièce d'à côté. *Oï ! gevald !* » Année funeste pour Ira : même si elle avait dit oui à Pa et qu'ils aient été s'installer à Saint Louis, combien la vie aurait été différente.

1917 — LES ÉTATS-UNIS ENTRENT EN GUERRE

Quand l'Allemagne se lança dans la guerre sous-marine à outrance, les États-Unis, le 3 février, rompirent les relations diplomatiques, refusèrent de négocier jusqu'à ce que les ordres (allemands) fussent annulés. Wilson (26 février) demanda au Congrès d'ordonner l'armement des navires marchands ; après le refus du Sénat, Wilson les fit armer par décret (12 mars). Une note interceptée, provenant du ministre des Affaires étrangères allemand et destinée à son représentant au Mexique, suggérait de pousser ce pays à entrer en guerre pour récupérer les territoires du sud-ouest des États-Unis (28 février). Les États-Unis déclarèrent la guerre à l'Allemagne (6 avril), décrétèrent une mobilisation partielle (18 mai), recensèrent les hommes de 21 à 30 ans (5 juin)...

Peu après son retour de Saint Louis, et comme Ma l'avait prévu, on notifia à Pa qu'il devait participer à l'effort de guerre — sinon, il risquait d'être emprisonné ou enrôlé dans les services de l'armée. « Vous devez présenter un justificatif de votre emploi actuel au bureau de recensement de votre domicile avant le 30 courant. » Ira aida son père à traduire le document en yiddish pour Ma. Les papiers étaient arrivés dans une grande enveloppe impressionnante, qui portait, en lettres capitales noires et en gras : BUREAU DU TRAVAIL DE GUERRE. « Vous trouverez ci-dessous une liste partielle des emplois essentiels à l'effort de guerre. Pour savoir si votre travail actuel entre dans cette catégorie, adressez-vous au bureau de votre domicile soit par téléphone, soit en vous rendant sur place. Nous vous conseillons par la présente de le faire sur-le-champ. »

« *Nou*, continue. Voyons quels sont ces emplois utiles », dit Pa.

Ira parcourut du regard la liste jointe et commença à lire en expliquant de son mieux chaque catégorie :

« Bâ... bâtiment. Ça signifie la construction. Docker, fermier, traiteur, pêcheur, cantonnier, machiniste, soudeur, employé des transports, c'est-à-dire cheminot, receveur, conducteur, entretien des voies et cetera...

— *Vus haïst* tsetra ? demanda Ma.

— Tu ne comprends pas ? fit Pa d'un air condescendant. Dix ans en Amérique et elle ne sait rien !

— C'est toi l'intelligent de la famille, répliqua-t-elle. Et où j'aurais appris ? Au-dessus de mes poêles et de mes casseroles ou au milieu des marchands ambulants yiddish ?

— Alors, apprends maintenant. *Tsetra*, ça veut dire : et autres choses.

— Tu ne pouvais pas le dire sans faire tant de cérémonies ?

— *Shah !* » s'écria Pa pour couper court à son indignation. Puis il demanda à Ira : « *Traïtor*, qu'est-ce que ça veut dire, déjà ?

— Ceux qui vendent du salami, par exemple, risqua Ira. Ou toutes ces choses goy qu'on mange : comme le ketchup au restaurant. Je crois.

— Dans ce cas, peut-être qu'ils exemptent les cuisiniers ? suggéra Ma.

— Va ! se moqua Pa. Les cuisiniers ! S'ils exemptent les cuisiniers, ils exempteront aussi les porteurs de nouilles.

— Alors ?

— J'ai trouvé une solution.

— Vraiment ? si vite ?

— Receveur de tramways. Relis, Ira, à partir de ce *tsetra.* »

Ira relut la liste des travailleurs des transports.

« Ça leur clouera le bec — receveur de tramways, dit Pa.

— Tu sais comment on fait ? Qu'est-ce que tu y connais en tramways ? dit Ma.

— Qu'est-ce qu'il y a à connaître ? Si un lourdaud d'Irlandais a pu apprendre, j'apprendrai. Ils mettent un nickel dans la *pishke* et tu n'as plus qu'à l'enfoncer jusqu'à ce qu'il tombe au fond. Après, tu tires un cordon et tu donnes un ticket de correspondance. Le reste, on me montrera. Je vais aller me renseigner pour savoir où il faut s'adresser.

— Mais les rues, lui rappela Ma. Tout cet effrayant dédale de rues ! Il va falloir que tu les apprennes aussi. *Gevald !*

— Les femmes ne savent que jacasser ! dit Pa, balayant ses objections d'un geste maintes fois répété. À New York, je n'ai rien à craindre. Et comment j'ai appris les rues quand j'étais laitier ? J'ai appris. *Shoïn.* Et je conduisais bien un cheval et une voiture.

— Oui, mais c'était l'East Side, dit Ma. Il y a... (elle se pinça la joue)... Brooklyn, le Bronx et qui sait quoi encore.

— Comment ? Il vaudrait mieux moisir en prison que d'apprendre à s'y retrouver à... n'importe où, Brooklyn, le Bronx ? *Nou !* »

Ainsi Pa devint receveur de tramways. La ligne à laquelle il fut affecté n'aurait pu être plus pratique : elle allait de la Quatrième Avenue à Madison Avenue et traversait la 119e Rue à un bloc de chez lui. Il faisait partie de « l'équipe supplémentaire », comme on l'appelait : du milieu de la matinée à tard le soir. Pour se rendre à son travail, il portait l'uniforme des receveurs de tramways, veste bleu marine et casquette à visière munie d'un insigne. Ira l'aperçut en deux ou trois occasions à la sortie de l'école — il fréquentait toujours l'école publique 103 au coin de Madison Avenue et de la 119e Rue —, debout sur la plateforme arrière d'un tramway qui passait, glissant des pièces dans la boîte transparente pour les faire tomber dans la caisse.

Tout aurait dû bien se passer. Le travail de Pa répondait aux critères officiels qui le définissaient comme essentiel. Et essentiel, il l'était. Mais après quelque temps, le balancement incessant du tramway — c'est ce qu'il prétendit, mais il s'agissait peut-être de la tension nerveuse — commença à l'affecter. Il souffrit de plus en plus souvent de diarrhée, jusqu'à ce qu'elle devînt chronique. La diarrhée à bord d'un tramway ! Ses intestins se tordaient parfois si violemment qu'il ne pouvait pas attendre le terminus équipé de toilettes. Il devait alors faire signe au conducteur de s'arrêter en route, et il se précipitait dans le premier restaurant venu pour se soulager.

«*Maïn ourmer man*, le plaignait Ma (d'une manière qui lui plaisait et l'exaspérait à la fois). Mon pauvre mari. Peut-être que si tu mangeais seulement des choses saines, des œufs durs, un peu de bouillon de poulet, du café avec du lait bouilli, tout ça c'est très bon contre la diarrhée. Ou du thé citron bien fort. Mais le mieux, c'est le lait bouilli avec de la crème épaisse — ça, ça bloquerait la colique.

— Où et comment ? Emporter du lait avec de la crème dans un tramway ? Si tu m'avais rejoint à Saint Louis comme je te le demandais, je ne souffrirais pas comme ça. Mais tu as refusé. Maintenant je suis donc doublement pauvre, pauvre par manque d'argent et pauvre par manque de santé.

— Et si tu avais ouvert une cafétéria à Saint Louis et échoué, qu'est-ce qui serait arrivé ? Tu crois que tu serais mieux loti ? Une faillite, et après les militaires ne t'auraient sûrement pas oublié.

— Hmm ! elle me voit déjà faire faillite !

— Non ? Tu es si peu doué dès qu'il s'agit des affaires.

— Tu peux toujours causer. J'ai des frères à Saint Louis, non ? Même si je n'avais pas réussi dans les affaires, Gabe est un politicien et un combinard. Il aurait intercédé en ma faveur. Il a bien procuré un poste d'inspecteur de l'Hygiène à mon frère Sam ; il m'aurait trouvé un filon pour échapper aux militaires.

— Qui aurait pu prévoir que les choses en arriveraient là ? continua Ma. Tu n'avais qu'à m'envoyer l'argent pour la maison, et tu aurais pu rester à Saint Louis jusqu'à la venue du Messie.

— *Azoï ?* Sans femme ? Deux domiciles séparés. Autant atterrir chez les militaires, et un vaillant soldat, j'aurais fait. Et puis un foyer sans père. C'est ce que tu voulais, c'est clair.

— Pour toi, c'est clair, riposta Ma d'un ton glacial.

— Ah bon ? Et si je ne t'avais pas envoyé d'argent ?

— J'aurais accompagné Mrs. Shapiro à la synagogue qui place les femmes pour qu'elles lavent le sol chez les autres.

— Et tu t'imagines que j'aurais vécu seul ? sans personne ?

— Mon parangon de vertu ! Béni soit le jour où tu en trouveras une autre, dit Ma sur un ton légèrement sarcastique. Chaïm, c'est toi qui as choisi d'être receveur de tramways.

— Comme si je pouvais faire autrement !

— Tu aurais pu redevenir laitier. Du lait, tous les gens avec des enfants ils doivent en avoir.

— Va ! tu ne sais pas de quoi tu parles ! Laitier ! Tu vois beaucoup de voitures de laitiers de nos jours ? Des voitures tirées par des chevaux ? »

Ma garda le silence, puis elle hocha la tête et reprit avec un soupir :

« C'est vrai. Je voudrais bien que mes chagrins soient aussi rares.

— Ah, tu vois ! Aujourd'hui, les compagnies laitières recherchent uniquement des conducteurs capables de faire marcher ces petits orgues de Barbarie avec une manivelle qu'on tourne et qui ébranlent toute la voiture. Voilà le genre de conducteurs qu'ils veulent, maintenant.

— Peut-être qu'on t'aurait appris, si tu ne t'étais pas fâché avec Sheffield et avec Borden.

— Tu racontes des bêtises.

— Alors, je ne sais pas. *Oï!* quel grand malheur, fit-elle en se balançant de droite à gauche avant de s'arrêter brusquement. Tu veux la solution ? Ne ris pas de moi.

— Je suis pourtant d'humeur à rire, répliqua Pa avec une mine sinistre.

— Tu passes tous les jours devant la 119ᵉ Rue. Aller et retour. Plusieurs fois. Le *kaddish* n'a qu'à t'attendre là. Je lui donnerai un sac avec des aliments que tu peux manger. Tu nous dis l'heure où tu passes. Il quitte l'école. Il court à la maison. J'ai tout préparé. Et il retourne au coin de la rue avec. »

Pa réfléchit, harcelé de doutes.

« La bouillie de maïs aussi, c'est excellent contre la colique. Avec un bon morceau de beurre. Ton plat préféré, insista Ma. Je le tiendrai au chaud. Et le vendredi, un peu de bouillon dans un pot et un petit morceau de volaille bouillie enveloppé dans une serviette propre. Ira t'attendra au coin. Il sait où.

— *A schlock oïf zeï !* s'écria Pa avec fureur. Eux et leur satanée guerre ! Qu'elle les détruise tous un par un et le plus tôt possible !

— Amen, *selah* », fit Ma.

Ainsi, jour après jour, à peine rentré de l'école, Ira redescendait avec un sac de papier brun contenant le déjeuner tardif de son père. Il se postait toujours au coin où le tramway passait en direction du haut de Harlem, car le terminus ne se trouvait qu'à une dizaine de rues de là. Laissant quelques minutes d'avance au tramway précédent, Pa réussissait à avaler presque tout son repas. Ira attendait devant le grand magasin qui venait d'ouvrir en face du bâtiment gris de l'école... attendait... et se mettait invariablement à rêvasser, l'esprit ailleurs.

Jusqu'à ce que, soudain, perçant le brouillard de sa rêverie, surgisse Pa dans son uniforme bleu de receveur qui se penchait par la plate-forme arrière et lui criait avec colère en yiddish : « *Dumkopf !* Donne-moi ça ! Pas fichu de faire correctement la moindre des choses qu'on te demande ! » Et il semblait sur le point de sauter du tramway pour prendre lui-même le sac — et sans doute administrer au passage une claque à Ira pour le punir de traînasser ainsi.

Pauvre Pa ! Les repas préparés à la maison n'aidèrent qu'un temps, et il ne tarda pas à souffrir de nouveau de diarrhée chronique. Il n'y avait rien à faire. La source de ses troubles, maintenait-il, de sa *stratchke*, comme il l'appelait (le son même de ce mot yiddish évoquait des tourments intestinaux), était les cahots et les secousses du tramway, point final. Le café avec du lait bouilli, le thé citron bien fort ou les œufs durs n'y feraient rien et n'y faisaient rien. C'étaient les mouvements incessants qui provoquaient ses dérangements intestinaux. Il maudissait ce boulot, ce *djop*, il maudissait sa malchance — et sans cesse, il rendait Ma responsable de son martyre parce qu'elle avait refusé de le rejoindre à Saint Louis.

« Si tu m'avais accordé quelques semaines, si tu avais patienté le temps que j'amasse assez d'argent pour t'envoyer le billet de train et payer le déménagement, on aurait été réunis comme dans un pays neuf, s'emportait-il. Qu'est-ce que je raconte ? Pour toi, ç'aurait été encore mieux qu'un pays neuf. Plus facile. C'est le même pays. Tu as appris un peu — bon, d'accord, ça reste plutôt vague — mais tu n'es plus une *plouc*. Tu as appris à demander où et combien, et à dire oui et non.

— En effet.

— On aurait quitté ce maudit New York, dit Pa en se massant l'abdomen. Qui aurait eu alors besoin de tes œufs durs et de ton lait bouilli avec de la crème ? Peut-être qu'un peu plus tard on aurait acheté une maison à nous dans les faubourgs de la ville, comme l'a fait mon frère, et qu'on aurait mené une vie décente avec un arbre devant et de l'herbe dans le jardin.

— Un nouveau Veljich ! dit Ma. Ici à New York, ici à Harlem sont mes parents. J'ai choisi. Ici je reste.

— Tu le paieras d'être restée, et puis tu le paieras d'être la cause de mes souffrances, l'avertit Pa sur un ton menaçant. Tu as fait un bien mauvais choix. Tu verras.

— Et ce n'est pas toi peut-être qui as voulu venir ici avec ta misérable voiture de laitier ?

— Mais je t'ai suivie. Qui sait ce que j'aurais fait sinon ? J'aurais pu conduire un cheval pour d'autres sortes de livraisons. Comme ton cousin Yussel à la barbe rousse. J'aurais pu livrer du pain aux épiciers. »

Ma conserva son attitude de gravité :

« Chaïm, dis-moi, comment tous ces goyim ils le supportent, le balancement du tramway ?

— Justement parce que ce sont des goyim, répondit-il.

— Pas parce qu'ils ne sont pas toujours à cran comme toi? Pas parce qu'ils n'ont pas l'estomac fragile?

— Et pourquoi ils auraient l'estomac fragile? s'obstina Pa. Est-ce qu'ils ont eu besoin d'économiser et de se priver de tout comme j'ai dû le faire pour vous payer le voyage en Amérique?

— Qui t'a demandé de mourir à moitié de faim? De te nourrir d'une patate douce que le marchand ambulant fait cuire dans la rue, d'un épis de maïs bouilli ou d'un morceau de canard à quinze *cents*? et qui sait encore d'où il venait! Un mois ou deux de plus, quelle importance ça aurait fait?

— Encore deux mois, et j'aurais sûrement dû payer plein tarif pour lui. Qui aurait cru qu'il n'avait qu'un an et demi? riposta-t-il du tac au tac. En Galicie, tu te montrais raisonnable quand il s'agissait d'attendre; tu étais patiente. Alors pourquoi pas si j'étais resté à Saint Louis?

— J'avais une bonne raison.

— Laquelle?

— Chaïm, je refuse de poursuivre plus longtemps cette discussion. »

CHAPITRE VII

Qui aller voir quand son *petzl* se raidissait et devenait dur comme un bâton ? Dora Baer, la sœur de Davey, maigre comme un clou ? La porte de la cave de leur immeuble donnait sur la cour. On pouvait se cacher derrière. Ou la jeune sœur de Meyer Shapiro, si on la trouvait seule et si elle voulait bien — ou l'une des petites *shikses* irlandaises. « Mary, Mary, je suis aux abois, chantonnaient les gamins irlandais. Allons dans les bois, et je me mets sur toi. Mary, Mary, je suis aux abois. » Pa n'aurait jamais dû partir pour Saint Louis. Tu désirais connaître de nouveau la sensation éprouvée en te frottant contre Ma — et c'était sans doute ça que l'oncle Louie voulait. Et l'oncle Moe aussi, qui exhibait sa tour de chair rouge — et ce sale type qui voulait que tu baisses ton pantalon, et qui avait astiqué son gros truc contre un arbre. Et, plus surprenant, Ma également, même si plus maintenant — *oïsgebrent*, disait-elle en yiddish. Éteinte. Donc les filles aussi. Et avec son propre frère Moe, davantage, davantage qu'avec Pa, mais interdit. Tout ça pour cette sensation. Où la trouvait-on ? Avec qui ? Avec le fils Nussbaum sur le toit : c'était dégoûtant, être assis à machiner son *petzl* comme ce méchant vagabond. Il fallait certainement le rentrer dans quelqu'un : vivant, chaud, comme les cuisses de Ma, une fille, certainement, comme Rosy S, la fille de Louie, qui lui avait montré qu'elle était une fille avec une fente rouge vif au lieu d'un *petzl*. Qui aimait ça, qui le désirait autant que lui, qui éprouvait la même agréable sensation entre les cuisses que celle qu'il avait presque eue avec Ma avant qu'elle se réveille et éclate de rire. Quelle fille ? Où ?

Et puis un soir, bien avant l'heure habituelle, Pa rentra à la maison avec les deux yeux pochés, le nez enflé et du sang séché autour des narines. Il avait voulu obliger un marin soûl à descendre du tramway, et il s'était fait salement rosser, assez en tout cas pour que le chef d'équipe le renvoie chez lui.

Ma se mit à pleurer ; de même qu'Ira. Et que Pa devant ses propres malheurs.

« *Oï ! gevald !* s'écria Ma. Pauvre de moi ! Tu avais besoin de te battre avec un marin ivre ?

— Moi ? C'est lui qui m'a attaqué. Il a refusé de payer quand je lui ai demandé. Je lui ai juste dit que dans ce cas il devait descendre.

— Il fallait le laisser. Qu'il aille donc se faire tuer, se lamenta Ma. Que la guerre prélève son tribut !

— C'est mon *djop*, dit Pa. S'il y avait eu un inspecteur à bord de la voiture, il manquait le prix d'une place et je me faisais renvoyer.

— *Oï !* mon pauvre mari ! dit Ma en plaquant son chétif époux contre son ample poitrine. Comme je voudrais prendre ta place ! Comme je voudrais être là pour te défendre ! J'ai les épaules solides ! J'ai la force !

— Et maintenant, voilà que tu me réconfortes ! dit Pa en s'extirpant des bras de Ma. Je pensais qu'avec l'Amérique, cette maudite guerre durerait deux mois, trois mois au plus. Avec tant d'hommes devenus soldats, même des businessmen, j'aurais pu facilement ouvrir une cafétéria à Saint Louis. Ou grâce aux combines de Gabe — je suis son frère — *oï !* la chance ! la chance !

Quelle chance ils ont eue Woodrow Wilson et ses conseillers! Gabe a dit : tiens-toi à l'écart de ces sales Démocrates. Comme il avait raison! Oh! oui! Encore dix jours je vais souffrir sur ce *ferflukht* tramway — jusqu'à ce que mes yeux guérissent —, encore heureux que j'aie ôté mes lunettes quand j'ai voulu le faire descendre.

— *Oï! gevald!* gémit Ma. Je me disais bien.

— *Nou*, quoi d'autre?

— Et après? demanda-t-elle.

— Après, qu'ils crèvent tous avec leur *djop*. Dix jours, deux semaines. Maximum. Discrètement j'irai au bureau de placement : pas au bureau du syndicat plein de patriotes, mais un bureau normal de *ganefs*. Je veux un *djop* de serveur, je dirai. Il doit y avoir des milliers de *djops* dont on n'a pas entendu parler.

— Et s'ils te recherchent? Ceux qui recherchent les tire-au-flanc, les planqués, ceux que tout le monde dénonce?

— *Zolen zeï gaïn in d'rerd*. Je leur dirai : allez faire le receveur vous-mêmes, quand vous devez vous soulager toutes les demi-heures. On verra ce que vous ferez. Je suis comme un invalide, non? Des crampes, des crampes, des crampes toujours. Vous voulez un soldat avec des crampes dans le *militaire*?

— C'est vrai, dit Ma. *Oï!* pourvu qu'ils ne t'attrapent pas!

— M'attraper! J'ai déjà assez attrapé comme ça!

— Et je leur demanderai, est-ce qu'un général, il n'a pas besoin d'un serveur? Et un officier, il n'a pas besoin d'un serveur? Pas la peine que ce soit un brave, un héros...

— Du moment qu'il sait dresser une table, faire le service, ça suffit, l'interrompit-il, se sentant encouragé. Mieux vaut être serveur d'un général, d'un colonel, que receveur de tramways. *Halevaï*, ajouta-t-il avec ferveur après une courte pause. Un salaire, il faudra qu'ils me payent pour nourrir ma famille. Même s'ils ne me donnent jamais de pourboire, ce sera toujours mieux que des intestins qui se tordent à l'arrière d'une voiture de tramway. (Il tâta prudemment ses pommettes bleuies.) Et des yeux au beurre noir quand on essaye de percevoir le prix du billet. Puisse mon cher ami le président Wilson connaître un sort pareil ! »

CHAPITRE VIII

Pa travailla deux semaines encore, puis il se présenta au bureau du personnel pour déclarer qu'il ne pouvait plus continuer, en raison de ses troubles intestinaux. Il demanda un certificat afin d'être en mesure de chercher un autre travail essentiel. On le lui accorda, et il rendit son insigne (la casquette à visière et la veste bleu marine, ils les avaient achetées, et Ma les revendit à la même boutique de la 114e Rue où, si souvent — à l'immense embarras d'Ira —, elle marchandait avec ténacité le prix des vêtements d'occasion pour son fils).

Dès le lendemain, Pa retrouvait du travail. Les serveurs expérimentés étaient si rares que l'agence de placement l'envoya aussitôt dans l'un des restaurants les plus chics de la ville : celui du Club de la Bourse de Wall Street. Pas de pourboires — les clients étaient priés de ne pas en donner, et lui de ne pas en accepter. Il percevait un salaire fixe plus un pourcentage sur les additions, et rien d'autre — ce qui ne représentait pas autant que ce qu'il aurait gagné dans un grand restaurant, mais il avait ses week-ends libres et la possibilité de chercher, et de trouver sans problème, des *djops* d'extra pour des banquets. En tout cas, se félicitait-il, il était enfin débarrassé des tramways et de leur fléau. Il ajouta :

« Tout est préférable à ça. Je gagne ma vie. Mes intestins sont en paix. Et me rechercher, je suis sûr qu'ils ne feront pas.

— Non ? et pourquoi ? interrogea Ma.

— Je travaille parmi les magnats. Et pas seulement les magnats. Les magnats des magnats.

— *Azoï ?* Si riches que ça ?

— Hier, j'ai servi J. P. Morgan.

— *Azoï !*

— Et avant-hier, Bernard Baruch.

— *Gottenyou !* Et ils laissent un plébéien comme toi s'approcher d'eux ?

— Qui d'autre poserait une salade devant eux ? Naturellement, c'est le maître d'hôtel qui supervise. Il prend les commandes. Il surveille tout ce que je fais. Je prends l'assiette sur le chariot et je la pose sur la table. Tout est fait selon les règles. Mais je les entends parler entre eux.

— Et qu'est-ce qu'ils disent, ces puissants ? demanda Ma avec émerveillement.

— Ce qu'ils veulent. Morgan dirait à Baruch : "Qu'est-ce que vous pensez de telle et telle action, Bernie ?" Et lui, il répondrait : "Je vais vous dire, John, tel et tel *gesheft* a un grand avenir." Ils parlent de la guerre, de Wilson, de son cabinet, d'importantes transactions.

— Écouter, seulement écouter ! s'écria Ma. Et aucun de ces grands ne te demande si tu es... » elle hésita. « J'ai la tête tellement encombrée que j'ai oublié le mot. Si on n'a pas besoin de toi pour la guerre ?

— Le maître d'hôtel n'est que trop heureux d'avoir un serveur chevronné à ses côtés. Et plein d'entrain, en plus, pas comme je ne sais quel *alter kacker* sinistre venant d'un club privé. Il reste muet comme une carpe, le maître d'hôtel, sur le chapitre de savoir si je suis essentiel ou pas essentiel, comme ils disent. Là, je suis essentiel. Des fois, Morgan ou une autre huile amène un invité, un amiral ou un officiel de haut rang. Crois-moi, ils regardent ailleurs. Si seulement je l'avais su plus tôt, je me serais soucié de leur essentiel comme de ma première chemise !

— *Gott saï dank* », fit Ma.

Ce que disait Pa était vrai. Il travailla au restaurant de la Bourse pendant toute la durée de la guerre. On l'ignora, ou bien on l'oublia délibérément. Au contraire d'oncle Moe, alors maître d'hôtel chez Radsky, le célèbre restaurant de Rivington Street.

Oncle Moe, le costaud, l'optimiste, fut appelé sous les drapeaux.

« *Maïn Moïshe*, se lamenta Bobe, en larmes, se balançant d'avant en arrière, folle d'inquiétude. *Oï! vaï'z mir, oï! vaï'z mir.* Mon enfant, mon fils dévoué, mon garçon. *Oï! oï! oï!* Ils l'envoient dans ce charnier. Que Dieu me donne la force de supporter cette épreuve! »

Ne cessant de pleurer depuis le jour où Moe reçut sa feuille d'incorporation, elle rapetissa à vue d'œil — se ratatina. Elle n'acceptait aucune distraction, refusait toute consolation. « Puissé-je ne pas connaître le jour où il lui arrivera malheur. »

Pas plus qu'elle ne réagissait aux exhortations de Zaïde : « Il faut que tu manges! Il faut que tu vives! Comment tu vas l'aider en te laissant mourir de faim? Tu vas faire de moi un veuf, voilà à quoi tu aboutiras. »

Morris alla effectuer une période dans un camp d'entraînement. Bobe dépérit; elle parlait à peine. Son visage vira au brun, ridé et parcheminé. Heureusement, tanta Mamie habitait en face. Elle faisait la plupart des courses pour eux, de même que la cuisine. Bobe, silencieuse, sans réaction, s'installait devant la fenêtre, abritée par le store qui la protégeait du soleil estival, et elle restait assise là pendant des heures, deux doigts posés sur sa joue et un sur ses lèvres, le regard fixé sur la rue. On appela le médecin, lequel tenta de la raisonner.

« Elle veut mourir avant d'apprendre la mort de son fils, dit-il à Zaïde qui bouillait d'exaspération. Veillez à ce qu'elle boive suffisamment. Si elle ne veut pas manger, forcez-la au moins à boire. Sinon, il faudra peut-être l'hospitaliser.

— *A shvartze yur !* s'exclama Zaïde en s'arrachant les cheveux sous sa *yarmulke.* Qu'ai-je donc fait pour mériter un tel châtiment ? Si elle ne veut pas manger, qu'elle ne mange pas. Mais au moins qu'elle fasse la cuisine. Je meurs de faim ici. Sans Mamie, je me dessécherais comme une plante, je deviendrais une tige de roseau. *Oï !* »

Mais c'est Bobe et non lui qui s'affaiblit tout au long des semaines que dura l'entraînement de Moe. On l'aurait certainement conduite à l'hôpital Mount Sinaï — dit Ma à Ira — si Moe n'était pas venu à point en permission. De même que les autres membres de la famille, Ira était chez Bobe pour l'accueillir. Ils s'étaient abstenus de lui parler dans leurs lettres de l'état où se trouvait sa mère, et, la mine sombre, ils attendaient qu'il se rende compte par lui-même. Sous son large chapeau kaki de soldat, Moe examina sa mère éplorée avec le regard sévère de l'homme habitué à commander.

« Qu'est-ce que tu as, *mamele ?* demanda-t-il.

— Ils t'envoient à l'abattoir. Je ne veux plus vivre, répondit-elle tandis que ses larmes allaient se perdre dans les profonds sillons de ses joues.

— *Azoï ?* Tu sais donc déjà qu'on va m'envoyer à l'abattoir ? » Le ton de Moe était ironique, ses larges mains reposaient calmement sur ses cuisses recouvertes de l'étoffe kaki de son pantalon de soldat, mais ses yeux ne quittaient pas Bobe. « Le soldat yiddish a un lourd fardeau à porter, reprit-il. Il a deux commandants : sa mère et son colonel. Heureusement qu'il est dispensé de la Torah, sinon Dieu sait comment il ferait !

— Dis-lui ! dis-lui ! l'exhorta Zaïde. Une telle folie s'est emparée d'elle qu'elle n'écoute plus rien. Dieu a ordonné aux survivants de la tribu d'Israël de vivre. Mais c'est comme si on parlait à un mur.

— *Mamele*, dit Moe. Je souhaite à tous mes amis d'être aussi bien traités que moi. Je vis comme un comte. Comme un lord !

— Va ! avec tes beaux discours. Cesse de me torturer !

— Je te jure, *mamele*. Tu vois ça ? » Moe tourna son bras pour lui montrer l'insigne qui ornait la manche de son uniforme : trois chevrons avec un quart de lune en dessous. « *S'haïst* chef de gamelle, expliqua-t-il. Le Tout-Puissant m'a béni en faisant de moi un maître d'hôtel. Personne dans le camp ne savait commander de la nourriture pour autant d'hommes à la fois : comment les nourrir, dire aux cuisiniers ce qu'il faut préparer. Et comment et par qui assurer le service pour une horde pareille. Ça s'appelle la cantine, *mamele*. Et c'est ton Moïshe qui en a la responsabilité. *Azoï vi aïn offizier bin ikh.* »

Bobe leva les yeux sur le large visage au teint clair de son fils, marqué d'une cicatrice sur le front, et elle scruta ses yeux bleus d'un air de doute et de tristesse.

« Crois-moi, *mamenyou*, reprit Moe, très sérieux. Avec ces galons, on ne m'enverra jamais au carnage. Je pourrais même devenir riche — les fournisseurs me proposent sans arrêt de l'argent. Si seulement j'osais accepter !

— Moïshe, mon enfant. *Oï !* gémit Bobe, toujours incrédule.

— Non ? eh bien demande, demande à n'importe qui, à un inconnu. Demande-lui ce qu'est un chef de gamelle. *Traïf*, je dois manger. Mais être envoyé au carnage, jamais. Qui ferait les achats pour tout le régiment ? Il faut un *yiddisher kopf.* » Moe s'exprimait comme s'il ordonnait à sa mère de comprendre. « J'ai l'autorité, et moi seul. J'achète à ce fournisseur-là et pas à l'autre, et il me glisse cinquante dollars. Tu peux me croire. Mais je refuse. Non que je tienne tant à être honnête, mais je le fais pour toi. Pour ne pas risquer mon "grade", comme ils disent. Ça, expliqua-t-il en désignant ses chevrons. Tu comprends ? Tu n'as aucune raison de t'inquiéter comme ça. »

Bobe désirait peut-être le croire. Aussi longtemps que Moe resta à la maison, elle retrouva son appétit. Elle sortit même faire des courses et régala son fils aîné de *bulkies* tout frais, de saumon fumé et de tous les plats délicats auxquels elle pensait ; elle préparait des *kishkes*, du *dermer* farci, du *bortsh* et des *kreplekh*, des *blintshes*, des *latkes*, et puis du gâteau aux carottes, du *gefilte fish* et du poulet. Moe passait avant Zaïde qui paraissait se satisfaire de la situation : au moins sa femme redevenait active, mettait ses plus beaux habits de satin noir pour *shabbes*, portait de nouveau ses perles, servait à dîner et dînait — en effet, elle mangeait, car sinon Moe refusait d'avaler quoi que ce soit. Elle reprit de bonnes joues, comme si celles-ci absorbaient directement la nourriture, ses yeux bleus semblèrent émerger du fond de leurs cavernes comme des iris et ses couleurs lui revinrent. Elle voulait de tout son cœur le croire. Et son regard sans cesse se posait sur les galons de Moe, comme s'il s'agissait d'un talisman. Son fils serait épargné.

Vint l'instant redouté où la permission de Moe s'acheva, alors que tout le monde sauf Bobe savait, même Ira, et qu'on avait recommandé à chacun de ne rien trahir, de ne rien laisser paraître, que d'ici quelques jours la division de Moe allait être envoyée en Europe — de l'autre côté de l'Atlantique infesté de sous-marins allemands —, en France, sur le front. Le secret fut bien gardé, la conspiration du silence tint jusqu'au dernier moment : l'air joyeux, Moe embrassa tout le monde, étreignit une fois encore sa mère qui pleurait, s'accrochait à lui, les yeux fermés, tâtant ses chevrons. Il demanda à Max et à Harry de s'occuper d'elle, puis, accompagné de Zaïde et de Saul, il quitta l'appartement. La famille entière, agglutinée aux deux fenêtres de devant, agita la main en criant au revoir ; et Moe, le bras levé, leur répondit jusqu'à Madison Avenue où le trio tourna le coin et disparut. Quelques pas derrière eux venait le jeune Ira de onze ans, dont la présence passait presque inaperçue.

Une journée d'été claire et douce. 1917. Les gens semblaient plus nombreux sur Madison Avenue, qui se prélassaient devant les maisons ou flânaient sans but apparent. Moe, suivi d'Ira et escorté de Saul et de Zaïde, atteignit l'angle de la 116e Rue et se dirigea vers la Cinquième Avenue. Ils traversèrent. Devant eux, le long de Lenox Avenue, se trouvait le centre de rassemblement installé dans la cour de l'école publique 86, dans les locaux mêmes du grand bâtiment de pierre grise. Des autobus étaient garés devant, qui se remplissaient d'hommes en uniforme. Un autobus vide, puis un deuxième, puis un troisième vinrent s'arrêter à côté des autres et restèrent en double file. À leur vue, Zaïde et Saul, qui n'avaient pas prononcé un mot durant tout ce temps et qui avaient marché comme des automates, éclatèrent soudain en lamentations. Gémissant de désespoir, ils se pendirent chacun à un bras de Moe. Et celui-ci, sa force décuplée par les semaines d'entraînement, la figure rougie par l'effort sous son chapeau de campagne kaki, les traîna, tel un remorqueur tirant deux péniches. Lorsqu'ils constatèrent qu'ils luttaient en vain, tous deux lâchèrent prise. Puis chacun s'abandonna sans retenue à son chagrin : Zaïde s'arracha les poils de la barbe en poussant des gémissements aigus et Saul se prit les cheveux en se balançant de droite à gauche avec des cris hystériques. Les passants s'arrêtèrent pour regarder, les automobiles ralentirent, les gens se penchèrent aux fenêtres.

Arrivé au bord du trottoir, Moe fit halte et, toujours avec un grand respect filial, il dit :

« Je t'en prie, père, épargne-moi. Laisse-moi partir. En tout cas, et toi aussi Saul, s'il te plaît, arrête ça. C'est déjà assez dur d'être soldat. N'ajoute pas à mon épreuve. »

Ils se calmèrent et étouffèrent leurs gémissements. Effrayé, mort de honte, les larmes aux yeux, Ira les regarda se mêler aux autres militaires qui se dirigeaient vers les autobus, accompagnés de leurs familles.

« Z'avez vu ces Juifs ? dit à un curieux le flic en faction devant un magasin, un gros flic en uniforme bleu qui s'adressait à un civil fluet. Z'avez déjà vu ça ? On dirait que le type est déjà mort. »

CHAPITRE IX

Ainsi Moe partit faire la guerre de l'autre côté de l'océan. Pendant quelque temps, Bobe crut à l'histoire que la famille lui servait, à savoir que Moe se trouvait encore au camp de Yaphank, dans le New Jersey; mais comme les semaines passaient et qu'il ne revenait toujours pas, et bien que ses lettres aient paru déborder d'optimisme, elle s'aperçut que le papier était d'origine européenne et elle demanda à voir les enveloppes. On ne les lui montrait jamais. Elle finit par éventer la supercherie : « Depuis combien de temps vous me bercez de mensonges? » Ma raconta à Ira que Bobe l'avait couverte de reproches : « Vous êtes tous de mauvais menteurs. Comme si je ne savais pas où les combats et les tueries ont lieu. » Zaïde lui avoua la vérité : Moe était en France.

À la surprise de tous, Bobe prit la nouvelle avec courage. « Grâce à Dieu et à ces galons sur ses manches, mon Moïshe vivra », affirma-t-elle. Néanmoins, elle s'inquiéta beaucoup, devint de plus en plus émaciée, comme usée de l'intérieur. Elle faisait les courses, assurait les tâches domestiques, et quoique Zaïde n'eût plus besoin de l'abreuver de grands discours pour l'obliger à manger, elle sembla se flétrir; elle se flétrissait à attendre... à guetter une lettre de son fils, comme si ses forces vitales décroissaient lentement. Ainsi passèrent les semaines et les mois, pendant que se déroulait une guerre lointaine. Tanta Mamie, les formes généreuses, exubérante, offrait aux soldats de garde sous le pont de Grand Central des pâtisseries juives toutes fraîches et du café au lait chaud et sucré qu'elle transportait dans sa boîte à lait en émail. Et Ma, que son immense compassion rendait expansive, disait dans un anglais à peine compréhensible au premier soldat venu qui patrouillait sous le viaduc : « De belles et fortes jambes vous avez. Que Dieu fasse qu'encore vous les avez quand vous reviendrez. »

Et le jeune Américain de rire : « Vous en faites pas, missis. Tout sera okay. »

Ô les terribles années, qui est à même de les supporter, Ecclesias ?

Cet après-midi d'août 1914, quand on l'avait envoyé dans la rue miroitante de chaleur acheter le « Wuxtra » que criaient les deux vendeurs, Ira était désormais assez grand pour faire le lien dans son esprit entre deux événements isolés, comme si l'un était le précurseur de l'autre, même si ce dernier intervenait bien longtemps après qu'on avait presque oublié le premier : un journal yiddish encore tout chaud acheté dans la rue, et Moe en uniforme kaki parti pour la guerre, pour la France — et Saul qui poussait des hurlements et Zaïde qui s'arrachait la barbe par poignées... Et le flic au coin de la rue qui ricanait en s'adressant à un passant : « Z'avez vu ces Juifs ? On dirait que le type est déjà mort. » Ira en devinait le sens, il couvait en lui, bien qu'il fût incapable de l'exprimer. Il ne parvenait qu'à y penser : il savait qu'il renfermait au-dedans de lui les deux épisodes et qu'ils avaient fusionné dans son esprit, mais il n'allait pas plus loin. D'autres éléments se tenaient à la périphérie de ce noyau solide : Moe expédiait des lettres de France, des lettres et des souvenirs à l'intention de son neveu qu'il aimait, qu'il aimait beaucoup plus que Pa — qu'il aimait comme Ma, presque : des douilles d'obus gravées, une paire de jumelles de théâtre françaises, trois croix de fer allemandes...

L'hiver arriva, et après les vacances de Noël, apporta une nouvelle date à inscrire en haut des feuilles de devoirs : 1918.

1918. L'histoire tourbillonnait autour de lui et le fouettait de ses embruns. Debs était en prison. L'Internationale des Travailleurs devenait l'Internationale des Fainéants. Ceux qui échappaient à la conscription étaient des lâches. Les caricatures dans les journaux montraient que les moustiques avaient une plus grande âme que les profiteurs. Les bolcheviks étaient représentés avec d'épais favoris, tenant à la main une bombe à la mèche allumée.

Ira apporta les trois croix de fer à sa maîtresse, miss Ackley, laquelle avait la réputation d'être la plus redoutable de toute l'école. Elle était de corps large et de voix tonitruante. « Oh ! quelle audace ! Oh ! l'audace de ce garçon ! » s'écriait-elle, punissant le coupable en lui saisissant la joue entre le pouce et l'index jusqu'à ce qu'il hurle de douleur. (*Audace*, nota Ira au milieu du châtiment qu'elle lui infligeait : quel beau nouveau mot !) Miss Ackley poussa un cri d'horreur lorsqu'il lui raconta, pure invention de sa part, que son oncle avait pris les croix sur les cadavres de soldats allemands tués sur les champs de bataille de France.

« Enlève-moi ça ! » Elle paraissait sur le point de tourner de l'œil. « Enlève-moi ça tout de suite ! »

Il se vengeait d'elle, comprit-il soudain, ravi. Intuitivement, il avait dit le mensonge qu'il fallait, celui qui frappait au bon endroit. Elle lui avait pincé la joue au moins une demi-douzaine de fois. Surtout pour mauvaise conduite, parce qu'il pouffait de rire pendant les exercices de calligraphie. Il n'arrivait pas à tracer ses ovales. Il avait beau essayer, ils changeaient sans arrêt de forme et de cap, et s'échappaient au-delà des limites des lignes bleues jusqu'à ressembler à de la fumée emportée par le vent ; et puis il trempait son porte-plume trop profondément dans l'encrier de son pupitre, si bien que ses lignes d'exercice se fondaient en un mur de pâtés. *Shlemil*, comme le traitait Pa. Un *shlemil* en tout. Et les *shlemils*, on les punissait. Ira ne put donc s'empêcher de sourire intérieurement quand miss Ackley faillit s'évanouir à la vue des croix de fer, et cela grâce à l'histoire qu'il avait inventée de soldats allemands étendus sur le champ de bataille à qui Moe les aurait arrachées. Ce qui était peut-être vrai...

Chaque élève qui sortait de l'école élémentaire 103, située à l'angle de la 119e Rue et de Madison Avenue, avait son « carnet bleu » sur lequel figuraient tous ses résultats scolaires au cours des six années qu'il avait passées là. Après, c'était le collège. On demanda à Ira de se rendre avec son carnet bleu à l'école 84, dont les bâtiments s'étendaient de la 127e à la 128e Rue près de Madison Avenue, et de se présenter devant l'un des professeurs chargés de l'admission des nouveaux élèves. C'était un établissement réservé aux garçons, et chacun, son carnet bleu à la main, se tenait dans l'une des files qui s'allongeaient devant les lourdes tables de chêne du réfectoire auxquelles avaient pris place les professeurs qui enregistraient les nouveaux.

Cela se passait en février, la première semaine de février 1918. D'ici quelques jours, il aurait douze ans. Et adieu l'enfance...

CHAPITRE X

Tu possèdes une si jolie batterie de signes sur ton clavier, Ecclesias. Ou devrais-je dire, collection ? ! ∅ ≠ $ % ˆ & () – +... J'ai soixante-dix neuf ans. D'une certaine façon, j'attends avec impatience le moment de mourir ; quoique d'un autre côté, j'éprouve un trop grand sentiment de gratitude à l'égard de M pour céder, même en esprit, au désir de voir ma vie s'achever. Sinon, à quoi bon vivre ? Où est la différence ? Je rabâche le même thème, le même thème éculé. Je me demande si « la branche qui aurait pu pousser toute droite » dont parle Marlowe conserve éternellement en elle le sens de sa droiture, de sa rectitude perdue. Imaginons mon père, un sioniste. Dans quelques mois, la déclaration Balfour sera publiée. Partons pour Israël, pour un kibboutz. Je connaîtrais surtout le travail pénible, la rigueur, le danger, mais aussi le sentiment précieux de parenté, la dignité. Hélas ! je n'aurais pas connu M...

— Tu ressasses toujours la même histoire, mon ami, ou tu cours toujours après les mêmes chimères — appelle cela comme tu veux : tourner en rond, peut-être. C'est le fait du destin ou de l'histoire. Mais pour en revenir au sujet, c'est seulement parce que tu as pu te contraindre à le dépasser, et cela grâce à M, que tu es arrivé à grandir, à atteindre quelque chose qui approche de la maturité, une maturité approximative, un fac-similé acceptable. Ou pour le formuler autrement, pendant près de cinq décennies, tu es resté pratiquement prisonnier de ton incapacité à aller au-delà de l'enfance. Ce n'est pas vrai ?

Eh bien, sire...

Le réfectoire à usages multiples, salle de récréation, foyer en sous-sol sombre et humide où chacun attendait son tour d'être inscrit, sentait le renfermé en cette journée d'hiver, une journée brumeuse...

— Continue. L'instant critique ne se situe pas là.

Et que devrai-je faire lorsque j'y arriverai ?

— Tu te rappelles la lance que brise Siegfried, avec l'aide de Brunhild endormie ? Et ce bond ?

Ce grand bond ? Oui.

— Aie foi en l'univers existentiel, en la dialectique de cinq décennies.

Je préférerais, Ecclesias mon ami, avoir pris ce carnet bleu pour le cacher ou le détruire. N'avoir jamais été à l'école 84. Qui l'aurait su ? Pa et Ma. Mais à part eux ? Quelle confiance aveugle affichaient les institutions à cette époque ! Remettre aux jeunes un carnet bleu à présenter d'une école à l'autre. Quel moyen de contrôle y avait-il ? Comment vérifier que l'élève s'était bien inscrit à l'établissement où il avait été affecté ? Oh ! Il y avait sans doute une liste nominative transmise par chaque école. Mais dans le cas contraire, au diable ce maudit carnet ! Le balancer dans une poubelle devant un immeuble et disparaître. Tu te souviens de Kelsey qui s'était enfui de chez lui à douze ans ?

— Oui, mais les bons garçons juifs ne s'enfuient pas de chez eux à douze ans. Et surtout pas le bon garçon juif à sa maman. Tu n'aurais jamais rencontré M et tu n'aurais jamais lutté pour connaître, ne serait-ce que partiellement, la rédemption...

Oh ! ça me paraît bondieusement miltonien...

— La renaissance, alors, le renouveau, la réhabilitation.

Je n'en aurais peut-être pas eu besoin.

L'atmosphère humide de la sinistre salle en sous-sol était, en outre, chargée d'effluves en provenance des urinoirs en ardoise situés au fond. Des ampoules électriques protégées par un grillage pendaient du plafond bas, et le sol de ciment était maculé de traces de gadoue. Les étroites fenêtres à barreaux donnaient d'un côté sur une petite cour, de l'autre sur la rue. Le long des murs en lambris sombres s'alignaient des rangées de lourds bancs de bois tout éraflés, et sur l'un d'eux, parallèlement à la file où Ira attendait son tour, se tenait un trio de petits Irlandais, plutôt des adolescents, en fait ; à leur taille et à leur air assuré on voyait qu'il s'agissait d'élèves de troisième. « Fais voir ton carnet », demanda l'un d'eux — sur un ton qui n'admettait pas de refus.

Docile, encore qu'hésitant, Ira s'exécuta. Ils l'examinèrent un instant, et après avoir regardé autour d'eux, tous trois crachèrent dessus. L'un le jeta par terre, et les autres le piétinèrent. Une seconde plus tard, tout en surveillant du coin de l'œil le professeur installé derrière la table, ils se précipitèrent vers la porte latérale et filèrent dans la rue.

...Une fois de plus, cependant qu'il enregistrait l'incident, Ira songea : quelle tristesse. Quelle tristesse qu'il ne se soit pas battu tout au long du chemin — comme Greeny, même s'il avait dû y laisser une dent, un œil, être poignardé, y laisser jusque sa vie —, comme ce gosse des taudis que les petits durs de sa rue traitaient de gonzesse parce qu'il portait une montre-bracelet : les soldats avaient commencé à en porter dans les tranchées. Puisqu'il avait été arraché de l'East Side, puisque c'était son destin d'avoir été contraint de quitter cette homogénéité protectrice, se battre, l'attitude même du combat, manifeste, se montrer farouche et belliqueux, cela aurait contribué à stopper les insultes, les représailles — et puis merde ! se dit-il, et il s'interrompit pour réfléchir : sans doute était-ce la raison pour laquelle il avait choisi Bill Loem comme personnage central de son deuxième roman avorté — Bill se battait. Et lui, le romancier, il était passé par-dessus bord à cause de cela, romançant son personnage de fiction, glorifiant sa belligérance, l'interprétant comme une forme de militantisme socialiste. Tout est lié, ainsi que de plus beaux esprits que le sien l'ont découvert il y a très, très longtemps. Mais tenter de les suivre demeure vain : on ne peut pas le faire dans le passé ; on peut seulement être édifié, et chercher à appliquer le principe. Et s'il avait pu, il ne serait pas assis là, à parler de son échec. Hélas ! Pauvre gourde docile qui porte déjà des lunettes à montures métalliques.

« Qu'est-ce que c'est ? »

Le professeur fronça les sourcils quand Ira lui présenta son carnet. Il s'appelait Mr. Lennard, devait-il apprendre plus tard. Professeur d'histoire. C'était un homme aux lèvres pleines, presque bouffies, dont les yeux bleus le dévisageaient à travers son pince-nez.

« Des grands me l'ont pris et l'ont piétiné, dit Ira en baissant la tête d'un air penaud.

— Lesquels ?

— Ils sont partis en courant. »

L'expression de Mr. Lennard trahissait un mélange de résignation et d'ennui.

« Dans ce cas, il va falloir que tu m'aides. C'est bien Tysmen qui est écrit à l'endroit où il y a une tache — quoi ? Autriche-Hongrie.

— Tysmenitz, dit Ira. C'est comme ça que mon père le prononce. Avec un "z" à la fin.

— Avec un "z" à la fin, répéta Mr. Lennard dont le stylo à plume en or traça de nouvelles lettres par-dessus celles qui étaient à demi effacées. Et tu es né... quelle date ?

— Le 8 février 1906.

— C'est pourtant marqué janvier, constata sèchement le professeur. Le 10 janvier. Et là, c'est un 5 ou un 6 ? Je lis 1905.

— Oh ! j'ai oublié ! s'écria Ira d'un ton suppliant. J'ai oublié !

— Qu'est-ce que tu as oublié ?

— Ma mère s'est trompée. Elle a cru que c'était la date de mariage. »

De fait, il n'ignorait pas que Ma avait délibérément menti afin de pouvoir l'inscrire à l'école un trimestre plus tôt.

« Elle ne comprend pas bien l'anglais, reprit-il.

— Bon, tu es en cinquième A-2. Salle 219, dit Mr. Lennard en lui tendant une feuille de papier sur laquelle il venait d'inscrire ce chiffre. Présente-toi demain matin avant huit heures et demie. Au suivant. » Puis comme s'il y pensait soudain, il ajouta : « Il faudra que tu arranges ce problème au secrétariat. »

Ainsi se déroula son admission à l'école n° 24 où, avant d'entrer au lycée, il devait passer non pas deux ans comme il le croyait, mais trois : deux années pour obtenir son diplôme de sortie du collège, et une troisième, lorsque, avec son indolence coutumière, il s'était laissé convaincre, à force de cajoleries, de s'inscrire à une section nouvellement créée, et qui plus est, une classe commerciale comportant des cours qu'il détestait : comptabilité, dactylographie, sténographie. Avait-on déjà vu pareil *shlemil* ? Pareil *shlimazl* ? Mais gardons cela pour plus tard. À en parler maintenant, Ira avait l'impression de brusquer les choses au point de faire grincer les engrenages du temps. Plus tard, donc. Mieux valait évoquer les trois « médiocre » qui figurèrent sur son premier bulletin : conduite : médiocre ; assiduité : médiocre ; résultats : médiocre. Il avait touché le fond, l'échec absolu.

Pa et Ma étaient tous deux assez familiarisés avec les bulletins scolaires pour savoir de quoi il en retournait.

« Autant en finir tout de suite, dit Pa en se hâtant de signer avec un grand geste du poignet. Envoie-le donc à l'école ! Un *golem* d'argile ; il ira au lycée, à l'université, tu parles ! comme moi, oui ! » Après avoir manifesté sa désapprobation, il s'en prit à sa femme : « Tu tiens à tes illusions ? Eh bien, continue, enchaîna-t-il d'un ton moqueur. C'est une vie de travailleur qui l'attend, et il aura encore de la chance s'il y arrive.

— Pour toi, il devient tout d'un coup un travailleur de force, un cantonnier, répliqua Ma avec sarcasme, les yeux pourtant brillants de larmes. Je ne le permettrai pas. Je laverai les sols, mais il ira à l'université.

— Je sais, je sais, dit Pa. Maintenant, elle le voit déjà à l'université. Crois-moi : prends un marteau et enfonce-toi bien ça dans le crâne.

— Jamais ! s'écria-t-elle. Quand la sage-femme, elle l'a posé sur mon sein, je l'ai béni : puisses-tu connaître la renommée, j'ai dit. Et il la connaîtra. Ma bénédiction le protège toujours. Qu'on lui mette des "médiocre" sur son bulletin — et après ? dit-elle, se reprenant soudain. Son *melamed* n'est pas venu à la maison le féliciter ? Ton fils est un rabbin en puissance. Il *davent* déjà comme un adulte. Il retient tout — qu'est-ce qui t'est arrivé ?

— Je sais pas, répondit Ira d'un air buté.

— Essaye donc de raisonner avec lui, dit Pa en faisant glisser le bulletin vers Ira sur la toile cirée verte. Et pense à ce qu'a dit un *melamed* — tu sais quoi : les roses, elles ne poussent pas sur le fumier.

— Mon mari qui est tellement malin », riposta Ma.

CHAPITRE XI

Plus il racontait, plus son récit lui paraissait tenir du rêve. Il vit sa femme rentrer de son expédition hebdomadaire dans les magasins, grande et mince dans son manteau gris.

« Je peux t'aider ? » demanda-t-il, ne sachant que trop bien qu'il ne pourrait lui être que d'un piètre secours, étant donné l'état actuel de ses forces.

« Oui, d'ici une minute », répondit-elle avec un petit sourire né de quarante-cinq ans d'intimité, avant de se diriger vers la salle de bains.

Les sacs de provisions étaient lourds et il eut beaucoup de mal à les porter dans le long couloir du mobile home, puis à traverser le séjour, avec son piano Baldwin, en direction de la kitchenette où l'accueillit la Symphonie en ut de Bizet diffusée par la petite radio posée sur le réfrigérateur. Le fardeau n'était pas négligeable. Le souffle court, il les posa sur les chaises plutôt que de les soulever pour les mettre sur la table, lui qui avait naguère traîné des sacs de cinquante kilos de graines, de mélange spécial et de boulettes pour le gibier d'eau qu'il élevait, non pas comme s'ils ne pesaient rien, mais sans trop de difficultés : il déversait régulièrement cinq ou six de ces sacs dans les trois tonneaux de sucre alignés au fond de la grange où il stockait la nourriture pour ses bêtes, et il ne s'en ressentait pas. Il avait même porté M sur ses épaules pour l'installer dans la voiture, au cours des mois où elle avait souffert d'une forme du syndrome de Guillain et Barré « échappant au diagnostic » qui l'avait laissée paralysée, dans une ferme du Maine, quand les garçons étaient petits.

Enfin... aujourd'hui surtout, bien qu'il se considérât comme aguerri à la douleur, cela lui sembla difficile à supporter. Ce matin, il avait eu l'impression d'être sur le point de se casser en deux quand M l'avait assis dans son lit.

« Tout ça, c'est qu'un rêve, han ? » Le vieux paysan atteint de démence sénile interné à l'hôpital d'Augusta l'avait contemplé de ses yeux bleus avec une expression lointaine, après qu'il l'eut plaisanté sur son intention d'enfiler sa salopette pour se mettre au boulot. « Tout ça, c'est qu'un rêve, han ? » Ira s'était arrêté sur ce « han ». Han... hanté : un rêve hanté. Si seulement les hommes savaient. Mais on n'allait nulle part, on n'aboutissait nulle part ; c'est seulement à la fin de la vie qu'il en paraissait ainsi : un rêve hanté. Jusque-là, c'était tout sauf un rêve, tout sauf un rêve hanté. C'était la réalité pressante de Longfellow. Et même ces élancements, ces tiraillements, ces douleurs, hélas, étaient réels. Son regard se détourna du clavier pour se poser sur la pile décourageante de manuscrits rangés dans des enveloppes distinctes de papier bulle. Haute de près de trente centimètres. Vivrait-il assez longtemps pour transcrire toute cette prose sur disquettes ? Il en doutait.

Ira fit un peu mieux le mois suivant : trois « passable » ; ses progrès firent l'objet d'un commentaire sur son bulletin. C'était le début de la semaine de Pâques, et le début des vacances qui coïncidaient avec *Pessah*. Un temps chaud et ensoleillé s'était installé en ces jours joyeux du printemps 1918, deux mois après son douzième anniversaire. Ma nettoya l'appartement de fond en comble en vue de *Pessah*, mit la literie à s'aérer au soleil, saupoudra les coins sous l'évier de produit contre les cafards, aspergea les ressorts des sommiers avec du pétrole qui empestait et je ne sais quoi encore. Elle n'allait pas tarder à sortir de l'étagère, en haut du placard, la vaisselle réservée pour la Pâque ;

Pa polirait les gobelets gravés en argent dans lesquels on servait le vin, ainsi que la salière en argent qui reposait sur trois petits pieds — de même que les couverts en argent, un cadeau de mariage, apportés d'Europe, dont on distinguait encore la date gravée sur le manche : 1898. Et bientôt apparaîtraient les *matses*, bien sûr, et puis les *kharoses*, bien sûr, et puis le raifort sur les morceaux de *matses* et le vin rouge maison, peut-être pas aussi aigre cette fois. Et puis les Quatre Questions, dont la première : *Ma nishtana HaLaïla hazeh ?*, pourquoi cette nuit est-elle différente des autres nuits ? Et puis les œufs durs dans l'eau salée, bien sûr ; et puis ce qu'Ira aimait particulièrement, les dessins dans la *Haggadah* : Moïse frappant l'Égyptien, vlan ! à grands coups de bâton. Et les flots de la mer Rouge qui s'ouvrent — et se referment pour engloutir les chevaux et les cavaliers égyptiens. C'était amusant. Le *gefilte fish* et le bouillon de poulet avec les boulettes de *matses* étaient un délice. Mais le poulet lui-même, tout bouilli, n'avait aucun goût. C'était le seul léger inconvénient ; ensuite Ma servait tout le temps de la compote préparée avec des fruits secs : des pêches, des prunes et des raisins.

— Oui ?

Deux grandes casseroles d'eau chauffaient sur la cuisinière à gaz, destinées à la baignoire. En effet, les deux robinets en cuivre de la baignoire, de même que ceux de l'évier, ne donnaient que de l'eau froide. Alors pourquoi deux robinets ? Ira ne le comprendrait jamais. En tout cas, c'était comme ça. Et pour tiédir l'eau glacée qu'on avait en hiver, on faisait chauffer de l'eau sur la cuisinière. Celle qui sortait des robinets de cuivre était fraîche et agréable à boire, mais pas pour prendre un bain. Brrr ! Et puis il fallait d'abord faire couler de l'eau froide au fond de la longue baignoire en fer-blanc encastrée dans des planches tachées de brun qui ressemblaient à un cercueil, sinon l'eau chaude décollait la peinture verte (le propriétaire irlandais, ce goy antisémite, avait enfin accepté, après des demandes répétées, de faire repeindre la salle de bains), laquelle venait se coller sur votre *tukhes*, eh oui, et vous colorait le cul en vert. Il devait être comme ça, ce propriétaire, disait Ma, avec une bile aussi verte que la peinture qu'il avait utilisée pour la cuisine et la baignoire : mais une baignoire aussi grande, on n'en avait jamais vu, et en plus assez profonde pour qu'on puisse, quand il y avait suffisamment d'eau, flotter dedans de tout son long — en été, bien entendu, quand on la remplissait avec l'eau tiède qui jaillissait des robinets.

Mais à cette époque de l'année, on ne verserait que la quantité d'eau nécessaire à se tremper, à être propre pour la Pâque, la Pâque de 1918 pendant la Grande Guerre.

Que puis-je te dire d'autre ?

— *Mucho más*. Tu es le peintre qui fait son autoportrait dans le recoin de l'enfance.

Il ne s'agit pas de ça, j'insiste de nouveau, quoique ça doive sans doute aider. Indiscutablement aider. D'accord ? Assez de concessions ? C'étaient ces terribles corrections qu'infligeait Pa qui faisaient toute la différence...

— Tu recevais des corrections tout aussi terribles dans l'East Side. Oh ! je sais ce que tu vas dire : Dieu fasse que tu aies entendu parler — ou qu'il ait existé — des institutions pour la protection des enfants battus. Si tu avais montré à n'importe quel flic effectuant sa ronde les marques bleues et noires qui ornaient ton dos, il est probable qu'on t'aurait protégé. Mais étant donné que tu ignorais tout de ces choses, et que tu les craignais peut-être même davantage que les raclées que ton père te flanquait, combien de fois, aussi cinglé qu'il fût, as-tu joué les sales petits vauriens sournois ?

Souvent, mais ça ne servait à rien.

— Je le sais déjà.

Alors pourquoi m'accuser ? Aussi longtemps que je bénéficiais d'un environnement extérieur favorable, en l'occurrence l'East Side orthodoxe, un père violent et instable restait supportable. Mais là, à Harlem, tant la vie de famille que la rue possédaient en eux un élément d'insécurité et semblaient dégradants sinon hostiles (sauf pour Ma, qui, à cause de son indulgence, a sans doute contribué le plus à la détérioration désastreuse de la psyché).

— J'en suis bien conscient. *Ferfalen is Yeroushalaïm.*

En effet. Quelle insolence ! Comme miss Ackley a crié après moi en cet après-midi indolent de septembre où, peu après la rentrée, j'ai construit une voile à l'aide d'un buvard percé par le porte-plume incliné et où le zéphir s'engouffrant par la fenêtre ouverte a emporté mon bateau le long du pupitre.

— Tu ne peux pas rester là.

Non.

Mr. O'Reilly arrêta Ira dans le couloir au milieu d'un groupe d'élèves, pendant l'interclasse. « Je veux te voir dans mon bureau », dit-il. Mr. O'Reilly était le directeur de l'école publique 24 — son bureau ! le bureau du directeur !

Ira entra en tremblant et s'assit pour attendre. Mr. O'Reilly arriva quelques instants plus tard. Les cheveux blancs, l'allure d'un homme d'Église, il portait un col cassé et l'une de ses joues émaciées tressaillait sous l'effet d'un tic nerveux.

« Ce sourire que tu affiches en permanence te vaudra des ennuis, jeune homme, dit-il.

— Je ne me rendais pas compte que je souriais, bégaya Ira.

— Je sais. Tu es juif, n'est-ce pas ?

— Oui, monsieur.

— Je n'ai pas besoin de t'apprendre que ton peuple a déjà la vie assez difficile sur cette terre sans que tu aies besoin d'aggraver les choses. »

Inquiet, Ira s'efforça de pincer les lèvres.

« Il se trouve que je comprends que tu ne manifestes ainsi

aucune intention particulière, reprit Mr. O'Reilly en détachant bien chaque syllabe. Ni mauvaise, ni méchante. Mais tout le monde ne le comprendra pas. Les gens s'imagineront que tu ricanes. Tu sais ce que c'est, ricaner ? C'est se moquer des gens. Et personne n'aime cela.

— Je m'excuse, Mr. O'Reilly.

— Essaye d'en tirer la leçon. » Le visage de Mr. O'Reilly se tordit. « Réfléchis bien et penses-y.

— J'essayerai, Mr. O'Reilly.

— Avant de t'attirer des ennuis.

— Oui, monsieur.

— Tu es excusé. Une seconde, je te fais un mot pour ton professeur. »

CHAPITRE XII

L'école, la maison, l'école, la maison, et le trajet entre les deux par tous les temps. Les livres de classe attachés ensemble, le pas plus ou moins vif selon les rencontres éventuelles avec des camarades de classe, il passait et repassait devant la colline rocheuse et le clocher de Mount Morris Park d'un côté, et de l'autre, les rails du tramway de Madison Avenue, les maisons de grès brun qui se délabraient, quelques-unes comme à demi éventrées par une boutique minable installée au rez-de-chaussée, en face de l'église de briques rouges abandonnée qui avait à plusieurs reprises changé de nom (à l'étonnement naïf d'Ira : comment une église consacrée à un culte pouvait-elle en quelque sorte être déconsacrée, désanctifiée, pour céder la place à une autre foi ?). Sur son chemin, le long de Madison Avenue, on construisait un nouvel hôpital ORL, un imposant édifice. Et puis il passait et repassait dans la 125e Rue, une artère commerçante pleine de boutiques situées dans de petits bâtiments d'un ou deux étages. Combien de fois ? Deux années durant, puis une troisième. Il effectua le trajet au moins cinq cents fois, souvent quatre fois par jour quand il se dépêchait pour rentrer déjeuner à la maison, à moins que Ma ne lui eût donné deux ou trois *bulkies* garnis de tomates et de harengs coupés en morceaux ou de munster, ainsi qu'un nickel pour s'acheter deux tranches de pain d'épice à la boulangerie au coin de l'école, qui lui calaient l'estomac mais qu'il n'aimait pas ; ou bien un mille-feuille, ce miracle de la pâtisserie.

Comme un paquet de cartes qu'on bat si vite qu'on ne distingue plus qu'un mouvement flou, les jours défilaient à toute allure ; mais de temps en temps intervenait une pause, quand une carte apparaissait : un jour, en rentrant déjeuner, il trouva un billet d'un dollar sur le trottoir, si voyant, si vert, qu'il ne parvint pas à croire que tout le monde sauf lui était passé à côté sans le remarquer... Il se précipita dessus, l'empocha, et, débordant d'allégresse, sauta à pieds joints par-dessus la borne d'incendie — et se fit si mal au tibia en heurtant le bord de l'anneau de fer qui l'entourait à mi-hauteur que depuis, par superstition, et comme son père, il se préparait à la catastrophe après chaque aubaine. Ensuite, pressé de rentrer, il s'accrocha à l'arrière du tramway de Madison Avenue ainsi qu'il avait vu tant de gamins le faire, et lorsqu'il arriva à la hauteur de la 119e Rue, craignant d'aller trop loin, il sauta en marche, perdit l'équilibre sur les pavés entre les rails, tomba et s'écorcha sérieusement le genou, au point qu'une large tache rouge brillait à l'endroit où sa longue chaussette noire rejoignait le bas de son pantalon de golf.

Quelle colère piqua Ma en constatant les dégâts :

« Que le diable t'emporte ! Vingt *cents* de jetés par la fenêtre ! Des chaussettes neuves ! Que le choléra t'emporte !

— Il m'en reste encore une, pleurnicha-t-il.

— En effet. *Vaï ! vaï ! vaï !* Un empoté, j'ai élevé ! Avec la misérable allocation qu'il me donne, acheter tes chaussures, tes vêtements, la nourriture sur la table ! » Le rouge de la fureur lui monta au front. « Que la terre te recouvre ! Mange, mange, tu vas être en retard à l'école. *Oï ! gevald !* » Elle lui baissa sa chaussette. « Défais ta chaussure. De quoi un maladroit il est capable ! Regarde-moi ça ! » Elle mouilla un linge sous le robinet, l'essora. « Tu aurais pu te tuer.

— Je l'ai pas fait exprès, dit-il en pleurant. Je voulais rentrer vite à la maison.

— Vite, répéta-t-elle tandis qu'il tressaillait au contact du linge humide. *Zollstu mir* vite *gaïn in d'rerd!*»

Le concierge de l'école le gifla parce qu'il se tenait mal sur un banc de la salle de récréation, qui servait aussi de réfectoire, ce que les autres faisaient des centaines de fois, mais Ira paraissait toujours plus voyant, plus provocant. Le professeur de travail manuel le frappa sur l'oreille, si fort qu'elle bourdonna tout l'après-midi et qu'elle bourdonnait encore quand son père rentra le soir à la maison. Ma le mit au courant et, à la surprise d'Ira, Pa envoya une carte postale indignée au directeur, Mr. O'Reilly. Ce qu'il écrivit dessus, Ira ne le sut jamais, mais cela eut de l'effet sur Mr. Ewin, le professeur de travail manuel, car il vint trouver Ira avec un petit sourire d'excuse et le plaisanta au sujet de l'incident. Cette fois-là, une seule de ses oreilles avait bourdonné — Ira ne put s'empêcher de se moquer de son éternelle imprévoyance —, une seule oreille, et il l'avait dit à ses parents.

La fois suivante, ce furent les deux qui bourdonnèrent, et il ne dit rien : il avait dépensé dix *cents* pour acheter un gros pétard violet (les garçons de l'école avaient découvert l'adresse d'une boutique qui en vendait malgré l'interdiction). Quel pétard ! Ma était sortie quand il rentra. Qui aurait pu résister au plaisir d'approcher la flamme d'une allumette de la mèche ? Puis de jeter le pétard dans le puits d'aération devant la chambre, un conduit crasseux où le soleil ne pénétrait qu'une fois par an comme par magie, et où, en bas, les rats couraient en toute liberté parmi les ordures, les journaux moisis, les meubles cassés, les tessons de bouteilles et même un pot de chambre cabossé. Quelle frousse il allait flanquer à tout le monde, et surtout aux rats, quand le cylindre rouge dont la mèche fusait, menaçante, exploserait ! Il se précipita vers la petite fenêtre pour lancer le pétard, mais... elle était fermée ! On ne la fermait jamais en été, et juste aujourd'hui voilà qu'elle était fermée ! Une seconde d'indécision, et le pétard lui explosa presque dans les doigts. Sa main l'élança, ses deux oreilles bourdonnèrent. Il ne le dit à personne.

— Il reste si peu de la densité d'une vie jadis si foisonnante.

C'est à cause de la fuite, Ecclesias.

— Oui. Mais pas uniquement.

Les hublots sont fermés, fermés au texte et au jour desséché qui règne au dehors. Oh ! de temps en temps, par une fissure ou une brèche apparaissait bien Louie, le *loksh*, comme l'appelait Leo Dugonitz (Leo Dugonitz le Hongrois), *loksh* qui signifiait nouille, parce que Louie était si longiligne... cependant qu'on longeait Mount Morris Park après l'école, Louie qui nous apprit la nouvelle chanson à la mode : djada, djada, djada, djada, djing, djing, djing. Bizarre mais drôle, un instant sauvé de l'oubli, trois garçons de cinquième qui s'en revenaient de l'école. Eh bien, je vais te raconter, malgré tout ce qui jouait contre moi, dirais-je, ou comme cela se révélerait sans doute être plus tard le cas, une personnalité médiocre, ordinaire, subissait à présent la lente mue enlaidissante qui marquait une certaine différence, une déformation, et impliquait un isolement peuplé de sombres pensées, une unicité complexe. N'est-ce pas étrange ?

— Si.

En tout cas, je le pense... Je n'ai aucune preuve en vérité, et, hélas, on ne peut pas refaire deux fois la même chose, ni choisir l'alternative pour comparer.

— Sauf mentalement, par l'imagination, mais pas matériellement.

Il est toutefois curieux que, l'espace d'un moment, on semble l'oublier, au cours de la jeunesse et de l'âge adulte ; la plupart du temps, on a l'impression de l'accepter.

— Mais pas réellement, pas dans la psyché.

Non, tu as raison, Ecclesias.

— Alors pourquoi exhumes-tu cela si souvent ?

Je n'avais pas eu l'intention de t'en parler jusqu'à présent, Ecclesias ; afin de rendre la mort plus facile, de lui faire meilleur accueil, pour moi et mon prochain, peut-être.

Djada, djada, djada, djada, djing, djing, djing. Il lui arrivait parfois, quand on formait au hasard deux équipes sur le terrain de jeu de Mount Morris Park, de jouer au softball, une version édulcorée du football américain. On l'accueillait en général plutôt bien pour ce genre de parties. Non qu'il fût spécialement rapide et agile, mais taper dans le ballon lui venait de manière naturelle — en revanche, il était mauvais passeur, toujours en raison de ses mains maladroites. Il avait pris le coup pour expédier le ballon avec l'effet désiré de l'intérieur du pied, afin de lui faire parcourir jusqu'à quarante à cinquante mètres. Ce qui lui valait des acclamations. Bien que portant désormais des lunettes, il avait acquis une certaine confiance en lui et se saisissait du ballon ovale avec une dextérité relative, ce qui n'était le cas ni au base-ball, ni au hand-ball : la balle était plus grosse et plus molle que celle de base-ball. En général, on ne l'attrapait pas à la main, mais on la bloquait dans le creux formé par la poitrine et les deux bras pliés. Le seul problème, c'est que taper ainsi du pied abîmait la chaussure droite à l'emplacement du gros orteil, ce qui déchaînait les imprécations coutumières de sa mère, car le cordonnier demandait dix *cents* pour effectuer la réparation. Ira rêvait du jour où il gagnerait assez d'argent, et pourrait en économiser, pour s'acheter des chaussures de football — munies de crampons en cuir — de même qu'un ballon, afin de ne pas être obligé d'attendre qu'on le choisisse, ce qui était d'ordinaire le cas, mais seulement après les copains du garçon à qui appartenait le ballon. Et s'il restait sur la touche ?

Pareils aux feuilles d'un condensateur où l'on accumule le temps : géographie, histoire, anglais, arithmétique, éducation physique, travail manuel, rassemblements hebdomadaires des élèves, serments de fidélité au drapeau, lectures des Écritures par Mr. O'Reilly. Un jour, comme il avait récité un poème avec beaucoup d'éloquence, son professeur d'anglais, miss Delany, qui se teignait les cheveux au henné, lui demanda de le redire devant les élèves réunis. De Walter Scott « Existe-t-il un homme dont l'âme soit assez morte pour ne s'être jamais dit : voici mon pays, ma terre natale... » Mais les mots qu'il avait déclamés avec tant de sentiment en classe devinrent raides et mécaniques. Ira savait que son professeur était déçu de sa prestation. Pourquoi, à l'inverse de certains, se montrait-il incapable de refaire quelque chose correctement une deuxième fois, ou même de temps en temps, ou encore régulièrement ? Comme un acteur, ou le soldat qu'il avait vu et qui passait dans toutes les écoles pour se livrer à de passionnantes imitations des bruits produits par les différentes pièces d'artillerie, les obus et les mitrailleuses : whiz-bang ! whoosh ! whiii pam-pam ! tatatata... et puis qui chantait :

Chef Bugaboo était un Peau-Rouge qui
Entendit le cri de guerre.
Vite à la tente de sa fiancée il alla,
La belle Indianola :
« Oh, moi aller où le canon tonne.
Oh, moi aider le Yankee à gagner la guerre.
Oh, moi faire couler le sang »,
Sacré bon sang de bonsoir.

« *Johnny Get Your Gun* » avait supplanté « *Je n'ai pas élevé mon fils pour en faire un soldat* ». À la maison, Ma était toujours contre la guerre, ce qui déclenchait la colère et les protestations patriotiques d'Ira. Les noms de Lénine et de Trotski étaient dans l'air, dépeints comme de grotesques démons par la presse Hearst, démons aux yeux de tout le monde, lui semblait-il, sauf aux yeux des Juifs. Les bolcheviks étaient des rouges. Et tous les rouges étaient des extrémistes ; tous les rouges avaient d'épais favoris ébouriffés sur les caricatures et portaient des bombes sphériques à la mèche allumée. Comme les anarchistes. Quel mot horrible, anarchiste ! Mais ni Pa ni Ma ne prêtaient attention à ce que racontaient les journaux américains ; pas plus du reste que Bobe et Zaïde : tout ce qu'ils demandaient, c'est que Moïshe soit en sécurité, qu'il revienne sain et sauf. Ils n'étaient animés d'aucun sentiment patriotique, se montraient insensibles à « Existe-t-il un homme dont l'âme soit assez morte pour ne s'être jamais dit... ». Des âmes de serpents à sonnettes et de moustiques figuraient sur les dessins humoristiques des journaux que Pa rapportait du restaurant de la Bourse. On représentait les âmes, grossies plusieurs fois, de poux, de tiques et autres insectes répugnants, à côté de celles des Planqués et des Profiteurs : même agrandies mille fois, ces dernières demeuraient invisibles. Le Kaiser Bill — tout le monde connaissait le Kaiser Bill — avec sa moustache à pointes et son casque à pointe. Et Charlie Chaplin qui capturait le Kaiser. Oh ! comme c'était drôle ! Quels étaient les autres héros ? Les as ayant abattu cinq avions ennemis. Et partout, l'oncle Sam rouge, blanc et bleu en chapeau haut de forme dessiné par Montgomery Flagg, posait sur les passants son regard sévère : *J'ai besoin de vous !* Les sous-marins larguaient des grenades sous-marines qu'on surnommait des « poubelles ». Le baron von Richthofen volait dans un Fokker rouge ; la « grosse Bertha » bombardait Paris. Et puis il y avait le maréchal Joffre, le maréchal Foch et le général Pershing ainsi que tous les membres du cabinet du président Wilson — l'un des camarades de classe d'Ira, il existait des garçons naturellement doués pour ce genre de choses, composa une phrase entière avec des calembours sur les noms de tous les membres du cabinet.

En 1918, tu lisais « la Dame du lac » au lycée, en 1918 tu lisais « le Lai du dernier ménestrel ». (Le laid ? hi ! hi ! hi !, ou la laie ? La cochonne ! hi ! hi ! hi !) Mais comme certains mots étaient beaux ! « Gai, gai dans le joli bois vert où chantent la grive et le merle. » Et tu avais dû faire venir Ma à l'école à cause de ce sourire — dont le professeur de musique s'était offusqué — sans raison, Mr. O'Reilly t'avait bien averti, et tu as été humilié, debout devant toute la classe, contraint de dire en pleurant que tu regrettais. Miss Bergman au visage en lame de couteau, chaussée de lunettes. Ira la détesta pour toujours à dater de ce jour-là.

Combien il haïssait miss Bergman ! Il la haïrait toute sa vie, visage en lame de couteau, chaussée de lunettes, la haïrait pour l'humiliation gratuite qu'elle lui avait infligée, pour cette punition démesurée à cause d'un sourire qui tordait son visage et en faisait un masque que les gens n'aimaient pas. Et maintenant encore, cependant qu'il tapait, tout vieux qu'il était, son ressentiment devant l'injustice dont il avait été victime lui revint en force. Soixante-cinq ans après ! Qui d'autre dans sa classe de musique se rappellerait aujourd'hui — comme lui — apprécierait — et serait encore capable de chanter — la chanson qu'elle leur avait apprise :

Je suis rétameur. On m'appelle Dan le coquet.
Du matin au soir je rétame...

Bien entendu, tout le monde murmurait « je me rétame » (et peut-être était-ce son sourire à ce moment-là qui lui avait valu ses ennuis). Toujours est-il qu'il aimait encore cette chanson et s'amusait encore du jeu de mots.

Il s'était éloigné de son texte, la pelure jaune posée à côté de lui, s'était transporté loin de lui-même, comme disait Tom O'Bedlam, y compris dans toutes sortes de régions imprévues et étrangères. C'était sans nul doute la prédominance de la guerre, son omniprésence dans l'existence de chacun qui le détournait de son cap. Piètre excuse, mais (il s'entendit soupirer) : quelle amertume il éprouvait si souvent à propos de l'accident, de la terrible déformation qu'il entraîna. Vaine était sa rancune contre le destin, mais il ne pouvait pas s'en empêcher : preuve de la profondeur de la blessure infligée à la vie intérieure, une vie entière, mutilée, à jamais. Heureusement, heureusement, et plus qu'heureusement, il y avait M.

Enfin...

L'image qui lui venait systématiquement à l'esprit, le visage qu'il revoyait toujours lorsqu'il pensait à l'école n° 24 (après celui de Mr. O'Reilly, peut-être) était celui de son professeur de sciences, juif, les traits creusés de fatigue — de même que Mr. Sullivan et quelques autres, il avait peut-être un deuxième travail en dehors de l'école —, Mr. Steifen, qui regardait par-dessus son épaule avec des yeux las tandis qu'il expliquait comment trouver le centre de gravité du triangle en carton qui pendait devant le tableau. Ou que, parlant avec une patience et une tristesse infinies, il prouvait le poids terrifiant de l'atmosphère terrestre en montrant comment, après avoir éteint le bec Bunsen sous le bidon en tôle de quatre litres et vissé hermétiquement le couvercle, une force mystérieuse l'écrasait : le bidon, comme par magie, s'effondrait sur lui-même sous le regard effrayé et incrédule des élèves.

Ensuite, mais sans ordre véritablement défini, venait Mr. Kilcoyne. Il enseignait l'instruction civique, quelque chose de ce genre. Un homme grand et fort, la quarantaine, pas très soigné, avec un peu de morve qui se mêlait parfois aux poils rêches de sa moustache — certains garçons prétendaient qu'il s'agissait plutôt de mousse, traces de la bière qu'il buvait au café de la 125e Rue où il déjeunait. Il effectuait chaque jour le trajet entre l'école et la petite ferme qu'il possédait à Yonkers. Ses connaissances dans le domaine agricole, et son désir de les transmettre, en faisaient une proie facile pour les petits durs de sa classe qui, le moment voulu, peut-être après un exposé sur l'ordre de succession à la présidence, lançaient par exemple : « Comment on trait une vache, Mr. Kilcoyne ? » (sans doute pas de façon si incongrue, mais presque).

Mr. Kilcoyne hésita.

« On n'a jamais vu une ferme, plaida Victor Pellini.

— Non ? Eh bien, la première chose à faire, c'est de nettoyer soigneusement la mamelle avec un chiffon et de l'eau tiède savonneuse...

— La gamelle ? » Des mains se levaient, celles des chahuteurs à l'affût, les complices accomplis — comme Vito ou Guido Spompali. « Une gamelle ?

— Mais non, je n'ai pas dit gamelle. Mamelle. C'est l'espèce de sac sous la vache. Où pendent les tétines.

— C'est ça qu'on attrape ?

— Une dans chaque main, oui. » Mr. Kilcoyne fit le geste de traire. « Et après, on les... »

Mais les gosses en avaient assez entendu. Les têtes plongeaient sous les pupitres tandis qu'on faisait semblant de ramasser quelque chose par terre et que les visages exprimaient la jubilation. Des tétines ! Un professeur qui parlait de tétines ! Qu'est-ce qu'il pouvait y avoir de plus drôle ? En tout cas, fini pour aujourd'hui, l'ordre de succession à la présidence des États-Unis !

Du Dickens, se dit Ira. Pas tout à fait : cela se répétait suffisamment souvent pour survivre un demi-siècle dans la mémoire ; et encore plus fort, comme aurait pu dire Lincoln, soixante-dix ans. Le fermier type avec son diplôme d'enseignement secondaire, l'Américain moyen de naguère confronté à la première génération de sales garnements des villes : « Alors vous les attrapez par les tétons, Mr. Kilcoyne ?

« Les tétines. Les mamelles ont des tétines. »

Mr. Kilcoyne se laissait peut-être abuser, mais Mr. Sullivan, lui, n'était pas de ceux dont on se moquait. Le premier jour de classe, il sortit son gros gourdin d'Irlandais et l'abattit à deux ou trois reprises sur le bureau, mettant au défi quiconque de faire le malin. Personne ne broncha. C'était un infirme, un nabot grotesquement voûté et obligé de se déplacer à l'aide de deux cannes. Homme doux qui sous ses dehors revêches subissait son épreuve avec une immense patience, doté d'une tête d'une grosseur disproportionnée tandis que sur ses tempes courait un réseau de fines veines bleues pareilles à des éclairs miniatures, Mr. Sullivan n'avait jamais touché un élève, préférant utiliser l'arme du sarcasme, qui coupait court à toute velléité de chahut, de sorte que bien peu se risquaient à perturber son cours. Il avait un reste d'accent irlandais et, pire encore, un défaut de prononciation qui, avec tout autre professeur, matraque ou pas, aurait rendu impossible le maintien de la discipline au sein d'une classe de petits durs issus des taudis de Harlem. Il chuintait tous les « s ». « Achiez-vous », disait-il.

Derrière son dos, on l'appelait « À chier Chullivan », mais personne n'osait seulement esquisser un sourire quand il leur ordonnait : « Achiez-vous. » Il enseignait l'anglais — il possédait aussi un diplôme de comptabilité et travaillait au noir après l'école en tant que comptable pour diverses petites entreprises.

« Chinchèrement vôtre », apprenait-il à ses élèves à conclure une lettre commerciale. Il leur apprenait en outre le comparatif et le « chuperlatif », « l'uchage du chubjonctif », et à ceux qui bégayaient en lisant un texte à haute voix, il faisait répéter : « Les chauchettes de l'archiduchèche... » Un jour, il demanda à Ira de lire et d'expliquer un passage extrait de « La vision de sir Launfal », de James Russell Lowell : « Chaque jour, l'âme qui tressaille et complote, nous gravissons des Sinaï et ne le savons point. » Et Ira, l'air penaud tout en s'efforçant de faire le clown, expliqua en effet, mais avec un côté si méprisant et condescendant que Mr. Sullivan lui lança d'un ton sec : « Ch'est cha. Fais-les rire. Tu en chais pluch qu'eux. Et rends-toi ridicule. Achié-toi ! »

Désemparé, les oreilles écarlates, Ira se rassit. Mr. Sullivan l'avait démasqué, percé à jour. Mr. Sullivan savait qui il était.

Mr. O'Reilly, le directeur, était un homme maigre et grisonnant au visage sévère. Avec ses vêtements sobres, toujours de couleur sombre, il ressemblait davantage à un prêtre qu'à un directeur d'école. D'ailleurs, peut-être avait-il autrefois voulu devenir prêtre. Il portait sans doute le col cassé et la cravate classiques de l'époque, ou peut-être même un haut col empesé et une lavallière, comme Pa sur sa photographie de mariage en 1905. Chaque fois qu'Ira se le représentait, c'était avec un haut col — mais tourné à l'envers, comme celui d'un prêtre. Énergique en dépit des soixante-dix ans qu'il devait avoir, il avait coutume d'entrer brusquement en classe d'anglais, de refermer la porte derrière lui et de rester debout quelques instants à écouter et à promener ses yeux bleus sur les visages devant lui. Puis, avec un hochement de tête bref et décidé accompagné d'un geste de la main, il s'installait au bureau. Il commençait par défaire ses manchettes amidonnées et les poser devant lui, tels deux cylindres dressés, puis il prenait un morceau de craie et, le visage tordu par son tic, écrivait au tableau : « Le temps est de beaucoup trop rapide qui de tout temps s'envole. » Ensuite il demandait un volontaire pour ponctuer correctement la phrase. Personne n'y arrivait. Il avait en réserve un nombre infini de formules de ce genre, et semblait en employer une nouvelle à chaque cours. « On rase gratis et on vous offre un verre incroyable non. » Comment le barbier devait-il ponctuer sa pancarte pour éviter toute ambiguïté ? Et tant d'autres.

Tout cela donnait à Ira un aperçu — vague — d'un univers qu'il ne connaissait pas et ne connaîtrait jamais : un aperçu du monde de l'école paroissiale catholique traditionnelle, avec sa concrétion séculaire et rigide de règles, parfois ingénieuses, mais toujours invariables, et de ce fait rassurantes — comme toute la gamme du bon usage, celui du futur et du conditionnel : ils ne passeront pas ! Il leur fit étudier le télégramme du maréchal Foch à Clemenceau : « Ma droite est enfoncée. Mon centre cède. J'attaque. » Et puis tout le reste, la différence entre jadis et naguère, l'utilisation de que et de dont, la cohorte des règles de grammaire, objet d'innombrables exercices, comme si, devait se dire plus tard Ira, la vie dépendait du bon usage, la vie de gamins des rues, d'adolescents des taudis comme lui. À l'évidence, les graines tombaient parfois sur un sol fertile, mais on ne pouvait s'empêcher de réfléchir au fossé qui séparait le septuagénaire et les jeunes dont il avait la charge. Inutile de le dire, c'était plus que l'âge, le simple écart des années. C'était un âge qualitativement différent, différent par les traditions — différent par les perspectives au cœur d'une guerre qui marquerait le déchirement des valeurs occidentales, le rejet des préceptes que Mr. O'Reilly s'efforçait avec tant de persévérance, et sans grand résultat, d'inculquer.

Ira aurait voulu se rappeler avec précision le moment insolite où Mr. O'Reilly parut soudain sortir de lui-même, et se mit à exposer aux élèves quelques-unes des idées élémentaires — telles qu'il les interprétait — de Nietzsche. Nietzsche entre tous ! Le principal, c'est la force, dit-il. Vous pouvez faire tout ce que vous voulez, bien ou mal, commettre n'importe quel péché (et baissant la voix comme s'il savait à quel point il violait les règles de la bienséance), vous conduire mal avec les femmes. La force, c'est ce que les gens admirent et respectent : la puissance. Quelle étrange attitude de la part d'un homme âgé, à l'éducation victorienne, de confesser devant une classe d'adolescents comprenant à peine — ce dont il se doutait par avance — son rejet presque furtif de la respectabilité collet monté héritée du XIXe siècle. « Je suis devenu maître d'école et non businessman, expliqua-t-il, en raison des billes ou des toupies que je n'ai pas perdues, que les autres garçons m'ont volées. » Et des années plus tard — combien ? tout juste quinze —, quand Ira rendit visite à Mr. O'Reilly pour lui offrir un exemplaire du roman que son ancien élève de l'école publique n° 24 avait écrit, l'homme énergique, mince et nerveux, à la présence autrefois imposante, n'était plus qu'un fragile vieillard solitaire en robe de chambre qui ne se souvenait pas du tout du garçon à qui il avait sagement conseillé de maîtriser son sourire provocant, sans plus de réussite que lui-même avec son tic.

Il y avait également une vieille femme qui enseignait l'anglais, miss Delany, plus vieille même que Mr. O'Reilly — frêle, décrépite, les gestes lents, les cheveux blancs jaunis par l'âge, qu'elle se teignait parfois au henné. On racontait qu'elle gardait un pot de chambre dans son placard. C'est elle qui fit apprendre par cœur à toute la classe la tirade d'adieu du cardinal Wolsey dans *Henry VIII* de Shakespeare : « Adieu ! un long adieu à toute ma grandeur ! » Pourquoi ? Oui, pourquoi ? Quelle pertinence, quelle utilité pouvait-il y avoir à essayer d'imprimer des phrases aussi nobles dans l'esprit d'adolescents des taudis comme lui, gosses d'immigrants ou enfants turbulents d'Irlandais mal dégrossis ?

Quant à lui, il garderait ces mots en mémoire toute sa vie, comme une espèce de monument de l'esprit. Mais qui d'autre ? Sans se flatter, qui d'autre ? Et pourquoi l'auraient-ils fait ? La pertinence était importante ; l'utilité jouait un rôle important dans le fait de retenir ainsi quelque chose. Pourquoi était-il si sûr que lui seul se rappelait cette belle envolée après tant d'années ? Et pourquoi en serait-il si sûr ? Et puis, si c'était vrai, pourquoi ? Était-ce là le signe qu'il manifestait déjà un penchant pour la littérature, une prédisposition que Mr. Sullivan avait détectée, et lui seul ? Ira l'ignorait. Il avait vécu si longtemps avec cette citation qu'il croyait même y déceler une certaine ambiguïté, comme si le chantre d'Avon avait oublié la figure de style initiale ou la force première de la métaphore. Les gamins qui nagent avec des vessies sur un océan de gloire ont été finalement emportés par un courant violent qui les a engloutis à jamais. Mais il divaguait.

Mr. Lennard était un homosexuel, une tante patente. Comment les appelait-on aujourd'hui ? Déviants, pédés, gays ? (Maudits soient-ils pour avoir entaché un aussi joli mot que « gay »). En tout cas, déviants, tantes ou pédés, ils devront attendre...

Écoute. Ira était certain d'avoir entendu le cri des grues ou des oies. Comme elles revenaient de bonne heure : le 17 février. Cela annonçait un printemps précoce, ou bien était-ce un conte de bonnes femmes, un signe indien ? *E come i gru van cantando lor lai, faccendo in aere di sé lunga riga*, écrivait Dante, s'il se rappelait bien... Arrête de travailler et sors voir si tu parviens à repérer leur formation en tête de lance, ce qui n'est pas toujours facile tant elles sont diaphanes quand elles volent très haut et se fondent dans l'azur du ciel.

— Appuie sur la touche « Escape » et sauvegarde.

Merci, Ecclesias.

CHAPITRE XIII

Et puis en 1918, lui sembla-t-il rétrospectivement, ses goûts de lecture se modifièrent. Le changement s'était-il produit parce que, élève de lycée, il avait maintenant droit à une carte de bibliothèque lui conférant le privilège d'emprunter des livres dans la salle du rez-de-chaussée, celle des adultes ? Ou bien, telle une apparition indissociable de ses souvenirs liés à cette lointaine époque, le passage du mythe à la réalité avait-il eu lieu par accident — et de manière radicale ? Il ne le savait plus. En tout cas, cela faisait une belle histoire. Voici : c'était le soir de printemps où il crut avoir enfin découvert le trésor qu'il cherchait depuis si longtemps : *Le Conte de fées violet* — et où, après l'avoir ajouté aux autres livres qu'il désirait emporter, il fit glisser la pile de trois ou quatre volumes sur le comptoir en chêne derrière lequel la frêle bibliothécaire aux allures de vieille fille, chaussée de son pince-nez, tamponnait les cartes. Jusque-là, pas de problème, sauf que quelque chose ne cadrait pas avec cette période, avec l'atmosphère de l'instant où il avait pris les livres. Il se trouvait en bas, à l'étage réservé aux adultes — il en avait la nette impression —, et la dame au pince-nez était la bibliothécaire en chef. Donc, ainsi qu'il convenait à son rang, c'était elle qui se chargeait presque toujours des cartes au rez-de-chaussée. Il y avait très peu de chances pour que *Le Conte de fées violet*, ou tout autre conte, fût classé là. Il devait par conséquent s'agir d'une simple création de son imagination, et en rentrant chez lui, lorsqu'il ouvrit son trésor pour se délecter de nouvelles variantes d'histoires de chevalerie, de princes et de princesses, le livre se révéla être *Huckleberry Finn* de Mark Twain. Sa rage devant la malchance qui le poursuivait se mua bientôt en fascination ; il se plongea dans la lecture ; sa bruyante déception se mua en joie, en allégresse, en ravissement absolu. Oh ! que c'était merveilleux, merveilleux, le monde réel, accueillant bien que réel, et quoique ce ne fût pas le sien, délimité par les grilles d'asphalte de Harlem, mais celui des berges du lointain Mississippi, on y parlait du quotidien et du banal, un univers drôle, réel et fabuleux. En existait-il d'autres pareils ? Oui, certainement.

Ainsi résolut-il de s'initier au roman réaliste, et ainsi expliqua-t-il la transition. À dater de ce jour, tout ce qui lui plaisait après quelques pages feuilletées à la bibliothèque, il le rapportait à la maison pour le lire à loisir, installé à la table de la cuisine sous la lumière bleuâtre de l'éclairage au gaz. Le titre suffisait parfois pour le décider, ou alors il avait entendu dire qu'il s'agissait d'un classique, d'un élément indispensable à la culture.

Un jour, il prit *Le Capital* de Marx, ce qui amena un petit sourire d'amusement poli aux lèvres de la bibliothécaire... Et c'est ainsi qu'il en vint à lire *Les Misérables* — plus misérables que lui ? — de Victor Hugo, parce qu'il avait vu quelque part que l'on considérait ce livre comme un grand roman, une grande œuvre de fiction, un classique de la littérature ; c'était son devoir de le lire. Il fallait qu'il aime les classiques ; il fallait qu'il découvre pourquoi c'étaient des classiques, pourquoi les érudits, les gens qui faisaient autorité en la matière affirmaient de tel ou tel ouvrage qu'il s'agissait d'un classique, de sorte que, même s'il ne comprenait pas tout à fait, il serait imprégné de leur aura, humblement exposé au sublime. Les autres garçons pouvaient décréter que, non, ce livre-là n'était pas bon. Ils jouissaient d'une indépendance d'esprit — et d'une intelligence — qu'il n'avait pas. Il était soumis, il le savait, hésitant, à la recherche de la certitude et du chemin qui menait à elle, et il manquait de l'agressivité de ses camarades, si sûrs de leurs préférences. Il était stupide, et il devait le cacher. C'est dans cet état de confusion, poussé par des motifs confus, qu'il rapporta *Les Misérables* à la maison. Et pendant des jours et des jours, il vécut en compagnie de Jean Valjean, le bagnard qui déroba l'argenterie de l'évêque, et des ouvriers maculés de chaux qui arpentaient les rues de Paris dans leurs vêtements élimés — jusqu'à ce geste héroïque qui sauva la vie du charretier et trahit l'ancien bagnard aux yeux de l'implacable inspecteur de police, lequel, pris entre son devoir et son sentiment d'humanité, finit par se jeter à l'eau.

Ira pleura un nombre incalculable de fois. Et il se désola en voyant approcher le moment où il lui faudrait se séparer de Jean Valjean — à la fin du livre qu'il gardait sous son lit, dans sa petite chambre sombre, et avec lequel il se réveillait le samedi et le dimanche, tel un précieux cadeau qui l'attendait. Il fit durer le plaisir, relut, rêva. Des centaines de mots nouveaux se dissimulaient au détour des phrases, des mots inconnus parmi les centaines de pages du récit, et qui ne présentaient pourtant aucun obstacle à la compréhension. Il ne possédait pas de dictionnaire — l'idée d'en avoir un ne lui était même jamais venue à l'esprit. Il n'en avait pratiquement pas besoin. Il lui semblait que ses sentiments seuls le guidaient à travers le contexte, et, une fois deviné le sens des mots, ceux-ci paraissaient ensuite se loger dans son esprit et y demeurer pour qu'il puisse en admirer à satiété le lustre et la résonance.

Au petit bonheur, après *Huckleberry Finn* et *L'Appel de la forêt*, il goûta avec voracité, et au hasard de ses fantaisies, des livres qui allaient du *Loup des Mers* à *Lorna Doone* en passant par *Les Cavaliers de la sauge pourpre*, *Les Trois Mousquetaires*, *Le Prisonnier de Zenda*, *Notre-Dame de Paris*, *Le Comte de Monte-Cristo*, les contes fantastiques de Poe, et puis *She* de H. Rider Haggard,

Ben Hur de Lew Wallace, et... chose étrange : dans le monde des textes imprimés, le monde qui se situait entre les pages de couverture d'un livre, le monde des histoires « vraies », comme auparavant dans celui des mythes, il s'imaginait être chrétien, ainsi que l'étaient les héros des livres — sauf Ben Hur, un Juif romain, ou un Romain juif, peu importe. Ira s'imaginait donc être chrétien. Que pouvait-il faire d'autre alors qu'il aimait et estimait le héros ? Tout ce qu'il demandait à un livre, c'est de ne pas trop lui rappeler qu'il était juif ; plus un livre l'impressionnait, plus il priait pour qu'on oublie les Juifs.

Il y avait quelque chose d'autre qu'il sentait mais qu'il ne pouvait pas définir — et qu'il ne lui vint jamais à l'esprit de tenter de définir : de même que le mythique l'avait impressionné, le « vrai » l'impressionnait, davantage même. Mais l'impressionnait comment ? Ou pourquoi ? Il était incapable de le dire. L'histoire devait se dérouler d'une certaine façon, pas comme dans un livre d'histoire, ni — oh ! non ! — comme dans un ouvrage de géographie ou d'actualité, surtout pas, mais d'une manière qui vous donnait envie de suivre, parce qu'on s'intéressait, parce qu'on désirait, ou qu'on se devait de partager les épreuves et les tribulations du personnage central. Ira ne savait pas. Il devinait bien comment l'histoire devait se dérouler, mais sans savoir précisément pourquoi, tout comme on apprenait jour après jour à lire l'hébreu au *heder* de l'East Side sans savoir réellement ce qu'on lisait...

La terrible guerre mondiale qui ravageait l'Europe semblait ne devoir jamais prendre fin. En apparence (une apparence à laquelle Ira avait jusqu'à présent voué son personnage de douze ans, une apparence que, il le savait, il ne pourrait plus longtemps maintenir de manière plausible), la guerre était un composé des imprécations fantastiques de Zaïde en yiddish (fantastiques, lui apparaissait-il, parce que forcées, vaines, forcées et hypertrophiées, comme on nourrissait de force les oies enchaînées pendant des années de captivité) : puissent les fauteurs de guerre être fouettés, brûlés, étranglés, décapités, écrasés, mutilés — sa réserve d'imprécations futiles semblait inépuisable.

Et puis les plaintes de Bobe. Elle ne recouvrait sporadiquement sa vigueur, comme par sursaut, que pour accuser sa famille de lui dissimuler la vérité, pour soutenir que son mari de même que ses enfants lui mentaient : Moe était mort. « Dieu vous punira pour ça — m'avoir encore trompée comme vous m'avez trompée quand on l'a envoyé au massacre. » Et de se balancer d'avant en arrière dans son affliction : « Vous moquer de moi alors qu'on m'arrache le cœur ! Vous verrez. » Elle pleurait, spectacle atroce aux yeux d'Ira, et ses larmes transparentes gonflaient ses paupières closes. Tous s'efforçaient en vain de restaurer sa foi en ce que Dieu et les chevrons avec la demi-lune protégeraient Moe du danger. Elle doutait de l'authenticité des lettres qu'il envoyait, se refusait à croire que les douilles d'obus et les croix de fer qu'Ira lui apporta comme preuve que Moe était vivant provenaient bien de lui.

La guerre mondiale continuait à faire rage. Les Boches, les Teutons dans leurs casques à pointe détestés se tenaient au bord des tranchées, les bras levés en signe de reddition. *Kamerad!* criaient-ils. Mais par terre, entre leurs jambes écartées, d'autres braquaient traîtreusement leurs mitrailleuses sur les soldats alliés. Les bons d'emprunt. Les rallyes patriotiques. Ira était toujours scout, avait juré d'observer les règles des scouts dans le sous-sol de sa bibliothèque bien-aimée de la 124e Rue. Et là, ou parfois chez le chef scout, il apprit à faire des nœuds, nœuds de bois, nœuds de chaise, nœuds en jambe de chien, à les employer en fonction des circonstances, et surtout à fuir les nœuds de vache. Il étudia les ouvrages de Dan Beard sur la vie dans la nature, apprit à construire une cabane, à allumer un feu avec juste deux allumettes, à reconnaître les traces d'animaux dans la neige, à confectionner des garrots et à traiter les morsures de serpents venimeux, et enfin à sortir les occupants d'une maison en flammes puis à les réanimer.

Il était inapte à tout, même au simple rôle qu'on lui confiait lorsque les scouts faisaient la démonstration de leurs talents : le chef scout et son assistant étaient assis au bord de leur chaise, sur l'estrade, pendant qu'Ira montrait avec maladresse comment on nouait un foulard pour placer le bras en écharpe. Certes, il apprit que la sphaigne pouvait servir à filtrer l'eau boueuse pour la rendre claire et potable, que le sommet des pins indiquait le nord et permettait ainsi à ceux qui s'égaraient en forêt de s'orienter ; il apprit aussi à repérer l'étoile polaire dans le ciel nocturne, et pourquoi les soldats de la division du général O'Ryan portaient sur leurs pattes d'épaule une constellation en particulier, celle d'Orion.

Sur la berge caillouteuse de l'Hudson, dans le New Jersey, après avoir emprunté une piste qui descendait des collines des Palisades, la troupe se rassembla autour du feu que le sous-chef scout avait construit et au-dessus duquel chauffait, accrochée à un bâton encoché, selon la méthode scout éprouvée, une marmite pleine de légumes à laquelle chacun avait apporté sa contribution. Dans la fraîcheur revigorante de l'après-midi d'automne qui s'avançait, tandis que l'ombre des Palisades gagnait, l'affable sous-chef au visage grêlé versa une louche de la concoction dans son quart et y trempa les lèvres avec précaution — c'était brûlant ! Ensuite, afin de ne pas tacher son uniforme, il se pencha et en avala une grande gorgée. Il mangea toute la verdure, y compris le panais qu'Ira avait apporté. Qui avait jamais mangé ça ? Et puis un oignon bouilli ! Et une branche de céleri ! À la maison, Ma s'en servait pour donner du goût au bouillon de poulet. Personne ne mangeait ça. Ma les enlevait et les jetait à la poubelle. C'étaient des légumes pour faire cuire la soupe. Mais ici, quand on était scout, on les mangeait. Et tenez-vous bien, c'était bon !

— Il est évident que ce souvenir te plaît.

Oui. Sans nostalgie. Tous les souvenirs précieux sont maintenant ternis. Doux euphémisme, Ecclesias. Ternis, effilochés, rongés, gâchés. Hélas ! Non, non, sans nostalgie, probablement parce que usurpé, fruit d'une peur et d'une angoisse démesurées... Heureusement que tu es là, Ecclesias, sinon je ne pense pas que je serais capable de continuer, handicapé et accablé comme je le suis.

« Merci pour le thé », a-t-il dit à M en quittant la cuisine pour se rendre dans son bureau. Elle l'avait invité à prendre un déjeuner rapide de bonne heure, plus tôt qu'à l'accoutumée, parce que son violoncelliste allait arriver d'ici une demi-heure. M devait jouer avec lui ce dimanche au Keller Hall de l'université du Nouveau-Mexique, une pièce pour piano et violoncelle de sa propre composition. Sa femme bien-aimée, lui expliquant au petit déjeuner, pendant que la radio diffusait une mélodie hébraïque : « Il n'y a pas les secondes augmentées habituelles. C'est purement technique. Un jour je te la jouerai pour que tu te rendes compte de la différence. »

Ils étaient venus du bout du monde pour se rencontrer, se dit Ira (pour la millième fois) ; et elle, en dépit de son infirmité psychique à lui, produit du malheur et de la culpabilité, elle l'aimait assez pour lui demeurer fidèle et faire de leur vie de tous les jours, de leur quotidien, un instrument de son salut. On pouvait le prendre comme on voulait, le résultat était le même : si la vie, sa vie, valait la peine d'être vécue, c'était grâce à elle. Et quoiqu'elle fût tout à fait consciente (il en était sûr) des tourments et des épreuves qui étaient la rançon de son amour, eh bien... l'opiniâtreté était un trait de caractère dont il fallait parfois se montrer reconnaissant... non, pas l'opiniâtreté, plutôt la ténacité Nouvelle-Angleterre, la résolution des Pèlerins. L'héritage, la lignée, l'ascendance, cela offre des avantages, après tout.

CHAPITRE XIV

Enfin, enfin, le Kaiser Bill abdiqua. Enfin, ce fut l'armistice ! À la onzième heure du onzième jour du onzième mois. Les sirènes des pompiers devinrent folles, on entendit carillonner les cloches de toutes les églises, mugir les sirènes des usines et corner les klaxons des automobiles. Tout ce qui était susceptible d'ajouter au tintamarre entra en action, depuis les flûtiaux, les trompettes et les tambours d'enfants jusqu'aux gorges humaines. On sécha l'école. Des défilés improvisés s'engouffrèrent dans la 125e Rue. On couvrait les soldats de baisers ; les gens dansaient et gambadaient. Hourra ! hourra !

Moe avait survécu, survécu par miracle, indemne. « Tout va bien vous embrasse Moe », annonçait le câblogramme qu'on lut et relut. Zaïde ne cessait de *davenen*, de dire des prières de remerciements :

« *Barukh ha Shem, barukh ha Shem, Moïshe lebt !* répétait-il à l'intention de Bobe incrédule. *Er lebt !* Est-ce que je te dirais qu'il vit si ce n'était pas vrai ? Il rentre à la maison, non ? Tu le verras. Ira, mon enfant, lit le papier, le télégramme. Lis-le en yiddish.

— Cent vingt fois, dit Bobe. Jusqu'à cent vingt fois pour que j'y croie.

— Cent vingt fois ! protesta Ira. Il dit : tout va bien...

— Dis-le en yiddish. » Bobe resta assise à écouter, bien droite, semblant à peine respirer, comme si le bonheur suprême de sentir au-dedans d'elle-même la résurrection de son fils suffisait à la soutenir. Puis elle soupira, s'affaissa et reprit d'une voix à peine audible : « Malheur à moi qui me réjouis ! Pour un que la guerre a épargné, cent autres sont pleurés. Malheur à moi ! répéta-t-elle en se frappant les lèvres. Que Dieu me pardonne ma joie. »

Mais Moe ne devait pas revenir tout de suite. Il écrivit qu'il avait été affecté à l'armée d'occupation et ne savait pas quand il rentrerait en Amérique. Des semaines et des mois s'écoulèrent avant son retour. Entre-temps, pour empêcher Bobe de recommencer à dépérir, Ma et Mamie, mais surtout Ma, dans la mesure où Bobe lui parlait plus volontiers qu'à ses autres enfants, passèrent beaucoup de temps auprès d'elle — en général au début de l'après-midi, quand Ira était encore à l'école, quoiqu'il trouvât souvent l'appartement vide tandis que sa mère s'attardait chez Bobe... et ne rentrait pas avant quatre heures, ou parfois plus tard. Étrange, tout de même, comme il se rappelait avec netteté le verrou de la porte de la cuisine. Noir, muni d'un petit téton de cuivre qu'on abaissait pour libérer le pêne et qu'on levait pour le remettre en place. Oui, ce verrou ainsi qu'un tas d'autres choses à propos de leur domicile, dont certaines parce qu'il n'arrivait pas à se les sortir de l'esprit. Ni à l'époque, ni maintenant...

À quand remonte cette invention, Ecclesias, le point de suspension ?

— Sans doute à pas très longtemps. Il n'existait certainement pas avant l'imprimerie. Bonne question. J'ai d'abord cru que tu te trouverais en situation délicate pour avoir oublié ou écarté un témoin capital, et qui t'impose par conséquent de telles contraintes, mais à présent je pense plutôt que c'est...

Intelligent ?

— Non, pas précisément, puisque, pour commencer, tu ne l'avais pas prévu. Je dirais, habile.

C'est parce qu'on est deux êtres en un, le premier une simple coque et relativement sage, le second la cheminée d'un volcan éteint — il y en a dans l'État où nous sommes —, un conduit, le souvenir d'éruptions et d'embrasements passés, aujourd'hui dépourvu de lave.

— Inutile d'avoir recours à des métaphores aussi pittoresques.

Avec toi, bien sûr. Est-il trop tôt pour introduire Fred Skelsy, que j'ai rencontré des années après à Los Angeles ?

— Parce qu'il s'est enfui de chez lui à douze ans, c'est ça ?

Oui.

— En temps voulu. Tu as un long chemin à parcourir avant d'en arriver là. Il serait préférable de s'en tenir à l'enchaînement naturel des événements.

La continuité ?

— Oui.

CHAPITRE XV

1919 — 8 février. Sa bar-mitsva.

LA CARRIÈRE DU PLOMBIER (extrait) — annonçait la ligne suivante de son « script », son guide tapé à la machine sur la pelure jaune posée à côté de lui. Manifestement, il avait écrit ce passage à une autre occasion, avec l'intention éventuelle de l'inclure ici. Mais où était-il ? Quand il classait quelque chose, une partie de ses écrits, il lui semblait toujours que le coin qu'il choisissait à cette fin était le plus évident du monde, et il n'arrivait jamais à le retrouver. Comme maintenant. Il avait vérifié dans tous les endroits « évidents ». Avec lui, le classement signifiait l'oubli. De toute façon, il se souvenait d'avoir émis des réserves sur ce texte.

Il rêvassa, rumina quelques idées. La nuit dernière, au cours d'un débat sur la boxe professionnelle diffusé sur Channel 5, la chaîne non commerciale, il avait vu le jeune et mince Gallois — poids coq ? poids plume ? — aller au tapis sous les coups de son adversaire mexicain ; K.O. et souffrant d'une commotion cérébrale, il était mort peu après. Un jeune Britannique, si poli, si correct, qui disait oui, monsieur, non, monsieur, au médecin de service et à l'arbitre. (Et, bon sang ! pourquoi tous ces foutus organisateurs avaient-ils un air si indiscutablement sémite en dépit de leurs noms anglo-saxons ? Ils lui faisaient honte, et en particulier le gros malin coiffé d'un feutre mou qui réfutait avec mépris les arguments de ceux qui estimaient que la boxe professionnelle devrait être interdite : « Le seul lieu où c'est interdit, c'est dans les pays communistes. » Quelle publicité involontaire pour le communisme ! Oh ! mon Dieu ! *O Popule me !*) Le choc qu'il avait éprouvé en regardant le coup fatal lui restait en mémoire ; et ramena ses pensées à l'été 1919, quand Jack Dempsey battit Jesse Willard par K.O. — et à l'endroit où lui, Ira, se trouvait à l'époque, à ce qui l'occupait et l'obsédait. Mais c'était plus tard, un petit peu plus tard.

Il envisagea d'introduire, en tant que préambule à cette bar-mitsva célébrée soixante-six ans auparavant — préambule, ambiance (préambiance, Meister Joyce) —, une description de leur domicile de Harlem où il avait passé quatorze années, du cours élémentaire de l'école publique n° 103 à une licence en sciences avortée à l'université de New York. Tout est noir et désolé, dit Gloucester dans *le Roi Lear* quand on lui crève les yeux. Leur appartement se composait de quatre pièces en enfilade, mais en profondeur, en « wagon de chemin de fer », comme on disait alors ; le loyer initial était de douze dollars par mois. *Tout est noir et désolé.* On accédait aux toilettes, la « sale de bains », comme on la qualifiait durant l'enfance, par l'étroit couloir séparant les appartements d'en face. Peu après la fin de la Guerre mondiale, on découpa une porte dans la cloison entre la cuisine et la salle de bains, et une autre entre la fenêtre de la cuisine et l'évier, ce qui permit d'entrer directement dans la salle de bains, puis on démonta les appliques d'éclairage au gaz ainsi que les tuyaux pour installer l'électricité — et le loyer augmenta de trois dollars. Il avait pensé emmener le lecteur visiter leur logement, sorte de visite organisée des taudis : c'est ce qu'il avait écrit, comprenant dans le même temps qu'il s'aventurait en terrain dangereux, celui qui se situait entre son approche originelle du sujet et son attitude modifiée par rapport à lui. Est-ce qu'il voulait dire un point de vue changé sur ce qu'on pourrait appeler la séduction joycienne du sordide, la séduction superficielle qu'Ira avait rejetée ?

On entrait dans leur appartement, dépourvu d'eau chaude, par la porte de la cuisine en débouchant de la pénombre de l'étroit couloir qui séparait les deux appartements d'en face, et qui courait sur presque toute leur longueur pour se terminer sur des portes en verre dépoli plutôt symboliques, car on ne les utilisait que très rarement pour accéder aux salles à manger situées à l'autre bout des logements. C'était l'un de ces minables immeubles de l'époque, en forme d'haltère : on passait de la cuisine à la minuscule chambre d'Ira, la crypte, la *kaïver*, la tombe, comme l'appelait Ma, puis à la chambre un peu plus grande de ses parents, les deux pièces partageant le même puits d'aération crasseux ; sans même le luxe d'une porte, on pénétrait par une large voûte dans la salle à manger au fond de laquelle ouvraient deux fenêtres, donnant l'une sur l'escalier de secours et l'autre sur la rue.

Une grande table ronde recouverte d'une toile cirée verte occupait le centre de la cuisine, où l'on trouvait aussi un placard à vaisselle vitré encastré dans un mur et un calendrier illustré accroché entre la cuisinière à gaz et la glacière. Au pied du lit à une place d'Ira, se dressait une petite commode qui contenait son peu de linge ainsi que les draps et les taies d'oreiller. Des clous de huit centimètres de long enfoncés dans une planche de bois elle-même clouée au mur faisaient office de portemanteaux. Dans la chambre de ses parents, il y avait une vaste penderie encastrée, munie en bas de tiroirs, où ils rangeaient leurs affaires. À l'origine, la salle à manger, lieu de réunion de la famille (quand l'humeur s'y prêtait), était meublée d'un trumeau de glace entre les deux fenêtres et d'un long divan noir en cuir de cheval, mais on les avait remplacés par un « ensemble » à plaques de verre racheté à Broncheh H, une riche parente qui venait de refaire sa propre salle à manger. Les meubles en noyer finement tourné étaient assez beaux, mais ils encombraient la pièce. Tout un bric-à-brac, moutons, loups et cerfs miniatures en porcelaine de Saxe s'entassait sur le faux manteau de cheminée, au-dessus du volet métallique du conduit. Sur le mur opposé, on voyait le portrait en sépia de feu les parents austères de Pa, la mère en *shaïtl* et le père avec les *payes* comme il convenait à de bons Juifs orthodoxes. Le plus important, la composante essentielle, c'étaient les deux fenêtres. Celle de droite était masquée par l'escalier de secours (où, comme le faisaient encore les gamins des taudis, Ira dormit nombre de nuits étouffantes). Quant à celle de gauche, elle constituait la principale consolation de Ma, et souvent celle d'Ira (Pa était trop réservé pour se laisser aller à en profiter). En effet, on pouvait s'y pencher pour observer les scènes changeantes de la rue, ou bien — au bonheur sans nom d'Ira — regarder passer les trains, longs rubans silencieux, sur le pont gris de Grand Central... et lire les noms inscrits sur les wagons Pullman : GRAND RAPIDS, TUCKAHOE, BRISTOL, et puis le plus beau de tous, évocateur de rêves, de solitude et d'horizons lointains : WYOMING.

Il y avait une autre fenêtre à laquelle il passait beaucoup de temps, celle qui donnait sur l'abominable puits d'aération devant sa chambre. Des strates de saletés s'accumulaient au fond, poupées décapitées, déchets et ordures de toutes sortes — où fouillaient les rats bruns, gras et bien nourris. Il avait acheté une carabine à air comprimé en économisant sur ce qu'il gagnait quand il travaillait dans le drugstore de Biolov, et il aspirait à s'en servir pour exterminer les rongeurs. Mais il ne réussit pas à en tuer un seul — ni même à en toucher un, lui sembla-t-il : dès qu'il braquait la carabine vers le bas, les plombs tombaient par le canon. Il devait donc se contenter de tirer des allumettes contre la paroi opposée du puits d'aération, à moitié dissimulée dans la pénombre, visant une anfractuosité à l'endroit où manquaient des briques et où les araignées avaient tissé d'épaisses toiles poussiéreuses et soyeuses. Une ou deux fois, il arriva que le bout de l'allumette heurte d'abord la paroi, s'enflamme et carbonise en partie une toile d'araignée. Il réfléchit et se dit que deux allumettes seraient plus efficaces qu'une seule, et lui permettraient de détruire son objectif grâce à une attaque en piqué. Mais à sa consternation, il ne parvint qu'à enrayer la carabine. Que faire ?

De qui surgit le salut sinon d'oncle Max — oncle Max, le grand bricoleur ? Il vint à la maison. Et que fit-il ? Eh bien, il fit brûler les allumettes coincées dans le canon en le plaçant au-dessus de la flamme de la cuisinière à gaz. Comme Ira lui en fut reconnaissant ! Comme il resta confondu d'admiration devant l'ingéniosité de son oncle — jusqu'au moment où il s'aperçut que la carabine était incapable de propulser un plomb au-delà de l'extrémité du canon. La soudure qui assurait l'étanchéité à l'air avait en effet fondu. Bizarre, bizarre.

Ah ! oui. (Ira revenait après s'être servi une tasse de thé ; M était partie faire des courses.) Était-ce pour soulager la tension qui lui avait permis de pénétrer comme par effraction à l'intérieur de lui-même, à l'intérieur de son récit ? Sans aucun doute. Mais la vie continuait cependant qu'il la refaisait : demain, Jane arriverait de la lointaine Toronto, sur leur invitation à M et à lui, la petite amie de son fils Jess, devenu curieusement étranger, pour parler de toute l'histoire avec les parents de Jess, son père en particulier, lui aussi devenu curieusement étranger à ce fils qu'il avait autrefois chéri. Il savait à quel moment s'était produite la dramatique rupture : et il en avait écrit le récit ; mais cela attendrait. L'ordre — Ira supposait que la formulation du concept remontait à Aristote —, la perception de l'ordre était inhérente à la beauté. L'ordre. Et la seule mise en ordre à laquelle il était jamais parvenu reposait sous la forme d'un unique roman pour ensuite se perdre ; peut-être que « se défaire » conviendrait mieux. Le désordre possédait malgré tout un attrait, à moins qu'il ne fût perçu que comme le subordonné d'un ordre supérieur... ou bien n'était-ce qu'un substitut pour ce qui était impossible à atteindre, un frein à sa dépendance aux mots, à la prose bonne, mauvaise ou sans intérêt, à la narration. Seigneur !

Ainsi le gamin rêveur, privé de sa carabine à air comprimé, resta-t-il assis tranquillement à côté de la fenêtre du puits d'aération à étudier les mœurs des rats qui, en contrebas, arpentaient en paix leur territoire. (Il se réveilla une nuit tandis qu'un rat lui marchait sur la figure.) Calme et désabusé.

Mais quand il pensait à sa bar-mitsva, est-ce qu'il pensait aux festivités ou à la cérémonie ? Tout virait à l'amertume, à l'ennui, à l'inquiétude. Cela n'avait vraiment rien de drôle et il était au-delà de ses forces de le prendre avec humour. Bon, peut-être pas complètement : le comique était implanté en lui, dans une partie de lui-même, don ou antidote à la situation, ou immunité de l'âme : depuis sa récitation hésitante et bafouillante d'un bref extrait des rouleaux de la Torah à la synagogue, avec Zaïde à ses côtés qui lui soufflait, embarrassé et mécontent de son petit-fils tristement ignorant, lui qui si peu de temps auparavant se montrait encore digne d'éloges pour la facilité avec laquelle il reproduisait phonétiquement la langue — la *loshen koïdish*, comme on l'appelait.

De la synagogue à la réception organisée à la maison par Pa à l'intention de la plupart des parents d'Ira — y compris Zaïde, avec nourriture et vaisselle kasher, fournie par Mamie —, installés sur des chaises louées, à des tables louées qui s'étendaient de la chambre des parents jusqu'à la salle à manger, des pièces jamais chauffées en hiver, où le froid semblait tout imprégner en dépit du poêle à pétrole qui sentait mauvais, emprunté pour l'occasion à Mrs. Shapiro, et des rampes de chauffage à gaz qui brûlaient d'une flamme jaune au-dessus des têtes. On avait enlevé le bois de lit autour du lit des parents pour faire de la place et on l'avait fourré, ainsi que le matelas, au fond du long couloir. Pas de quoi en faire une histoire, pas même le comportement nerveux et tendu de Pa avec les invités, ni le vacarme des voix qui parlaient en yiddish à portée d'oreilles goy, ni même le discours que Pa choisit pour son fils et que, sous la menace des pires châtiments habituels, il l'obligea à apprendre par cœur et à réciter, ce qu'il fit, en anglais, lugubre et amer, debout entre deux pièces, adossé à l'un des jambages de la porte, le regard fixé sur l'autre, remerciant Dieu et ses parents de l'avoir élevé comme un Juif. Il aurait certes pu s'en moquer avec son esprit amorphe et chaotique, et aussi en sourire quand il se le rappellerait dans les années à venir.

Seulement, la bar-mitsva lui fit comprendre qu'il n'était juif que parce qu'il se devait de l'être ; il détestait être juif ; il ne voulait pas être juif, ne voyait aucune vertu à l'être, et il comprit soudain qu'il était pris au piège, prisonnier d'une identité dont il n'avait pas la moindre chance de se libérer un jour. L'enfant qui avait été naguère pareil à une goutte d'eau dans la mer de l'East Side, impossible à distinguer du milieu qui l'entourait, qui avait gémi et pleuré pour y retourner, qui avait senti les sanglots de la séparation lui nouer la gorge durant le bref intervalle de temps où il y était revenu, ne voulait maintenant plus rien avoir à faire avec tout cela et se révoltait contre son sort, rêvait d'oublier sa condition, feignait avec un cynisme naissant de ne pas être assez bon Juif. « Merci, tanta Mamie » (qui lui apporta une chemise de flanelle grise) ; « Merci, Zaïde, merci Bobe » (qui lui donnèrent un billet de deux dollars) ; « Merci, tanta Ella » (qui lui offrit un stylo) ; « Merci, oncle Max » (qui lui offrit un stylo rétractable) ; « Merci, oncle Nathan » (le frère de Zaïde, le bijoutier, qui lui fit cadeau d'une fine chaîne de montre en or — mais personne ne lui fit cadeau d'une montre ! Si seulement son oncle Moe avait été là et non si loin, en Allemagne). Dissimuler lui fut fort utile, car derrière son sourire de circonstance, il savait qu'il cachait déjà un vice qui les aurait horrifiés. Il détestait cette cérémonie ; et il se détestait à travers elle. Devenir un Juif, devenir un homme, un membre de la communauté n'était qu'une sinistre plaisanterie, et devint un sinistre souvenir.

— Mais ce n'était pas uniquement ça.

Non, en effet. C'était plutôt comme une résonance, Ecclesias, si c'est le mot qui convient, un renfort au sein de la psyché. Ainsi que tu peux t'en rendre compte : un moi à découvert, un moi à couvert, un moi candide, un moi furtif. Rien d'inhabituel.

— Non, mais chez toi suprêmement exacerbé, devenu véritable virtuosité.

Je suis d'accord.

CHAPITRE XVI

Certains indices l'avaient certes déjà laissé prévoir, mais ce fut sa bar-mitsva qui contribua à mettre en lumière non pas son désir de s'écarter des voies de la judéité, mais celui de n'y jamais revenir. Tout ce qui lui paraissait vicié, incompatible avec chacun des aspects de ce qu'il devait apprendre plus tard, portait le nom de diaspora. À l'époque, il ne connaissait cela que sous l'appellation de *judéité*, et le détestait, bien qu'un lien, et un seul, le retînt encore : son attachement pour sa mère, son amour pour elle, pour l'éloquence naturelle qui imprégnait son discours, pour le martyre que son comportement lui faisait endurer et pour sa noblesse empreinte de sentimentalité, et aussi son humilité qui, sans cesse, perçait sous la coquille de sentimentalité. Ma lui raconta que Zaïde lui avait dit un jour — ôtant sa *yarmulke* et s'inclinant : « Je ne savais pas à quel point tu étais noble, Leah. Pardonne-moi. Je me suis mal conduit envers toi quand tu étais petite. » (Insupportable, presque, cette image du vieux Juif intolérant et égoïste qui enlève sa *yarmulke* pour rendre hommage à sa fille, sa fille aînée, quelconque et apparemment défavorisée, tout comme son homonyme biblique.)

C'était de nouveau les vacances scolaires et c'était de nouveau l'été, le début de l'été 1919. Chaud, mais pas aussi étouffant que l'après-midi d'août 1914 où Zaïde l'avait envoyé, un nickel à la main, acheter le « Wuxtra » yiddish. Ça ressemblait davantage à l'après-midi — et à l'époque de l'année — où Mamie, Ma, la blonde petite Stella et lui guettaient l'arrivée des immigrants dans l'appartement de Harlem récemment meublé. Depuis, un nouvel enfant était venu grossir les rangs de la famille : Pola aux cheveux carotte, la deuxième fille de Mamie... Mais aujourd'hui, c'était Moe que tout le monde attendait, y compris les anciens immigrants, Moe qui revenait sain et sauf de France. Saul et Max avaient été chercher leur frère au centre de démobilisation. Au bruit d'une automobile qui approchait, tout le monde se précipitait à la fenêtre dans l'espoir d'apercevoir le glorieux taxi transportant l'objet de toutes leurs espérances : Moe, leur fils, leur frère et leur oncle, de retour de la Guerre mondiale.

Au moment où Mamie avertissait Stella, sa fille âgée de sept ans, de ne pas se pencher autant, et où Ira, jetant à la dérobée des regards sur les jambes potelées de sa cousine, se tassait davantage sur sa chaise pour tenter de voir plus haut, s'imaginant avec force que Stella avait quelques années de plus, on entendit une voiture ralentir et s'arrêter au bord du trottoir dans un cahot et un grincement de pneus. « Le voilà ! s'écria la fillette d'une voix stridente. Oncle Moe est là ! C'est moi qui l'ai vu la première ! »

Criant « Moïshe ! Moe ! » chacun se rua à la fenêtre. En bas, les deux portières du taxi à damier jaune et noir s'ouvrirent. Max descendit avec agilité côté rue tandis que Saul posait le pied sur le trottoir. Et derrière lui apparut Moe, grand et resplendissant dans son uniforme kaki. À cet instant, de la confiserie d'en face, dans la vitrine de laquelle une pancarte écrite à la main proclamait BIENVENUE MOE, surgit Dave Eshkin, le propriétaire grassouillet aux cheveux frisés, avec son tablier blanc criblé de taches de chocolat. « Moe ! Moe ! Hallo, Moe ! s'exclama-t-il en courant vers lui les bras tendus. Toute la rue, elle est contente que tu sois de retour. *Gott saï dank*, revenu, tu es ! Regarde, tout le monde, il est aux fenêtres ! Il est là ! » Puis il reprit, levant la tête sur le nombre croissant de gens qui regardaient : « C'est Moe ! » Des cris jaillirent de tous les étages : « *Mazl tov*, Moe ! Hourra ! Moe ! » Quelques personnes s'avancèrent pour lui serrer la main.

« Moe ! Moïshe ! Oncle Moe ! » Dans la salle à manger, tous étaient massés près de la fenêtre, si nombreux qu'Ira se demanda un peu plus tard avec un haussement d'épaules : et si le mur avait cédé sous la pression de la famille réunie ? « Hallo, soldat ! Vive Moe ! C'est Moe ! » Le cri se répercutait sur les façades des maisons, de part et d'autre de la rue, cependant que les gens aux fenêtres hurlaient et faisaient signe à ceux qui se tenaient derrière eux de se joindre au chœur triomphal. Souriant, étrangement calme, Moe dressa la tête, et ses yeux bleus, à demi dissimulés sous son chapeau de campagne, parurent s'immobiliser. Saul paya le chauffeur de taxi, Max s'empara du sac de toile sur le siège arrière, et les trois frères, laissant derrière eux la foule des spectateurs qui, des trottoirs jusqu'aux toits, poussaient des acclamations et agitaient la main, pénétrèrent dans l'immeuble.

Harry dévala l'escalier à leur rencontre tandis que les autres se ruaient vers l'entrée et que les voisins sortaient dans le couloir ; on entendit des portes s'ouvrir à l'étage du dessous et à celui du dessus, et les locataires hurler des paroles de bienvenue. Et puis il arriva — en haut de l'escalier —, apparition dorée en kaki. « Moe ! Moïshe ! *Oï ! maïn kind ! Oï ! barukh ha Shem*, béni soit le nom du Seigneur ! » Tout le monde l'entoura et s'accrocha à lui en poussant des cris de joie.

Moe fit quelques pas dans la pièce, les mâchoires serrées, les lèvres retroussées sur une espèce de rictus. Les rubans de ses décorations ornaient sa poitrine. Le quartier de lune sous les trois chevrons avait disparu, remplacé par un château au-dessus d'un galon noir supplémentaire. Il ne s'exprimait plus avec sa bonhomie d'autrefois, mais d'une voix sèche et grinçante — presque mécanique. Il s'assit lourdement sur une chaise.

« *Oï! gevald!* Qu'est-ce qu'ils ont fait à mon petit Moïshe si joyeux ? » Vêtue d'une robe noire en satin, immobile, Bobe fixait son fils du regard. « Mon garçon, si gai, si heureux, mon fils, mon aîné, ils ont fait de toi une pierre.

— Pas une pierre, *mamele*. Un soldat. Et un sergent d'état-major. Ils voulaient que je me rengage, *mamele*. Mon colonel m'a dit : rengage-toi, Morris — il m'appelait Morris —, tu es mon officier d'ordonnance.

— Mais tu es à la maison, maintenant, dit Bobe d'un ton suppliant. Mon Moïshe, mon enfant *yiddish*, reviens-nous. » Elle leva les bras, implorante. « Moïshe, écoute-moi !

— Officier d'ordonnance, et cent fois j'ai appelé la mort.

— Laisse-le donc tranquille, dit Zaïde. Il redeviendra lui-même le moment venu. Il est à la maison. Il redeviendra Moïshe. Puissent-ils périr, tous ceux qui l'ont rendu comme ça dans ce charnier où il a dû aller. *Oï! oï! oï!* est-ce qu'ils retrouveront un jour la raison ? *Oï!* Combien reposent et pourrissent sous la terre à cause de leur folie ? *Ysgadal veyiskadach shémé rabo*.

— J'irai avec toi à la *shul* ce soir, père, si tu veux bien. Dieu saura m'aider.

— *Nou*, venir avec moi ce soir à la *shul* ? Et quoi encore ?

— Pourquoi tout le monde est si inquiet ? intervint Mamie. Qu'est-ce qui nous prend ? On est là comme si, comme si Dieu sait quoi, comme si le Tout-Puissant ne nous ne l'avait pas rendu sain et sauf. Il est là ! Il est vivant ! Et entier. Bientôt, tout sera oublié. Qu'est-ce qu'on a, tous ? Il sera de nouveau maître d'hôtel. Et peut-être qu'il entrera dans les affaires. Il ouvrira un restaurant. Il réussira. La vie, tout ça elle lui apportera. Allons, réjouissons-nous. *Gevald!* qu'est-ce que je vois ? Je sais de quoi tu as besoin, mon frère ! » Mamie agita le doigt dans la direction de Moe. « Je sais très bien. Je vais te l'apporter, et tu seras un autre homme. Je reviens tout de suite. »

Elle se précipita vers la cuisine et revint quelques secondes plus tard avec un verre et un siphon d'eau de Seltz. « Tu es toujours mon petit frère, dit-elle d'une voix cajoleuse en lui tendant le verre. Tiens. Ça va te guérir. Comme quand tu étais aide-serveur : un verre d'eau de Seltz. Tu vas redevenir notre Moïshe d'autrefois. Ça te stimulera ! » Elle pressa le levier du siphon le long duquel perlaient des gouttelettes et remplit à ras bord d'eau gazeuse le verre que Moe tenait à la main. « Bois, bois, mon frère chéri. C'est bon et frais, comme tu as toujours aimé. Ça va te faire roter de bon cœur. On va voir si après ça tu ne te sens pas mieux. »

Tous avaient les yeux rivés sur lui, attendant avec impatience qu'il boive, qu'il se régale. « *Lekhaïm* », dit-il. Il leva son verre et but — une gorgée. Ses dents se refermèrent sur le bord du verre et mordirent, comme s'il croquait quelque chose, puis il se renversa dans sa chaise. Son chapeau de campagne tomba par terre derrière lui, découvrant ses cheveux blonds coupés ras. Sa main — qui tenait le verre — retomba sur ses genoux, et l'eau aspergea le pantalon kaki de son uniforme. Il avait cassé le verre et un éclat déchiqueté brillait entre ses dents serrées.

« *Gevald ! Gevald !* Moïshe ! Tu m'entends ! Reviens à toi ! » Zaïde éventait le visage de son fils avec sa *yarmulke*. « Moïshe ! Moïshe ! » Il le gifla, toujours avec sa *yarmulke*. « *Gevald !* Au secours, quelqu'un ! Ne le laissez pas avaler ! Saul ! Max ! Avant qu'il se tue ! »

Mamie poussait des hurlements hystériques. De même que Sadie et Ella. Ira pleurait et Stella sanglotait. Quant à Saul, il se griffait la joue en s'exclamant : « Moe ! Moe ! Reviens ! » Bobe, les yeux fermés, semblait sur le point de s'évanouir, et, sans Ma qui la rattrapa et cria d'une voix rauque à Harry de courir chercher un docteur, elle serait tombée de sa chaise. Seul Max demeurait silencieux. Livide, les narines dilatées et luisantes, il fixait de ses yeux marron le bout de verre entre les dents de son frère. Les mâchoires de Moe s'écartèrent et aussitôt Max plongea deux doigts pareils à un forceps dans la bouche de son frère pour en retirer l'éclat de verre.

« Je te donne quinze secondes pour grimper cette putain de colline, espèce de salaud. » Le visage tordu par une grimace hargneuse, Moe contemplait son frère avec un regard vide, braquant le verre cassé comme une arme imaginaire. Puis il le lâcha et s'effondra dans sa chaise.

« Oh ! malheur à moi ! Il va périr sous nos yeux, gémit Bobe. Oh ! je meurs !

— Non, non, il revient à lui, la rassura Ma. Écoute-moi, mama. Regarde. Regarde ! Regarde ! Il respire. Il bouge. Ton fils, il est sauvé. »

Moe reprit connaissance. Il baissa les yeux sur la tache qui s'étalait sur son pantalon kaki — et sourit, de son ancien sourire, simple et direct, puis, comme redevenu un petit garçon de l'East Side, il demanda :

« *Ikh hob mir bapisht ?*

— Non, tu ne t'es pas fait pipi dessus, mon frère, dit Ma en collant presque son visage contre le sien. Ce n'est que de l'eau de Seltz. Ce n'est rien.

— Rien, ce n'est pas, fit Moe dont le sourire s'élargit. *Seltzer cost geld.* » Il eut un faible rire. « *Nou, mamele*, je suis de retour. Je suis ton Moïshe.

— Mon pauvre petit, dit Bobe en pleurant.

— Ne vous jetez pas tous à son cou ! cria Zaïde. Fichez-lui la paix.

— Je vais très bien, père, dit Moe tout en souriant à sa mère. *Mamele*, ne pleure pas. Je ne suis plus soldat. *Ikh bin oïs-soldat, oïs-sergent.* » Puis il se tourna vers Mamie et reprit : « *Nou, schwester*, où elle est l'eau de Seltz ?

— J'ai peur de t'en redonner, dit Mamie. Vous croyez que je peux ? demanda-t-elle aux autres.

— Non ! fusa la réponse unanime. Attends ! Attends qu'il soit complètement redevenu lui-même. »

Moe eut un petit rire indulgent : « Alors donne-moi le siphon. Le bouchon... « Il pouffa et récupéra son chapeau derrière lui. « Je n'ai pas les dents assez solides pour le casser. Ah ! *azoï !* »

Ainsi, bien que la Grande Guerre fût terminée depuis plusieurs mois, pour Ira qui regardait son oncle en uniforme kaki boire l'eau de Seltz directement au bouchon du siphon et roter ensuite avec un sourire béat, elle ne prit fin qu'à ce moment-là.

TROISIÈME PARTIE

CHAPITRE I

« Je veux être soldat, oncle Louie, dit Ira quand ils eurent la joie de recevoir la visite de Louie en uniforme de postier. Je veux aller à West Point et apprendre à devenir officier. »

Oncle Louie sourit de toutes ses dents en or et secoua la tête :

« Ils n'aiment pas les Juifs, à West Point.

— Ah non ? » La déception se répandit en Ira comme une épidémie de mildiou qui entacha irrémédiablement ses rêves. Oncle Louie ne lui mentirait pas ; oncle Louie savait ; il avait été lui-même soldat. « Ah non, mon oncle ? » répéta-t-il. Il paraissait contempler une plaie ouverte à l'intérieur de lui-même.

Oncle Louie secoua de nouveau la tête, plus légèrement cette fois, et lui offrit un sourire de sympathie et de consolation.

« Non, dit-il.

— Et où on aime les Juifs ? Où ? intervint Ma d'un ton railleur.

— Il n'est pas encore capable de se torcher le derrière, et il veut devenir officier, dit Pa.

— Non, Chaïm, ce n'est qu'un petit garçon, protesta oncle Louie. Un enfant. J'ai été soldat moi aussi. C'est normal pour un enfant, ici en Amérique, de vouloir être soldat. Mes deux fils aussi veulent l'être. On n'est pas en Galicie où on coupe un orteil aux garçons juifs pour qu'ils ne soient pas appelés sous les drapeaux...

— On n'a pas fait ça à Ben Zïon, mon père ? l'interrompit Ma.

— Est-ce qu'on pouvait faire autrement ? répondit Louie. Nous, les Juifs, on a fait ça à des milliers et des milliers d'enfants pour qu'ils n'aillent pas au service militaire et ne soient pas obligés de manger du porc ou pire, et plus *traïf* encore, se battre — et qui sait ? des fois contre d'autres Juifs, des Juifs comme nous dans l'armée adverse. Et pourquoi ? Est-ce qu'on avait une patrie ?

— Et ici, on en a une ? le défia Ma.

— Non, je veux simplement dire qu'il y avait une époque, une époque lointaine, où on se battait pour un pays qui était le nôtre : en Eretz Israël. On combattait les Cananéens. On combattait les Philistins. On combattait les Romains. Ça n'a pas toujours été comme ça, se couper un orteil pour échapper au service militaire. Avant, on était des Juifs, des Hébreux. Tu le sais très bien, Chaïm.

— Oh ! c'était il y a bien longtemps.

— Oui, mais on célèbre toujours *Hanuka*, non ? Je suis libre penseur, n'empêche que je le fête aussi. Et les membres du Bund en Russie ? Des Juifs qui avaient le courage de s'opposer aux Cent Noirs — les armes à la main. *Nou ?*

— Je vais donc l'élever pour en faire un soldat ? demanda Ma avec ironie.

— Non. Mais on est en Amérique. Pourquoi on est venus ici ? C'est l'Amérique capitaliste — on le sait parfaitement — et on a notre lot d'antisémites, mais que ça devienne une Amérique socialiste et tu verras : ce sera le pays de toutes les confessions, de tous les peuples. Celui des Juifs aussi — et de ceux qui ne croient pas, comme moi. Un pays comme celui-là, tout le monde sera prêt à le défendre. »

Ma eut une moue sceptique, puis elle secoua la tête.

« Attends, tu verras, reprit Louie avec conviction. Ça se passe déjà comme ça en Russie. Et qui est à la tête de l'Armée Rouge ? Trotski, un Juif.

— Tu sais que je l'ai servi plus d'une fois dans un restaurant de la Deuxième Avenue ? Je le revois encore, avec sa barbiche...

— Oncle Moe était soldat ! s'écria Ira. Il était sergent. Et même il avait un galon de plus que sergent. Et toi aussi, tu as été soldat, oncle Louie. Alors pourquoi je pourrais pas être officier si j'en ai envie ?

— Je te l'ai dit, *yingele*, ils n'aiment pas les Juifs. Un soldat — à la rigueur. Mais pas un officier. Un officier, ils veulent qu'il soit comme eux, quelqu'un à qui ils s'imaginent pouvoir se fier.

— Va ! Cesse donc de l'embêter, dit Pa.

— Avec les Juifs comme chair à canon, ils sont contents, dit Ma. Le tsar Koïlki, puisse-t-il pourrir en enfer, il détestait les Juifs lui aussi. Mais comme soldats, ah ! là il les aimait. Les *bolchevikis*, ils ont mon appui total.

— Alors, tu accepterais qu'il soit officier chez les *bolchevikis* ? demanda Louie.

— Qui sait ? répondit Ma. D'un autre côté, il y a une chose qui me fait plaisir. Ils ne veulent pas former les Juifs pour qu'ils deviennent officiers, et pour ça, je leur dis merci.

— Ne crains rien, se moqua Pa. Un officier ! Il est destiné à devenir un *melamed*.

— Tu ne lui as jamais parlé de l'affaire Dreyfus, Chaïm ? demanda Louie.

— Vas-y, explique-lui, dit Pa.

— Moi, je lui ai parlé de Dreyfus, dit Ma. Il sait. L'officier juif qui a été déshonoré. Tu ne te rappelles pas ?

— Si, un peu, admit Ira de mauvaise grâce.

— C'était un capitaine, commença oncle Louie. Et pas seulement. Il faisait partie de l'état-major général de l'armée française. Tu comprends ce que ça veut dire ? Ça veut dire qu'il pouvait trahir tous les plans secrets. Mais la haine des Juifs était si forte que quand on découvrit que quelqu'un avait livré des plans à l'ennemi, on déclara que c'était lui le coupable. On l'accusa de les avoir remis aux *Deutscher*, et on l'envoya à l'île du Diable. À l'île du Diable, *nokh.* » Il souligna ses paroles d'un grand geste de sa main osseuse et poilue. « C'était un certain major Esterhazy, un Gentil, le vrai coupable...

— Je lui cracherais à la figure si je le voyais ! s'écria Ma.

— Ils ne se sentent en sécurité qu'avec des gens de leur propre espèce. Tu comprends ? C'est pour ça qu'il n'y a pas de généraux juifs. *Bi'st dokh geboïr'n in Galitsie*, reprit oncle Louie en yiddish avec son large sourire étincelant. Un *Yid.* Tu connais les premiers mots qu'on apprend ici ? » Il baissa la voix : « Putaindesalauddeyoupin. »

Si seulement son père pouvait lui parler comme l'oncle Louie, lui montrer le chemin, et être arrivé ici plus tôt pour lui préparer le terrain. Mais il n'y avait que Pa et Ma — et ceux qui commençaient tout juste à « mûrir » en Amérique, ses oncles et ses tantes. Et c'était toujours l'argent, l'argent, les affaires, les affaires. Et la banque, la banque, la banque ! Les gamins goy chantaient sur un rythme saccadé : « Football, base-ball, à l'eau les saltimbanques, de l'argent à la banque... » Rien à espérer. S'il avait été seul, il aurait peut-être pleurniché un peu. L'Amérique ne voulait pas de lui. Même s'il était disposé à ne pas être juif, à essayer d'être différent, décidé à éviter le « business », les profits, les commissions et les intérêts — tout ce qu'il détestait dans les livres d'arithmétique : si une douzaine de porte-plume coûte... si une tonne coûte... si un tonneau coûte...

Qu'est-ce qui lui fit alors penser au livre de H.S.M. Hutcheson, *Le Guerrier heureux*, qu'il avait fini de lire à peine quelques jours plus tôt ? Pourquoi ce passage revint-il lui taquiner l'esprit, celui du héros, un gentleman bénéficiant d'un modeste revenu de cinquante livres par an que lui assure un legs sous forme d'actions dans une usine de textile indienne ? Dans quelle mesure cette lointaine usine en faisait-elle un gentleman ? Avec ces drôles de gens au teint basané qu'il avait vus dans les livres de géographie, pieds nus et vêtus de ces incroyables linges blancs. Comment cela pouvait-il faire d'un Anglais un gentleman ? Ils ne comptaient pas, voilà pourquoi. Et qu'est-ce que cela avait à voir avec lui, avec ce Dreyfus dont parlait l'oncle Louie, avec West Point où on n'aimait pas les Juifs ? Ah ! s'il avait oncle Louie pour lui expliquer ! Que faire quand on ne comprenait pas la manière dont quelque chose fonctionnait ? Ses pensées se terminaient toujours dans... dans la confusion.

Pourquoi devait-il penser à ces Indiens dans leurs espèces de grandes couches alors que personne d'autre que lui ne le faisait ? De tout un livre, un gros livre, pourquoi fallait-il que ce soit cette image-là qui lui reste ? Il n'était pas indien. Non. C'est simplement que lui non plus ne comptait pas. Et c'est pour cette raison qu'il remarquait toujours ce qu'il ne devrait pas remarquer à propos de ce qui ne comptait pas. Ainsi, on ne voulait pas de lui à West Point. Il ne parviendrait jamais à ne pas remarquer ce qu'il n'était pas censé remarquer. Même en essayant de toutes ses forces... Il regarda son père qui écoutait avec attention oncle Louie évoquer la possibilité de prendre quelques pensionnaires pour l'été dans sa nouvelle maison de Spring Valley... Non, ce n'est pas parce qu'il pensait à des choses qui ne comptaient pas que lui-même ne comptait pas. Et le fait de penser aux Indiens en couches blanches dans des filatures grâce auxquelles le héros devenait un gentleman vivant de ses rentes — tandis que lui, Ira, était juif, fils d'un serveur, et qu'ils vivaient dans un taudis de Harlem — ne signifiait pas qu'il n'était pas une personne de « haut rang », comme on disait dans les contes de fées. Il arrivait à mettre des mots sur ses pensées. Et quand on met des mots sur ses pensées, elles vous appartiennent. On ne pouvait le dire à personne, mais elles étaient vraies. Nul besoin de posséder des royaumes et des domaines pour être noble, au sens où le livre l'entendait. On mettait des mots sur la façon dont la vie se déroulait, sur la façon dont on la percevait, on était noble — même si tout le monde ignorait votre titre, sauf Ma, peut-être, ou oncle Louie, ou encore Mr. Sullivan...

1920 arriva enfin, une nouvelle décennie, flambant neuve, qui lui apporta son diplôme de fin d'études : la cérémonie eut lieu dans la dernière semaine de janvier. Pour la plupart des camarades de classe d'Ira, l'école était finie, finie pour de bon. Petey O'Hearn avait déjà été embauché comme apprenti et sillonnait Harlem en livrant des pains de glace. Frankie Spompini (si doué pour tresser des nattes de raphia, si habile) avait sa voie toute tracée dans l'échoppe de barbier de son oncle. Davey Baer, le gamin efflanqué qui habitait le même bloc qu'Ira, espérait trouver une place de garçon de bureau. Sid Deffer, qui travaillait déjà après la classe dans un studio de photographie, était assuré d'y obtenir un emploi. Leo Dugonitz, le jeune Hongrois avec qui Ira s'entendait bien, avait posé sa candidature dans un laboratoire d'analyses de matériaux où il devait se présenter avec son diplôme et les papiers nécessaires.

Presque tous les élèves allaient travailler, et presque tous avaient déjà ou attendaient les autorisations officielles. Il régnait une sorte d'euphorie : euphorie devant la fin de l'école, euphorie devant l'avenir. Seuls quelques-uns des camarades de classe d'Ira entraient au lycée ou, comme lui, s'étaient laissé persuader de suivre le nouveau cours ouvert à l'école publique 24.

CHAPITRE II

La question qui le préoccupait en ce moment était de savoir s'il allait entrecouper son récit d'événements présentant un intérêt personnel certain, ou bien confier ces informations à un autre véhicule (son écriture, à propos, se réduisait maintenant à un gribouillis quasiment illisible). Les événements d'intérêt personnel ou immédiat d'un côté, et le récit autobiographique de l'autre, ou alors tous les deux ensemble, telle était la question. Il serait plus simple de les mettre ensemble, ou tous les deux, sur le même document. En vérité, il avait déjà commencé à le faire, ou plutôt l'avait fait sans remarque préliminaire, sans préface. Donc... même si ce n'était pas dans le plus pur des styles littéraires, mais plus ou moins spontané, pourquoi ne pas continuer ? C'était plus pratique.

Il avait appelé Jane pendant le week-end pour savoir comment elle allait, quelle était sa situation depuis son retour à Toronto. Il la trouva, selon ses propres dires, d'humeur fluctuante, et il reparla de la possibilité qu'elle vienne à Albuquerque. M protesta, disant qu'il ne prenait pas assez en considération la responsabilité que sa magnanimité apparente impliquait — et elle le pria sèchement de mettre fin à la conversation téléphonique avec le Canada. Il répondit qu'il avait une arrière-pensée en faisant venir Jane, quelque chose qui, croyait-il, leur serait utile à Jane comme à lui. Pour résumer, il pensait être en mesure de l'aider, en y consacrant très peu de temps et d'efforts, puisque Jane était une journaliste d'expérience, à écrire quelque chose qui, avouons-le carrément, se vendrait. Il envisageait une histoire avec un coup de théâtre inhabituel. Et cette idée, en tout cas, découlait de ce que Jane désirait à tout prix obtenir une copie de la bande de la conversation qu'il avait décidé de conserver (il avait promis de la lui envoyer, et il tint parole).

Intérêt supplémentaire, elle affirma qu'en écoutant les autres bandes, il lui était apparu clairement qu'elle avait répété sans cesse la même chose et s'était montrée incapable de trouver une issue rationnelle à sa situation (conclusion à laquelle M et Ira étaient également parvenus).

Ainsi, des discussions à peine esquissées s'achevèrent-elles par la promesse que fit Ira de se renseigner de manière plus précise sur les lois d'immigration et la possibilité de lui obtenir un permis de séjour, et aussi — point crucial — par la question de savoir ce qu'elle voulait réellement. Elle semblait toujours hésitante.

Entre-temps, deux autres problèmes d'importance surgirent : l'un avec son ordinateur, son vieil ami Ecclesias, qui se lançait de plus en plus souvent dans la vieille rengaine : Annuler. Ignorer. Répéter. Si bien que durant tout le week-end il fut privé de moyen de communication — tandis que l'ordinateur se voyait soumis à une série de tests à Entre, l'endroit où il l'avait acheté. Comble de l'exaspération, on ne lui découvrit rien d'anormal, ni au logiciel. Réinstallant la machine dans son bureau, il changea le régulateur de tension, débrancha la lampe fluorescente, la prise du magnétophone, changea le téléphone sans fil de place — et, peut-être seule source du mauvais fonctionnement, ou peut-être pas, il referma le petit rabat devant le lecteur de disquettes avec moins de précaution et davantage d'agressivité. Heureusement (!), il arriva à vaincre la paresse mal venue d'Ecclesias et à l'obliger à remplir sa déclaration d'impôts, du moins presque complètement.

L'autre problème survint le mardi, avec la visite d'une amie musicienne de M, par ailleurs journaliste free-lance au *Albuquerque Journal*, une hautboïste, Leslie H, et de son chevalier servant, John O, un joueur de tuba, qui désiraient obtenir un exemplaire dédicacé du roman de jeunesse d'Ira (Leslie H ayant renoncé à réclamer une interview à cause des rumeurs exagérées sur la vie de reclus qu'Ira était censé mener). Il profita de l'occasion pour poser des questions sur les chambres, les adresses et les loyers — avec Jane à l'esprit — ainsi que sur les endroits où mettre des petites annonces pour les recherches d'appartements à partager, comme le tableau d'affichage à l'université du Nouveau-Mexique ; et pour demander à Leslie H d'aider Jane à s'installer à Albuquerque, si toutefois elle s'y décidait...

CHAPITRE III

Une fois les diplômes assurés, la discipline se relâcha et les élèves furent livrés à eux-mêmes, libres de se promener dans la classe et de bavarder à loisir. Plus que jamais, la salle de cours ressemblait à un cocon qui les protégeait une dernière fois des vicissitudes d'une nouvelle étape de leur existence, laquelle devait débuter dans quelques heures, ainsi que du monde extérieur, si pragmatique et exigeant. La neige sur les rebords des fenêtres paraissait sceller cet endroit confortable composé de rangées de pupitres de bois et d'ardoises, comme s'il s'agissait d'un ordre des choses révolu, cependant que la pendule en bois au-dessus du tableau égrenait les dernières minutes durant lesquelles elle s'offrirait encore à leur vue. Personne ne se conduisit mal ; chahuter aurait paru déplacé, totalement malvenu, alors que la plupart des élèves se retrouveraient bientôt sur un pied d'égalité avec les professeurs, contraints eux aussi de gagner leur vie. Quelques-uns lisaient : des lectures de leur choix, livres ou magazines. Comme l'avait suggéré le gentil surveillant, Mr. Conway, certains écrivaient une lettre d'adieu et de remerciements à Mr. O'Reilly ; d'autres, assis en cercle autour de Mr. Conway, parlaient des possibilités d'emploi et de leurs ambitions. Lorsqu'il regarda autour de lui, Ira eut la gorge nouée. Était-ce parce qu'il sentait l'imminence d'une séparation irréversible : ce n'était pas seulement leurs chemins qui se séparaient mais aussi leurs esprits — leurs esprits et leurs perspectives d'avenir ? Ils allaient travailler, la majeure partie d'entre eux ; ils allaient être modelés par les responsabilités, par toutes sortes d'objectifs, de préoccupations et d'activités dont il serait exclu, de même que lui serait modelé par ce dont eux-mêmes seraient exclus. Ils auraient beau habiter la même rue, comme c'était le cas à présent, et se voir souvent, ils seraient à jamais différents. Pour le moment, ce n'était que latent ; leurs chemins divergeraient, et de manière irrévocable. Il prit alors la décision de ne pas assister à la remise des diplômes de fin d'études.

« Même pour moi, pour l'amour de moi ? le supplia Ma ce soir-là. Ce petit plaisir, ma récompense pour toutes ces années où je t'ai nourri, tu me le refuses ? Et pourquoi ?

— Je ne veux pas y aller, dit-il, têtu.

— Tu as honte de tes parents juifs, c'est ça ? »

Il se mit en colère :

« Laisse-moi tranquille ! Il y aura un tas d'autres garçons juifs. (Il s'avoua néanmoins que c'était peut-être une raison supplémentaire de son refus.) Je veux travailler. Tous les autres vont travailler. Presque tous les autres. Ils ont déjà un emploi.

— *Nou*, ça serait peut-être mieux, dit Pa en levant les yeux de son *Der Tug*. Je te le demande. Le père est peut-être un travailleur. Le fils pas. Beaucoup, beaucoup de garçons juifs travaillent. Quel mal ça lui ferait ? Il pourra aller aux cours du soir s'il y tient. Ça fera un honnête garçon. Il participera aux dépenses de la maison. Ce serait plus facile pour tout le monde. Et pour toi aussi, non ? Tu commences à pleurnicher pour avoir un manteau d'astrakan. Beaucoup plus tôt, tu pourrais économiser pour l'acheter ; ton trésor, il grossirait vite s'il rapportait de l'argent, non ?

— Disparaissez sous terre tous les deux ! se rebiffa Ma. Que je veuille ou non un manteau d'astrakan, au lycée, il va !

— *Shoïn*, dit Pa en se moquant. Elle est en colère !

— Et pourquoi je ne le serais pas quand un père complote pour faire de son fils un travailleur de force, un cantonnier ! » répliqua-t-elle. Puis, s'adressant à Ira : « Et ce serait comme si, que Dieu m'en préserve, la terre se refermait sur toi pour qui j'ai pleuré et lutté pendant toutes ces années.

— J'aurai mon diplôme de toute façon ! hurla Ira. J'y retourne la semaine prochaine, pour entrer au lycée !

— Alors, va. Tu es vraiment mon fils. »

Incités par le directeur et les professeurs à s'inscrire dans la nouvelle classe commerciale, les quelques élèves qui ne partirent pas travailler restèrent à l'école 24, à l'exception des deux ou trois qui persistèrent et choisirent d'entrer au lycée. Des diplômés venus d'autres collèges de Harlem et des quartiers voisins, attirés par la perspective d'apprendre la sténographie, la dactylographie et la comptabilité au prix d'une année d'études supplémentaire, vinrent gonfler les effectifs. (Pour la première fois, Ira vit des Noirs dans une classe — discrets, effacés, mais noirs !) Il avait toujours méprisé les études commerciales, du moins depuis que les non-Juifs aussi bien que les Juifs lui avaient fait prendre conscience que les Juifs ne pensaient qu'aux affaires : le *bizniss*.

Mais : « Savoir taper à la machine et prendre des notes en sténo, savoir tenir une comptabilité et parler espagnol, cela vous sera utile toute votre vie, affirmait Mr. O'Reilly. Vous serez récompensés au centuple des efforts que vous aurez consentis pour apprendre ces matières. Souvenez-vous de ce que j'ai dit à certains d'entre vous à propos des billes que je n'ai pas perdues mais qui m'ont été volées. Ne faites pas pareil. Si vous suivez ces cours, cela ne vous arrivera pas. Ce sont de vrais cours de commerce. Vous acquerrez de solides compétences dans ce domaine, et dans le monde d'aujourd'hui, c'est indispensable. Et si vous les suivez dans notre école, celle que vous avez toujours fréquentée et avec les professeurs que vous connaissez et qui vous connaissent, vous bénéficierez d'un enseignement de la même qualité que celui de l'école de commerce du centre-ville. » Tic-tac faisait le tic de Mr. O'Reilly, paraissant rythmer ses paroles.

Mr. Housman, le professeur de géographie, devint professeur de dactylographie et de sténographie, et il enseigna ces deux matières avec tout le soin et la conscience professionnelle de celui qui vient lui-même d'acquérir ces connaissances. Il montra aux élèves comment corriger les fautes de frappe en glissant une feuille de papier sous la partie à gommer afin de récolter, comme avec une pelle à poussière, les petits morceaux de gomme avant qu'ils ne se logent dans le mécanisme des machines à écrire neuves — et il administra une bonne taloche à Ira quand il le surprit à passer outre.

Mr. Sullivan enseignait la comptabilité ainsi que l'anglais, et il semblait incapable de comprendre comment Ira pouvait être aussi brillant d'un côté et aussi obtus de l'autre. Et il le lui dit en termes on ne peut plus clairs. Mais, bon sang! pourquoi portait-on telle somme au débit, et telle somme au crédit, s'interrogeait tout le temps Ira, alors que des élèves moins doués que lui semblaient le comprendre sans trop de difficultés. Et comment empêcher un actif de glisser avec tant d'aisance vers le passif — et inversement —, cela le dépassait. De même que cela dépassait Mr. Sullivan d'expliquer — de manière permanente — la différence, si bien que tant le professeur que l'élève désespéraient. Mr. Kilcoyne, le fermier de Yonkers, enseignait l'instruction civique, et Mr. Lennard, en vertu de nombreuses vacances passées à Porto Rico, abandonna l'histoire pour l'espagnol.

CHAPITRE IV

Nuits horribles, l'arthrite, et le vieil homme... Raide, au supplice, il avait besoin de M pour s'asseoir dans son lit. Inutile de s'appesantir. La douleur lui conférait une singulière perspicacité, à la fois galvaudée et neuve : il n'était plus qu'un membre martyrisé du royaume animal...

Hier soir, il avait voulu avoir une discussion avec M à propos de son fils Jess, une discussion qu'il espérait enregistrer, mais les circonstances ne s'y prêtant pas, il avait préféré ne pas aborder la question, laquelle oscillait à présent dans son esprit comme un lent balancier. Après son retour d'Afrique — de Tanzanie, où il avait été instituteur, de Johannesburg, où il s'était occupé d'informatique et d'un long périple en stop jusqu'à Dakar —, Jess, de sa manière détachée, sembla avoir pris la résolution de ne plus évoquer ses pensées les plus secrètes ni aucun de ses problèmes avec ses parents, et son père en particulier. Et il persévéra — allant même jusqu'à ne plus s'entretenir que des sujets les plus superficiels. Il fuyait toute discussion sérieuse. Et quand Jane leur révéla comment il se conduisait, tout un ensemble d'hypothèses surgit dans l'esprit d'Ira : si son fils avait parlé de ses « problèmes », qu'il eût échangé des réflexions avec son père, ou mieux, avec ses deux parents, son comportement se serait peut-être modifié et il n'aurait pas traité Jane aussi mal, avec tant de cruauté et de dureté.

Mais une autre pensée vint faire contrepoids : il se pouvait fort bien qu'avant même la crise qu'avait connue leur relation, il eût déjà traité Jane de telle manière qu'il jugeait préférable de le dissimuler, ce qui expliquerait l'absence de communication entre le fils et ses parents. M : « Ta sollicitude pour Jane est-elle fondée sur ton ressentiment à l'égard de Jess ? » Et comment Ira aurait-il pu nier que c'était en effet une des raisons de son attitude : le sentiment d'affliction de se voir rejeté par celui qu'on aime, rejeté et exclu. Il n'avait jamais agi ainsi avec Ma. Dans la mesure du possible, toute immigrante qu'elle fût, à peine instruite des mœurs américaines, il lui avait parlé de ses activités, de ses expériences, de ses réflexions sur ses expériences (mais pas à son père ; jamais, car c'est lui qui avait été rejeté dès le début). Et pourtant — il devait se l'avouer —, ce n'était pas tout à fait vrai : quels crimes il avait cachés à Ma ! quels actes sordides ! Il y avait donc une analogie, limitée certes, entre le refus de Jess de communiquer avec son père et son propre comportement avec Ma. Que se serait-il passé s'il avait dit : « Maman, je... » S'il avait confessé : « Oui, maman, je... » Non, impossible.

Il ne serait jamais sûr, à moins qu'on ne découvre d'une façon ou d'une autre le dossier correspondant ou qu'il ne se donne la peine d'essayer de le retrouver. (Son dossier scolaire, il en était raisonnablement persuadé, existait encore ; quant à celui des employés de Park & Tilford, qui sait ? D'ailleurs, est-ce que Park & Tilford existait seulement encore ?) Il lui faudrait se risquer, décider arbitrairement qui précédait quoi ou alors si tout s'était déroulé de manière plus ou moins simultanée. Quoi qu'il en soit, il pouvait être certain d'une chose : pendant un temps, les deux éléments ayant joué un rôle si important, bien que différent, dans la direction prise par sa vie avaient empiété l'un sur l'autre. Intéressant, ce processus de délinéation introspective, songea-t-il. Cet agencement introspectif de matériau autobiographique ; cela ressemblait à une partie d'échecs, encore qu'il ne connût pas grand-chose aux échecs : les suppositions dans une direction déterminée étaient bloquées par les souvenirs contradictoires.

S'il avait obtenu cet emploi chez Park & Tilford avant d'avoir rencontré Farley H au collège — et il ne pouvait l'avoir rencontré ailleurs —, cela signifierait qu'il avait commencé à travailler à treize ans, car son quatorzième anniversaire tomba à peu près au début de sa première année de collège, c'est-à-dire en février. La loi autorisait-elle les adolescents de moins de quatorze ans à travailler après l'école dans des entreprises respectables ? Ira l'ignorait. Quelques recherches, et peut-être deux ou trois coups de téléphone suffiraient sans doute à dissiper cette incertitude (et il préférait de beaucoup travailler dans des contextes bien définis), mais tant pis. Donc, s'il était parti toute une journée d'été en auto-stop avec Farley, au cours de son année de collège, alors qu'il avait quatorze ans passés, comment expliquer qu'il ne se trouvait pas chez Park & Tilford ? (D'un autre côté, c'était peut-être un dimanche, quoique son souvenir eût la résonance d'un jour de semaine.)

Parmi le fatras de ses impressions contradictoires, le plus vraisemblable restait qu'il avait été engagé chez Park & Tilford à treize ans, à sa grande surprise présente (et passée), et qu'il y avait travaillé la majeure partie de son année de quatrième, jusqu'au collège où il avait fait la connaissance de Farley. Si c'était bien le cas, il devrait réviser certains des passages précédents — mais il ne le ferait pas. Donc, pour commencer, Park & Tilford — et il possédait une « preuve » pour étayer sa supposition, un souvenir incontestable : il se rappelait sans l'ombre d'un doute s'être présenté le premier jour chez Park & Tilford dans son complet « neuf » de bar-mitsva en serge bleue. Ce qui plaidait en faveur de sa treizième année, et par conséquent fixait à 1919 la date de son embauche.

CHAPITRE V

Quand Ira rentra à la maison ce vendredi après-midi, le visage de son père rayonnait de cordialité. Pa l'appela même *Irale*, le nom qu'il réservait à son fils lorsqu'il était particulièrement content de lui — ou qu'il voulait lui demander de faire une course ou de lui rendre un service quelconque. Ira consulta Ma du regard, dans l'attente d'une explication.

« Le facteur a apporté ça quand tu es parti pour l'école la deuxième fois.

— Après déjeuner ? demanda Ira en prenant la lettre.

— Pourvu que ce soit de bon augure », dit Ma.

Et Pa enchaîna, d'humeur enjouée : « Une de tes grands-mères doit veiller sur toi. »

Ira sortit la lettre de l'enveloppe déjà ouverte.

« Waouh ! j'ai un travail ! Park et Tilford ! Après l'école ! Youpi !

— Oui, *take*, dit Pa. Un magasin goy aussi luxueux, prendre un *Yidele* ! On n'a jamais vu ça.

— Ils t'ont demandé ? questionna Ma.

— Non, mais sur le formulaire, à la case religion, j'ai mis : juif.

— *Vunderbar !*

— Ce doit être Mr. Sullivan, dit Ira. Il m'a dit où m'adresser. Il est comptable après l'école.

— Ah ! fit Ma. Tu vois : les goyim. On dit qu'ils sont ceci, qu'ils sont cela. Un *mensh* est un *mensh*, goy ou juif. Il a eu pitié de toi. »

Ce qui rendait d'autant plus probable, réfléchit Ira, l'hypothèse selon laquelle il aurait obtenu cet emploi dans sa treizième année, quand il était encore en quatrième, et qu'il avait impressionné Mr. Sullivan par ses aptitudes en anglais ; en effet, si cela s'était passé l'année suivante, alors qu'il se trouvait dans la classe de comptabilité du même Mr. Sullivan, ce brave homme infirme et revêche mais plein d'humanité aurait sans doute hésité à recommander un élève aussi obtus (ce qu'il fit néanmoins plus tard).

Il devait se présenter lundi au magasin Park & Tilford situé à l'angle de la 126e Rue et de Lenox Avenue. La semaine, ses horaires seraient de trois heures et demie de l'après-midi à six heures du soir, et le samedi, toute la journée, de huit heures et demie à la fermeture, c'est-à-dire six heures. Il toucherait cinq dollars par semaine.

Oh ! c'était il y a longtemps, bien longtemps... Cependant qu'il se dépêchait de s'habiller pour partir à l'école, Ma lui fit ses dernières recommandations : être respectueux envers tout le monde, faire ce qu'on lui disait de faire avec le sourire — et essayer de ne pas salir son complet de serge bleue avant de se présenter l'après-midi à son travail. Il se contenta de répondre par des oui, oui irrités. Puis, vêtu de sa plus belle chemise et d'une cravate, muni d'un nickel supplémentaire pour son déjeuner et des bénédictions de Ma, il descendit et se dirigea vers Madison Avenue, expliquant aux camarades d'école qu'il rencontra en chemin après Mount Morris Park la raison pour laquelle il s'était mis sur « son trente et un ». De même qu'à Mr. Conway, le surveillant, au cas où la classe serait consignée. Tout se passa bien, et Ira se mit en route dès la fin des cours.

Il prit en direction de Lenox Avenue, s'efforçant de ne pas marcher trop vite — pour éviter de transpirer et de tacher ses habits du dimanche, et risquer ainsi de gâcher la bonne impression qu'il ferait au cours des négociations délicates qu'il ne manquerait pas d'entamer bientôt en tant que bras droit du directeur, ou bien dans le cadre des missions financières exigeant charme, tact et déférence qui lui seraient confiées. Il attendit une minute devant la vitrine somptueusement décorée du magasin afin de calmer les battements de son cœur, puis, resserrant la courroie autour de ses livres de classe, sa lettre à la main, il pénétra dans ce lieu à l'atmosphère feutrée, domaine des riches odeurs et de l'acajou. Le monsieur âgé et digne, avec col cassé et œillet blanc à la boutonnière, qui se tenait derrière le comptoir des tabacs et des eaux minérales, l'envoya au bureau du directeur.

Celui-ci se trouvait au centre du magasin, et Ira s'avança comme dans un brouillard, éperdu d'angoisse et de respect. Sur une estrade, derrière un bureau à cylindre entouré d'une balustrade en fer forgé, trônait Mr. Stiles. Pareil à un monarque, il régnait sur une douzaine d'employés zélés en veste marron qui écrivaient sur des blocs de papier jaune, le long d'un grand comptoir de bois sombre devant lequel des clients bien habillés patientaient, assis sur de hauts tabourets tournants. À en juger par les rangées de bocaux étincelants alignés sur le comptoir et par les paquets de café aromatique que les employés s'empressaient de retirer de sous les deux moulins électriques rouge et or un peu clinquants, ils devaient commander toutes sortes de denrées choisies.

Mr. Stiles, homme mince et mélancolique, leva les yeux de son bureau. Il avait des cheveux raides, châtain clair, coiffés en arrière avec une raie sur le côté, et sa langue sembla caresser sa chique tandis qu'il jetait un regard sur la lettre qu'Ira lui avait remise.

« C'est donc toi, Ira Stigman ? demanda-t-il en lui rendant la lettre.

— Oui, monsieur.

— Tu as déjà travaillé pour Park et Tilford ?
— Non, monsieur. »
Mr. Stiles se pencha au-dessus du bras de son fauteuil, expédia un filet de jus de chique dans le crachoir en cuivre posé par terre à côté, puis il se leva.
« Très bien, Ira, viens avec moi.
— Oui, monsieur. »
Si fort était son désir de plaire, qu'Ira avait l'impression que sa poitrine allait exploser.
Il suivit Mr. Stiles dans l'escalier qui descendait au sous-sol brillamment éclairé. Des rangées et des rangées d'étagères pleines de bocaux et de boîtes en fer-blanc s'étendaient jusqu'au fond. Devant, au pied des marches, deux hommes en veste marron s'occupaient des marchandises — conserves, petits paquets luxueux et sacs en papier fermés par une ficelle — empilées sur une grande table recouverte d'une plaque de zinc et surmontée de deux énormes bobines de ficelle, et les rangeaient soigneusement dans un immense panier en osier. Le directeur présenta Ira à un petit homme robuste et vif aux cheveux bruns bouclés, bien campé sur ses jambes qu'il avait non pas arquées mais étrangement concaves, et qui parlait avec un accent yiddish qui ne trompait pas. C'était Mr. Klein, l'employé chargé des expéditions. Il tenait une liasse de factures à la main et sa boutonnière s'ornait d'une petite étoile de bronze, l'insigne des vétérans de la Guerre mondiale.
« Où est Harvey ? demanda Mr. Stiles.
— Quelque part par là. Harvey ! appela Mr. Klein.
— Ici, ici.
— Il est à côté de l'évier. »
Mr. Stiles fit signe à Ira de le suivre. Vers le milieu de la cave, près du mur, un garçon de magasin, un homme souple et musclé, mélangeait de l'eau savonneuse à l'aide d'un balai laveur, penché au-dessus du profond bac d'évier émaillé. « Par ici,

Mr. Stiles. » Il serrait le manche du balai entre ses mains puissantes, et sa paume pâle tranchait sur le bois sombre. Il avait le visage grave et attentif ; à la boutonnière de sa veste marron, il portait le même insigne que Mr. Klein.

« Harvey, la fosse du monte-charge commence à être sale, vous ne croyez pas ?

— Si, monsieur, en effet, monsieur.

— Voulez-vous montrer à ce jeune homme... Ira ? »

Ira s'inclina avec empressement.

« Lui montrer comment la nettoyer, voulez-vous ?

— Très bien, monsieur !

— Et quand il aura fini, vous l'enverrez à Mr. Klein. Il lui expliquera ce qu'il doit faire ensuite.

— Bien, monsieur. »

Sur les conseils de Harvey, Ira alla accrocher sa veste dans les toilettes jouxtant l'évier. Après avoir essoré la lavette dans le seau, le garçon de magasin le vida, sortit une large pelle du placard, qu'il donna à Ira, puis il se dirigea vers le monte-charge qu'on utilisait pour les livraisons. La plate-forme se trouvait pour le moment au niveau de la rue, et, légèrement en contrebas par rapport au sol de la cave, le treuil massif autour duquel s'enroulait le câble du monte-charge formait comme un pont au-dessus de la surface d'une mare d'eau noire et malodorante.

« Installe-toi sur l'axe, dit Harvey. Et je te passe le seau et la pelle. »

Telle fut sa besogne : ramasser l'espèce de boue noirâtre au fond de la fosse avec une pelle, puis la verser dans le seau. Et une fois celui-ci rempli autant qu'il l'osait, car il fallait encore le soulever tout en se tenant en équilibre sur la machinerie, il le portait jusqu'à l'évier où il le vidait. Voilà donc le travail si passionnant pour lequel il s'était mis en frais, pensa-t-il avec amertume. Ce salaud de directeur, pourquoi ne laissait-il pas le garçon de magasin le faire ? C'était pour ça qu'on le payait, non ? Mais — et l'idée lui revenait sans cesse tandis qu'il se baissait pour écoper le mélange nauséabond d'eau et de graisse — peut-être qu'on le mettait à l'épreuve. Oui, c'était ça, il était prêt à le parier. Si seulement il ne portait pas son beau complet de bar-mitsva, le seul qu'il avait pour les mariages et les grandes occasions ! Pourquoi fallait-il qu'on lui demande ça juste aujourd'hui ? Mais ce n'était pas leur faute : c'est lui qui s'était fait des illusions, qui s'était montré trop désireux de plaire. Malgré toutes les précautions qu'il prenait pour ne pas s'éclabousser, sa culotte de golf présentait déjà une dizaine de taches. Et ses genoux ! tout salis au contact des parois de la fosse. Enfin, il n'y pouvait rien. Sa mère aurait beau crier, il gagnait de l'argent. Cinq dollars par semaine.

Il avait dû remplir une bonne dizaine de seaux. Lentement, le niveau d'eau stagnante commençait à baisser. Chaque fois qu'il faisait le trajet avec son seau, il en profitait pour examiner la cave. Là, après l'évier, il y avait une énorme glacière avec des portes vitrées. Un côté était fermé à clé derrière lequel se trouvaient des fruits dont il n'avait même jamais rêvé : des globes lisses de couleur orange, des petits et des gros, et d'autres de couleur chocolat, ou violet, tous l'air plus succulent les uns que les autres. Certains, il les avait déjà vus mais jamais goûtés : raisins aux grains verts et allongés, ou encore ronds aux reflets pourpres, pommes bien mûres et manifestement bien juteuses, et puis des poires, des prunes, des pêches, des abricots, des cerises, des mandarines. Quel assortiment ! Si un jour il parvenait à mettre la main dessus...

Dans l'autre compartiment étaient entreposés des produits plus ordinaires, quoique bien tentants : des fromages, des meules entières, des fromages en forme d'ananas, et puis des petites miettes de fromage — c'est du moins ce que les étiquettes disaient : cheddar au vin. Qui avait jamais entendu parler de cheddar ? Et de cheddar au vin ? Ce n'était probablement pas kasher ; c'est pour ça qu'il n'en avait jamais entendu parler. Et puis des paquets de beurre, et des cartons d'œufs. Attendez un peu qu'il connaisse mieux les lieux ! Et regardez cette rangée, là, en face : des boîtes de saumon. Et des boîtes de langouste, des boîtes de crabe, pas kasher tout ça, et dans ce petit pot, qu'est-ce qu'il y avait ? Du béluga ? Ah ! oui ! du caviar. Les sardines, il connaissait. Mais les anchois, qu'est-ce que c'était ? Dans de si minuscules boîtes. Il faudrait qu'il demande. Et l'autre rangée où il s'était glissé avec son seau vide quand personne ne faisait attention : waouh ! des kumquats au sirop, qu'est-ce que ça pouvait être que des kumquats ? Les marrons glacés, les figues, ça aussi il connaissait, mais les groseilles à maquereau, les framboises, les myrtilles... peut-être que Mr. Kilcoyne pourrait lui dire. Il savait tout en ce qui concerne les fruits et les légumes. Et ça ! le plus étrange de tout : au fond de la cave, enfermé à double tour, derrière d'épais barreaux en fer scellés, sales et poussiéreux — oh ! il savait ce que c'était, et au travers des toiles d'araignée on distinguait très bien les bouteilles recouvertes de poussière : là, on rangeait tout ce que la loi interdisait. La Prohibition, voilà la raison.

Enfin, après avoir vidé des seaux et des seaux, le ciment apparut sous l'eau noire ; puis, le fond de la fosse étant finalement dégagé, il entreprit de le nettoyer. Ensuite, il appela Harvey pour lui demander son avis.

« C'est du travail bâclé, ça, petit.

— Quoi ?

— Continue, et puis lave-moi ce seau et cette pelle.

— Oui, monsieur.

— Parfait. Et l'évier, qui est-ce qui va s'en occuper ?

— Vous voulez que je le nettoie ?

— Qui d'autre le fera ?

— Bien, monsieur.

— Et après, va voir si Mr. Klein a besoin de toi.

— Bien, monsieur. »

Mr. Klein l'envoya d'abord se laver les mains et la figure, puis il interrogea Harvey qui se dirigeait vers l'escalier avec une échelle double, un balai et une raclette :

« Comment il s'est débrouillé ?

— Oh, *comme ci, comme ça* », répondit Harvey en faisant tournoyer la raclette.

Mr. Klein adressa un clin d'œil à son adjoint qui se glissa sur la pointe des pieds derrière Harvey pour le chatouiller.

Le corps tout entier du garçon de magasin se convulsa.

« Bon Dieu ! fais pas ça, vieux ! » Un peu d'eau déborda de son seau et il roula des yeux. « Bon Dieu ! je te l'ai déjà dit, un jour on m'a fait ça et j'ai failli sauter du wagon de marchandises que j'ai pris pour quitter le Sud ! poursuivit-il en montant les marches sans cesser de surveiller derrière lui.

— Quelqu'un d'aussi chatouilleux, tu as déjà vu, Walt ? demanda Mr. Klein avec un large sourire à son assistant qui revenait vers lui.

— Moi ? jamais. » Walt, petit et rond, portant également un insigne d'ancien combattant au revers de sa veste marron, prit un paquet sur la table de zinc. « J'ai déjà vu des Noirs chatouilleux, mais comme lui, jamais. Vous savez, "Black Jack" Pershing commandait un régiment noir quand il a combattu les Mexicains. Vous imaginez à quoi ces types ressemblaient ? Pancho Villa n'aurait eu qu'à ordonner à ses troupes de les chatouiller.

— Ouais. Et après, Pershing, il avait plus d'armée.

— Et après les Mexicains se seraient noircis, hein, Klein ?

— Ouais.

— Bon Dieu ! tu piges pas la plaisanterie ? lança-t-il à Ira.

— Je ne sais pas. Se noircir ?

— Écoute, tu t'appelles bien Ira ? demanda Mr. Klein. Tu vois ces petits sacs bruns et le sucre dans le tonneau ? Tu as déjà pesé ?

— Baisé ? fit l'employé prénommé Walt.

— Bon, maintenant tu peux remonter au comptoir, lui dit Mr. Klein. J'ai un nouvel assistant.

— À vos ordres », dit Walt, puis, s'adressant à Ira : « Méfie-toi de ce type, c'est un vrai négrier.

— Bon, bon, ça va. » Mr. Klein le congédia, puis, désignant un tonneau, il demanda à Ira : « Tu vois ça ? Tu sais ce que c'est ? »

Ira se pencha. Le tonneau était à moitié rempli de petits cristaux blancs familiers.

« Du sucre.

— Très juste. » Mr. Klein pointa sur Ira un doigt accusateur. « Ta mère, elle en a du sucre ?

— Oh ! non ! Il faut qu'elle traverse toute la ville.

— Alors, maintenant, tu comprends. Le sucre, c'est rare de nos jours. On en donne seulement une demi-livre par client. On "hooverise", on rationne. Pour le reste, ce n'est pas trop grave, mais le sucre, je veux que tu le pèses, pas un gramme de plus, pas un gramme de moins, le poids exact ! » Il replia son index et agita une main menaçante. « Je vais te montrer pour le premier. Tu es juif ?

— Ouais.

— Très bien. Donc, une *yiddisher kopf* tu as. Regarde comment je fais. Ça, c'est un poids d'une demi-livre. » Il posa le poids sur l'un des plateaux blancs de la balance, et, d'abord rapidement, puis de plus en plus lentement, il versa le sucre dans un sac en papier à l'aide de la pelle qu'il tenait à la main. « *Farstaïst ?* Bien. C'est tout. Tu devrais te débrouiller. » Après quoi, il montra à Ira comment fermer le sac en tirant de la ficelle du cône géant installé au bout de la table, puis en l'enroulant autour de l'ouverture avant de faire une boucle. « T'attraperas vite le tour », dit-il en regardant Ira se livrer avec maladresse à sa première tentative, puis il retourna s'occuper des marchandises correspondant à ses factures, qu'il déposa au fur et à mesure dans l'un des grands paniers. De temps à autre, il s'interrompait pour consulter le petit guide rouge des rues de New York qu'il gardait à côté de lui sur la table de zinc.

« Tu ne sais pas où elle est, la 124e Rue ? demanda-t-il d'une manière typiquement juive après qu'Ira eut pesé et préparé une vingtaine de paquets.

— La 124e Rue ? C'est là que je vais à la bibliothèque. »

Mr. Klein le considéra gravement :

« Tu vas à la bibliothèque. Très bien. Suis-moi.

— Maintenant ?

— Bien sûr, maintenant. *Im eïn ani li, mi li ? Im lo akhshav, mataï ?* Tu sais un peu l'hébreu ?

— Non, répondit Ira en lui emboîtant le pas. Si, juste peut-être *barukh ata Adonaï.*

— Et tu as été au *heder* ?

— Ouais, mais là-bas j'ai pas aimé.

— Qu'est-ce que tu veux dire ?

— Je préférais la 9e Rue.

— C'est là que tu habitais ?

— Ouais. 749 East 9e Rue.

— Et pourquoi tu préférais là-bas ? »

Ira haussa les épaules :

« Tout le monde dans mon bloc allait au *heder*.

— Ah ! Très bien. » Mr. Klein s'arrêta devant la porte fermée de la glacière et détacha le trousseau de clés qu'il avait à la ceinture. « Tu sais ce que c'est, une corbeille ? » Il ouvrit la porte en verre, se baissa, et cependant qu'Ira répétait avec émerveillement le mot « corbeille », il tira de la clayette du bas la plus extraordinaire corbeille qu'Ira eût jamais vue, si belle, en osier tressé, munie d'une grande anse de forme élégante et remplie de la plupart des fruits que contenait ce compartiment de la glacière, une montagne de fruits divers parsemée de bonbons, de petits pots de confiture et de mélanges de noix, de noisettes et d'amandes, le tout sous un film transparent de celluloïd attaché aux bords par tout un jeu de cordelettes.

« Waouh !

— Maintenant, écoute-moi bien, dit Mr. Klein d'un ton sévère. Je veux que tu ailles livrer ça aux gens et à l'adresse indiqués sur l'étiquette. À eux et à personne d'autre. *Farstaïst ?* Ça coûte plus de *geld* que j'en gagne par semaine. Alors pas... » Il fronça les sourcils, inclina la tête et agita de nouveau une main menaçante. « ... pas d'erreur. C'est marqué où et à qui. Sur l'étiquette. Merrill. 27 West 124e Rue. Un gosse, tu n'es plus. Alors, te trompe pas.

— Et j'y vais quand ?

— J'y vais quand ? répéta Mr. Klein avec un petit rire désespéré. Je te l'ai dit. Ce soir. Maintenant. Immédiatement. Tu prends ta veste et ta casquette et t'y vas tout de suite. Tu as le nom et l'adresse. Il fait déjà nuit, te trompe pas.

— Je sais comment les numéros marchent.

— *Zeïr git.* Et après l'avoir livrée, tu rentres chez toi. C'est tout. Maintenant, va chercher ta veste et ta casquette. »

La magnifique corbeille attendait Ira sur la table près de laquelle se tenait Mr. Klein.

« Tout, il est payé, dit-il. Fais juste attention à l'adresse. Le nom, c'est Merrill. Tu vois l'étiquette ? 27 West 124e Rue. Près de la Cinquième Avenue...

— Je vous ai dit que je savais où c'était !

— Impertinent, on n'est pas !

— Bon, bon.

— Et *pavoïlé*, tu sais ce que ça veut dire ? demanda Mr. Klein en baissant la voix. Doucement. Ne la serre pas. Tiens-la comme ça. Ça vient de chez Park et Tilford. »

Ira passa son bras sous la grande anse et souleva la corbeille avec précaution.

CHAPITRE VI

Une voiture piégée explose devant une mosquée, ce qui entraîne des représailles de la part des chiites contre Israël et distrait le romancier de son récit. En fait, il se peut que les Syriens soient à l'origine de l'attentat et qu'il s'agisse d'une provocation. Quand cette tuerie impitoyable et perpétrée de sang-froid cessera-t-elle ? Qui sait si même elle cessera un jour ? Israël, le bouc émissaire du monde. Tout aussi épouvantable, mais qui, naturellement, me touche moins, il y a la guerre entre les Vietnamiens et les Khmers rouges, les Soviétiques en Afghanistan, les massacres des populations civiles commis par l'Iran et l'Irak. À quoi tout cela rime-t-il, comme on dit dans le Maine ? Les déclarations sanguinaires abondent encore dans certaines parties du globe. Le Dr. Maarouf al Dawalibi, conseiller du roi et délégué de l'Arabie saoudite, a déclaré lors d'une conférence sur la tolérance religieuse qui s'est tenue à Genève en décembre dernier : « Le Talmud stipule que si un Juif ne boit pas chaque année le sang d'un non-Juif, il sera damné pour l'éternité... »

Pendant qu'on médite sur pareille insanité, il faut se demander s'il n'y a pas qu'une seule solution : se débarrasser de la religion ! Si la race humaine doit survivre, si on doit l'empêcher de se détruire elle-même, alors le salut ne peut venir que de l'athéisme socialo-marxiste, l'athéisme socialo-marxiste *et* la coercition. Fini les Juifs, fini les énergumènes de Mea Shearim avec leurs papillotes et fini les enragés des autres religions, avec leurs *purdahs* et leurs *muezzins*. Quelle autre solution y a-t-il ? Ils vont s'entre-tuer sans merci jusqu'à la fin des siècles. Mais non, mais non, je me trompe. Ce n'est pas l'élément décisif du processus de paix. Je me trompe complètement. Quel rôle la religion joue-t-elle dans la guerre entre le Vietnam et les Khmers rouges, entre la Chine et le Vietnam, la Chine et la Russie, et la Corée du Sud, la Corée du Nord, l'Irak, l'Iran ? Un bien petit rôle, si ce n'est aucun. Alors ? Où cela me mène-t-il ? Quelle est, ou plutôt quelles sont les véritables raisons des conflits entre les nations qui engendrent tous ces massacres ? Toujours la même chose : les questions matérielles. Intérêts économiques, avantages stratégiques, expansions territoriales, questions de pouvoir... hélas !

Mon humeur est encore assombrie par le coup de téléphone de Toronto que nous avons reçu de Jane, la nuit dernière. Des plus inquiétants, des plus affligeants. Cette fois, pas au sujet de mon fils Jess et de son comportement dans le cadre de mes « théories ». Non, mes théories se vérifient. Jess commence à vouloir se justifier : son explication, que Jane nous a montrée, griffonnée au stylo bille rouge sur un bout de papier quand il est parti pour quelque temps, disant qu'il ne pouvait plus supporter de vivre avec les démons de Jane, prend à présent tout son sens à la lumière des nouvelles informations. Comme le disait M, et c'était la pire ou la meilleure des choses à dire, Jane ne faisait aucun effort pour dompter ses démons. On pourrait ajouter beaucoup, beaucoup d'éléments qui conféreraient au tableau un clair-obscur inquiétant : elle avait été l'objet d'une violente diatribe (dont elle communiquait les détails dans une lettre qui suivait) de la part de son camarade de chambre, qui l'avait insultée et invectivée pour toutes sortes de raisons, ce qu'elle mettait sur le compte de la frustration qu'il éprouvait à la suite de sa liaison malheureuse avec une femme infidèle. Présentée telle qu'elle était, ou bien transposée d'un individu à un autre, sa diatribe offrait une ressemblance troublante avec les calomnies de Jess, attribution métaphorique des démons. Dans un cas comme dans l'autre, les accusations semblaient provenir de la même cause : l'état anormal de Jane ou son comportement excentrique. Et qualifier son comportement d'excentrique, c'est encore se montrer charitable : sinon, on pourrait dire qu'il frise la paranoïa.

Ensuite, et c'est sans doute le plus important, son médecin suggéra à Jane un séjour en hôpital psychiatrique pour « se reposer, dormir et manger correctement ». On peut en tirer des conclusions excessives ou bien prendre les choses comme elles sont, à savoir qu'elle a besoin d'un soutien psychologique. Toujours est-il qu'elle opposa à cette suggestion un refus catégorique, presque irrationnel, fondé sur deux motifs : il était hors de question qu'elle quitte son logement actuel, qu'elle partageait avec ce « timbré » que toute personne normale se serait vraisemblablement empressée de fuir pour aller n'importe où (serait-ce son chat qui la retient ?). Et puis elle n'avait pas droit à l'allocation chômage, sans doute parce qu'elle cohabitait avec le propriétaire ou le copropriétaire des lieux.

Pour en revenir à la suggestion du médecin, appuyée par l'argument selon lequel elle ne pourrait pas être admise dans un hôpital « normal » dans la mesure où son état physique ne le justifiait pas, il aurait pu s'agir d'une façon de dissiper ses angoisses, d'effacer les stigmates provoqués par le fait d'entrer dans un établissement psychiatrique. Elle refusa, parce qu'elle se serait alors retrouvée enfermée avec des fous — bien que je lui aie assuré, sur la foi de mes quatre années d'expérience en tant qu'infirmier psychiatrique, qu'elle ne risquerait rien et qu'elle n'aurait rien à craindre, en tout cas sans doute moins qu'en partageant un appartement avec quelqu'un qui l'injuriait comme un dément.

Mais non. Elle est demeurée inébranlable. Elle n'a pas accordé la moindre attention à cette idée. Il y a trente-cinq ans, quand je travaillais à l'hôpital d'Augusta, j'avais inventé le sigle CPO, composé des initiales des mots dont l'absence indiquait un état psychotique : Contact. Perspicacité. Orientation. Et il commence à apparaître, ou disons qu'il existe de fortes présomptions en ce sens, que Jane manque du deuxième des trois pivots de la normalité. Quelle pensée accablante !

CHAPITRE VII

En remontant du sous-sol, Ira croisa Harvey dans l'escalier. Éclairé par une profusion de lampes électriques dont les larges abat-jour en verre coloré adoucissaient l'éclat, le magasin dégageait une impression de luxe discret. Bien que ce fût presque l'heure de la fermeture, un nombre étonnant de clients, des hommes pour la plupart, se trouvaient encore sur les tabourets devant les comptoirs de bois sombre. Peut-être s'agissait-il d'hommes d'affaires qui faisaient quelques courses avant de rentrer chez eux. Les vendeurs en veste marron notaient consciencieusement les commandes sur leurs carnets, ou bien montraient les marchandises aux clients. Tout cela se déroulait dans une atmosphère empreinte de dignité et d'extrême courtoisie — Ira s'efforça de ne pas ouvrir de grands yeux. Et de renifler discrètement. Mais que contenait donc ce bidon carré que l'employé posait sur le comptoir ? De l'huile d'olive extra. Et l'autre employé — Walt — qui disait : « Des câpres ? mais certainement, monsieur. » Qu'est-ce que c'était que des câpres ? Mr. Stiles avait déserté son estrade au centre de la boutique. Le directeur adjoint s'appelait Mr. MacAlaney, lui avait appris Mr. Klein, et c'était lui qui préparait les corbeilles. Un homme dont les cheveux blonds ondulés avaient des reflets cuivrés, chaussé de lunettes à montures en or, leva les yeux de son carnet, vit ce qu'Ira portait et fronça les sourcils avec sévérité.

« Alors, on part après seulement une demi-journée de travail, aujourd'hui ? demanda le monsieur digne aux cheveux blancs et au col cassé qui s'occupait du comptoir des tabacs.

— Hein ? Mais je travaille. J'ai cette corbeille à livrer.

— Ah, oui, je vois. Et où ça ?

— Ici, à Harlem. 124e Rue.

— Mr. Klein t'a laissé partir de si bonne heure ? »

Ira consulta la pendule au-dessus des étagères remplies de pots et de boîtes de tabacs sélectionnés. Elle marquait six heures moins vingt.

« Je ne sais pas, dit-il.

— Il est bien gentil avec toi, Mr. Klein. Et c'est un malin. Vous devriez bien vous entendre, tous les deux.

— Bon, faut que j'y aille.

— C'est juste. Tu as encore le chemin à faire. La corbeille est lourde ? »

Ira percevait maintenant une arrière-pensée dans les questions du vieil employé à l'allure distinguée, comme une moquerie railleuse. Le désir de le mettre en retard ? De le ridiculiser ? *Vous devriez bien vous entendre tous les deux*. Deux malins. Deux Juifs.

« Non, monsieur, répondit-il en se dirigeant vers la porte. C'est léger comme une plume. »

Un petit rire hautain le suivit jusqu'au trottoir. Le vieux salaud, qu'est-ce que je lui ai fait ? Il se mêla à la foule de Lenox Avenue, en majorité des gens qui rentraient chez eux, et qui se déversait de la bouche noire du métro au coin de la 125e Rue. Son premier jour de travail — l'exultation effaça en partie l'amertume née de son ressentiment : on lui avait fait faire ce boulot dégoûtant, nettoyer sous le monte-charge — comment il appelait ça ? Ah ! oui, la fosse. Tu parles d'une fosse ! Et quand Ma allait voir son pantalon en serge bleue ! Ouh ! là là ! le pantalon de son complet de bar-mitsva pratiquement neuf. *Oï ! oï ! oï !* Mais quand il allait lui raconter qu'il avait pesé du sucre ! Comme de l'or, elle dirait. Et Mr. Klein, ouh ! là là ! heureusement qu'il était juif. *Vous devriez bien vous entendre tous les deux*, le vieux salaud — mais Ma se contenterait de dire : *azoï ?* Et elle ajouterait : *take gliklekh*. Heureusement. *Take*. Et cette corbeille ! Ça aussi, quand il lui raconterait ! Avec tous ces fruits, toutes ces confitures. Si tu avais vu ça ! Plus que le salaire de Mr. Klein.

Ira attendit que le flic debout sur son socle au carrefour de la 125e Rue et de Lenox Avenue tende sa main gantée de blanc et siffle. Je suis grand, maintenant, se dit-il... et il traversa.

Ils sont tous morts, ils sont tous morts — la pensée lui déchira le cœur cependant qu'il s'apprêtait à appuyer sur la touche « escape » et à « sauvegarder » ce qu'il avait fait dans la journée. Tu entends, Ecclesias, ils sont tous morts. J'avais treize ans à l'époque, et on était 1919. Comme j'en ai à présent soixante-dix-neuf, ce sont soixante-six années qui se sont écoulées. Je suis sûr qu'ils avaient tous au moins cinq ans de plus que moi — qui d'entre eux pourrait être encore en vie ? Pas ce vieux débauché pompeux, ex-vendeur de vin et de liqueurs fines, redevenu poussière. Pas Mr. Stiles, ni Mr. MacAlaney — mais qui sait ? peut-être les plus jeunes : Tommy, par exemple, celui qui aidait Quinn dans le camion de livraison. Pourtant, il reste encore quelques vétérans de la Première Guerre mondiale, tremblotants, en mauvaise santé, affaiblis. Qui les connaissait alors sous ce nom ? Ils n'étaient que des vétérans de la Guerre mondiale, ou de la Grande Guerre. Ce serait la dernière, avait promis Woodrow Wilson. Il n'y en aurait pas d'autres, pas de deuxième Grande Guerre.

— Et toi, non ?

Oui, et moi. Ma besogne s'achève, Ecclesias.

« Il est quatre heures, annonce la voix aimée et neutre de M qui m'a supporté et soutenu durant toutes ces années. Tu veux que je sonne le couvre-feu ? »

« Il va falloir que j'y réfléchisse. Est-ce le terme exact ? Le couvre-feu ? Ou bien le glas ? »

CHAPITRE VIII

La corbeille délicatement serrée contre sa hanche, il suivit Lenox Avenue, puis tourna dans la 124e Rue. La nuit qui venait de tomber et la responsabilité nouvelle dont il se sentait investi modifiaient l'apparence de ce quartier pourtant familier. À mi-chemin de la Cinquième Avenue, la rue sombre et tranquille était bordée de chaque côté de maisons de grès brun jusqu'à hauteur de la petite avenue nommée Mount Morris Park qui longeait le parc. À partir de là, il n'y avait plus qu'une seule rangée de maisons qui donnaient toutes sur le parc éclairé par les lampadaires. Il n'avait pas encore atteint la façade grise de la bibliothèque que déjà il consultait avec anxiété les numéros décroissants inscrits au-dessus des portes — que se passerait-il si le numéro n'était pas le bon, s'il ne trouvait pas l'adresse ? C'était ce qu'il craignait le plus, ce qu'il craignait par-dessus tout, ce qui le hantait : saboter le travail qu'on lui confiait. Le patron de la fabrique de boutons l'avait envoyé à *la hundert und dezieme stritt*, et il s'était rendu à la 112e Rue au lieu de la 102e. Et le jour où il s'était trompé de carrefour pour attendre Pa avec le paquet contenant son smoking pour le banquet où il avait été engagé comme extra — jamais il n'oublierait sa joie en voyant un homme approcher : Pa, enfin ! C'était lui, ce ne pouvait être que lui — et Ira avait couru à sa rencontre — mais ce n'était pas lui ! Et puis guetter le tramway de Madison Avenue avec le repas de son père — et rêvasser, jusqu'à ce que Pa lui crie après de la plate-forme du tramway.

Oh ! non ! S'il se trompait, il lui faudrait retourner le plus vite possible au magasin. Mais est-ce qu'il serait encore ouvert ? Quelle honte ! Ou alors, affreuse alternative : rapporter la corbeille chez lui dans la 119e Rue — la magnifique corbeille dans l'horrible 119e Rue — par les horribles escaliers. Et Ma qui dirait : *Vus iz dus ?* Et Pa qui dirait : Hum ! *Er hot shoïn opgetin.* C'est bien de lui. Et, bien entendu, le directeur le ficherait à la porte. Dès le premier jour. Non, peut-être qu'il pourrait y aller le matin de bonne heure avant l'école. Et tant pis s'il devait être en retard. « J'irai, j'irai, Mr. Klein. Redonnez-moi l'adresse. » Mais peut-être que les fruits seraient abîmés — ouf ! c'était là : le 27 qui brillait en chiffres dorés, avec des automobiles garées devant.

Il grimpa les marches du perron — adressant au ciel des remerciements. Au moment où il sonnait, il éprouva une soudaine appréhension. Est-ce qu'il était censé monter ? Et pas plutôt descendre et frapper à la porte en fer ? Il s'apprêta à faire demi-tour, mais trop tard : la porte d'entrée s'ouvrit, et le monsieur élégant, un sourire cordial aux lèvres, la tête dressée pour accueillir ce qu'il supposait être un invité, baissa alors les yeux...

« Je... je me suis trompé, balbutia Ira. C'est... c'est... (Il désigna l'escalier du sous-sol)... c'est de Park et Tilford.

— Oh ? Vraiment ? C'est pour Merrill ? s'enquit le monsieur d'un ton courtois.

— Oui, monsieur. Oui. Merrill. 27 West.

— Raymond, faites-le entrer, dit une voix de femme à l'intérieur.

— Bien, ma chère. Viens, entre. »

Le monsieur élégant eut un rire charmant tandis qu'Ira faisait quelques pas dans le couloir et, rouge de confusion, pénétrait à sa suite dans un vaste salon où quelqu'un, une femme assise dans un fauteuil s'écria : « Dieu merci, ce n'est pas un agent de la Prohibition ! » Les rires déferlèrent sur lui comme une lame de fond.

Ira comprit alors l'ampleur de son erreur : sous le cristal brillant du lustre qui pendait du haut plafond, des femmes, arborant des rangées de perles et coiffées de petits chapeaux, se tenaient dans de profonds fauteuils en velours et fumaient des cigarettes dans de longs fume-cigarette. Autour d'elles s'affairaient des messieurs en costumes sombres et pantalons étroits portant de fines cravates sur des cols empesés et des chaînes de montre en or sur le devant de leurs gilets. Deux femmes en petits tabliers blancs et bonnets à dentelles, chargées de plateaux pleins de minuscules choses à manger de formes étranges, circulaient parmi les invités pour leur offrir toutes ces délicatesses, qu'ils paraissaient plus souvent refuser qu'accepter. Un homme en pantalon rayé et queue-de-pie, une bouteille entourée d'une serviette à la main, remplissait les verres en forme de coupes munis d'un long pied. Le vin pétillait et l'odeur se répandait malgré la fumée des cigarettes. Il était tombé sur une réception.

Il tendit la corbeille d'un geste maladroit et ôta sa casquette. « C'est... c'est la corbeille », bégaya-t-il.

Les rires déferlèrent de nouveau. Souriant gentiment, le monsieur qui l'avait introduit le débarrassa de son fardeau en lui disant « Merci », puis, examinant la carte épinglée dessus, il lança d'un ton faussement accusateur à l'adresse de l'une des femmes :

« Oh ! Myrtle, vous seule pouviez avoir une idée pareille !

— Splendide ! Quels fruits délicieux ! Oh ! regardez ces ravissants petits pots de confiture ! s'exclamèrent en chœur les invités comme il posait la corbeille sur une table ronde en marbre veiné.

— Je pense que nous devrions la défaire maintenant, vous n'êtes pas de cet avis, ma chère ? demanda le monsieur courtois à une femme assise dans l'un des fauteuils, vêtue d'une robe vert foncé à collerette verte.

— Oui, profitons de ce que tout le monde est là. Sinon, nous risquerions de gâcher notre petit effet. » Il y eut des rires. « Jenny, voulez-vous vous en occuper, je vous prie ? » dit-elle à l'une des filles en bonnet à dentelles. Puis elle reprit à l'intention de l'autre femme : « Myrtle, vous avez décidément le génie pour créer la surprise. »

La dénommée Myrtle avait les lèvres outrageusement rouges, les paupières violettes et des bagues à la plupart des doigts de ses deux mains.

« Je n'avais pas prévu que j'aurais un aussi charmant complice, dit-elle d'un ton malicieux, le regard fixé sur Ira qui ne savait plus où se mettre.

— Je vais te reconduire, proposa le monsieur aimable.

— Merci, m'sieur, dit Ira qui s'empressa de le suivre.

— Tu y verras assez clair dans l'escalier ?

— Oui, m'sieur. Pas de problème.

— Tiens, voici pour ta peine.

— Je..., commença Ira, s'interrompant lorsqu'il sentit les deux pièces dans sa main. Merci, fit-il alors avec ferveur.

— C'est toi qu'il faut remercier. »

La porte se referma entre le monsieur qui souriait et Ira.

Il descendit les marches du perron. La file des voitures était toujours garée au bord du trottoir, et, comme il s'éloignait, il remarqua des chauffeurs à l'intérieur de deux ou trois d'entre elles, des limousines noires et des chauffeurs en uniforme qui le suivaient des yeux. Quelle richesse ! Quelle classe ! Il examina les pièces de monnaie à la lumière des fenêtres de la bibliothèque. Quinze *cents*. Une sacrée somme comme argent de poche !

Par habitude, il traversa, puis longea la palissade du parc jusqu'à l'entrée de la Cinquième Avenue. Il entra et contourna la colline côté Madison Avenue. La richesse. C'était donc ça la richesse ? Être riche c'était avoir — oh ! il connaissait bien le mot : du goût. Oui, du goût. Et du savoir-vivre. Ça vous laissait rêveur : le haut plafond, le lustre en cristal et les femmes avec une double rangée de perles qui tenaient à la main des verres de vin pétillant. Et le gentleman à moustache qui allumait les cigarettes des dames. Du papier peint à fines nervures, pointillé d'or et de chocolat. Un plancher marqueté. La richesse. Était-ce uniquement l'argent qui permettait cela ? Ira sentit son cœur se serrer tandis qu'il marchait vers la 120e Rue. Non. C'est ce qu'oncle Louie disait... Il fallait être né comme ça — ne pas être juif. Pas seulement riche, mais avoir cet éclat, ce style. Est-ce qu'un monde semblable l'attendait ? Et où ?

Avec les cinquante *cents* par semaine que Ma me donnait sur ma paye, j'ai pu économiser assez pour m'acheter une montre Ingersoll à un dollar avec un cadran au « radium ». On la glissait sous l'édredon, dans le noir le plus profond, et le cadran projetait une faible lueur qui suffisait à éclairer la petite grotte. Quelle fascination ! Comme les lophiidés (voir définition dans le dictionnaire). Serais-je revenu à la maison occupé de pareilles pensées, déjà plongé dans cette ornière que j'étais si désireux de creuser, comme si je ne savais rien de plus que mon double ? Ou sans comploter, sans manœuvrer, sans dissimuler en pensant à ce dimanche matin et à ce que je pourrais faire de mes quinze *cents* ?

— À l'évidence, non.

Quel fardeau, Ecclesias. Parfois, on s'assied et on essaie physiquement, oui, physiquement, de se dégager du placenta trouble qui vous entoure, et on essaie de savoir, par un effort de volonté, de percevoir, ne serait-ce qu'un instant, ce que la vie aurait été sans cela. N'aurais-je pas eu la tête dans les étoiles ? Quinze *cents*, youpi ! Un éclair au chocolat acheté avec mon propre nickel à la pâtisserie près de l'école 24, ou un millefeuille bourré de crème. Quoi d'autre ? Qu'est-ce qu'un gamin pouvait se payer avec quinze *cents* en 1919 ? Une place de cinéma. Un ice-cream soda pour une *dime*. Et ma tendre agnelle, à l'autre bout du mobile home, qu'aurait-elle acheté dans la glorieuse innocence de son enfance ? Un esquimau ? Quand oncle Bub est venu leur rendre visite à Chicago, le riche oncle Bub, et a emmené toute la famille au restaurant : oh ! une omelette norvégienne comme elle en commandait toujours. Mais, moi...

— Tu as économisé, et acheté une montre Ingersoll.

J'ai fait de la spéléologie.

CHAPITRE IX

La succursale Park & Tilford où je travaillais se trouvait à l'angle de la 126e Rue et de Lenox Avenue, tandis que mon école s'étendait de la 127e à la 128e Rue, entre Madison Avenue et la Cinquième Avenue. Une distance de trois blocs séparait les deux endroits, et la demi-heure dont je disposais entre la fin des cours et le début de mon travail au magasin me suffisait donc amplement.

Les jours de semaine, quand on ne m'envoyait pas faire une course, chercher un article quelconque dans une autre boutique Park & Tilford, faire réaffûter les lames Gilette du sous-directeur, Mr. MacAlaney, à l'échoppe de la Troisième Avenue qui effectuait ce genre de travaux, ou bien livrer une somptueuse corbeille de fruits, je me rendais utile au magasin : je regarnissais les étagères du sous-sol, remplissais les boîtes de café au rez-de-chaussée, ou encore je pesais des denrées rares dans des sacs de papier brun, sur la balance installée au bout de la table recouverte de zinc. La plupart du temps, néanmoins, j'aidais Mr. Klein, l'expéditionnaire. Râblé, vif et décidé, Mr. Klein était le responsable du stockage des commandes d'épicerie — en tenant compte des nécessaires considérations de logistique — dans les immenses paniers qu'on chargeait chaque matin à bord des camions. Les après-midi de semaine, je l'assistais dans la préparation des paniers pour le lendemain. Et le samedi, j'accompagnais l'un des camions.

On était en 1919, et dans les grands immeubles, on livrait encore les marchandises par l'intermédiaire de monte-plats. Aussi ces derniers devinrent-ils, pour moi, presque un mode de vie. C'était vrai pour les samedis, de même que fréquemment pour les jours de semaine, un mode de vie et une épreuve : monte-plats dans les sous-sols mal éclairés des immeubles de West End Avenue et de Riverside Drive, monte-plats dans les immeubles de Broadway, monte-plats dans les nouveaux ensembles en béton du Bronx. Peu familier de ces quartiers, surtout au début, doté d'un mauvais sens de l'orientation et l'esprit souvent rendu trop confus par l'anxiété (je devais me rappeler les indications qu'on m'avait éventuellement fournies), j'errais parfois, saisi d'une véritable panique, au milieu d'un labyrinthe de poteaux rectangulaires et de cloisons en ciment, à la recherche du monte-plats sur lequel figurait le nom correspondant à celui inscrit sur la commande que je transportais dans une caisse en bois.

Repérer enfin le bon nom à côté du bon bouton, appuyer sur celui-ci, entendre la porte s'ouvrir au-dessus de moi, voir un éclair illuminer le puits noir et annoncer : « Park et Tilford », puis poser ma boîte sur l'un des deux étages du monte-plats, tirer sur la corde rugueuse jusqu'à arriver à peu près au niveau voulu et ensuite m'efforcer de suivre les instructions qu'on me criait : « Un peu plus haut », ou : « Un peu plus bas », et enfin : « Attendez. Tenez un instant ! » Et finalement, après qu'on m'avait dit merci, récupérer ma boîte en faisant descendre à toute vitesse le monte-plats qui heurtait le fond avec un choc sourd. La livraison était enfin terminée, quoique, pour l'être correctement, il fallait encore que je parvienne à regagner la rue où le camion attendait, et cela dans un délai raisonnable. Les trois chauffeurs, Shea, Quinn et Murphy — ainsi que l'assistant habituel de Quinn, Tommy Feeney, à peine plus âgé que moi — s'amusaient énormément à mes dépens quand, enfin, j'émergeais de ce dédale de sous-sols, clignant des yeux dans la lumière.

Un jour, après les vacances de Thanksgiving, je trouvai un dollar supplémentaire dans mon enveloppe de paye : 6 dollars au lieu de 5. Et je me vantai partout d'avoir été augmenté pour mon travail exemplaire. Ce à quoi le vieux débauché à l'air aristocratique en col cassé, autrefois responsable des vins fins et des liqueurs, mais réduit maintenant, Prohibition oblige, à servir au comptoir des cigares et des tabacs, répliqua : « Park et Tilford ne donne jamais d'augmentation. »

Je pensais qu'il cherchait simplement à se montrer désagréable à l'égard du Juif que j'étais, mais il s'avéra qu'il avait raison : j'avais gagné un dollar de plus parce que Quinn avait réclamé deux heures supplémentaires pour lui-même et son équipe — dues sans doute, du moins pour une part, à mes errances d'abord en quête de monte-plats dans le labyrinthe des sous-sols caverneux du Bronx, puis de la bonne sortie...

Dans les immeubles plus petits et démodés, de même que dans les maisons cossues, en particulier celles situées au nord et à l'ouest de Mount Morris Park ainsi que dans le voisinage du magasin, il n'y avait en général pas de monte-plats. Quand Mr. Klein m'expédiait avec Shea au volant du camion Model-T réservé aux clients du quartier, je revenais aux traditions. Par exemple, je montais l'escalier avec ma caisse de pommes sous le bras. Je préférais nettement cela, car ainsi je n'éprouvais ni angoissantes incertitudes, ni ne risquais de me perdre, et, de surcroît, il m'arrivait de récolter un pourboire.

J'avais aussi la possibilité de voir comment vivaient des gens appartenant à une classe sociale différente, les non-Juifs raffinés — pas comme ceux du quartier de taudis où j'habitais, les « baraques », comme tout le monde les appelait : les appartements sans eau chaude de la 119e Rue Est —, des non-Juifs qui nageaient dans l'opulence et dans les demeures desquels ne figurait pas toujours une image de Jésus désignant son cœur pourpre dénudé. De temps en temps, j'avais le plaisir d'être récompensé par l'apparition d'un monsieur grave et digne, en chaussons de cuir et veste d'intérieur au col de satin, fumant une pipe en écume. Parfois, la maîtresse de maison, encore vêtue de sa belle robe de chambre en soie imprimée, me faisait entrer dans la cuisine. À plusieurs reprises, alors que, absorbé dans ma tâche, je déposais les provisions sur la table, j'ai senti une main qui me caressait doucement les cheveux et, levant les yeux, j'ai vu le visage coquin et creusé de fossettes d'une femme que son geste semblait elle-même étonner.

— Ça ne te dérange pas? demandait-elle.

— Non, m'dame, répondais-je d'un air blasé. D'autres dames m'ont déjà fait pareil.

— Vraiment? Cela ne me surprend pas. Qu'est-ce qu'une femme ne donnerait pas pour avoir des cheveux bouclés comme les tiens. »

CHAPITRE X

... Il entendit un choc sourd dans le séjour, qu'il ne parvint pas à identifier.

« Tu n'as rien ? » demanda-t-il.

« Une simple maladresse, répondit M. Ça va. »

« Tu es tombée. Ma pauvre petite. Sur quoi as-tu trébuché ? »

« Je ne te le dirai pas. »

Elle avait pris une voix de petite fille. Elle s'était déjà relevée et se dirigeait vers la cuisine.

Une voix de petite fille. L'esprit sélectionna cette image au milieu du fouillis des souvenirs de ses chutes précédentes, ses chutes par trop fréquentes : la fois où ils se promenaient un soir dans Florence en compagnie de Mario M, le traducteur italien de son roman, et où elle avait buté sur une aspérité du trottoir et était tombée avant qu'on ait pu la rattraper. Elle avait les lunettes cassées, le front et le nez écorchés. Un problème de muscles extenseurs du pied, conséquence de sa longue immobilisation, une paralysie presque totale provoquée par une forme impossible à diagnostiquer de myélite, semblable au syndrome de Guillain et Barré. Il s'était passé tant de choses avant, tant d'épisodes, et il fallait tant « d'histoire » pour rendre avec fidélité le plus sommaire des préambules au sujet de son côté petite fille, la petite fille qui se cache sous le cher visage ridé de la grand-mère. C'est à travers la petite fille qu'il avait accompli sa régénération, qu'il était parvenu à une condition d'adulte plus satisfaisante — quoi dire d'autre ? —, une représentation de lui-même plus acceptable, une identité moins répugnante.

... Et atteint ce stade — avec ironie, toujours avec ironie — où il se trouvait déjà au sein de la zone funèbre, la zone terminale, où les pensées revenaient sans cesse vers les amis disparus, les temps révolus, les occasions perdues. Et pire, tous, les amis disparus comme les temps révolus, avaient laissé trop peu de traces en lui, trop peu de témoignages durables pour qu'il pût se rappeler avec précision et en détail les démêlés d'alors, les discussions, les remous, les différences, les accords et les désaccords changeants de l'époque, les accrochages et les marchandages, les errements et les mécontentements, leur contenu réel, leur formulation particulière. Il n'avait pas assez écouté ! Fait semblant, la plupart du temps. Il ne s'était pas impliqué, n'avait jamais marqué pleinement son accord, ni passionnément son désaccord. Il s'était surtout montré détaché.

Il pensa à Joyce : combien de fois n'avait-on pas noté que tout en abandonnant l'Irlande afin d'embrasser la « grande culture universelle » de l'Europe, c'était toujours sur l'Irlande qu'il écrivait — une Irlande ramenée aux limites d'une paroisse. Bref, il avait été incapable d'assimiler la vaste culture occidentale cosmopolite et « universelle » à laquelle il avait alors un accès illimité. Pourquoi ? Ou pourquoi pas ? Un autre Irlandais, Bernard Shaw, lui aussi de Dublin, mais qui n'était pas catholique, avait quitté l'Irlande une vingtaine d'années avant Joyce, sans fanfare, sans affectation et sans déclaration publique, mais dans un but pratique, pour aller vivre en Angleterre et exploiter facilement, en toute liberté, les petites faiblesses et les mœurs européennes, et cela avec succès et de manière divertissante. En un mot, il avait su « utiliser » la culture européenne en tant qu'écrivain, auteur dramatique. Pourquoi ? Tout simplement, et peut-être trop simplement, parce qu'il se confrontait aux idées, aux tendances et aux problèmes de l'époque.

Mais pas Joyce. C'était un choix délibéré. Il avait fui l'Irlande précisément pour éviter d'être confronté à l'idéologie. « Silence, exil, réflexion », empruntée à quelque ordre religieux, telle avait été sa règle (affirmait-il). Et pourquoi l'avait-il adoptée ? Selon toute probabilité, il avait fait de la nécessité une vertu. Il s'était enfermé en lui-même, pour une raison quelconque, tout comme Ira, prisonnier des « menottes forgées par son esprit », pour citer Blake. S'être débattu contre lui-même, les avoir arrachées, avoir lutté pour s'émanciper de son vaste ego, certes, l'avait peut-être amené plus près de son slogan racoleur que la voie qu'il avait choisie, mais sans prélever son tribut de désuétude. Tandis qu'accepter son ego hermétique, l'exploiter, projeter ses attachements freudiens sur Bloom, le Juif nominal, lui promettait la première place dans les lettres anglaises du XXe siècle, promesse tenue. Il avait emmagasiné une électricité créative pour une décharge suprême.

Et dans une mesure incomparablement moindre, lui, Ira, fit de même ; il fit pareil, lui qui se rendait compte à présent qu'un bon cœur, un cœur aimant, perspicace, loyal et compréhensif était bien plus précieux que la reconnaissance de son art. De là, de sa zone funèbre, où il se sentait frôler de plus en plus près tout ce qui avait disparu, lui venait enfin cette sagesse, accrue par la femme qui l'aimait en dépit de tout — et la sagesse gagnée grâce à elle avait son serviteur : l'humilité. Pauvre Joyce — se dit Ira en passant —, non seulement il avait épousé une illettrée à l'esprit terre à terre, mais, au contraire de Blake, si monumental était son ego qu'il n'avait fait aucun effort pour l'élever à son niveau, ce que Blake avait fait, et ce qui, s'il l'eût également fait, aurait peut-être contribué à le ramener vers son peuple grâce au sain discernement et à l'intelligente dévotion qu'elle manifestait. « Dans les desseins de Dieu, une séante et joyeuse conversation est la principale et la plus noble fin du mariage... », dit John Milton. On peut se demander si, en définitive, une séante et joyeuse conversation ne fait pas toute la différence entre une érudition fructueuse et une érudition stérile, entre une réunion fructueuse avec son peuple et un badinage stérile avec les mots...

CHAPITRE XI

Je finis par bien connaître le magasin, et peut-être même trop bien — en particulier le sous-sol. Je savais où l'on stockait chaque denrée, dans quelle rangée, sur quelle étagère. Seuls les fruits frais enfermés dans la glacière et le réduit plein de toiles d'araignée qui contenait le vin et le whisky, condamné par des barreaux, cadenassé à double tour et couvert de scellés, se trouvaient hors de ma portée. Chaque fois qu'on me laissait seul pour réapprovisionner les stocks avec les cartons qui venaient d'arriver, j'en profitais pour goûter et savourer tout ce qui était accessible, ou que mon ingéniosité rendait tel : une belle cerise brillante ou deux prélevées dans un bocal de cerises au marasquin, le régal indicible que constituait une minuscule boîte d'anchois salés enroulés sur eux-mêmes — qu'on ouvrait à l'aide de sa propre clé —, et puis les petits gâteaux, les biscuits et les fruits secs.

Et je fauchais, toute une gamme de mets délicats : une petite boîte de saumon de qualité supérieure dans la poche de ma veste à carreaux, des parts de crème de gruyère enveloppées dans du papier d'aluminium que je cachais soigneusement sur moi. Des œufs. Au cours de la période où Herbert Hoover, « le grand ingénieur », mit sur pied le programme d'aide économique pour l'Europe et où « la cherté de la vie » faisait l'objet de toutes les discussions, les œufs coûtaient 1 dollar 20 la douzaine. J'en rapportais un dans chaque poche aussi souvent que je le voulais, mais à intervalles raisonnables. « *Oï ! gevald ! ganef*, tu vas te faire prendre ! » s'écriait Ma pour seule réprimande. Et le sucre : il était devenu si rare que Park & Tilford le limitait à une demi-livre par commande et par client. Non seulement je dérobais des paquets pour notre consommation personnelle, mais je conclus un marché avec le contrôleur juif de la station de métro au coin de Lenox Avenue et de la 125e Rue (métro que je prenais plusieurs fois par semaine, et pour lequel on me donnait à chaque fois dix *cents*) : un paquet de sucre en échange de l'accès gratuit au quai. C'est un miracle que je ne me sois pas fait pincer.

La chance continua à me sourire jusqu'à cet après-midi où je vécus une expérience si douloureuse que je la pris pour un avertissement : voilà ce qui m'attendait au cas où je ne m'amenderais pas (ce que je ne fis d'ailleurs pas ; je me contentai d'agir avec davantage de précautions). Pendant que Mr. Klein réceptionnait des marchandises sur le trottoir et que Harvey, le garçon de magasin, vaquait à ses occupations au rez-de-chaussée, je me glissai vers le compartiment des produits laitiers de la glacière où j'avais repéré un peu plus tôt une meule de gruyère fraîchement entamée. À côté d'elle se trouvait le large couteau à fromage. Les yeux fixés sur l'escalier, guettant le moindre bruit de pas, j'entrepris de couper une tranche qui ne ferait qu'agrandir légèrement l'angle déjà formé. Malheureusement, je ne pris pas garde à la façon de tenir le couteau et j'appuyai de toutes mes forces avec mon pouce sur ce que je pensais être le bord non coupant de la lame.

Je compris tout de suite mon erreur. Le sang gicla de mon pouce profondément entaillé. Comme si le fromage avait inversé les rôles et que ce soit lui qui m'ait coupé ! Saisi de frayeur, je lâchai le couteau pour fuir le théâtre de mes exploits — et réalisai aussitôt que la glacière était éclaboussée de mon sang. De même que le fromage ! Et le couteau ! Je retournai en courant et tentai d'effacer les preuves de ma culpabilité, mais je ne réussis qu'à étaler les taches. Je me précipitai aux toilettes, déroulai des mètres et des mètres de papier, et, un mouchoir autour de mon pouce afin d'absorber le sang à défaut de stopper l'hémorragie, je mouillai le papier sous le robinet de l'évier pour en faire une sorte d'éponge, puis je me mis à frotter, à essuyer, à frotter de nouveau, puis j'allai chercher encore du papier, et puis je recommençai, m'attendant à tout instant à voir arriver Mr. Klein ou Harvey, ou pire, Mr. MacAlaney, le sous-directeur venu préparer une corbeille. Personne ne descendit. Je parvins je ne sais comment à effacer les traces de mon forfait à l'aide d'une seule main, car le sang continuait à couler de mon pouce. J'en porterais d'ailleurs la cicatrice toute ma vie.

Je nouai le mouchoir autour de plusieurs épaisseurs de papier toilette pour essayer de dissimuler le sang de mon mieux, sans grand succès du reste, puis j'attachai ce pansement de fortune avec de la ficelle que je prélevai sur la grosse bobine au bout de la table de zinc. L'ensemble ressemblait à une prothèse sortie du cerveau d'un fou et était à peu près aussi discret qu'un traversin.

Mr. Klein et Harvey revinrent ensemble. Ce dernier portait une pelle pleine d'éclats de verre mêlés de mayonnaise.

« Qu'est-ce qui est arrivé à ta main ? demanda Mr. Klein.

— Je l'ai coupée — je me suis coupé avec un morceau de verre.

— Où ça ?

— Dans la poubelle. Je voulais la tasser pour y caser des bouts de papier d'emballage. »

Harvey me considéra en fronçant les sourcils, puis il s'éloigna.

« Ça m'a tout l'air d'une hémorragie, dit Mr. Klein. Tu ferais mieux de monter voir Mr. Stiles. Il a tout ce qu'il faut pour soigner les coupures dans la pharmacie. Tu as peut-être besoin qu'on te pose une ou deux agrafes. Chez le docteur, tu devrais aller. Fais voir.

— Non, non, c'est rien.

— Fais voir. Ça pourrait s'infecter.
— Non, non.
— Le magasin, il payera. Ils sont assurés. Qu'est-ce qui te prend ? Il y a des docteurs pour ça.
— Non, non, c'est rien.
— Dans ce cas, tu ne pourras t'en prendre qu'à toi-même. Eh bien ! *bi'st du a yold* — tu sais ce que c'est, un *yold ?* Comment tu vas porter une grande corbeille avec une main comme ça ?
— J'y arriverai. J'ai encore l'autre.
— Si tu laisses du sang sur les marchandises, je t'envoie à Mr. Stiles. Et à la maison, tu rentres. »

Ainsi... le vieil homme qui écrit... trop imprégné d'ironie littéraire pour se laisser aller à s'apitoyer sur son sort, une ironie littéraire qu'il aimait tant ; le vieil homme qui fait métier de scribe pour contrer le temps pendant que sa femme dans sa robe de chambre turquoise lave la vaisselle à l'évier de la cuisine. Les souvenirs qui se sont formés il y a si longtemps se font discrets, immuables.

CHAPITRE XII

Je suis assis dans le camion de Murphy, garé devant un immeuble gris du Bronx, un bâtiment de cinq étages sans ascenseur. Une heure passe, puis une heure et demie. Un garçon timide apparaît sur le seuil avec une grosse part de gâteau à la noix de coco — pour moi. Puis il rentre. J'engloutis le gâteau. Un peu plus tard, Murphy apparaît à son tour — l'air curieusement satisfait, curieusement aimable. Les livraisons terminées, ma journée de travail du samedi est achevée. Murphy regagne le garage et me dépose 119ᵉ Rue Ouest. Le dimanche, le magasin est fermé. Quand je me présente le lundi après-midi, Mr. Klein m'interroge : « Murphy t'a fait attendre devant cet immeuble ? » Et comme je hoche distraitement la tête, il a un large sourire — et Harvey aussi ; de même que tous ceux qui se trouvent à portée de voix.

Pourquoi Quinn et son aide, Tommy, m'observent-ils d'un air si amusé pendant que je sauce mon plat de rosbif avec plusieurs tranches de pain ? Eux, ils ne mangent qu'une seule tranche par repas ; celle qu'ils utilisent pour pousser ; sur leurs assiettes s'empilent des montagnes de corned-beef et de choux, ou de jambon de Virginie et de pommes de terre. Et le serveur irlandais, un grand costaud en tablier blanc, les pieds solidement campés dans l'épaisse couche de sciure qui recouvre le sol, sourit lui aussi. C'est mon premier repas dans un restaurant, la première fois que j'accepte consciemment de manger de la nourriture non kasher...

Et maintenant, je vide un grand sac de café odorant dans la boîte laquée noire sur laquelle est écrit MOKA en lettres dorées, tandis que de l'autre côté du comptoir, les dames et les messieurs comme il faut, assis sur les tabourets tournants, me regardent. Me sentant soudain gêné, je relâche ma prise sur le sac, et il m'échappe ; des grains de café roulent par terre. « Bah, c'est pas grave, j'avais presque fini », dis-je en manière d'excuse. Des rires joyeux et spontanés saluent ma remarque.

Et maintenant, une corbeille sous le bras, je m'avance, la démarche incertaine, sur le pont d'un paquebot amarré le long d'un quai de la North River, un paquebot de la Cunard, et je sens sous mes pas les trépidations des machines qui tournent au ralenti cependant qu'autour de moi se pressent les passagers, leurs amis et ceux venus leur souhaiter bon voyage. Tous sont emmitouflés dans des fourrures et des étoffes de laine pour se protéger de la bise mordante qui souffle du fleuve. Des stewards en veste blanche entrent et sortent par les portes du bar et du salon. Sur les indications d'un homme d'équipage, je me dirige vers la cabine du commissaire de bord, et je reste planté devant ; je n'arrive pas à me décider à frapper et j'espère que quelqu'un va sortir pour que je n'aie pas à le faire. Des hommes d'équipage passent et repassent devant moi et, enfin, le commissaire de bord (je suis sûr que c'est lui) en uniforme bleu marine surgit, l'air très affairé, et lance d'une voix irritée :

« Qui est-ce ? Où est-il ? »

Il s'exprime dans une langue un peu différente de celle à laquelle je suis habitué.

Et moi, tremblant :

« J'ai une corbeille pour... pour quelqu'un sur le bateau. Mr. et Mrs..., dis-je en saisissant l'étiquette.

— Ah ! c'est de toi qu'ils parlaient, fiston ? » Il hoche la tête comme s'il s'apercevait qu'on lui avait fait une farce, et un sourire vient effacer sa mauvaise humeur.

« Oui, monsieur. J'ai cette corbeille... pour ce bateau... Mr...

— Parfait, parfait, fiston, dit-il en consultant l'étiquette. On s'en occupe. Tu t'es adressé au bon endroit.

— Oui, monsieur », dis-je en lui tendant l'élégante corbeille de fruits sous son emballage craquant de celluloïd.

Il la prend, puis, avec ce qui me semble être un petit sourire malicieux, disparaît à l'intérieur.

Soulagé d'être délivré de mon précieux fardeau, je regagne la passerelle en me frayant un chemin au milieu de groupes de gens habillés à la dernière mode, joyeux mais néanmoins tendus à l'approche du départ et à l'idée de la séparation, dont les gestes et le comportement paraissent comme accélérés par le vent glacial qui balaye le pont. Une image s'imprime dans ma mémoire : celle de deux beaux jeunes gens, minces et élancés, en costume sombre au pantalon étroit, qui rient d'un mot d'esprit. Et l'une des femmes qui partagent leur gaieté, d'allure distinguée, enveloppée comme il convient à son rang de riches fourrures, tourne vers moi son visage. Elle est entre deux âges ; ses yeux brillent, et pourtant ses pensées semblent ailleurs ; ses yeux brillent, et pourtant ils semblent étrangers au rire sur ses lèvres. L'instant où nous nous observons mutuellement se dissipe — pareil aux filets de fumée qui s'échappent des hautes cheminées rayées dans le ciel froid et clair. Je m'entends réciter les mots enchanteurs que j'ai lus récemment dans le nouveau livre qu'on étudie en classe — *Le Vieux Marin* — et que je n'ai pu m'empêcher de lire et de relire jusqu'au bout :

« La partie est finie ! J'ai gagné ! J'ai gagné ! »
Dit-elle, et elle siffle trois fois.

CHAPITRE XIII

PARK & TILFORD – LES FÊTES DE NOËL

C'était la veille de Noël. On rentrait à la maison, Tommy et moi, à l'arrière de la grande camionnette de Quinn, la nouvelle White. Hormis quelques commandes qu'on n'avait pas pu livrer, les immenses paniers étaient enfin vides. Minuit approchait, et nous nous prélassions sur les coussins qui servent à recouvrir les paniers afin de les protéger du gel. La camionnette filait vers le sud tandis que, épuisés, nous pouffions de rire à chaque remarque stupide. Une série de cahots nous apprit qu'on traversait les rails du tramway de la 125e Rue déserte. De temps à autre, les phares des véhicules venant en sens inverse éclairaient le visage d'Irlandais de Tommy avec ses lèvres minces et ses dents écartées. Demain, c'était Noël. Demain, personne ne travaillait.

« Tu sais, tu ressembles pas aux autres Juifs, dit Tommy. T'es un type réglo. »

Je haussai involontairement les épaules :

« Bah, je vis avec des Irlandais et des Italiens depuis cinq ans. Cinq et demi, même.

– C'est là qu'on va?

– Ouais, 119e Rue.

– Merde! me dites pas qu'on va se taper tout ce détour, lança Quinn par-dessus son épaule.

– Ça fait des heures sup. Quand on pointera au garage, on nous les comptera.

— Et à tous les trois, ajouta Tommy.

— Ouais, je sais. Comme pour Thanksgiving quand j'ai cru avoir une augmentation, dis-je.

— Il a raconté partout qu'il se faisait six billets par semaine. T'as entendu l'histoire, Quinn ?

— Ouais, répondit celui-ci. T'as encore un tas de trucs à apprendre, p'tit.

— Je sais. J'avais oublié, c'est tout. »

Quinn gloussa :

« Eux pas, et c'est tant mieux pour toi. »

Tommy éclata de rire :

« T'avais oublié ! C'est ça que je voulais dire. Si t'étais un vrai Juif, t'aurais pas oublié.

— Tu comprends, c'est un mercredi qu'on a fait ces deux heures supplémentaires, expliquai-je sur un ton d'excuse. Après, c'était Thanksgiving, et c'est seulement la semaine suivante qu'on a été payés. C'est pour ça.

— Thanksgiving, c'est pas une fête pour les Juifs, si ?

— Non, ça compte pas.

— Ah bon ? Mais Noël, je sais que c'est pas une fête pour vous.

— Non. C'est juste comme un jour ordinaire.

— Alors, qu'est-ce que tu vas foutre demain ?

— Ça sera comme un mardi. Ou un mercredi. Mais sans école, c'est tout.

— Pauvre vieux.

— Allez, insiste pas comme ça. Il y peut rien, intervint Quinn.

— J'insiste pas. Vrai, Quinn, je le plains parce que c'est un type réglo. Y fête pas Noël, c'est tout. Pas de dinde, pas de lait de poule, pas de cadeaux sous le sapin. T'as jamais cru au Père Noël quand t'étais petit ?

— Non.

— Tu vois ce je veux dire ?

— Ouais, mais ils ont leurs fêtes à eux, dit Quinn en regardant la rue déserte devant lui tandis que ses mains posées sur le volant effectuaient les petites corrections nécessaires. J'avais un copain à l'armée, "Schnitzel" on l'appelait, un type grand et maigre. Il était juif. Il m'a parlé de leurs fêtes. Tu sais qu'il a jeûné pour *Yom "Kipper"*? Il a rien bouffé et on était en perm, loin du front. Il me causait sans arrêt de la Torah. C'est votre livre saint, c'est ça?

— Ouais.

— C'est dans la Torah, il disait tout le temps. Ou comment s'appelle l'autre truc? Le Talmud, non? C'est dans le Talmud. N'empêche que c'était un drôle de chic type. C'était mon pote. Je le faisais marcher : la Torah, elle t'a appris comment jouer aux dés? je lui ai demandé. Non, il a répondu. Elle est bien trop sacrée pour ça. Alors le Talmud, peut-être? Non plus, il a dit. Alors, à quoi ça sert? Il savait que je le charriais. Il a répondu que le Talmud t'apprenait quel taux d'intérêt il fallait réclamer. Je l'ai trouvée bien bonne. Une fois, je lui demande : qu'est-ce qu'il te dit de faire le Talmud si tu montes à l'assaut à la baïonnette et que tu rencontres un autre Juif? Et un chrétien, qu'est-ce qu'il fait? il me répond. Ouais, mais on n'est pas du même pays, je dis. Eh bien, nous non plus, il me répond. Ouais, mais regarde la bagarre qu'on a eue avec Craneby et son copain le caporal quand il a dit que t'avais pas de pays — tu te souviens? Il a dit que ton drapeau c'était les trois boules au-dessus des boutiques de prêteurs sur gages. Putain! quelle bagarre! Si j'avais pas été là, ils lui flanquaient une de ces raclées! Un jour, je l'ai même à moitié assommé quand il voulait ramper jusqu'au no man's land pour aller chercher un Luger tout neuf abandonné là et le rapporter comme souvenir. Merde! comment tu sais si les Boches ils ont pas une mitrailleuse pointée dessus? Et puis comment un Luger tout neuf il aurait atterri là? Son nom c'était Abe, mais on l'appelait Schnitzel. Presque tout le monde dans cette putain d'armée, on l'appelait Al, mais lui c'était Schnitzel. Parce qu'il était juif, je suppose. Pour rigoler, on le traitait de Boche. Lui, un Boche, tu veux rire. » Quinn se tut un instant, braqua pour se dégager des rails du tramway, puis bâilla. « Putain ! on n'a pas toutes les réponses. J'en ai rien à foutre de ce que les autres racontent, le père McGonnigle ou n'importe qui.

— Ah bon ? En tout cas, j'insistais pas, répéta Tommy. On causait, juste.

— Et toi, qu'est-ce que tu fous demain ? lui demandai-je.

— Moi ? Je dors.

— Dormir ! m'écriai-je, incrédule. Le jour de Noël ?

— Ouais. Je me lèverai pas, même pour le pape. »

Brusquement, la tension accumulée en moi sembla se relâcher. La silhouette imposante du souverain pontife tel que je l'avais vu dans les pages des journaux imprimées en rotogravure parut soudain se dresser dans l'obscurité devant les portes fermées de la camionnette. Revêtu de tous les insignes de son rang, la crosse à la main, la tiare sur la tête, il adjurait Tommy de se lever — en vain. C'était si risible, si absurde, si formidablement absurde, qu'aussitôt je me tordis de rire ; je gémis, je hurlai de rire, je me roulai sur le coussin. Imité par Tommy, gagné par la contagion ; et devant, Quinn demanda avec un petit rire :

« Qu'est-ce qui vous prend, les mômes ?

— Je sais pas. C'est trop drôle ! répondis-je d'une voix entrecoupée. Il a dit qu'il se lèverait même pas pour le pape.

— Et après ? J'ai à me lever pour personne si je veux pas, même à Noël, dit Tommy. Pas vrai, Quinn ?

— De toute façon, tu vas être levé avant tout le monde le temps que t'arrives chez toi, répondit Quinn. Le pape aura pas besoin de te faire lever.

— Hé ! c'est vrai. Je parie que c'est déjà Noël, fit Tommy. Dieu veille sur vous, joyeux gentlemen, commença-t-il à chanter. Dormez sans crainte, car Jésus-Christ, notre Sauveur, est né — tu la connais celle-là, Quinn ?

— Je l'ai déjà entendue, répondit-il en étouffant un nouveau bâillement.

— Et puis, on n'a pas à faire tout ce que le pape nous dit de faire, expliqua Tommy. C'est pour ça qu'on va se confesser. Tu piges ? Si on faisait tout ce que le pape dit, on serait prêtre. On pourrait pas sortir avec les gonzesses, rien.

— Ah bon ?

— Voilà Park Avenue. Je déteste cette saloperie d'avenue », dit Quinn en tournant le coin. La lumière verte qui filtrait à travers les vitres du guichet de la gare de New York Central se reflétait sur les piliers du pont de chemin de fer. « Je voudrais bien que le pape nous débarrasse de ça. Même quand on voit bien, quand j'ai pas conduit toute la journée — et qu'il fait pas nuit comme maintenant —, on a l'impression que ces putains de piliers sont partout. Manquerait plus que j'en emplafonne un. Ils oublieraient pas de me demander ce que je fabriquais dans le coin. Une camionnette White toute neuve. Si vous croyez que Park et Tilford me filerait en plus une augmentation ! Ils me vireraient avec un coup de pied au cul, oui.

— Tu vois ? T'as droit à un traitement spécial pour Noël, dit Tommy.

— Quelle adresse t'as dit, déjà ? 119e Rue ? demanda Quinn.

— Ouais. »

Quelques minutes plus tard, on arrivait à la petite épicerie A & P au carrefour, dans laquelle brillait encore une faible lumière bleutée. Quinn s'arrêta, descendit et vint ouvrir les portes arrière. « Brrr », fit-il en carrant les épaules dans le froid, puis il attendit que je sorte, les mains étrangement croisées à hauteur de son visage, comme en un geste de prière.

« Merci, Quinn, dis-je en sautant à terre.

— Joyeux Noël.

— Hein ? Ah ouais. Joyeux Noël, Quinn.

— Joyeux Noël, Ira ! cria Tommy de l'intérieur du véhicule, agitant la main dans la pénombre.

— Ouais, joyeux Noël, toi aussi. »

Quinn claqua la porte, puis alla se réinstaller au volant. La camionnette démarra et je la suivis un instant des yeux : elle accéléra et ne fut bientôt plus que deux points rouges qui s'éloignaient au milieu des piliers. Le temps que j'arrive sous le pont et les points rouges se trouvaient en haut de la colline, sur la 116e Rue. Lorsque j'atteignis l'immeuble sombre qui faisait l'angle, ils avaient disparu.

119e Rue. Après minuit, déserte, familière et pourtant étrangère. Les talons de mes chaussures résonnant sur le pavé, je me dirigeai à pas lourds vers le perron de chez moi. Jamais je n'avais vu autant d'étoiles, des étoiles qui parsemaient le ciel et qui scintillaient, aussi serrées que les trous de la râpe à raifort de Ma. Drugstore plongé dans le noir, confiserie plongée dans le noir, perron devant moi plongé dans le noir, et fenêtres noires au-dessus de ma tête. Seul brillait le petit réverbère un peu plus loin. Après la crise de fou rire à l'arrière de la camionnette, après tant d'heures passées ensemble, je me retrouvais seul. Après tant de monte-plats, de sous-sols, d'escaliers de service, après avoir rencontré tant de domestiques et reçu tant de merci, le silence, la lassitude.

Et peut-être même la tristesse en dépit de la monnaie qui tintait dans ma poche. « Il y a quelque chose pour toi dans la caisse à provisions. Joyeux Noël. » Serait-ce que je me sentais de nouveau oublié, exclu, victime d'une espèce d'ostracisme naturel ? Que Dieu vous garde, joyeux gentlemen. Est-ce ainsi que les choses se passent ? Les gentlemen. Le héros du livre de H.S.M. Hutcheson — que d'initiales ! — était un gentleman. C'était ce que le roman disait. Un mince héritage de cinquante livres investies dans des usines de textile aux Indes suffisait à faire de lui un gentleman : ces gens à la peau noire et luisante vêtus de ces sortes de couches blanches comme on les montrait dans le livre de géographie faisaient de lui un gentleman. Pourquoi fallait-il que je pense à tout ça ? Je grimpai les marches de pierre du perron, passai devant la rangée de boîtes aux lettres en cuivre toutes cabossées et pénétrai dans le long couloir silencieux au bout duquel, au pied de l'escalier, la petite ampoule électrique diffusait une lumière blafarde.

Création de mon imagination exacerbée par la fatigue, sur le palier du dessus, brandissant sa crosse, se dressait le pape vêtu d'une robe de brocart qui luisait dans l'ombre. Je réprimai un frisson et montai vers lui. Il disparut. J'arrivai devant la fenêtre noire près de laquelle s'était tenue la silhouette. On ne voyait rien au travers. Bon sang ! c'était toujours le même problème : seul, seul. Fouillant dans ma poche à la recherche de ma clé, je puisai une piètre consolation dans la présence des pièces de monnaie. Noël pour le monde entier, Noël pour les flics irlandais et les concierges irlandais, Noël pour les coiffeurs italiens et les marchands de glaces italiens, Noël pour les balayeurs en uniforme blanc.

J'entendais les mots « joyeux Noël » résonner dans ma tête. Bon sang ! que j'étais fatigué ! Et seul !

CHAPITRE XIV

Le premier trimestre de la première année de lycée était à peine entamé qu'Ira se sentit attiré par un nouveau venu dans la classe, un garçon blond, bien bâti, peut-être un peu plus mûr que les autres, beau, les yeux bleus, la mâchoire arrondie, la voix claire et la démarche élastique. Il était plus grand que la moyenne, mais pas de beaucoup, et Ira remarqua tout de suite combien il avait de belles mains — ni grandes, ni petites, mais si soignées et compactes qu'elles paraissaient petites pour sa taille. Comme il semblait calme, spontané et libre ! Il s'appelait Farley Hewin et arrivait de l'école paroissiale St. Thomas qui jouxtait l'église du même nom sur la 130e Rue, l'église de briques rouges qui ne se trouvait qu'à deux rues de l'école publique n° 24 de Madison Avenue...

Non, je ne crois pas — Ira prit conscience du murmure de l'ordinateur, pareil à celui de la conscience. Non, tu te trompes encore dans les dates. La chronologie, la causalité ne sont pas respectées. Et tu pourrais répéter : quelle différence pour les autres, tes imputations et ton souci du détail ? Il s'agit d'une œuvre de fiction. Mais le fait est que pour moi, il y a une différence, toujours. Peut-être qu'au début du dernier trimestre, et en tout cas avant la fin de celui-ci, Farley Hewin est apparu — dans la classe de Mr. Sullivan. Et une nouvelle fois, ou plutôt pour la première fois, je devais faire ce que je referais plus tard : laisser des considérations hors de propos ou superficielles peser sur une décision qui aurait des conséquences d'une grande portée sur ma vie, et qui ferait justement toute la différence. Non, ce n'était pas de l'inertie de ma part, encore que cela y eût sûrement contribué, de même que ma passivité et le côté gélatine de ma mentalité (et dans quelle mesure cette masse sombre et troublante, furtive, a-t-elle joué un rôle ? Dans une large mesure, sans aucun doute), ma mentalité de gélatine qui me rendait vulnérable aux cajoleries de Mr. O'Reilly destinées à nous enrôler dans sa classe nouvellement créée.

Non, c'est à l'arrivée de Farley Hewin avant le dernier trimestre de collège que notre amitié est née, et s'est cimentée avant que l'année s'achève. Et c'est lui qui, heureux de vivre, décontracté, sans but défini, a choisi de rester, et moi avec lui. Une nouvelle fois... Ira, l'air morose, leva son regard de l'écran et fixa le rideau marron tiré devant la fenêtre qui le protégeait de l'éclat du soleil.

Un conflit avait éclaté entre Farley et le directeur de l'école paroissiale, le père McGrath, un conflit sur les termes duquel Ira, tout à sa joie de s'être découvert des affinités avec quelqu'un, et une amitié, ne prêta guère attention. Et c'est parce que la crise débouchait sur une impasse que Farley avait pu convaincre ses parents de le laisser quitter St. Thomas avant même d'obtenir son diplôme de fin d'année. Le plus probable était que le bon père avait insisté pour que Farley, après St. Thomas, s'inscrive à l'Académie St. Pie, un lycée catholique, ce que faisaient tous ses camarades de classe — du moins ceux qui continuaient leurs études. Farley fut le seul à refuser. (Ira devait surprendre plus tard des allusions — venues de ses anciens camarades de classe — à la friction entre l'élève et le prêtre.) Farley préférait, non, voulait entrer à l'école Stuyvesant, un établissement technique, et c'est sans nul doute ce qui avait provoqué le désaccord qui l'opposait à son mentor catholique. De surcroît, en raison de cet état de fait, Farley ne se sentait plus à l'aise dans son école. Sa famille comprit fort bien la situation, et il quitta St. Thomas — assez soudainement — pour l'école publique 24 qui ne se trouvait qu'à une rue de chez lui. Son arrivée dans la classe de Mr. Sullivan suscita chez Ira le même intérêt que celui qu'il avait éprouvé quelques années auparavant pour Eddie Ferry, le fils du concierge irlandais.

C'était le même genre d'attirance, simplement sur une échelle plus large : voilà quelqu'un qui prenait la vie à grandes enjambées (la métaphore était destinée à se concrétiser dans les mois et les années suivants). Heureux, aussi paisible que le regard de ses yeux bleus, réfléchi, à sa place dans le monde, irlandais, catholique et pourtant tolérant, presque sans préjugés, joyeux et cordial avec son nouveau camarade juif. L'attirance était mutuelle. En l'espace de quelques jours, ils devinrent amis. Farley prenait la judéité d'Ira comme le reste : avec désinvolture. Et il alla même un peu plus loin : il en atténua la portée par un mélange inattendu de tact et d'indulgence, comme si la loyauté n'en exigeait pas moins et commandait la dilution des différences religieuses. Insouciant — et caractéristique de sa part — était le motif de sa présence à l'école 24 plutôt qu'à Stuyvesant : « J'avais envie de traîner un peu plus longtemps dans mon vieux quartier. »

Le temps se réchauffa, et ils firent de l'auto-stop, une première pour Ira. Comme il travaillait chez Park & Tilford, ils partaient les dimanches — pour Tarrytown, Dobbs Ferry ou New Rochelle, où Farley avait soit un oncle, soit une tante qui régalaient les voyageurs de sandwiches au beurre de cacahuètes et à la confiture (expérience nouvelle pour Ira), de muffins aux myrtilles accompagnés de lait fraîchement trait, ou de tarte aux pommes parfumée à la cannelle. À travers le calme de Farley, son assurance, sa modestie et sa bonne humeur ainsi que l'affection et les soins dont l'entouraient les parents qui l'accueillaient, tous des Américains, partie intégrante de l'Amérique dans leurs coquettes petites cuisines de banlieue où la brise du dehors verdoyant s'infiltrait par l'écran de la porte, Ira pouvait presque s'imaginer que lui-même ne tarderait pas à être accepté, et peut-être aussi vite que se dissipait le léger voile d'étonnement qui recouvrait leurs visages quand ils voyaient pour la première fois celui que Farley s'était choisi pour ami.

Ainsi, les deux inséparables, par les chaudes soirées du samedi, traînaient-ils du côté des coins favoris de Farley, autour de l'église St. Thomas où ils palabraient et blaguaient avec ses anciens copains de l'école paroissiale, qui commençaient par regarder Ira d'un sale œil jusqu'au moment où il se mettait à raconter ses malheurs chez Park & Tilford, ce qui les rassurait dans la mesure où ils se rendaient compte qu'il était bien trop bête pour représenter une menace. Il réussit à les en convaincre, car ils revinrent bientôt aux plaisanteries irlandaises classiques, du genre pince-sans-rire. Ils se traitaient de tête de nœud ou de couille molle ; ils se vantaient avec un grand sérieux : « D'où je viens, les canaris chantent avec des voix de basse. » Ou encore : « D'où je viens, on joue au jeu de puce avec des plaques d'égout. » Parfois, conservant une neutralité silencieuse, Ira entendait parler de neuvaines et de missions, de messes et de saintes communions. En une ou deux occasions, on lui donna un aperçu des raisons de l'antagonisme entre Farley et le père McGrath, raisons qu'Ira n'avait jamais soupçonnées :

« Tu vas courir pour une bande de protestants noirs contre des catholiques, voilà ce que tu vas faire, déclara Steve, un garçon à lunettes, impassible et pondéré, celui des amis de Farley qui ressemblait le plus à une chouette.

— Je cours pour moi, et je suis catholique, répliqua Farley avec une fougue inhabituelle. C'est ça qui m'a rendu furieux contre le père McGrath. Je n'ai pas besoin d'aller à St. Pie pour assurer mon salut. J'ai l'église pour ça.

— Ouais, mais si tu cours pour St. Pie, tout le monde saura que tu cours pour la gloire des catholiques et pas celle des protestants.

— Je n'en courrai pas plus vite pour ça. Et aller à Stuyvesant ne fait pas non plus de moi un protestant. C'est ce que j'ai dit au père McGrath. Et c'est ce que je vais faire. Suppose que j'aille à St. Pie et que je ne sois plus aussi bon ? Tout le monde dirait la même chose : c'est un catholique. Il court comme un pied. Et je ne serais même pas dans l'école que j'ai choisie. »

Il fallut attendre plusieurs minutes avant que l'atmosphère de rancune entre Farley et ses ex-camarades de classe se dissipe.

C'étaient les dons de Farley pour la course qui avaient poussé le père McGrath à le harceler ainsi. Dès le début, Ira avait été impressionné, contrarié d'abord, puis étonné, par la vitesse phénoménale avec laquelle son ami se précipitait vers la voiture qui ralentissait pour les prendre quand ils faisaient de l'auto-stop. Farley lui tenait déjà la portière alors qu'il s'essoufflait encore à le rejoindre. Ses talents de sprinter prirent soudain une dimension nouvelle et totalement inattendue.

Vers la fin du trimestre, alors qu'on approchait de l'été, Ira eut la révélation de la véritable valeur de Farley. Trois des nouveaux lycées du haut de la ville devaient participer à une rencontre d'athlétisme. Au jour prévu, la 128e Rue, celle qui longeait l'école 24, fut bordée par des cordes, puis on traça à la craie les couloirs pour le 60 yards et on installa d'épais tapis pour amortir la réception au saut en hauteur et en longueur. La compétition débuta. Ira se trouva bientôt éliminé de toutes les disciplines ; il termina dernier de la première série éliminatoire du 60 yards — et, comme il s'y attendait, échoua partout ailleurs. Farley se comporta honorablement au saut en longueur et en hauteur, se classant deuxième et troisième derrière des élèves noirs venus du nord de Harlem. Mais c'est au 60 yards qu'il se montra ni plus ni moins que sensationnel. Il remporta chaque série avec la même aisance que la finale. Avec une facilité dérisoire. Les genoux haut levés et les poings serrés. Dérisoire. Franchissant la ligne d'arrivée détaché de la meute de ses poursuivants à la peine. Ira regardait, incrédule. Il avait beau savoir combien son ami était rapide, il sentit sa poitrine se gonfler d'orgueil, comme si c'était lui le vainqueur. Rapide, oui, mais avec quelque chose qui dépassait la réputation locale. Tout le monde se rendait compte que Farley avait d'énormes possibilités latentes, le premier pas vers une reconnaissance universelle, un destin...

CHAPITRE XV

Douleur, douleur, souffrance, souffrance (maudits rhumatismes articulaires), et amour, amour pour ma vieille épouse chérie. Quelle chose idiote à dire. Mais vraie. Idiote comme l'est souvent la vérité toute nue. Qu'elle m'ait permis de renaître en un personnage avec qui je parviens presque à vivre, tu le sais très bien, Ecclesias ; je l'ai déjà dit (et le redirai sans doute). Tout est vanité, selon ta maxime, la tienne et celle d'Omar Khayyam : tout se résume à rien, comme si rien ne s'était passé. Si je n'avais pas subi une régénération et que je sois resté comme j'étais, celui que j'étais, ignoble, méprisable à mes propres yeux, cela aurait également abouti à rien, hélas. Mais je ne peux que répéter, à mon niveau peu subtil de pensée, qu'au-delà des limites de la vie, au-delà de la mort, la vie n'a pas de sens, pas davantage que zéro plus zéro, ce qui, un instant infiniment petit auparavant, avait cependant un sens. Il faut donc en parler, de même qu'à ceux qui se trouvent encore avant le moment de mort où toute vanité est consommée. Par conséquent, mon amour, mon amour, je vis, pour toi, pour toi qui as besoin de moi. Et pour le peu de bien que ma vie peut encore apporter aux vivants.

Le demi-comprimé de Percocet produit son effet, Ecclesias, me ranime ; peut-être jusqu'à ce que l'action combinée de ma dose quotidienne de cortisone et d'Imuran (peu importe ce que c'est) exerce ses bienfaits — « laisse faire le temps », comme disait mon vieil ami du Maine, Gene Perry. La vieillesse est donc le récapitulatif de la vie : accompagné d'un soupir et d'un hochement de tête... Mais comme ces mieux artificiels retombent vite, Ecclesias, ces stimulations minimales provoquées par une goutte de café et un demi-comprimé de Percocet. Plutôt la torpeur de Keats que la douleur.

Le père de Farley était ordonnateur des pompes funèbres, peut-être celui de la paroisse, encore qu'Ira ne comprît pas très bien ce que ce dernier terme englobait. Pas plus qu'il ne comprenait le mot « bedeau » inscrit sur une plaque, à côté de l'entrée principale de la maison de grès brun de Madison Avenue qui abritait les Pompes funèbres Hewin — ainsi que le domicile de la famille Hewin : à l'angle de la 129e Rue, exactement à mi-chemin entre l'école paroissiale que Farley avait quittée et l'école publique qu'il fréquentait à présent...

Oui, évidemment, se dit Ira, revenant à la lueur des nouvelles informations au conflit qui avait opposé Farley et son directeur jésuite, la question a dû devenir cruciale, et la pression intense, compte tenu des enjeux, un sprinter de la classe de Farley. Leur désaccord a sans doute atteint un degré irréconciliable pour que les parents de Farley aient accepté de le laisser partir ainsi de l'école avant la fin de l'année scolaire. L'homme de robe a sans doute franchi toutes les limites (probablement poussé par l'entraîneur de l'équipe d'athlétisme de St. Pie) : menacer le garçon des feux de l'enfer, pour ce qu'Ira en savait. La goutte d'eau qui a fait déborder le vase, songea-t-il : parents indignés, et qui aurait pu le leur reprocher ? Le jeune élève était donc apparu soudain à l'horizon d'Ira.

Le destin. Accents d'Inquisition, de Stephen Dedalus aux prises avec les autorités ecclésiastiques. Et le fond de rancune qu'il conservait contre l'Église — Ira hocha la tête devant les mots qui s'inscrivaient sur l'ambre de l'écran — « Et avec de sacrées bonnes raisons », marmonna-t-il. Dieu, Joyce le nécromancien et suzerain littéraire d'antan d'Ira aurait-il succombé à la persuasion sacerdotale et serait-il entré dans les ordres ? Quel âge faut-il avoir, peut-être le sien, être devenu lent et flegmatique, pour commencer à comprendre quelques-uns des intérêts matériels institutionnalisés, quelques-unes des motivations des manipulateurs patentés, les casuistes...

Au début, il lui parut étrange, et même un peu effrayant, d'avoir un ami qui habitait un salon funéraire, l'entreprise de pompes funèbres Hewin. Mais l'amitié surmonte les hésitations et les doutes pour créer une atmosphère naturelle. Ira ne tarda pas à s'habituer à voir le corbillard d'un noir brillant stationné le long du trottoir devant la maison, souvent accompagné de son cortège de deux ou trois limousines noires. De temps en temps, quand il arrivait chez Farley au moment où le père de celui-ci, aidé de James, son fils aîné, dirigeait les mouvements des porteurs qui descendaient les marches avec le cercueil, il lui était bien difficile de simuler un détachement empreint de respect.

Les chambres se trouvaient au premier étage, celle des parents et celles des enfants non mariés qui habitaient encore à la maison (James était marié, ainsi qu'une sœur plus âgée que lui, Margaret). Les deux filles cadettes partageaient une chambre tandis que Farley avait la sienne. C'est là que les deux copains passaient le plus clair de leur temps quand ils n'arpentaient pas les rues ; et c'est là que plus tard, des mois plus tard, alors qu'ils étaient tous les deux à l'école Stuyvesant, ils firent ensemble leurs devoirs. Dans le sous-sol, on avait aménagé la salle à manger et la cuisine — et Ira, invité par Farley, y engloutit nombre de repas pris sur le pouce, servis par la mère de son ami, une femme peu bavarde aux allures de bonne sœur et aux lunettes à monture en or, dont la lèvre supérieure s'ornait d'un épais duvet. Sandwiches à la viande de mouton froide, porc frais et étranges petits carrés de corned-beef entre deux tranches de pain de mie tartinées de beurre salé, toutes choses que les Juifs ne mangeaient pas.

Il arrivait que le père de Farley, occupé au rez-de-chaussée à ses tâches mortuaires, descende un instant se laver les mains à l'évier de la cuisine. Robuste et sérieux, le visage barré d'une épaisse moustache brune, il avait les mêmes yeux bleus que son fils, et lui non plus n'était guère loquace. Il adressait rarement la parole aux deux amis, se contentant de se diriger droit vers l'évier, de se laver les mains et de repartir après se les être essuyées sans même jeter un coup d'œil dans leur direction ni même les saluer. C'est seulement quand la famille ou les amis du défunt se réunissaient dans la cuisine qu'il se mêlait à la conversation, se montrait volubile et parfois même véhément : surtout lorsqu'on abordait le sujet de l'Irlande et que la discussion en venait à la question de l'indépendance.

« Les Irlandais ne seront jamais libres ! déclarait-il, catégorique, en se séchant les mains dans une serviette. Ils n'ont pas assez de cervelle pour être libres. Vous pouvez me dire comment un peuple où les gens ne cessent de se battre entre eux pourrait acquérir sa liberté ?

— Voyons, Tim ! Cette fois, ils ont mis le lion britannique en fuite. Il en a assez d'être criblé de grenades. Ce n'est plus qu'une affaire de temps avant que l'Irlande soit libre.

— Libre de se cribler de grenades entre eux, oui, et du reste, ils n'ont pas attendu ! »

Une forte odeur d'alcool flottait parmi les personnes en deuil pendant qu'Ira dévorait son sandwich — et s'émerveillait d'être ainsi accepté dans ce milieu catholique irlandais. Farley lui faisait alors un clin d'œil, ce qu'Ira prenait pour un signe destiné à le rassurer et à l'inciter à réagir comme lui : garder un air décontracté, comme quelqu'un d'habitué à ce genre de querelles, à l'exemple des deux sœurs cadettes de Farley qui traversaient la pièce comme si de rien n'était pour sortir jouer dans la cour avec leurs osselets, leurs balles et leurs cordes à sauter.

Ce fut là, dans la cuisine de Farley, à des moments semblables, qu'Ira eut la révélation de l'existence d'une certaine similarité entre la condition des Irlandais et celle des Juifs à travers l'oppression dont tous deux étaient victimes, ce qui ne lui était pas apparu dans la 119e Rue où ils subissaient la domination des Irlandais. « Il est *aïrlandais*, les imitait Ma en feignant de se gonfler d'orgueil. Le maire est *aïrlandais*. Jack Dempsey est *aïrlandais*. Tous les gens célèbres sont *aïrlandais*. C'est vrai ? demandait-elle. Ils sont tous irlandais ? » En tout cas, cela paraissait vrai ; on aurait dit qu'ils descendaient d'une longue lignée de maîtres, de détenteurs de l'autorité. Mais maintenant, et pour la première fois, il comprenait — le sentait davantage qu'il ne pouvait l'expliquer — qu'ils étaient le produit de l'oppression, des privations et de la sujétion.

Mais une fois ici, ils menaçaient et persécutaient cruellement les Juifs qui, eux aussi, étaient pourtant le produit de l'oppression, des privations et de la sujétion. Pourquoi ? En quoi résidait la différence ? Parce qu'ils parlaient déjà anglais en arrivant ici ? Ou parce qu'ils avaient un pays à eux qui contribuait à les souder en dépit de tout, tandis que les Juifs n'en avaient pas, qui venaient de Galicie, de Pologne ou de Russie où ils demeuraient toujours des Juifs ? Si seulement oncle Louie était là pour qu'il puisse l'interroger. Et si c'était bien l'explication, dans quelle mesure cela rendait-il les deux peuples différents ? L'un venait de « la vieille patrie », l'expression fleurissait sur leurs lèvres, ou « le vieux pays », comme disaient dans la cuisine les gens qui portaient un brassard noir. C'était ça qui les rendait spirituels, querelleurs et fiers, et tellement sympathiques ? Alors que les Juifs venaient de partout, de Roumanie, de Russie, d'Allemagne, d'Autriche-Hongrie, accablés de soucis et d'angoisses, si souvent abattus et s'apitoyant sur leurs malheurs — et sans cesse à dresser des plans, à l'inverse de l'existence insouciante et facile des autres. Si seulement oncle Louie était là ! N'empêche, qu'est-ce que les Irlandais vous jetaient tout le temps à la figure quand ils voulaient se moquer de vous ? « T'as la carte de Jérusalem affichée sur la gueule. » Alors que personne de sa connaissance ne venait de là.

Le salon funéraire se trouvait parfois inoccupé : pas de cercueil sur l'estrade tendue de noir ; et quand elle ne servait pas, on l'enlevait, si bien que la pièce se transformait en une vaste salle de séjour au sol tapissé de brun clair, un endroit où Farley et son copain pouvaient se détendre à loisir parmi les crucifix et les images pieuses — et remonter et faire marcher le phonographe, à la grande joie d'Ira. Il tomba amoureux de la voix d'ange du ténor John McCormack au point qu'il apprit par cœur toutes ses chansons — et qu'il les chantait avec un accent presque impeccable : « Oh ! Mavourneen, Mavourneen, j'entends encore ta voix... » Et : « Il y a une noce dans le jardin, je le vois aux fleurs... » Et aussi : « Un petit coin de paradis est tombé un jour du ciel... » Sa passion faisait sourire Farley.

On est là à méditer, à ruminer, Ecclesias, en ce 25 mars 1985, par un chaud lundi, le premier jour où le thermomètre a atteint les 20 degrés. Rejeté par le père, il y a longtemps, rejeté par le fils que (je me répète) je chérissais, ce qui rend la situation plus poignante. Sinon rejeté du moins exclu, tellement il est replié sur lui-même, tellement son existence est occulte, comme je le dis, plaisanterie amère, un champ de mines de l'esprit. Résultat ? Antagonisme. M l'a affirmé avec à-propos : antagonisme.

Il n'y a pas de doute, c'est de l'antagonisme que j'éprouve et que, selon toute vraisemblance, je manifeste...

Jane a dit que Jess était un écrivain manqué ; sa prose donne en effet cette impression. Mais il est certain — je pense — qu'il n'y a pas de compétition dans ce domaine. Non, c'est sa condescendance, son infaillibilité, et on ne peut pas nier qu'il soit exceptionnellement doué sur le plan intellectuel, mais inapte sur le plan manuel. Il réussit cependant à surmonter ce handicap par la rapidité avec laquelle il saisit le principe qui gouverne un appareil ou son mode de fonctionnement. Et il est certain, comme je l'ai déjà plus que laissé entendre, que l'impulsion soudaine qui m'a poussé à venir en aide à Jane abandonnée par Jess, l'affection que je lui porte ont pour racine ce même antagonisme, le sentiment d'avoir été injustement traité et la recherche d'un allié contre le méchant de l'histoire.

Voilà pour les liens émotionnels que nous partageons. Je crois, et je le redis, que si elle parvenait à exploiter ses sentiments, sa douleur, à les mettre en forme, ce qui implique à la fois objectivation et métier, elle pourrait produire une œuvre estimable...

CHAPITRE XVI

1920. L'été approchait. C'était la fin de son premier trimestre de lycée et l'été approchait, l'été de ses quatorze ans. Naïf est cet âge — du moins aurait-il dû l'être.

Avec quelle jubilation Mr. Lennard, devenu professeur d'espagnol, celui d'Ira dans une classe, et de Farley dans une autre, avec quelle cérémonie il lissait le tissu sur les fesses d'un élève coupable de mauvaise conduite, après l'avoir obligé à se pencher au-dessus de son bureau, et avec quels yeux verts qui, derrière son pince-nez, étincelaient de bonheur à la vue du postérieur tendu, il administrait un certain nombre de coups avec le « fessorum », sorte de pagaie munie de trous (« pour laisser passer l'air », plaisantait-il) qu'il avait fait fabriquer à l'atelier de bois. Personne n'ignorait que Mr. Lennard était un pédé, mais personne, semblait-il, ne le dénonça auprès du directeur, Mr. O'Reilly. De même que, à la connaissance d'Ira, personne ne se plaignit de lui à la maison ; pourquoi ? il ne pouvait que tenter de le deviner : les autres étaient comme lui. Adolescents, ils craignaient peut-être qu'on ne les croie pas ; qu'on les traite de mouchards ; ou, comme Ira, d'avoir à être confronté avec un adulte, un professeur, une personne représentant l'autorité, et de s'attirer des ennuis pour, à défaut d'autre chose, savoir ce qu'il n'était pas censé savoir.

Personne, donc, ne dénonça Mr. Lennard, et pourtant tout

le monde savait que c'était un pédé, un pédé fini. Pendant les cours, il allait souvent s'installer sur les genoux de l'un ou l'autre des plus grands garçons au fond de la classe, et, de sa main libre glissée sous sa cuisse, le tripotait. Incroyable ! Et avec quelle aisance il se levait si par hasard la porte de la salle s'ouvrait, et avec quel calme, ajustant son pince-nez, il considérait aimablement le visiteur par-dessus son livre de classe.

1920. L'été arrivait. (Ira avait resserré un instant ses vieux doigts gourds.) Il se passait des choses, simultanément, intégralement. On ne peut pas s'attarder trop sur tel ou tel aspect de l'existence d'un garçon de quatorze ans, au risque d'exclure ou d'oublier le reste. L'adolescent habitait toujours le même appartement, mais sa place à l'intérieur de celui-ci avait changé. Un jour que son stylo se boucha pendant qu'il faisait ses devoirs, pris de colère, il planta la plume dans la feuille de papier, au point qu'il la tordit. Pa leva la main pour le frapper, puis il parut se rappeler que son fils avait fait sa bar-mitsva, qu'il était donc considéré comme un homme au sein de la communauté, et il renonça. Oui, Ira habitait le même appartement, et oui, il avait quatorze ans. Quatorze ans. D'habitude, son père partait de bonne heure le dimanche matin pour assurer son travail d'extra — son « extra djop », comme il l'appelait — lors d'un petit déjeuner patronné par une organisation quelconque à « Counaïlande » —, Coney Island. De temps à autre, il s'agissait d'un déjeuner officiel, et il traînait alors à la maison jusqu'à neuf ou dix heures. Mais c'était exceptionnel. En général, c'était le petit déjeuner, ce qui signifiait un départ très matinal...

Ma partait peu après lui. Elle faisait la plupart de ses courses le dimanche matin, quand les produits exposés sur les voitures à bras sous le pont de Park Avenue étaient le plus frais. Elle rapportait aussi des friandises pour le petit déjeuner tardif du dimanche : des *baïgels*, du saumon fumé à dix *cents* le quart de livre, du fromage blanc qu'elle achetait chez son « laitier » préféré dont la boutique se trouvait dans le même quartier de Park Avenue que le marché des quatre-saisons. Si jamais il se réveillait avant son retour, Ira n'avait qu'à se faire réchauffer la cafetière qu'elle avait préparée pour Pa et qui l'attendait sur la cuisinière à gaz.

Je t'ai déjà raconté tout ça, Ecclesias.

— En effet.

Inutile de se montrer impatient. Est-ce que quelqu'un d'autre, quelqu'un d'autre que toi va percer mes intentions à jour ?

— Oui, et beaucoup, je le soupçonne. La plupart des gens ou, permets-moi de le dire, la plupart des gens intelligents sont beaucoup plus perspicaces que tu ne l'imagines et, en vérité, beaucoup plus perspicaces que toi.

Eh bien, tant pis, mais sont-ils intuitivement aussi prudents que moi ? Aussi naturellement dotés d'un sens de la forme ?

— C'est-à-dire... il fait peu de doute que tu ne connais que trop les marques du sordide. Mais ce n'est pas une raison pour te rengorger.

D'accord. Quoi qu'il en soit, pour empêcher le récit de tomber dans des niches et des portraits séparés, il est nécessaire de s'armer de courage, de présenter dans leur intégralité les différents aspects de son existence de l'époque, et de les regrouper autant que possible.

— Tu avais donc quatorze ans, ton père partait d'ordinaire très tôt pour son travail d'extra et ta mère te rapportait le dimanche des *baïgels* et du saumon fumé...

Ou des *bulkies* et un morceau d'esturgeon fumé, crois-le si tu veux. Chère Ma. S'il existait un levier qu'on pût glisser sous le rocher de la psyché pour le dégager, je m'en saisirais. Mais il n'y en a pas — « Oh ! il n'y en a pas, il n'y en a pas, comme l'écrivait le poète anglais Gerard Manley Hopkins. Non, non, il n'y en a pas », et le Temps, t indice 1 égale une constante du Temps ; égale une date fixe qu'on ne peut pas effacer. Ah ! si la psyché était pareille à cet écran d'ordinateur, Ecclesias, où un changement de mot, un changement de phrase, envoie une onde de changement sur tout l'écran ! Une sorte de déroulement de l'âme. Il ne peut pas exister de telles ondulations sur les caractères cunéiformes de l'esprit une fois imprimés. Ou bien je me trompe ?

CHAPITRE XVII

C'était l'époque où le catarrhe chronique de Ma, sans toutefois paraître s'aggraver, commença à lui créer des troubles de l'audition — tout en continuant à produire dans sa tête des bruits d'intensités diverses, des tintements d'oreille, comme on les appelait. Pauvre Ma. Elle apprit à prévoir, et avec une grande précision, les changements de temps en fonction de la force des bourdonnements qu'elle entendait. Les turbulences météorologiques engendraient en elle des turbulences auditives. *Mater* martyre. Nouvelle étape de son martyre. Et c'était aussi l'époque où oncles et tantes se mariaient ou bien étaient donnés en mariage, ou encore, à l'instar de Saul, poussés au mariage : offrir ou recevoir des bagues de fiançailles, puis des alliances et passer sous la *khuppa*. À chaque fois, les taxis venaient se garer devant l'immeuble des Stigman (envoyés par Moe, toujours aussi généreux), tandis que Ma, toute corsetée et habillée d'une ample robe neuve munie en bas d'une boucle, se préparait à partir, et que Pa, fou de nervosité et d'angoisse, précipitait femme et enfant dans l'escalier crasseux et les entassait dans le taxi. « *Oï! vus yogst zekh?* se plaignait Ma. *Du yogst aroïs di kishkes!* » Et lui, pour toute réponse, lançait d'un ton irascible : « *Klotz! Du rikh zekh vi a klotz.* » Et ils filaient à toute allure vers la salle au coin de la 110e Rue et de la Cinquième Avenue où se déroulait la noce, vers les réjouissances, vers la gaieté et vers la *glatt kasher fressen*...

Mais oh ! Moïshe, Moïshe, le cher oncle Moe d'Ira, qui avait depuis longtemps quitté l'uniforme et repris confiance en vue d'affronter le monde, comme l'homme d'affaires qualifié qu'il était ; et oh ! Ira, son neveu, pubescent et plus que ravi d'être pris dans la chaîne fatidique des événements. Car cette année-là, Moe ouvrit un restaurant, le Mount Morris Restaurant, associé à son frère Saul, une association dont Pa, malgré ses six années d'expérience de serveur, fut exclu, non parce qu'il ne disposait pas des fonds qui lui auraient permis d'avoir voix au chapitre dans la conduite de l'entreprise, et de récolter une part satisfaisante des bénéfices escomptés. Non, Pa fut exclu parce que son sens des affaires était tenu en piètre estime, et que son caractère semblait incompatible avec celui de ses deux beaux-frères. Ceux-ci émettaient même des réserves à l'idée de l'embaucher comme serveur.

La chaîne fatidique des événements en question débuta par l'ouverture du Mount Morris Restaurant. Chacun s'accordait à penser que le nom était particulièrement bien choisi, dans la mesure où l'établissement, situé sur la Cinquième Avenue entre les 115e et 116e Rues, ne se trouvait qu'à quelques blocs de Mount Morris Park ; et où, d'autre part, il constituait un hommage à son directeur et principal associé, Moe, que les gens commençaient depuis peu à appeler Morris. Situé au cœur d'un quartier résolument juif, à la population plutôt petite-bourgeoise, florissante et optimiste au cours de ces années 20 tout aussi florissantes et optimistes, dirigé avec habileté, offrant de généreuses portions, le restaurant attira sur-le-champ une nombreuse clientèle. La cuisine était riche et convenait parfaitement aux goûts juifs ; et quoiqu'elle ne fût pas strictement kasher, comme on ne servait pas de viande, elle était néanmoins considérée comme « à moitié kasher », ce qui fournissait aux Juifs à demi assimilés une raison supplémentaire de le fréquenter. La personnalité chaleureuse et expansive de Moe, sa présence, le fait qu'on savait dans le voisinage qu'il avait servi dans les forces armées de son pays amenaient également du monde. L'affaire prospéra.

Ses abords immédiats devinrent le théâtre de réunions de famille informelles. Les dimanches, quand le temps daignait se mettre au beau, les sœurs de Ma, enceintes ou avec leurs premiers-nés, ainsi que Bobe et Mamie accompagnée de sa progéniture, apportaient des chaises pliantes ou bien en empruntaient quelques-unes au restaurant et tenaient une sorte de petit conclave domestique de l'autre côté de l'avenue, juste en face du restaurant, installées devant la balustrade en cuivre terni qui entourait la succursale locale de la caisse d'épargne. Et c'étaient des *shmus* et des *shmus*, des cris après les enfants, des commentaires sur la scène changeante des promeneurs et des automobiles, sur le flux des clients qui entraient et sortaient du restaurant bondé. Souvent, au moment du coup de feu, Moe ou Saul apparaissait sur le seuil pour faire signe à Mamie, ou parfois à Mamie et à une autre tante d'Ira, Ella, de venir aider le cuisinier débordé. Ma, on ne l'appelait jamais.

« Moi aussi, j'aimerais travailler aux cuisines le dimanche midi, confia-t-elle avec tristesse à Ira. Comme ça, je pourrais gagner un dollar ou deux.

— Alors, pourquoi ils ne t'appellent pas ?

— Tu ne sais pas ? Ils n'ont pas voulu de ton père comme associé, alors ils se sentent gênés avec sa femme. Tu comprends ? Avec leur sœur, moi. Saul, le gentil Saul m'a fait comprendre qu'Ella, elle est mince, et qu'une grosse paire de fesses comme celle de Mamie suffit dans la cuisine. Sans compter celle du cuisinier. Une de plus, et on ne pourrait plus passer. Voilà la raison qu'il me donne, mon charmant frère. *Nou*. Il sait combien je raffole des mokas ; alors, pour se faire pardonner, tu l'as entendu toi-même m'inviter à venir en manger un avec un café. Mais tu as vu, jamais je n'y entre.

— Toi, tu n'y vas peut-être jamais, mais moi, qu'est-ce que j'aime le gâteau à l'ananas !

— Avec toi, c'est différent. Tu es un enfant. Puisqu'ils ne veulent pas donner à mon mari une chance d'améliorer sa situation, je n'accepterai pas leurs faveurs. Je ne suis pas un *shnorrer*. Reprenez vos flatteries et prenez-le comme associé — mais qu'est-ce que je raconte ? se reprit-elle. C'est tout mon malheur ! Comme si je ne connaissais pas mon Chaïm ! Combien de temps il tiendrait avant de se fâcher avec eux ? Avant de se précipiter sur mon frère Saul avec la première arme qui lui tombe sous la main ? C'est ma punition. J'ai été condamnée. »

Ah ! l'engrenage des événements dans lequel Ira a été pris cette année-là ! Comment en venir à bout ? Comment les affronter sous une double perspective, et tronquée qui plus est ?

C'est au cours de ce même été que Pa décida de s'embarquer dans sa propre aventure de restauration : il ouvrit une petite « delicatessen » sur la 116e Rue, entre Lexington Avenue et Park Avenue. Tant Moe que Saul, l'expert en la matière, jugèrent son choix peu judicieux, soulignant l'absence de « business » dans le quartier, c'est-à-dire d'autres boutiques, ainsi que le manque de passage. Mais Pa comptait sur la station de métro de la 116e Rue, celle de la nouvelle ligne, pour lui fournir le volume nécessaire de passants. Hélas ! il se trompait. Avec son caractère, il n'était pas fait pour ce métier ; d'humeur changeante, maladroit, indécis, brusque à cause de son appréhension, et souvent brusque avec les clients, Pa, après l'afflux provoqué par la curiosité, vit sa clientèle se réduire petit à petit. Il embaucha Ma de force pour préparer des soupes et des *kishke*, des *dermers* fourrés et autres friandises juives qui, croyait-il, attireraient du monde tout en conférant à son établissement une atmosphère familiale. Ma y consacra beaucoup d'heures par jour et de soirées de week-ends, et laissa Ira se débrouiller seul, ce qu'il fit, à sa manière, évitant la boutique, la fuyant même comme la peste.

Rien de neuf dans tout ça ; toujours les mêmes histoires à ressasser.
— Sinistrement.
Oui, mes occasions en or.
— Pas en or. Tout juste dorées.
Comme tu voudras.

Le *gesheft* périclita. Ou plutôt, Pa, par le biais d'une manœuvre désespérée, réussit à la repasser à quelqu'un d'autre, un acheteur du New Jersey, faisant se succéder dans la boutique toute une ribambelle de parents plus ou moins proches de Ma à intervalles suffisants pour lui donner une apparence de prospérité. Dès le lendemain matin, à la première heure, on confia à Ira le chèque de l'acheteur afin qu'il le certifie au nom de Pa : on expédia le gamin stupide dans une ville du New Jersey pour y attendre l'ouverture de la banque.

Cette banque était-elle ouverte, oui ou non ? Était-ce pendant un week-end ou pendant les vacances ? Et est-ce qu'il est revenu en ayant comme d'habitude échoué dans sa mission ? Qui pourrait se le rappeler aujourd'hui ? Qui pourrait retrouver le souvenir de la réalité ? Il ne restait que la belle matinée d'été dans le square verdoyant, semblable à tous les squares des petites villes, tandis qu'il attendait l'heure de l'ouverture, puis l'exultation de Pa quand l'acheteur *kharuse*, après avoir réfléchi, voulut changer d'avis — mais trop tard : Pa avait encaissé le chèque. Il éclata de rire : « Khah ! khah ! khah ! » Heureux homme, il n'avait pas tout à fait perdu sa chemise, mais le dernier maillon de la chaîne n'était pas encore forgé. Ce n'était qu'un prêté pour un rendu. Et, comble de l'ironie, elle s'appelait Link, ce qui signifie « maillon » en anglais, et presque « poumon » en yiddish.

CHAPITRE XVIII

Ida Link. Elle habitait l'immeuble en bas duquel Pa avait ouvert sa « delicatessen ». Blonde décolorée, la trentaine, une tache de vin au menton, gouailleuse et débrouillarde, née ici, élégante vendeuse de vêtements pour femmes sur Delancey Street, Ida Link entreprit aussitôt d'enjôler Pa. Dès qu'elle apprit qu'il avait des beaux-frères célibataires, elle se mit à fréquenter la boutique et même à donner de temps en temps un coup de main. Pa était ébloui par sa silhouette à la mode, ses cheveux platine, sa désinvolture, son esprit pétillant de fille de Broadway. Il ne fallut pas attendre longtemps pour que la description enthousiaste de ses charmes attire Moe.

Pauvre Moe. Elle avait tout de la prostituée sans l'être tout à fait.

« Tu ne reconnais pas là les manigances de mon Chaïm ? demanda Ma à Ira en baissant la voix, car il s'agissait d'un sujet honteux. Tout Delancey Street la connaît. Tous les vendeurs de Delancey Street la connaissent. Tous les vendeurs de toutes les sortes. Une vraie poule. Est-ce qu'elle a du cœur ? Elle est née sans. Mon pauvre frère, il adore tant les enfants. Il t'adorait. Des enfants, il les aura dans l'autre monde. »

Personne, bien sûr, ne le dit à Morris, ni à Zaïde, ni à Bobe, espérant en vain qu'ils apprendraient par d'autres sources la conduite scandaleuse d'Ida. De toute façon, cela n'aurait peut-être rien changé. Si Pa était ébloui, Moe, lui, était ensorcelé. Pauvre Moe qui, malgré les rudiments de bon sens acquis à l'armée, ne résista pas aux mines d'Ida, à son allure à la page, à sa désinvolture et à ses cheveux citron. Les fiançailles eurent lieu et, implacablement, tout se déroula jusqu'au bout selon le schéma immuable : le taxi attendit au jour et à l'heure fixés devant le 108 Est 119e Rue, Morris cassa le verre nuptial sous le dais, et Pa, enfin, reçut sans doute une récompense symbolique pour ses services expéditifs de marieur.

Dans le même temps, s'entremêlant à ces événements, coururent les premiers bruits d'une fermeture prochaine de Park & Tilford, du moins de la boutique de Lenox Avenue. Au début, Ira ne voulut pas y croire. Ce ne pouvait être qu'une plaisanterie, un canular, comme lorsqu'on vous demandait d'aller décrocher la lune ou d'aller chercher une marchandise qui n'existait pas. Une blague. Mais la rumeur s'amplifia et se fit réalité. Le cœur d'Ira se brisa. Il s'y trouvait si bien. Les tâches qu'il accomplissait lui étaient maintenant familières, tout en offrant assez de diversité pour rester intéressantes. La plupart du temps, c'est presque sans effort qu'il faisait son travail, lequel, au demeurant, n'en exigeait pas beaucoup. Et puis, on l'appréciait, et c'était ça qui lui plaisait le plus : l'indulgence amusée que chacun lui manifestait — enfin, peut-être pas le vieux vendeur de tabac et de cigares, mais tous les autres, y compris Mr. Stiles, le directeur. Il se sentait chez lui dans le magasin, c'était ça, accepté hors du monde des Juifs, comme avec Farley : ce précieux élément de confiance, d'approbation de la part de personnes autres que les siens, là où ça comptait à ses yeux, et surtout maintenant. Oui, surtout maintenant.

« De toute façon, si tu dois aller à Stuyvesant, ça ne changera rien, lui dit Mr. Klein. Tu n'aurais jamais pu arriver ici en une demi-heure. Il aurait fallu en tout état de cause qu'ils engagent un autre garçon.

— Ouais, acquiesça Ira d'une voix triste.

— Tu pourras voir. Il y a une boutique dans le centre. Mr. Stiles te recommandera.

— Ça sera pas pareil.

— Pas pareil, répéta Mr. Klein. Qu'est-ce qui est pareil, tu peux me dire ? Rien n'est pareil. Tu travailles. Tu t'habitues aux nouveaux lieux, aux nouveaux employés — aux nouveaux expéditionnaires. Tu apprends quelque chose de différent.

— Et vous, vous y allez ?

— Chez Park et Tilford ? Non. Je vais faire autre chose. Dans une autre firme. Et puis, pourquoi tu tiens à entrer à Stuyvesant ? Stuyvesant, c'est pour les ingénieurs. Tu sais quelles chances tu as de devenir ingénieur ? Autant que de savoir voler. C'est pas pour les Juifs.

— Je veux pas être ingénieur.

— Alors, pourquoi tu y vas ?

— Parce que mon ami y va.

— Ah ! maintenant, je comprends, dit Mr. Klein en hochant la tête comme s'il trouvait là une confirmation de la stupidité d'Ira. Pourtant, tu n'es pas trop bête. Bien moins que je le croyais au début. Ça ne rime à rien. Pourquoi les imbéciles tu joues ? Pourquoi ? Explique-moi. Pourquoi tu dois aller à la même école que ton copain ? Tu m'as dit que tu voulais être professeur. Là, tu auras une meilleure chance. Et tu voudrais enseigner quoi ?

— Je sais pas encore.

— Alors, tu vas dans un lycée d'enseignement général. Puis tu vas à l'université, tu passes ton diplôme et tu deviens professeur. Non ? » Mr. Klein s'interrompit et considéra Ira de son air grave. « Ce que tu fais maintenant, toute ta vie ça engage. Si tu fais ce qu'il faut faire, s'il n'y a pas d'autre guerre, tu pourras avoir une vie heureuse. Tu grandiras, tu te marieras, tu auras des enfants, tu seras professeur. Sinon, ça te mène où ?

— Je pourrai toujours aller à l'université.

— Et si ton ami il va ailleurs ? Il est juif ?

— Non.

— Je vois que tu te prépares des ennuis.

— Bon, ça va, dit Ira d'un ton boudeur.

— *Tsures*, petit, tu cherches les *tsures*. Si tu étais mon petit frère, je te flanquerais une bonne paire de claques pour te ramener sur terre. Tu te rappelles ce qu'ils chantaient à l'armée ? Hinky, dinky, *parlez-vous*, les petites Françaises ? Dans ta tête, tu vaux pas beaucoup mieux, même si malin, tu es.

— Bon, bon.

— Oui, bon. Maintenant, on commence les paniers.

— Pourquoi ils vont fermer le magasin ? demanda soudain Ira avec colère.

— *Farstaïst nisht ?* » Mr. Klein s'empara de la liasse de factures et se recula pour mieux examiner Ira — qui ne put s'empêcher de remarquer une nouvelle fois son étrange façon de se tenir : les jambes non pas arquées, mais les genoux collés, raides, ce qui leur conférait une forme concave. « Tu ne vois pas que le quartier, il est en train de changer ? Le haut de la ville devient *shvartze*, de plus en plus, et le centre devient juif, Broadway, Riverside Drive, des quartiers juifs et élégants. Ils n'achètent pas chez Park et Tilford. Et même s'ils le faisaient, il n'y a plus de whisky, plus de vin, plus de brandy, plus de liqueurs, plus de bière. *Farstaïst ?* C'est de là que provenaient les gros bénéfices. Demande au vieux *puretz* derrière son comptoir à tabac, le duc de mes fesses avec son col cassé. Il avait deux aides dans le temps, et le petit pourcentage sur les ventes que les employés ils reçoivent, c'était le sien le plus important. Demande-lui, à cet *alter kacker*. Une jolie prime, ça faisait.

— J'ai pas besoin de lui demander. Je vous crois sur parole, dit Ira d'un ton hostile.

— Joue pas les petits malins, dit Mr. Klein en lui tendant les premiers paquets à ranger dans le panier. Ce qui est en verre, tu le mets entre le cacao et les pois cassés. »

Après un instant de silence, il reprit :

« Ils feront les livraisons à partir d'un seul endroit, la grande boutique du centre, et seulement à Manhattan. C'est tout. Et l'autre magasin, celui au coin de Broadway et de la 103e Rue ? Juste un gosse avec une caisse de livraison. Pour le quartier. Un gosse comme toi. Le magasinier, il s'occupera de tout. »

Ira, plein d'amertume, continua à ranger les marchandises avec des gestes mécaniques. Il se sentait désespéré et, comme à chaque fois que s'annonçait la menace de changements, inquiet...

Les vacances scolaires commencèrent. À la cruelle déception d'Ira, Farley alla à New Rochelle chez l'une de ses tantes, pour être au bord de la mer. De retour le temps d'une journée, il vint le chercher : quel bonheur, en rentrant seul de la bibliothèque, de trouver Farley qui l'attendait dans la cuisine, dans la cuisine toute simple des Stigman, une famille juive : Farley, bronzé, les cheveux décolorés par le soleil, les yeux plus bleus que jamais, et qui parlait avec Pa.

« Farley ! » s'écria-t-il en le voyant. Et Pa ne put s'empêcher d'imiter le cri de joie de son fils : « Farley ! »

Ils passèrent quelques heures ensemble, à ramasser des mégots — ils s'étaient tous les deux mis à fumer — et à tirer dessus, assis sur un banc sous le clocher de la colline de Mount Morris Park. Ils se séparèrent peu avant trois heures et demie quand Ira dut partir travailler.

Il ne revit pas Farley de l'été, et les cours reprirent après la fête du Travail, le premier lundi de septembre. Dans l'intervalle, Ira avait consacré tous ses instants de loisir à lire, le matin à la maison et après le déjeuner à la bibliothèque d'où il se rendait directement au magasin, comme il le faisait auparavant de l'école. Des livres, des livres, des livres, c'était sa seule consolation maintenant que Farley n'était plus là, sans parler de la tristesse de savoir que la boutique allait bientôt fermer. Des livres. Romans, nouvelles, récits d'aventure. Il ne se rendait que trop bien compte qu'il existait d'autres choses à lire : les rayons étaient bourrés d'ouvrages marqués « histoire », « biographies », « science », « philosophie », « poésie » — non, ce n'était pas tout à fait vrai : un jour, il avait rapporté à la maison un recueil de poèmes d'amour.

En règle générale, il ne s'intéressait pas aux livres qui ne racontaient pas d'histoires, qui ne faisaient pas appel à ses sentiments et à son imagination. Il n'était pas indispensable que ce soit de la prose ; ce pouvait être des vers, de la poésie, du moment qu'il y avait une histoire, comme *Le Vieux Marin*. Ah ! oui, et un jour, il avait découvert un livre dans l'appartement vide du dessus, intitulé *Le Prisonnier de Chillon* — d'un certain Byron. Quelle merveille ! « Mes cheveux sont gris mais non sous le poids des ans, ni n'ont blanchis en une seule nuit, comme ceux d'hommes frappés d'une peur soudaine. » Quelle histoire merveilleuse ! Le prisonnier qui se lie d'amitié même avec les araignées. Mais il fallait lire et relire le prologue, l'invocation, ça s'appelait, avant de comprendre : « Âme éternelle de l'esprit sans chaînes ! au fond des cachots tu brilles, Liberté !... »

Peut-être que ce serait pareil avec les autres poèmes s'il consacrait le temps nécessaire à les comprendre : mais il voulait une histoire, il en avait un besoin maladif ; non seulement les histoires vous transportaient dans l'imaginaire, mais elles vous tenaient en haleine, et pendant tout ce temps, elles vous disaient ce que les gens éprouvaient, ce qu'ils voyaient et entendaient, et comment ils vivaient. C'était ça l'important : ils appartenaient à un monde, un monde qui n'existait peut-être plus, et c'était la seule façon de l'approcher.

Oh ! oui ! les histoires vous apprenaient tout ; on pouvait deviner ce que souvent elles ne suggéraient qu'à peine, on pouvait rêver au monde qu'elles décrivaient, on pouvait y vivre ; on pouvait aussi changer dans sa tête le déroulement des événements et ensuite inventer l'autre histoire que ça aurait donné. Et les noms, toutes sortes de noms qui restaient gravés dans votre esprit, comme des gens réels et non pas comme dans la mythologie, des « personnages », on les appelait, par exemple Jean Valjean, Huckleberry Finn et d'Artagnan, et puis David Copperfield et Martin Eden. Ils vous emportaient dans leur monde, comme Farley le faisait. Et même plus que Farley. On vivait davantage dans leur monde que dans le monde juif, et c'est dans leur monde qu'on désirait être, et maintenant qu'Ira était ce qu'il était et qu'il ne pouvait ni ne voulait s'arracher à leur monde, peut-être qu'il trouverait un jour une façon d'échapper à son univers juif, à ses taudis, pour entrer dans le leur.

Leur monde qu'il connaissait mieux que n'importe quel gamin juif de sa rue, que tous les gamins juifs qu'il connaissait, que tous les gamins, juifs ou pas, et mieux encore que Farley, mieux encore que tous ceux de sa classe. Il savait, parce qu'il fallait qu'il sache, parce que c'était son seul espoir, parce qu'il n'avait nulle part ailleurs où aller et parce qu'il ne restait plus en lui qu'un tas de décombres : sa judéité, Ma, les *matses* pour la Pâque, Zaïde qui tâtait avidement les *bulkies* frais pour en apprécier le moelleux. La judéité, c'était comme s'il n'y avait plus rien. Presque plus rien...

CHAPITRE XIX

Mr. Lennard, installé au fond de la classe sur les genoux du grand George Repke, se leva un peu plus brusquement que d'habitude, rougit, puis pâlit. Non parce qu'il avait été surpris ainsi par Mr. O'Reilly qui se tenait sur le seuil, mais parce que celui-ci était accompagné d'un monsieur aux cheveux blancs à l'air très doux et distingué dont le visage s'ornait d'une moustache et d'une barbiche blanches. Mr. O'Reilly présenta le visiteur à Mr. Lennard. Ils échangèrent une poignée de main et, après une minute ou deux, Mr. O'Reilly les laissa. Rougissant de nouveau, lançant aux élèves des regards à la fois gênés et sévères — destinés à les mettre en garde contre toute tentative de chahut —, Mr. Lennard présenta à son tour le nouvel arrivant : c'était le Dr. Zamora, l'inspecteur d'espagnol des lycées de New York, venu voir « comment nos élèves progressaient dans l'étude de l'espagnol ». Était-ce clair ? Bien sûr que c'était clair, et Mr. Lennard attendait de chacun qu'il fît de son mieux.

« Naturellement, docteur Zamora, reprit-il en s'adressant à l'inspecteur aimable et attentif, le trimestre vient juste de commencer, et je crains que vous ne nous trouviez pas au meilleur de notre forme.

— Je suis tout disposé à me montrer indulgent », dit le Dr. Zamora avec un sourire. Puis, à l'intention des élèves, il demanda : *« ¿ Cómo están ustedes ? »*

Les réponses fusèrent, allant de : « *Muy bien, Señor* », à « *Buenos días, Señor* ». Mr. Lennard se mordit la lèvre et fronça les sourcils — marque de son violent mécontentement.

Et son front continua de s'assombrir cependant que les élèves répondaient de travers à toutes les questions ou, pire encore, se contentaient de fixer le Dr. Zamora avec des yeux ronds. En premier lieu, après l'accent américano-espagnol facile à comprendre de Mr. Lennard, l'accent purement espagnol de l'inspecteur les déconcertait. Derrière le dos du Dr. Zamora, les regards de Mr. Lennard se faisaient de plus en plus noirs. L'inspecteur, patient, donnait pourtant l'impression de ne pas se décourager.

« *¿ Quién es Don Quijote ?* » demanda-t-il. La question avait un côté définitif, comme s'il désirait s'en aller sur une note optimiste. « *Don Quijote,* semblèrent lancer sa barbiche et sa moustache blanches à la classe complètement perdue. *Sí, Don Quijote de la Mancha. En inglés, si ustedes quieren contestar. ¿ Quién es él ?* Vous pouvez répondre en anglais, les encouragea-t-il. Qui est *Don Quijote ?* »

Mr. Lennard vint alors au secours de l'inspecteur, mais de manière silencieuse. Derrière lui, presque à hauteur de son épaule, et si proche de la périphérie de sa vision que nul élève n'aurait osé faire de même avec un professeur, il forma les syllabes avec ses lèvres, les accentuant par des mimiques significatives : Don Qui-chot-te ! Don Qui-chot-te !

Ira comprit enfin :

« Don Quichotte ! s'écria-t-il. J'ai lu son histoire. Il s'est battu contre un moulin à vent. »

Mr. Lennard étouffa un soupir de soulagement.

« *Sí, sí,* dit le gentil Dr. Zamora. *Pero en Español decimos, Don Quijote.* Répétez après moi : *Don Quijote de la Mancha.* Tous ensemble.

« Donquirote de la Mancha, répéta comme un perroquet toute la classe avec la bonne volonté requise.

— *Muy bien*. Encore une fois : quel est le nom du personnage le plus célèbre de la littérature espagnole ?

— Donquirote, répondirent quelques-uns, et les autres reprirent en chœur.

— *Muy bien*. Et qui est l'auteur de *Don Quijote ?* » demanda-t-il en promenant son regard sur les élèves.

Ira leva la main :

« Il s'appelle Cervantès.

— *Se llama Cervantes. Muy bien.* »

Mr. Lennard respirait la satisfaction.

CHAPITRE XX

Septembre touchait à sa fin ; la chaleur diminuait et les chapeaux de paille des hommes se faisaient de plus en plus rares.

C'était le premier automne de la nouvelle décennie, celle des années 20, décennie prodigieuse et agitée, qui serait sans doute la plus importante du siècle, la décennie d'Einstein, de Bohr, celle d'Eliot, celle de Joyce, de Stein, de Picasso, de Stravinski, de Duncan, de Martha Graham, des dadaïstes, de Spengler, de Hubble et de Shockley, celle des lointaines galaxies, des innovations au cinéma, celle du pacte Briand-Kellogg, celle des victoires de Lénine et de Trotski sur les Russes blancs, et des révolutions avortées ; celle de l'assassinat de Rosa Luxemburg et Karl Liebknecht, de la mort de Lénine et de l'ascension de Staline, celle des ratés de la Société des Nations, du triomphe de l'isolationnisme américain, de la fin des rêves de Woodrow Wilson, du raz de marée électoral des Républicains, la décennie de la Prospérité et de la Normalité, l'époque de Cal Coolidge, des dessins humoristiques qui montraient les Allemands poussant des brouettes pleines de *deutsche marks* dévalués pour aller acheter quelques simples provisions, l'époque des collectes et des représentations de bienfaisance en faveur des Arméniens massacrés par les Turcs, celle des actions qui s'envolent et des fortunes qui se font en une nuit à Wall Street, une décennie qui s'acheva sur le crack boursier de 1929, les millionnaires d'hier se jetant par les fenêtres des gratte-ciel...

Oui, mais le garçon n'avait que quatorze ans, médita Ira. De plus, il était déjà si préoccupé de lui-même, intériorisation provoquée par une véritable implosion psychique. Non, il était *tsemisht*, pareil au poisson sonné par l'explosion de la dynamite, et par conséquent moins sensible qu'il aurait dû l'être aux grands changements et aux bouleversements qui se produisaient dans le domaine de l'art, de la science et de l'économie ainsi qu'au sein des nations et des rapports qu'elles entretenaient entre elles.

Certes. Mais pourquoi en parler maintenant ? Peut-être qu'il devrait réserver cela, en totalité ou en partie, pour plus tard, et exposer les événements en parallèle avec l'évolution du jeune Ira. Bon, il y reviendrait peut-être, de même qu'aux jupes entravées que les femmes portaient alors et aux boutiques apparues sur la 125e Rue, où l'on vendait les surplus de l'armée. La meilleure chose à faire, se dit-il, la meilleure chose qu'il puisse faire serait — peut-être — de réunir des extraits d'articles divers, dépêches, éditoriaux du *New York Times*, par exemple, et d'en rester là, de laisser le lecteur patauger dans le lit du torrent des événements socio-politiques de la deuxième décennie de ce siècle et d'étudier cette période afin de se forger sa propre impression. Solution de paresseux, inepte.

On avait offert au père de Farley deux billets d'entrée pour un prestigieux cinéma de Broadway où l'on projetait un nouveau film intitulé *Le Golem*. Il avait donné les billets à son fils, et Ira et lui prirent le métro pour s'y rendre.

Ils virent un film noir et fou, aussi noir et fou que le maquillage sous les yeux du kabbaliste quand il prononce, souligné par les effets sonores produits par les musiciens dans la fosse, le terrifiant tétragramme qui insuffle la vie à la statue d'argile.

Mais avec quelle inoubliable rapidité le rabbin-sorcier arrachait de la poitrine du personnage qu'il venait d'animer le signe, siège de la vie, tout en veillant à ne pas le faire trop tôt, afin de se protéger contre le « géant pensant » aux gestes maladroits qui tombait ensuite à la renverse sur le sol.

Le signe prit valeur de symbole au fil des ans, encore qu'Ira n'en fût jamais tout à fait conscient : l'essence, le cristal de l'existence, vestige de l'année 1920, de Farley et de lui-même qui, le cœur battant, débouchaient de la station de métro dans le soleil de Broadway pour se diriger vers le cinéma. Non, il y avait autre chose, songea Ira en se balançant dans son fauteuil de bureau — autre chose : sa judéité, non ? Un problème qu'il dut traiter par la suite, avec sérieux et non avec humour, quelque chose, le peu qu'il savait, signe qui demeurait en lui, celui de sa judéité, de la tradition juive. Bizarre. Et quand il essayait de s'en débarrasser... une inanition créatrice s'ensuivait.

CHAPITRE XXI

À force de confectionner des paquets d'une demi-livre de sucre ou autre denrée, Ira savait depuis longtemps faire la petite boucle nécessaire avant de nouer la ficelle. Finissant de fermer un paquet d'une livre de lentilles après l'avoir pesé, il dit à Mr. Klein :

« Il me donnera la permission si je lui explique pourquoi.

— Je ne veux pas d'histoires. Je tiens à ce tu sois là vendredi. Pas à trois heures et demie. À midi. Je vais manquer de bras pour préparer les paniers de samedi. Toute la journée, je vais en manquer. Pourquoi tu tiens à lui demander ? Et s'il refuse ?

— Il refusera pas, lui assura Ira. Il en a déjà laissé partir d'autres. Je le sais.

— Écoute-moi bien, si tu es malin, tu ne lui demanderas pas. Fais ce que je te dis. Je sais comment ça se passe. J'ai des neveux et des nièces qui vont à l'école. Tu n'y retournes pas après déjeuner, *farstaïst ?* Et lundi, tu apportes un mot de tes parents : ta mère, elle était malade. Quelque chose de ce genre. Ou il a fallu que tu t'occupes du bébé...

— Y a pas de bébé chez moi.

— Ne joue pas les petits malins. Trouve autre chose. Qu'elle va avoir un bébé.

— Je pourrais raconter que je me suis senti mal et que je suis rentré chez moi.

— Parfait. Dis que tu as été malade.

— Alors, il faudra que j'apporte un mot lundi.

— Eh bien, tu apporteras un mot.

— Dans ce cas, il voudra savoir pourquoi je ne lui ai pas dit avant.

— Bon, dit Mr. Klein en faisant claquer sa langue. *Ikh bin dir moïkhl*. Tu sais ce que ça veut dire ? Merci infiniment ! Il faudra qu'on m'envoie quelqu'un d'une autre boutique. Je voulais juste te donner l'occasion de faire quelques heures supplémentaires, de gagner un peu d'argent en plus. *Iz nisht, iz nisht*. Le seul ennui, c'est que tu es le seul à savoir où tout est rangé. Il faudra qu'à un autre, j'explique tout.

— Je vous répète que j'ai pas besoin de mot ! s'emporta Ira. Je lui demanderai deux jours avant. D'accord ? Comme ça vous saurez.

— Deux jours avant ? Mais tu vas tout faire rater ! répliqua Mr. Klein.

— Pourquoi ?

— Parce qu'une tête de mule, tu es. Continue. Pèse les lentilles. Quand tu lui auras demandé, il saura pourquoi tu veux partir.

— Bon, vous voulez parier ?

— Ouais, j'parie, dit Mr. Klein d'un ton sarcastique. Maintenant, dépêche-toi de finir. Ça suffit. Et viens me donner un coup de main.

— Bon », dit Ira en portant les paquets vers l'étagère marquée LENTILLES. « Quand est-ce qu'on va fermer ? demanda-t-il en revenant.

— D'ici la fin de l'année. Le bail se termine. Peut-être qu'on leur accordera une prolongation jusqu'en janvier. Mais peut-être aussi que Park et Tilford, ils n'y tiennent pas, répondit Mr. Klein en haussant les épaules. Ce n'est plus comme avant avec le champagne et le whisky pour le nouvel an. Tiens, prends ça, conclut-il en tendant une boîte à Ira.

— Kumquats, lut celui-ci. Encore un truc que j'ai pas goûté. »

Mr. Klein éclata de rire.

« Eh bien, un... *bi'st ein... bi'st ein...* Tu sais ce que c'est un *yold* ?

— Ouais.

— Harvey, dit alors Mr. Klein au garçon de magasin qui s'approchait. Il va y avoir un travail monstre vendredi.

— Comme si je savais pas ! Et manquerait plus que ce monte-charge tombe en panne.

— C'est tout, tu peux disposer, dit Mr. Klein en fixant Harvey du regard. On a besoin de rien d'autre.

— Je resterai pas ici après, dit Ira.

— Après quoi ? Après qu'ils auront fermé le magasin ? Personne, il ne restera ici.

— Non, quand ils auront tout déménagé, je veux dire.

— Il y a encore deux mois. Peut-être plus. Et après, tu pourras aider à déménager le reste.

— Je veux pas rester ici.

— Tu n'as pas encore tout goûté. » Mr. Klein eut un sourire ironique et tendit à Ira ce qui lui parut être une part de parmesan ou d'un autre fromage italien à la forte odeur, emballée dans du papier.

Ira rougit et marmonna, renfrogné :

« Non, j'ai pas tout goûté.

— Ah non ? Et qu'est-ce que tu n'as pas goûté ? demanda Mr. Klein en englobant d'un geste le sous-sol. Tu entends, Harvey ? Il n'a pas tout goûté. Seulement ce qui n'est pas kasher.

— Ce qu'est pas quoi ?

— Kasher. Et justement, rien ne l'est.

— Hi ! hi ! hi ! » s'esclaffa Harvey qui s'éloigna en secouant son chiffon à lustrer.

CHAPITRE XXII

Le cours se termina comme de coutume à trois heures. Ira attendit d'être seul avec Mr. Lennard.

« Je voudrais vous demander un service, monsieur, dit-il alors. Au sujet de vendredi.

— Oui, de quoi s'agit-il ? » Le professeur ôta son pince-nez et souffla sur l'un des verres avant de le frotter avec délicatesse à l'aide de son mouchoir de soie. Ainsi mis à nus, ses yeux verts paraissaient encore plus sévères cependant qu'ils examinaient Ira, sévères et pourtant singulièrement flous. Et puis il avait des lèvres gonflées et de profonds petits cratères de part et d'autre de l'arête de son nez. « Je ne serais que trop heureux de te rendre service si c'est en mon pouvoir, reprit-il, semblant dissimuler son visage derrière sa main tandis qu'il remettait ses lorgnons en place.

— L'employé chargé des expéditions, là où je travaille... », commença Ira. Il avait le sentiment de ne pas s'y prendre comme il fallait, mais il n'en continua pas moins : « ...Mr. Klein. Il m'a demandé si je pouvais venir vendredi tout de suite après déjeuner. Chez Park et Tilford.

— Pourquoi ?

— Il y a beaucoup de travail en plus. Ils déménagent... (Il fit un grand geste du bras)... toute la cave fermée à clé : le vin, le whisky, la bière et je ne sais quoi encore. Ils n'en vendent plus.

— Je vois. » Mr. Lennard se permit un petit sourire. « Ils n'en vendent plus, c'est cela ? Tu sais, il nous est interdit à tous d'y toucher.

— Ah bon ? fit Ira, déçu, car il avait mal compris. Je lui ai dit que je pourrais. Il voulait que je lui rende ce service, Mr. Klein, et que je vienne plus tôt.

— Oh ! personnellement, je n'y vois aucun inconvénient, déclara le professeur. (Ira reprit espoir.) Mais Mr. O'Reilly ne serait sûrement pas d'accord. Ni l'Éducation nationale. Je suis responsable de toi. Suppose qu'il t'arrive quelque chose ? Que tu te blesses alors que tu es censé être à l'école et que je t'aie marqué présent — tu te rends compte ?

— Oui, répondit Ira avec une petite grimace. Ouais. Mais Mr. Klein a pensé que je pourrais apporter un mot.

— En effet, un mot de tes parents. Ce qui dégagerait ma responsabilité. Mais la façon dont tu présentes les choses... » Mr. Lennard, apparemment sans raison, se détendit soudain et adopta un ton empreint de cordialité. « Bien entendu, seuls toi et moi avons besoin de connaître la véritable raison.

— Oui, monsieur. Merci beaucoup. » Sans savoir pourquoi, Ira se sentit frustré — par sa propre faute, lui sembla-t-il, comme d'habitude : s'étant lui-même, pauvre idiot, placé dans une position désavantageuse. « J'apporterai un mot. »

Le professeur leva les yeux sur la pendule au-dessus du tableau noir.

« À quelle heure commences-tu au magasin ? Trois heures et demie, c'est bien cela ?

— Aujourd'hui ? Oui, monsieur. La boutique est juste sur Lenox Avenue.

— Tu as encore le temps. » Le ton de Mr. Lennard était maintenant à la fois engageant et ferme ; il évoquait à Ira une situation qu'il avait déjà vécue. Non, c'était impossible. Et pourtant, si : le souvenir de ce vagabond dans les bois de Fort Tryon Park.

Mais si ! Mr. Lennard alla à la porte et tourna la poignée de manière à fermer à clé, puis il revint, l'air toujours calme, mais il émanait de lui comme une noirceur, quelque chose d'implacable qui ne trompait pas. « Asseyons-nous là. » Il désigna un double pupitre couvert de taches et de profondes entailles.

Ira obéit, et le professeur vint s'installer à côté de lui. Il ouvrit sa braguette et poursuivit comme si de rien n'était :

« Tu as bien grandi depuis le jour où il y a eu ce problème avec ta date de naissance. Je me rappelle encore. » Il déboutonna le pantalon d'Ira. « Tu te branles, maintenant ?

— Non.

— Tu ne vas pas me faire croire ça ! dit-il en se caressant doucement tout en extrayant le pénis mou d'Ira. Avec tous ces poils que tu as ?

— Quelqu'un sur le toit a essayé de me montrer comment on faisait, dit Ira en frissonnant intérieurement. J'ai pas aimé ça.

— Tu n'as pas joui, c'est cela ? demanda Mr. Lennard en accélérant le mouvement de ses deux mains. Tu n'as jamais baisé ? » Devant le silence d'Ira, il reprit : « Allez, bande un peu ! Imagine-toi que tu la fourres dans une paire de fesses ! »

Bien trop hébété pour seulement tenter de résister ; se fondre dans ce qui l'entourait pour ne plus être lui-même : ardoises, gommes dans les rainures, morceaux de craie, la pendule, les encriers dans les pupitres éraflés. La tringle à côté des grandes fenêtres de l'école qui regardaient le ciel bleu. Et la main de Mr. Lennard qui s'activait. « Allez, vas-y, bande, bande donc ! Imagine-toi un joli cul devant toi. Celui de ta mère ou de ta sœur. Tu les a vus, non ? Penchées devant toi. Un beau cul bien tendu... oooh... » Ses mouvements s'accélérèrent encore. « Tu fais des rêves érotiques. De jolis rêves. Souviens-t'en. Allez, et bande, bon sang ! »

Fantôme du vagabond efflanqué et du couple d'Irlandais qui l'avait sauvé.

« Mr. Lennard, faut que je parte. Je vais être en retard.

— Non ! tu ne seras pas en retard. Vas-y ! » siffla-t-il entre ses dents. Son visage fiévreux affichait la détermination ; ses lorgnons vibraient tellement au rythme de ses mains qui frottaient son sexe ainsi que celui d'Ira, toujours aussi mou, qu'il lâcha un instant le sien pour ôter son pince-nez et le poser sur le pupitre de l'autre côté de l'allée. « Allez ! bande !

— Je peux pas, monsieur. On est à l'école. Je peux pas. » Pleurnichant et recroquevillé sur lui-même, il laissa son instinct le guider vers la seule voie de salut possible. « S'il vous plaît ! faut que je parte... Mr. Klein m'attend.

— Et merde ! » Mr. Lennard cessa brutalement ses efforts. « Reboutonne-toi. » Il se leva, récupéra ses lorgnons, les ajusta sur son nez, puis, l'air furieux, se dirigea vers la porte en refermant sa braguette. « Très bien, tu as la permission, dit-il en tournant la poignée. N'oublie pas de m'apporter un mot de tes parents. » Il ouvrit grand la porte, jeta un coup d'œil dans le couloir et fronça les sourcils à l'approche d'Ira qui, d'une main, tenait la courroie serrée autour de ses livres de classe et, de l'autre, finissait de reboutonner son pantalon.

Il passa devant son professeur qui le considéra avec dureté, et fila dans le couloir où la succession des poignées en cuivre ornant les portes des salles vides marqua la progression de sa fuite effrayée. S'accusant lui-même, se sentant souillé, perdu, le cœur au bord des lèvres, assailli de visions de cauchemar, il dévala l'escalier en fer, seul entre les épaisses parois de verre translucide qui laissaient filtrer une lumière morne, jusqu'au sous-sol aux relents d'urine. Pourquoi fallait-il que ça lui arrive à lui ? Quel crétin ! Mr. Klein lui avait pourtant bien dit ce qu'il devait faire. Idiot ! La porte, la lourde porte de chêne de l'école. Dehors. Enfin dehors. Cette espèce de sale pédé ! La rue, ouf ! la rue. Le crier à tout le monde : Mr. Lennard est un sale pédé ! Merde ! il allait être en retard !

Il pressa le pas, et sentit bientôt les muscles de ses cuisses qui commençaient à le tirer. Le dégoût envahissait chacune des fibres de son corps, un dégoût absolu, total. Un professeur, rien que ça ! Comme cette matinée-là, assis sur le trottoir, peu après son emménagement dans la 119e Rue, le fils du barbier et Petey Hunt : « Sors ta bite », se défiaient-ils. Mon Dieu ! tout ça était donc vrai ! Tout ! Ils n'avaient rien imaginé. Rien exagéré. C'était vrai. Les pédés. Les tantes. Les tapettes. Professeurs ou vagabonds dans les parcs : qu'est-ce qu'ils voyaient en lui agrippant la bite, les fesses, en la lui agitant comme ça ? Mais quoi ? Le gros cul de leur mère, de leur sœur ? Oh ! il savait très bien, mais il ne le dirait pas. Jouer les imbéciles et s'éloigner. Jouer les imbéciles et s'enfuir. Ira se mit à courir. Arriver au magasin le plus vite possible. Oublier.

Non, pas obligatoirement. Pas obligatoirement.

— Drôle de façon de l'exprimer.

Je sais, je sais. Et toi aussi, Ecclesias.

— C'est quand même bizarre.

Bizarre ou pas, c'est le dilemme devant lequel je suis placé.

— Tu l'as voulu.

En tant que condition nécessaire, oui. Qu'est-ce qu'on peut faire ? Coupée est la branche qui aurait pu pousser toute droite, et brûlé est le rameau de laurier d'Apollon... Quoi faire ? Quoi faiser ? comme disait Ma dans son pathétique yinglish. Hamlet, la vieille taupe qui chemine sous terre, ou l'esprit des mers du Vieux Marin.

— Mais encore.

Oui, vieille taupe. On appelle ça des emmerdements. Une créature littéraire s'est-elle déjà trouvée dans pareil pétrin ?

CHAPITRE XXIII

L'esprit confus, il courut le long des maisons de grès brun et des immeubles de briques jaunes silencieux, croisant de temps en temps un piéton, une fille sur la Cinquième Avenue, les cheveux bouclés, les joues roses, pareille aux modèles de calendriers, dans une prairie, au bord d'un ruisseau, pas comme eux, ces gens répugnants d'ici. Comment ? Comment ça pouvait exister ? Qui interroger ? Pas Farley, non, personne. Si seulement il avait oncle Louie pour père, lui demander comment le quotidien, le combat contre la banalité du quotidien...

Il courut jusqu'à l'entrée latérale du magasin, ses livres de classe sous le bras, et, arrivé devant la porte, il sursauta, tiré de sa propre agitation à la vue des trois camions de livraison de Park & Tilford rangés le long du trottoir. Il pénétra à l'intérieur, se glissa au milieu des ombres et des arômes de la boutique, puis dévala quatre à quatre les marches de l'escalier du sous-sol — pour se heurter au regard désapprobateur de Mr. Klein qui se tenait de l'autre côté de la table recouverte d'une feuille de zinc. Mais désapprobateur ou non, son visage familier et ses yeux marron qui étincelaient de colère ramenèrent Ira à la réalité tangible.

« Toujours, tu es dix minutes en avance, un quart d'heure en avance, dit Mr. Klein en tapant du doigt sur le guide rouge de New York. Aujourd'hui, quand j'ai besoin de toi, tu as près d'un quart d'heure de retard. Qu'est-ce qui te prend ? Tu sais que je manque de bras. Tu le vois bien ! » Il reposa brutalement le plan à côté de la pile de marchandises.

« C'est mon professeur, s'excusa Ira en rangeant ses livres sous la table.

— Celui qui doit te donner la permission pour demain ?

— Ouais.

— C'est pour ça qu'il t'a retenu si longtemps ? Si longtemps ça lui a pris, pour te dire oui ou non ? Et il a dit quoi ?

— Il a dit oui.

— Tu es sûr ?

— Ouais, je suis sûr.

— Très bien. Au travail, maintenant, dit Mr. Klein en saisissant sa liasse de factures. Vinaigre de vin, vinaigre de vin... Tu vois le vinaigre de vin ?

— Ouais. Ici.

— Parfait. Après, ça doit être le sucre, et ensuite la boîte de thym. Et pas de questions. Moi-même, je ne sais pas...

— Je pose pas de questions !

— Qu'est-ce que tu as ? demanda Mr. Klein dont le front se creusa de rides profondes.

— Rien.

— Rien ? C'est tout ? Bon. Thym, ou thyme, *abi gesund*. Une grosse boîte de crabe. Où ça ? Artichauts... Tu entends ce qui se passe ? demanda-t-il en poussant les marchandises vers Ira.

— Ouais. Hein ? J'ai jamais entendu un boucan pareil. » Ira mettait au fur et à mesure les produits dans le panier, tandis qu'un bruit sourd s'élevait de la cave à vin. « Ils réparent quelque chose ? Hé ! mais c'est Murphy ! Et puis Quinn ! Tout le monde est au sous-sol. Qu'est-ce qu'ils fabriquent ici ? Et voilà Tommy. Et ce type, c'est qui ?

— Ce type ? répéta Mr. Klein en continuant à vérifier les articles de base et les produits de luxe. *Ces* types, tu veux dire. Trois, ils sont.

— Ah ? s'étonna Ira en suivant du regard l'homme solidement charpenté coiffé d'un feutre gris. Où sont les autres ?

— Là-bas. Avec les livreurs. Tu ne les entends pas ? Ils cerclent les caisses. Avec des bandes de fer. Il faut que tout l'alcool, il soit parti demain ; tout doit être estampillé, scellé et étiqueté. Bon sang ! où elle est, cette vanille ?

— Qu'est-ce qu'ils vont faire ? demanda Ira en glissant la petite bouteille d'extrait de vanille dans un casier du panier. Ils vont tout enfermer après ?

— *Bi'st meshugge ?* C'était déjà enfermé. Demain, ça part pour un entrepôt gouvernemental.

— Un entrepôt gouvernemental ? » Les événements de l'heure précédente commençaient à s'estomper devant l'activité salutaire à laquelle il se livrait. « Qu'est-ce que c'est ?

— Ne t'arrête pas de travailler, dit Mr. Klein en lui tendant un autre paquet. Toujours, tu veux tout savoir. C'est un endroit où personne ne peut toucher à l'alcool, c'est tout. Volstead. La loi Volstead. La Prohibition, ça veut dire.

— Pourquoi vous n'avez pas... pourquoi vous n'êtes pas..., balbutia Ira, s'efforçant de faire franchir aux mots la barrière de ses lèvres... Mon grand frère ? »

Mr. Klein manifesta une franche surprise :

« Pourquoi tu as besoin d'un grand frère ? » Sa sympathie semblait hésitante, dépourvue de tout sentimentalisme, mais sincère. « Je voyais bien que quelque chose n'allait pas.

— Ouais.

— Alors, qu'est-ce qui se passe ?

— J'ai un sale professeur, un vieux dégoûtant.

— C'est tout ? Dis-le à ton père. »

Ira, la gorge trop nouée pour parler, garda le silence.

« Très bien, je suis ton grand frère, reprit Mr. Klein en lui fourrant des denrées entre les bras. Demain, tu ne touches pas à la bière et au schnaps. Suis mon conseil.

— Moi ?

— Oui, toi. Ça ferait une grosse amende pour un mineur comme toi. Un mineur, on t'appelle. Tu n'as pas le droit de toucher à l'alcool. Et même de t'en approcher, tu comprends ? L'alcool — ça te rend *shicker*. Le vin, la bière. Alors tu restes à l'écart. Peu importe ce que les autres ils font, toi, tu restes à l'écart... Tiens, prends : des conserves de melon.

— Tommy aussi ?

— Un goy, c'est. Personne ne dira rien — non, il travaille à plein temps, dit Mr. Klein, se contredisant. Je ne sais pas quel âge il a. Toi, tu n'es qu'un collégien.

— De toute façon, j'aime pas ça.

— Ah bon ? Et tous les *bekhelekh* de vin que tu bois pour *Pessah ?* Et un *kiddush ?* Tu sais ce que c'est *kiddush ha Shem ?* Tiens : des *petty* pois. Trois boîtes. Ensemble, tu les mets. Moules. Vichy. Mais qu'est-ce que je raconte ? Je me croyais en France. Je buvais de la Vichy. Bon, sucre.

— *Kiddush*, je sais. Mais *ha Shem*, c'est quoi ? »

Mr. Klein éclata de rire :

« C'est quoi, *ha Shem ? Oï! vus far a Yid bistu!*

— En tout cas, le vin chez moi c'est comme du vinaigre. Acide. Ma mère le fait dans une espèce de grand pot au milieu de la salle à manger.

— Alors, c'est ça *ha Shem*, ironisa Mr. Klein. Bon, écoute-moi bien, et n'approche pas des bouteilles demain, tu m'entends ? Je suis ton grand frère. Il va y avoir du *khoïshekh* ici demain. Je le sens. » Il dressa l'oreille pour écouter le bruit qui provenait de la cave à vin, puis il hocha la tête d'un air entendu. « Tiens : salade de fruits. Pourquoi aujourd'hui, tu travailles comme un... comme un... comme un tout ce que tu voudras. Tiens : un pot de gelée de goyaves. Juste après. Même commande : un paquet de thé. Au *jazz-min*. Et du sucre. »

Ira savait qu'il n'aurait aucun mal à obtenir de Pa un mot d'excuse dès qu'il saurait que c'était pour gagner un peu d'argent en plus. Par contre, toujours prête à rouspéter à propos de ce qui risquait de nuire aux études de son fils, ce fut Ma qui souleva des objections devant cette entorse même légère à la règle :

« Pour un malheureux *shmoulyare*, manquer l'école ! Je n'en ai pas besoin. Je veux d'abord que tu passes tes examens.

— Ouais, ricana Ira. De comptabilité, de dactylo et de cette saloperie de sténo. Sans parler de cet espagnol pourri.

— Alors, pourquoi tu l'as pris ? Qui t'a obligé ? Je ne sais pas mieux que toi, malheureusement ; je ne peux pas te conseiller, dit-elle en se frappant la poitrine de sa main dodue. Et lui... (Elle désigna son mari qui lisait son journal yiddish à la table de la cuisine)... il n'en sait pas plus que moi...

— Je sais qu'il veut devenir un *melamed*, dit Pa en levant les yeux.

— Eh bien, laisse-le devenir un *melamed*. Mais avant, toujours c'était *David Clinton*, l'école *David Clinton*.

— Stuyvesant est aussi bien que De Witt Clinton, la reprit Ira avec un brusque ressentiment. J'aurais jamais dû aller dans ce lycée infect.

— *Nou ?*

— *Shah ! Yente !* » Pa avait été chercher de quoi écrire dans le coin à côté du placard à vaisselle. « Qu'est-ce que je mets ? D'abord, écris-moi son nom.

— J'ai un stylo. » Ira refusa celui que son père lui présentait, puis il épela tout en écrivant : « L-e-n-n-a-r-d. Mr. Lennard.

— *Azoï ?*

— Ouais. Je lui ai dit que maman souffrait de catarrhe chronique, qu'elle ne parlait que yiddish, et qu'il fallait donc que je la conduise à la clinique...

— Ah ! Je n'ai pas besoin de catarrhe chronique ! Il faut que j'écrive ça ? Est-ce que je suis docteur ? Tu dois la conduire à la clinique. Elle est malade. Ça ne suffit pas, non ? »

Ira, blessé dans son orgueil, haussa les épaules d'un air renfrogné ainsi qu'il le faisait à chaque fois que son père repoussait dédaigneusement ses suggestions. Il le regarda inscrire la date. Pour un homme aussi insignifiant que lui, il écrivait avec beaucoup de fioritures.

« Cher, il y a un accent sur le e ?

— Non, c-h-e-r.

— Aujourd'hui, c'est une demi-journée, et demain, ça sera une journée entière, dit Ma. Je ne le tolérerai pas.

— Ça ne se reproduira pas. Je vais bientôt quitter ma place.

— Ah ! s'écria Pa avec sarcasme. *Shoïn ?* Déjà. Tu as assez travaillé ? Tu es trop fatigué ?

— Je suis pas fatigué. De toute façon, tout le monde dit qu'ils vont fermer. Je te l'ai expliqué.

— Alors, il faut que ce soit toi qui montres le chemin, bien sûr. Et quoi encore ?

— Laisse-le tranquille, intercéda Ma. Ce qu'il a gagné, il l'a gagné. C'était de l'argent en plus.

— Mais ses cinq dollars par semaine, tu n'attendais pas une seconde pour t'en emparer.

— Alors, c'est moi qui perds, pas toi.

— Tu l'as voulu. On verra bien s'il finit comme tu l'espères. » Pa signa le papier d'un "Herman Stigman" haut de près de trois centimètres. « Tiens, le voilà ton *motele* », dit-il en ajoutant le diminutif yiddish.

Ira plia le mot en silence. Comment vaincre le mépris de Pa ? Comment se confier à lui, lui dire par exemple : hier, mon professeur a fait ceci, a fait cela. Tu sais ce qu'il m'a fait ? Tout de suite, ce serait sa faute, pas celle de Mr. Lennard : pourquoi tu l'as laissé faire ? pourquoi tu n'es pas parti en courant ? Non, peut-être qu'il se trompait. Peut-être que Pa enverrait une lettre comme celle qu'il avait adressée à Mr. O'Reilly quand le professeur de travail manuel l'avait frappé sur l'oreille. Mais Ma, aussitôt : *Oï! gevald!* Suivi de : *Gevald geshrig'n!* Toute la panoplie des exclamations juives! Non, surtout pas ça.

— C'est parce que tu te sentais déjà coupable, non? N'est-ce pas la raison principale?

Si. Parce que je risquais de révéler quelque chose de plus odieux encore que les attouchements de Mr. Lennard.

— Le moment n'est-il pas venu de purifier l'atmosphère? de te débarrasser de ton fardeau clandestin? Tu ne peux pas continuer ainsi indéfiniment, sur une orbite excentrique, comme un corps céleste visible doté d'un satellite invisible. En outre, l'énigme commence à transparaître.

Alors, bientôt.

CHAPITRE XXIV

Ira accueillit Farley avec empressement lorsqu'ils se retrouvèrent à l'école quelques minutes avant la sonnerie. Combien il avait besoin de la bonne humeur de son ami, de son rire ! Si seulement il pouvait lui dire : Mr. Lennard a essayé de me branler. Qu'est-ce que c'est exactement ? Ou encore : Mr. Lennard a essayé de me taper une queue. Et ça, qu'est-ce que c'est ? Bon, Mr. Lennard a joué avec ma bite ; il me l'a sortie et a voulu me faire bander — et alors ? et après ? Farley lui dirait ce qu'il fallait faire. Peut-être en parler à quelqu'un d'autre. Et puis ? Et puis, merde ! Mr. Lennard lui accordait l'autorisation de ne pas venir en classe cet après-midi. C'était ça qui comptait. Ira annonça à Farley qu'il sécherait les cours après le déjeuner — et il lui expliqua qu'on devait déménager tout l'alcool enfermé à clé dans la cave pleine de toiles d'araignée qui occupait un recoin du sous-sol du magasin.

« Ils virent toute la bibine », dit Farley.

« La bibine », quel drôle de nom ! Ils éclatèrent tous deux de rire.

L'inquiétude d'Ira diminua un peu ; il lui serait maintenant plus facile de poser le mot de Pa sur le bureau de Mr. Lennard. Il jeta à peine un coup d'œil dans cette direction. L'école était l'école — et il alla s'asseoir à sa place. La routine était la routine, presque comme s'ils se trouvaient tous transformés en statues de plâtre — pareilles au Golem dans le film. On ne devinerait jamais ! L'appel commença. Mr. Lennard glissa d'un air dégagé le mot de Pa entre les pages du grand cahier de présence dont il lissa la couverture grise. Quelques minutes plus tard, quand le gong appela les classes au rassemblement du vendredi, le professeur se posta dans le couloir, et, avec une attitude stricte et impersonnelle, surveilla le maintien de ses élèves qui sortaient en file indienne pour se diriger vers l'escalier. Tout semblait se dérouler comme à l'accoutumée ; la routine aplanissait tout.

Une image apparaissait néanmoins en filigrane, tel un rêve persistant, cependant qu'ils prêtaient serment au drapeau et chantaient *The Star Spangled Banner*, et que, après s'être rassis, ils écoutaient Mr. O'Reilly lire le psaume 23. Comme c'était différent de l'East Side quand il avait entendu pour la première fois la directrice le lire ! Mr. Lennard se tenait près de la fenêtre, l'air si dévot, si respectueux. Oh ! revenir à ces jours innocents de l'East Side lorsqu'il croyait que « ma coupe déborde » signifiait ma *kopf* déborde. « Il oint ma tête d'huile », alors bien sûr que la *kopf* déborde — comme Ma avec son huile de coton — et que ça coule le long des joues.

Sur l'estrade, Mr. O'Reilly parlait des bolcheviks, le visage grave, parcouru de tics : les bolcheviks, c'était le diable ; les bolcheviks, c'étaient des dictateurs ; ils abolissaient la liberté d'expression, la liberté de la presse et la liberté de réunion ; ils confisquaient tout ce qu'ils voulaient ; ils tuaient tous ceux qui défendaient leurs droits ; ils fermaient les églises et les synagogues. Ira écoutait, mais avec des réserves, des réserves de Juif peut-être, et c'était sans doute là le problème : Ma disait que les *bolchevickis*, ils avaient tué le tsar Koïlki, le tsar Koïlki qui haïssait les Juifs, le tsar Koïlki qui encourageait les pogroms, le tsar Koïlki, « la Balle ». Rien que pour ça, elle les embrassait, les *bolchevickis*. Bof ! à quoi bon ? Mieux valait tout oublier — si on le pouvait —, ne pas penser à qui avait raison, qui avait tort, éviter tous ces sujets. Quoi par exemple ? L'instruction civique ? Non. De toute façon, il détestait l'instruction civique. Et pas la géographie non plus. Ça aussi, il détestait. L'histoire, alors ? De temps en temps, à la rigueur : le général américain Herkimer qui, bien que blessé et agonisant, continue à diriger la bataille, le capitaine André, l'espion anglais, avec le plan de la forteresse caché dans le talon de sa chaussure, le général Wolfe et le général Montcalm qui meurent au cours de la même bataille. C'était ça l'histoire qu'il aimait, et pas celle de Henry Clay et du compromis du Missouri. Selon Mr. O'Reilly, les bolcheviks étaient ceci, et selon Ma, ils étaient cela, Ma qui disait de l'exécution du tsar Nicolas par leurs soins : « *Git, git, ferfoïlen zol er vi er ligt.* » Même Pa semblait d'accord ; quant à l'oncle Louie, il se montrait enthousiaste : une nouvelle ère s'ouvrait pour les travailleurs, juifs ou non juifs. Mais pas Zaïde : il ne croyait pas que la Russie communiste serait différente pour les Juifs. Est-ce qu'on les laisserait commercer librement ? gagner leur vie ? Les bolcheviks, ils prenaient tout aux Juifs prospères. Ils fermaient les synagogues. Alors à quoi ça servait si on ne pouvait pas vénérer Dieu ? Kerenski, Kerenski et la Douma, voilà la direction que le nouveau régime aurait dû emprunter. Mais les *bolchevickis* l'ont-ils permis ? Ils l'ont chassé, de même que les gens élus comme ici, aux États-Unis. Qui pouvait donc savoir quel sort serait réservé aux Juifs ?

Mais il y avait une chose qu'il ne fallait pas oublier : s'il pouvait tourner la tête et regarder Farley, il se sentirait aussitôt beaucoup mieux, seulement c'était impossible. On devait fixer le drapeau américain qui pendait en haut du mât planté dans le manchon en fer sur le côté de l'estrade, la Bible sur son lutrin, les cloisons entre les classes, qu'on ouvrait pour les transformer en salle de réunion, le profil de George Washington sur le mur derrière Mr. O'Reilly... Rester assis sans bouger, comme au garde-à-vous, et, après un moment, ne plus rien voir, ne plus rien entendre, ne plus rien penser, comme les trois petits singes à la fourrure marron dans la boutique japonaise de la 125e Rue où l'on faisait ces délicieux gâteaux de riz... Pa voulait qu'il travaille; Ma voulait qu'il aille à l'école. Pa voulait qu'il travaille parce qu'il était un *foïl*, un paresseux, un fainéant; Ma voulait qu'il aille à l'école pour devenir un *aïdl mensh*, un homme cultivé. Mais voyez ce qui lui était arrivé! Mr. Lennard avait été à l'université; c'était un *aïdl mensh*. Et voyez ce qu'il avait fait! Les branler tous les deux en plein milieu de leur salle de classe! Ça donnait à réfléchir. Et puis pourquoi ça vous arrivait à vous, et puis tout le reste? Eh bien, à cause de celle que vous chérissiez tant et à qui vous vous accrochiez tant : Ma. Elle vous avait entraîné dans le Harlem juif, pour avoir un logement sur rue, eh oui — et elle avait consenti ce jour-là, ce jour-là, ce matin-là, ce matin-là, elle avait consenti : oh! mon Dieu! mon Dieu! Oooh! « Ce sourire te vaudra des ennuis », avait dit Mr. O'Reilly. Et s'il avait su quel genre d'ennuis — enfin, peu importe —, et puis hier, Mr. Lennard. Alors, qui avait raison? Qui était mieux? Le simple fait d'y penser le rendait... comme s'il se dédoublait, comme à cet instant précis : se méprisant — et dans le même temps se cramponnant à ce qui le conduisait à se mépriser. Attendez un peu dimanche! Vous allez voir dimanche! Les *bolchevickis*. Les *bolchevickis*. De toute façon, qui s'en souciait?

Les jours où les élèves se rassemblaient ainsi, les cours étaient écourtés, d'autant qu'on en profitait souvent pour leur faire faire de petites interrogations écrites, corrigées ensuite par un camarade de classe en fonction des réponses correctes qu'on trouvait dans le livre ou que le professeur inscrivait au tableau. Les exercices étaient notés, souvent avec un sourire complice, puis rendus à leurs auteurs. Quant à Ira, il n'était tout simplement pas doué pour les études commerciales. Farley lui-même avait de meilleurs résultats que lui en sténo, en dactylo et en comptabilité. Il s'attira les éloges de Mr. Sullivan qui, en revanche, ne trouvait pas de termes assez durs pour exprimer son exaspération devant la stupidité manifeste d'Ira, son incapacité totale à assimiler les rudiments de la comptabilité. De ça aussi, Ira se moquait. C'était toujours l'argent, l'argent, l'argent. Le business. Le *bizniss*. Sans arrêt !

La cloche de midi retentit enfin. À peine la phrase « Vous pouvez partir » lâchée, qu'Ira empoignait ses livres de classe, se ruait dans l'escalier avant tous les autres et débouchait dans la rue en courant. Il n'avait pas emporté de déjeuner ; pas besoin : il ouvrirait une de ces boîtes de... comment ils appelaient ça ? ah ! oui, des *arrow-roots*... à la première occasion. Demain, dans le camion de livraison, ça serait passé. Et dimanche — il accéléra le pas —, dimanche matin, le dimanche matin approchait. Ma rapporterait des *baïgels* et du saumon fumé. Les petites gâteries du dimanche matin. Ouais ! ouais ! Les petites gâteries du dimanche matin — il était fou, non ? Ça va, ça vient. Mais il pourrait y échapper, se précipiter juste après chez Farley. Et tout disparaîtrait de nouveau, comme absorbé par la gaieté de son ami, son optimisme.

CHAPITRE XXV

Il tourna dans la 126e Rue, une petite rue paisible. De loin, il aperçut le camion de Murphy, le vieux White ; approchant de l'entrée latérale du magasin, il repéra un homme d'aspect rébarbatif et impressionnant, posté près du véhicule. Impassible, l'homme regarda Ira ouvrir la porte et marquer une hésitation à la vue d'un autre inconnu à la forte carrure qui semblait surveiller l'intérieur. Ira dévala les marches. Mr. Klein l'attendait...

« Je suis à l'heure, hein ?

— Bien, très bien, dit Mr. Klein qui mangeait un sandwich.

— C'est qui, ces types ? demanda Ira avec un geste du pouce en direction de l'escalier.

— Ça ne te regarde pas. D'ici, tu ne bouges pas.

— Vous me l'avez déjà répété dix fois ! lança Ira en fourrant ses livres sous la grande table.

— Insolent, on n'est pas ! répliqua formidablement Mr. Klein. Ces types, comme tu dis, ils appartiennent au gouvernement. Des agents de la Prohibition. Ils s'occupent seulement du vin et du whisky. En haut. Dehors. En bas. C'est pareil. *Farstaïst ?* Ils ont leur boulot. Et nous, on a ces paniers à charger. On va rester ouvert encore deux ou trois mois. Alors, tu as intérêt à être un gentil garçon comme hier. »

Mr. Klein prit la liasse de factures jaunes, puis, tenant son sandwich entre ses dents, il commença à faire glisser les marchandises vers Ira...

Qui étouffa un rire.

« Qu'est-ce qu'il y a de si drôle ? demanda Mr. Klein en ôtant son sandwich de sa bouche. Ces quatre produits, tu les mets ensemble. Ces quatre-là — la boîte de biscuits à la cuiller, les deux livres d'abricots, la cannelle, les figues, tout ça avec le paquet de sucre. Alors, qu'est-ce qu'il y a de si drôle ? répéta-t-il.

— Vous et votre sandwich.

— Pourquoi ? C'est du bon corned-beef.

— Ça vous fait parler comme du corned-beef.

— Ah ! un *kluger* hein ? Un jour comme aujourd'hui, on mange comme on peut. En France, tu aurais dû voir. C'est comme ça qu'on mangeait sur le front. Oui, comme ça. Et c'est comme ça qu'on ne mourait pas de faim sous la mitraille. Directement dans la boîte. Ils appelaient ça — bon sang ! comment ils appelaient ça, déjà ? —, tu me fais perdre le fil. J'ai déjà oublié. Tu vois ? Un sale truc dont tu préfères ne pas te souvenir. Bon, le riz — on raclait les boîtes, jusqu'au fond, une croûte épaisse, et *traïf*, tu parles ! On s'en foutait. Dans les tranchées, tu manges n'importe quoi. Tu comprends ? Alors, un sandwich, peut-être je le tiens comme un chien son os ; et c'est drôle — pour toi. » Un voile assombrit son visage. « Mais qu'est-ce qui me prend ? Et puis, qu'est-ce que je viens de te donner ?

— J'ai pas regardé.

— Toujours, tu dois regarder. Sinon, à quoi tu sers ? » Il jeta un coup d'œil à l'intérieur du panier. « Deux livres de noix.

— Mon oncle est revenu de l'armée.

— Ah ! tu avais un oncle à l'armée. Olives. Et les câpres. Ça fait deux bocaux. Les œufs, on les met à part. Attends. Bacon, pas en tranches...

— Mon oncle est rentré. Il était chef de gamelle, d'abord...

— Ah ! chef de gamelle, il était, *nokh*...

— Et après il était sergent normal. Alors, ma tante lui a donné un verre d'eau de Seltz... » Ira s'interrompit. L'inconnu coiffé d'un feutre gris qu'il avait aperçu hier escortait Murphy qui poussait avec fracas un chariot vers le monte-charge. « Quinn aussi est là ? reprit-il. Et Tommy ? J'ai pas vu le nouveau White.

— Ils ne vont pas tarder à arriver. Et Shea aussi. Personne, il n'a pris un chargement complet aujourd'hui. C'est pour ça... (Mr. Klein désigna du reste de son sandwich la montagne de marchandises qui s'empilaient sur la table recouverte d'une feuille de zinc.) Tu as vu quelqu'un dehors ?

— Ouais, et puis un autre à l'intérieur. Ouh ! la la ! costaud comme un bœuf ! » Ira regarda à la dérobée Murphy et l'homme qui l'accompagnait prendre place dans le monte-charge qui s'éleva aussitôt. Quelques secondes plus tard, leurs jambes disparaissaient. Une lourde odeur de whisky flottait dans l'atmosphère. Ira vit alors plusieurs bouteilles cassées qui gisaient au milieu de la pellicule d'eau noire au fond de la fosse du monte-charge. « Je sais déjà ce que j'aurai à faire demain.

— Quoi ? Ah ! oui, dit Mr. Klein en voyant ce qu'Ira fixait ainsi. Il faudra peut-être même le faire aujourd'hui. Si Mr. Stiles, il s'en aperçoit.

— Alors, faut que j'arrête et que je m'y mette tout de suite ?

— Je n'ai pas dit toi. » Mr. Klein fourra de nouvelles marchandises dans les bras d'Ira. « Tout le chargement, ils pourraient détourner. Tu sais ce qu'on a ici ? Un vrai cadeau pour les gangsters, on a.

— Quoi ?

— *Bi'st take a yold.* Continue. Range ! Confiture d'oranges. Oh ! regarde ça ! Des escargots. Une *meshugas.* En France, j'en ai vus. Je croyais que les Français seulement...

— Je sais. On a aussi des cuisses de grenouilles.

— Range ! ordonna Mr. Klein.

— Bon, bon. Pourquoi il y a un garde à côté du camion de Murphy ? demanda Ira. Et celui à l'intérieur ?

— Peut-être que tu vas enfin commencer à comprendre. Tiens. Fais attention. Le sucre, il va, avec l'autre commande, celle que je viens de te donner.

— Je fais attention. C'est vous qui faites pas attention.

— Insolent, on n'est pas, j'ai dit ! Il y a un type là-haut avec un pistolet. Un agent de la Prohibition. Je te l'ai déjà expliqué. Les autres aussi. Tous, ils sont armés. Maintenant, assez. On parle d'autre chose. Jamais, on va avoir fini.

— Oh ! là là ! soupira Ira.

— Tu t'amuses, ou quoi ?

— Vous croyez ça ?

— *Nou*. Dépêche-toi. Dépêche-toi. Voilà le curry. Il y a six articles avec. Confiture d'oranges. Pas trop serré. *Gurken*, et te gourre pas. Pâte d'amandes. Gruau de sarrasin. Tu comprends pourquoi les Juifs, ils n'achètent pas chez Park et Tilford ? Tu sais ce que c'est, le gruau de sarrasin ? Du vrai *kasha*. Et ça coûte cinq fois plus.

— Beurk !

— Comment, beurk ? Avec du *schmaltz* de poulet ? Il y a rien de meilleur. C'est ce qu'ils mangent dans l'armée russe. Tiens, le sucre. Tu jeûnes pour Yom Kippour ?

— Moi ? Jamais. Je vais pas à l'école, c'est tout. Et vous ? »

Mr. Klein se contenta de lui décocher un regard à peine indulgent et de reprendre :

« Une grosse commande, voilà : huit, neuf choses. » Ses yeux allèrent de la facture au panier. « Mets tout de ce côté-là. Café. Deux boîtes d'ananas. Qu'est-ce que c'est que ça ? dit-il en tâtant un petit sac en papier brun. Ah ! le gingembre. Un paquet de biscottes. Marrons glacés. Pâté de... »

Mr. MacAlaney, le blond sous-directeur, apparut en bas des marches et huma l'atmosphère avec une grimace cependant que ses yeux bleus derrière leurs lunettes cherchaient à localiser la source de l'odeur d'alcool. Il s'approcha de la fosse du monte-charge pour vérifier, puis il tira son trousseau de clés de sa poche et s'avança vers la glacière. Il revint une minute plus tard, l'expression pincée, portant un fruit rose, rond et sensuel dans le creux de la main.

« C'est quoi ? demanda Ira à Mr. Klein alors que Mr. MacAlaney remontait l'escalier. Ce fruit ?

— Une mangue. C'est une mangue.

— Une mangue ? » Ira s'efforça d'associer le mot avec quelque chose qu'il aurait lu ou entendu.

« Surtout, je te conseille de ne pas en manger. Ça pourrait te faire vomir. Tiens : une petite bouteille de Lea et Perrins. Poivrons, un bocal, café George Washington, un pot de... »

Murphy descendait, accompagné de son armoire à glace ainsi que de Quinn et de Tommy. Ira et Murphy se saluèrent d'un simple « Hé ! » tandis que Tommy lui adressait un clin d'œil appuyé, puis tous quatre se dirigèrent vers la cave à vin.

« Jusqu'à maintenant, on se débrouille pas trop mal. Un panier, il est déjà pratiquement plein. » Mr. Klein s'arrêta de passer les marchandises à Ira le temps de consulter sa montre. « Deux heures, seulement. Tu devrais encore être à l'école.

— Ouais, en cours d'espagnol. J'ai presque oublié.

— Oublié quoi ? L'espagnol ? Tiens, le dernier : pointes d'asperges. »

Ira rangea la boîte avec un regard noir, et parvint à biaiser : « J'ai oublié d'apporter mon déjeuner.

— Et à qui c'est la faute ? » Après quelques secondes, Mr. Klein ajouta : « Ici, tu restes. »

Il alla chercher une boîte de biscuits Lorna Doone, l'ouvrit et la glissa sous la table. Ira en fourra deux à la fois dans sa bouche. C'était granuleux, et ça lui donna soif.

« Je peux boire ? » demanda-t-il.

Mr. Klein lui désigna l'évier d'un mouvement du menton.

« Tu reviens tout de suite. »

Ira ouvrit le robinet en grand pour avoir de l'eau fraîche et prit un gobelet en carton. Quinn sortit des toilettes situées à côté de l'évier. Il empestait l'alcool.

« Faut que je demande un truc à Klein », dit-il, et ils retournèrent ensemble vers le comptoir.

« Hé ! Klein ! » Quinn s'avança d'une démarche chaloupée. « T'étais au bois Belleau ?

— Château-Thierry et l'Argonne », répondit sèchement Mr. Klein. Puis à Ira : « Bon, un autre panier, maintenant.

— Je croyais que t'étais au bois Belleau.

— Non. Château-Thierry et l'Argonne, ça me suffisait. » Le visage fermé, Mr. Klein fit signe à Ira de l'aider à tirer le panier plein dans un coin.

Quinn poursuivit :

« J'avais un copain — Schein, il s'appelait, Abe Schein. Ça se prononce comme Klein. Le Juif le plus grand que t'as jamais vu, plus grand que moi, vachement plus grand même. Bon Dieu ! et qu'est-ce qu'il était maigre. On le surnommait, comme ça, Schnitzel. Schnitz. Il avait tout le temps la Torah à la bouche. La Torah par-ci, la Torah par-là. Tu te souviens, le soir de Noël ? Je t'ai parlé de lui, dit-il à Ira. C'est dans la Torah. Des fois, je le faisais marcher : Hé ! Schnitz, la Torah, elle te dit comment gagner aux dés ?

— Vous me l'avez déjà raconté.

— Ah bon ? »

Quinn eut le même geste étrange que celui qu'il avait eu en attendant qu'Ira descende de l'arrière du White. Il joignit les mains devant lui, ses yeux gris perdus dans le vague. Difficile de dire s'il s'agissait d'une attitude de prière ou de désespoir.

« *Shoïn shicker*, marmonna Mr. Klein entre ses dents. Bon. » Il agita la liasse de factures d'un air agressif. « D'abord : homard.

Petite boîte. Bocal, cheddar au vin, celui avec la fermeture métallique...

— Il allait pas voir les putes. Pourquoi, tu te fais pas sucer ? je lui disais. Tu dis que c'est contre ta religion de les baiser, alors t'as qu'à essayer ça. C'est pas comme baiser. Fiche-moi la paix, il répondait. Enfin, nom de Dieu ! les Fritz, ils peuvent te descendre demain. Grand comme t'es, t'es aussi discret qu'un maréchal en tenue de gala — tire au moins ta crampe. Rien à faire. La Torah, toujours la Torah. Bon Dieu de bon Dieu !

— Crème de menthe, une bouteille, continua Mr. Klein d'une voix forte. Café, un paquet. Sucre. Cubes de bouillon concentré... où ils sont ?

— Dans la boîte en fer-blanc.

— Tu vois ? Déjà bien au courant, tu es. Je pensais que c'était du gingembre confit. *Shicker oïf toït* », murmura-t-il en aparté.

Quinn abaissa ses mains jointes.

« Tu sais comment on monte au front. Klein, ton copain et toi, côte à côte. Une longue file. Tu dois savoir.

— Je sais. Déjà, je sais ! répondit abruptement Mr. Klein.

— Ça paye d'être petit comme toi, dit Quinn. T'es pas un avorton, mais à côté de Schnitzel, tout le monde...

— Je sais ce que tu vas dire ! l'interrompit Mr. Klein d'un ton cassant.

— Ouais, mais il a pas fait un bruit, Klein, dit Quinn d'une voix épaisse. Pas un putain de bruit. (Il inspira profondément.) J'ai jamais su où et quand il est parti. On causait d'un tas de trucs. Pas un putain d'arbre en vue, partis en fumée. Quel dommage, il disait. Comme si c'étaient des innocents. Et moi, au milieu des gosses de quatorze, quinze ans là-bas, je baisais à l'œil dans le gai *Pariiiss* les femmes qu'elles avaient le feu aux fesses et que leurs maris étaient au front...

— Bon ! bon ! s'écria Mr. Klein. J'ai mes commandes à préparer. Ça sert à quoi de revenir là-dessus ? Déjà, on en a parlé. On a vécu ça. Les obus de mortier, les mitrailleuses. Qui a besoin d'en savoir plus ? Quinn, demain, c'est un samedi très chargé. Comme Thanksgiving, presque, et on n'a pas de bras supplémentaires. Une autre fois.

— Okay. Mais je lui ai recausé à Schnitzel depuis. Un Irlandais et un Juif. N'empêche que c'était mon pote, et la façon qu'il est parti, c'est comme s'il m'avait jamais quitté. Si je l'aurais vu, je sais pas, tomber, ç'aurait pas été pareil. Mais comme ça...

— Bon ! Et qu'est-ce que tu peux faire ? C'est arrivé à presque tout le monde.

— Pas comme ça.

— D'accord, pas comme ça. Un *snipeur* l'a eu. Tu te mets ça dans le crâne une bonne fois pour toutes : c'est un tireur embusqué qui l'a eu. » Mr. Klein se tourna brusquement vers Ira : « Où on en était avec les commandes ?

— Ouais. Hé ! Schnitz ! Hé ! » Quinn décroisa les doigts. « Parle-moi de ces trente-six saints hommes qu'ils doivent être là. Ah ! Seigneur ! » Il se dirigea vers l'escalier extérieur.

« Où on en était avec les commandes ? répéta Mr. Klein à l'intention d'Ira.

— Les nonpareilles. Vous m'avez passé une boîte de nonpareilles.

— Nonpareilles, nonpareilles... »

Mr. Klein consulta la facture, puis leva les yeux — et les garda fixés droit devant lui avec une expression à la fois étonnée et peinée. Malgré le bruit que faisait le chariot contenant les caisses cerclées de fer que Murphy poussait devant lui, on entendait les éclats d'une dispute l'opposant à l'agent à la forte carrure qui l'escortait.

« *Oï ! gevald !* grommela Mr. Klein. *S'vet zikh tun khoïshekh.* Allez, prends ! Une bouteille de sirop d'érable, prunes d'Oregon, deux livres... »

CHAPITRE XXVI

Il pouvait en effet sembler que Murphy et l'agent échangeaient des propos furieux, or il n'en était rien. Ils élevaient certes la voix, non pas sous le coup de la colère — mais à cause d'un violent désaccord.

« Je vous dis que c'est vous, dit Murphy en appuyant sur le bouton du monte-charge.

— Comment vous pouvez savoir que c'est moi ? Il faisait nuit, et nuit noire, en plus, répliqua l'agent de la Prohibition. Il faisait plus noir que dans un four. Comme lumière, on avait juste les fusées éclairantes. On n'allumait même pas une allumette. On ne voyait qu'à la lueur des cigarettes.

— Ouais, c'est vrai, on n'avait que les bouts rouges des cigarettes comme lumière. C'est pour ça que j'ai mis si longtemps à savoir que c'était vous : votre voix. Et puis votre silhouette, peut-être. Vous étiez capitaine, non ?

— Peut-être. J'ai fini commandant. Mais qu'est-ce que ça à voir ?

— C'est ce que j'essaye de vous dire. » Murphy regarda la plateforme descendre. « Bon, laissez tomber. Vous y étiez pas, c'est tout.

— Si, mais il y avait toute cette putain de bataille de l'Argonne. Vous savez combien de troupes américaines y ont participé ?

— Bon, d'accord, je me trompe. » Le monte-charge s'immobilisa et Murphy s'arc-bouta pour pousser le chariot à l'intérieur. Il s'interrompit, redressa la tête et reprit : « Vous avez fait la guerre des Boers, hein ? Un mercenaire, vous avez dit. Un simple soldat. Vous vous rappelez, vous avez raconté combien ça vous avait fait jouir de transmettre les compliments du général Kitchener aux commandants et aux colonels et de les voir après vous saluer ? »

L'agent de la Prohibition parut se raidir tandis que, immobile, il dévisageait Murphy.

« Que le diable m'emporte !

— Vous vous êtes battu contre ce grand Juif. Quand vous étiez à Cuba avec les *Rough Riders*, les cavaliers de Roosevelt, insista Quinn. Vous disiez que la guerre, ça tuait le romantisme. Vous avez pas dit ça ?

— Vous étiez dans le même trou d'obus ? s'étonna le grand costaud dont la figure sembla virer au gris sous l'éclairage cru du sous-sol, comme si la coïncidence mettait sa crédulité à rude épreuve. On devait être au moins une centaine coincés là-dedans cette nuit-là !

— Puisque je me tue à vous le répéter, fit Murphy en empoignant de nouveau le chariot.

— Une seconde ! Prenez aussi cette caisse, dit l'agent de la Prohibition.

— Ouais. Hé ! Quinn, tu rappliques ? »

Quinn alla prendre la caisse que Tommy venait d'apporter, puis il rejoignit les autres sur la plate-forme du monte-charge. Murphy appuya sur le bouton et tous trois s'élevèrent, laissant derrière eux une étrange atmosphère, quelque chose qu'Ira n'avait jamais ressenti : la présence du danger, un danger peut-être déjà passé.

« Allons ! s'écria Mr. Klein avec colère. Réveille-toi ! C'est *shabbes ba nakht*. Bon, je sais, tu n'es pas *erlekh*. Mais ta mère, elle allume les bougies, non ? — Tommy, un service, tu veux me rendre ? Tu retournes cercler les caisses.

— Okay. Vous fâchez pas, répondit Tommy.

— Et dépêche-toi ! Ici, je veux avoir fini avant la fermeture. La journée, elle est déjà assez pénible comme ça, dit Mr. Klein avec aigreur. *Oï ! a shvartze yur !* Obtenir quelque chose de ces *shickerim* d'Irlandais ! se lamenta-t-il dès que Tommy eut tourné le dos. Bon ! Deux boîtes de haricots verts. Sirop de grenadine, une bouteille. Soupe Van Camp's. Poulet à la crème, trois boîtes. Sucre. Plus vite ! dit-il en passant à Ira les marchandises au fur et à mesure. Et regarde ce que tu fais !

— Je regarde, répliqua Ira qui ne parvenait pas à se défaire de ses sinistres pensées.

— Si demain, ils ne trouvent pas ce qu'il faut dans les paniers, tu sais qui ils tiendront pour responsable ? demanda Mr. Klein en secouant la tête, l'air soucieux. Moi, et pas toi. Alors...

— Ouais, mais je les range où il faut. Vous voyez bien !

— C'est vrai, reconnut Mr. Klein. Ces types me mettent sens dessus dessous. C'est terrible. Je me retrouve dans... dans ce *shlakhthoïs*. Une fois, l'obus il a explosé si près que, pendant deux jours, je ne savais plus mon nom. Je t'ai donné le vinaigre à l'estragon ?

— Ouais.

— Bon, dans ce cas, c'est terminé pour cette commande. » Il posa la facture derrière les autres. « Je vais pisser un coup. Tu bouges pas de la table, tu m'entends ? L'expéditionnaire, c'est toi. » Il tendit la liasse de factures à Ira. « Chaque employé là-haut, il a une écriture différente. Tu as une *yiddisher kopf*. Alors, sers-t'en. Je ne veux pas qu'on perde encore de temps. Il faut avoir fini ce soir, *oï !* » conclut-il en partant.

C'était donc ça la guerre ? Ira n'arrivait pas à se débarrasser de ses peurs cependant qu'il s'efforçait de déchiffrer les griffonnages sur les factures. Les massacres. Les batailles. Qu'est-ce qu'il avait dit ? Ça tue le romantisme...

« Hé ! Ira ! Hé ! p'tit ! » L'appel venait de la rue. C'était la voix de Murphy.

« Ouais ?

— Appuie sur le bouton, tu veux ? Celui pour descendre. » Ira se précipita vers le monte-charge et s'exécuta.

« Ça y est », cria-t-il.

Le monte-charge arriva avec trois hommes dedans, Quinn, Murphy et l'agent de la Prohibition, celui qui avait été à l'Argonne. Leur attitude avait changé. Ils se montraient joviaux, amicaux.

« Rien vaut un bon coup de gnôle pour oublier, dit Quinn.

— Ou pour se rappeler, ajouta Murphy avec un humour involontaire. Seigneur Jésus ! je pensais pas que je me rappellerais. Hé ! je me rappelle ça aussi ! Vous avez pas dit : À quoi bon ? On chique le tabac et après on recrache le jus ?

— Ouais. Pas facile à imaginer. Je croyais que la nuit ne finirait jamais. » L'agent alluma une cigarette et passa le paquet aux autres. « Quand on parle de feu nourri ! Ils savaient qu'on était là. Si nos mortiers n'étaient pas entrés en action le matin, et que le tir de barrage... tiens, maintenant je reconnais ta voix. » Il éclata de rire, se plia en deux, toussa et dit entre deux hoquets : « C'était vraiment l'histoire la plus marrante que j'aie jamais entendue ! J'en rigole encore !

— C'était bien moi, dit Murphy en poussant le chariot hors du monte-charge.

— Je ne sais vraiment pas ce qu'il y avait de si drôle, reprit l'agent. Chaque fois que quelqu'un demandait comment tu te sentais au bout de cette corde, ça repartait. » Rejetant la tête en arrière, il rit à gorge déployée. « Les Allemands pouvaient nous entendre. On s'en foutait », conclut-il, hilare.

Quinn se mit à rire à son tour, bientôt imité par Murphy. Ce dernier était petit mais avec un air teigneux, la mâchoire carrée et de longs bras. Il posa violemment le chariot sans lâcher les poignées, et une rougeur envahit sa peau claire comme il déclarait :

« Une mer déchaînée, faisait nuit et dix mecs au-dessus de moi qui gueulaient : Arrête pas ! Et y avait pas un putain de canot de sauvetage, rien. De l'eau noire, c'est tout. Cette putain de saloperie d'océan. »

Les caisses de bois empilées sur le chariot tressautaient, comme prises elles aussi de fou rire — auquel la gaieté bruyante des deux hommes ajoutait une dimension supplémentaire.

La contagion gagna Ira. C'était vraiment du plus haut comique. Il leva la tête sur les visages hilares qui le dominaient, puis il vit l'agent de la Prohibition reprendre son sérieux et l'entendit demander d'une voix calme mais néanmoins pressante :

« C'est où, Murph ?

— Derrière la glacière. La grande, celle qu'est fermée à clé.

— J'espère que c'est du bon.

— Bushmill. Johnny Walker. Haig. »

L'agent siffla entre ses dents :

« Vous vous refusez rien.

— Pas quand c'est Park et Tilford.

— Tout homme mérite un petit coup à boire après avoir charrié des bouteilles, dit Quinn. Y a d'autres gobelets près de l'évier.

— Juste, approuva l'agent en s'humectant les lèvres. Je m'appelle McCrory, reprit-il en s'avançant vers l'escalier. Craig, descends, tu veux ?

— Okay, commandant. »

L'homme au cou de taureau apparut.

« Lui, c'est Murphy. Et lui, c'est Quinn. Tu te rappelles l'histoire que je t'ai racontée ? Quand on a passé toute la nuit dans la boue au fond d'un énorme trou d'obus ? Et le soldat qui est resté accroché au bout d'une corde quand son transport de troupes a été torpillé ? dit-il en désignant Murphy. Incroyable, non ?

— Oh ! »

Nouveaux éclats de rire.

« Ira ! »

Mr. Klein avait crié assez fort pour être entendu au milieu des manifestations de gaieté — et pour effrayer Ira.

« J'arrive ! j'arrive !

— Je t'avais bien recommandé de ne pas bouger ! lança Mr. Klein avec un regard furieux en direction d'Ira qui s'empressait de le rejoindre. Rien, tu n'as rangé ! C'est encore la même facture !

— Ça vous a pris longtemps, répliqua Ira.

— Justement, tu aurais dû en faire plus !

— Ils m'ont réclamé au monte-charge. Pour le faire venir. »

Les yeux baissés sur les factures, les sourcils froncés, Mr. Klein semblait vouloir ignorer le groupe qui se tenait près du monte-charge.

« *A shvartze gelekhter*, grogna-t-il. Tiens : trois bouteilles de Perrier.

— Ils étaient ensemble dans un trou d'obus, dit Ira.

— Six feuilles de gélatine.

— Celui qui s'éloigne est commandant. J'ai entendu Murphy lui raconter...

— Fais attention à ce que tu fais !

— Oh ! la barbe ! marmonna Ira d'un ton excédé.

— Trois boîtes de cerises au sirop. Prends. *Gib dikh a rick.* Bonbons au caramel. Une autre douzaine d'œufs — sur le comptoir. Clous de girofle. Harengs fumés, six boîtes. Pain au gluten. Café, oignons au vinaigre, un bocal...

— Vous me laissez même pas le temps de ranger, se plaignit Ira.

— Bon. Insolent, on n'est pas ! » Mr. Klein ralentit cependant la cadence — un peu. « Si tu savais ce que je ressens, tu irais deux fois plus vite. Ça leur suffit pas d'avoir participé à ce carnage ? Les tueries, la boue et les rats ! »

Chacun leur tour, les quatre agents, dont celui qui surveillait Tommy, se dirigèrent vers le fond du sous-sol, suivis peu après par Murphy, Quinn et Tommy lui-même.

« *Shickerim !* grommela Mr. Klein. *A brukh oïf zeï !* Regarde ! regarde ! Trois dans l'ascenseur et un double chargement de whisky ! » Il jeta un coup d'œil furibond en direction de la plate-forme qui s'élevait en grinçant. « C'est ça la Prohibition ? *S'toïgt shoïn oïf kapure.* » Il se frappa la joue avec la liasse de factures. « Pourquoi je m'en occupe ? Que Park et Tilford s'en occupe donc ! Chocolat. Cœurs de palmiers. Sauce caramel. Café. Sucre. Patates douces, deux boîtes. C'est un autre panier. »

Mr. Klein s'activait, et ils progressaient vite. Le deuxième panier alla rejoindre le premier : ils étaient destinés à la tournée du lendemain de Quinn et de Tommy. La pile de marchandises sur le comptoir avait déjà considérablement diminué. Il restait encore à préparer le grand panier de Murphy pour le Bronx, et après, il n'y aurait plus que le petit à faire, celui de Shea, qu'on remplissait rarement jusqu'en haut, et qui était réservé aux clients du quartier.

« Hinky, dinky, *parlez-vous*... oh ! que sont devenues les petites Françaises ? Et que sont devenus les soldats juifs? » chantonnait Quinn en descendant l'escalier de la rue. « Tous les fils d'Abraham mangent des clams pour l'oncle Sam, tralalam... » Il passa devant la table. « Maudits camions, les amortisseurs sont foutus, dit-il du coin des lèvres en se dirigeant vers la glacière. Hinky, dinky, *parlez-vous*... »

CHAPITRE XXVII

« Ira ! appela Mr. MacAlaney du haut de l'escalier qui conduisait au magasin. Tu es là ?

— Oui, monsieur.

— Tu sais à quoi ressemblent les camemberts ?

— Oui, monsieur. Ils sont dans une petite boîte ronde en bois.

— Bien. Alors, monte-m'en un. »

Sentant peser sur lui le regard de Mr. Klein, Ira se dirigea vers la glacière. Quinn se trouvait à côté, de même que Tommy qui tenait une bière à la main. En voyant Ira, Quinn pouffa de rire et Tommy lui tendit la bouteille.

« Je peux pas, murmura Ira en saisissant au hasard une boîte de camembert. Mr. MacAlaney attend.

— Joue pas les emmerdeurs comme Klein, dit Tommy en tordant la bouche avec sa truculence irlandaise. Goûte. T'es pas un Juif comme les autres. Tu te rappelles ce que je t'ai dit pendant qu'on livrait ?

— T'auras pas d'autre occasion, ajouta Quinn en se frottant les yeux. Pas après aujourd'hui. De la bière blonde d'importation comme celle-là ! Y aura plus que de la bière d'ici. Schnitz disait que c'est la seule qu'est assez bonne pour ces trente-six saints ou je ne sais quoi qui font marcher le monde.

— Un hébreu breu-vage, plaisanta Tommy.

— Allez ! bois un coup », insista Quinn.

Ira prit une petite gorgée, réprima un frisson de dégoût, puis s'éloigna à grands pas, suivi par le rire des deux autres. Il posa le pied sur la première marche et s'immobilisa : en haut de l'escalier, à côté de Mr. MacAlaney avec ses lunettes à monture en or qui attendait son camembert, Mr. Stiles était en train de parler à Harvey qui s'appuyait sur le manche de son grand balai à poussière :

« Non, je veux que ce soit vous qui le fassiez, aujourd'hui, disait Mr. Stiles. Ôtez-moi tout ce verre cassé. Qu'est-ce que ça représente ? Trois ou quatre bouteilles. Ça sent dans tout le magasin. Il y a une loi qui interdit aux mineurs de toucher à l'alcool, conclut-il d'un ton impatient. Et avec ce monte-charge sans cesse en service, il risque de ne pas faire attention. Cette fois, je tiens à ce que vous vous en occupiez. Je ne veux pas avoir d'histoires.

— Bien, monsieur.

— Je me sentirai soulagé quand tout aura été déménagé. »

Les sourcils froncés, Mr. Stiles tourna les talons.

Conscient de son haleine qui empestait la bière, Ira garda la tête baissée et tendit la boîte de camembert, espérant que l'odeur du fromage couvrirait celle de la bière, et dès que Mr. MacAlaney s'en fut emparé, il s'empressa de dévaler l'escalier.

« Ouf ! soupira-t-il en regagnant la table.

— *Oï ! a shvartze yur !* explosa Mr. Klein. Qu'est-ce que tu as bu ? Comme un *farstinkene* zoo, tu pues !

— Tommy m'a donné un peu de bière.

— Un mineur, tu es. Un écolier. Tu pourrais attirer des ennuis à tout le monde ! Je t'avais dit de ne pas t'en approcher !

— J'ai fait que goûter.

— Mr. Stiles aurait pu te surprendre ! Lui aussi, il t'aurait fait goûter ! Avec son pied au derrière, il t'aurait renvoyé, oui !

— Tommy boit. Tout le monde boit ! s'emporta Ira.

— Ça ne te regarde pas. Avec moi, tu travailles. Mange un autre cracker. Vivement que tout cet alcool, il soit parti ! »

Quinn contourna la table pour se diriger vers le monte-charge.

« Du calme, Klein, fit-il avec un sourire indulgent. Te fais pas de bile. On va se tirer bientôt. Oh! mademoiselle *from gai Pariiiss, parlez-vous*. Oh! mademoiselle *from gai Pariiiss*, quelle chaude-lance elle m'a refilé, hinky, dinky, *parlez-vous!* Saloperies de tireurs embusqués. Pourquoi Schnitzel il buvait un coup de temps en temps et pas toi, Klein? » Son sourire s'élargit tandis qu'il arrivait près du monte-charge et posait la main sur le bouton. « Hé! là-haut! Vous me l'envoyez?

— Attends une seconde que j'amène le camion, lui cria Murphy.

— Tu me préviendras quand t'es prêt », dit Quinn, gardant le doigt sur le bouton.

Harvey descendit l'escalier et passa devant la table. Sous l'emprise du mécontentement, son visage paraissait encore plus noir que de coutume.

« Vous allez nettoyer sous le monte-charge? » lui demanda Ira.

Harvey se contenta de lui lancer un regard irrité et de poursuivre son chemin.

« Ouh! là là! il est furieux, murmura Ira. Je parie qu'on lui a demandé de faire mon boulot.

— Oui, parce que c'est des bouteilles de whisky, répliqua sèchement Mr. Klein. Fais attention. Un paquet de biscottes. Un paquet de pralines. Un gouda entier. » Il le renifla. « Bon, ça va. On peut le mettre avec le reste. C'est pour ici. *Hagouda.* » Il tendit le fromage à Ira. « Tu connais le texte de la *hagouda? Ma nishtana HaLaïla hazeh?* »

Harvey réapparut, muni du seau et de la pelle de rigueur, au moment où on entendit crier de la rue :

« Vas-y! Quinn.

— Vous avez déjà vu des Sénégalais, commandant? demanda Murphy d'une voix forte pour couvrir le bruit du monte-charge qui arrivait en grinçant.

— Des Sénégalais ? Des Noirs ? Peut-être. J'en ai vu de toutes les couleurs en France.

— On aurait dit des singes en uniforme. »

Quinn inclina lentement la tête et jeta un regard oblique en direction de Harvey.

« Je crois pas les avoir vus au combat. »

Deux genoux apparurent.

« Au combat ! Elle est bien bonne ! » Les mains de Murphy firent pivoter le chariot et son rire noya le bourdonnement de la machinerie. « Vous parlez de héros ! Ils étaient sur notre droite, et dès que les Fritz ont su qu'ils avaient les Sénégalais devant eux, ils sont passés à l'attaque. On n'a jamais vu une débandade comme ça. Ils ont laissé un trou assez grand pour un régiment entier.

— C'est vrai ?

— Peut-être même qu'ils courent encore. » Le visage dur de Murphy se matérialisa. « Jusqu'en Afrique... » Il repéra Harvey qui attendait, son seau et son balai à la main — et il toussota comme pour avertir le commandant, lequel avait déjà remarqué la présence du garçon de magasin. L'espace d'un instant, on n'entendit plus que le grincement du monte-charge, puis, quand la plate-forme ne fut plus qu'à quelques centimètres du sol, Murphy poussa le chariot. Les roues en fer heurtèrent le ciment avec fracas. « T'en fais pas, Harv. C'était juste pour causer.

— Pour causer des Noirs ! Ils sont aussi courageux que n'importe quel Blanc. » Harvey était déjà agacé à la perspective de la tâche qui l'attendait, et son visage se figea. On aurait dit un bloc de basalte. Les ongles de ses doigts en éventail luisaient. « J'ai vu un tas de Blancs chier dans leur froc en essuyant le feu. Alors, me parle pas de bravoure. L'ennemi nous tirait dessus. Et on lui tirait dessus.

— Bon, intervint le commandant. Tu t'appelles Harvey ?

Alors, ne prends pas la mouche, Harvey. C'est un simple malentendu. Inutile de s'énerver. Il n'avait pas l'intention de t'insulter. Il ne savait pas que tu écoutais.

— Je commence à en avoir assez des petits malins de Blancs comme lui, dit Harvey en continuant à fixer Murphy. À se moquer de nous, comme si on était des lâches. J'ai porté l'uniforme de l'armée américaine. J'étais dans l'infanterie comme vous. Quatorzième régiment d'infanterie. Personne a jamais entendu dire qu'on ait battu en retraite sans qu'on ait reçu l'ordre de le faire.

— Enfin! bon Dieu! on parlait pas de toi!

— Vous parliez des Noirs.

— Je parlais des Sénégalais!

— C'est des Noirs!

— Va te faire voir à la fin! s'écria Murphy. Qu'est-ce que tu veux? que je te baise les pieds?

— Va te faire voir, toi aussi! » riposta Harvey.

Les deux hommes avaient haussé le ton.

« Tu vois? Qu'est-ce que je te disais? lâcha Mr. Klein. *S'vet bald zaïn die milkhome.* »

On entendait les deux hommes en colère à travers toute la cave. Le jeune agent aux cheveux filasse s'approcha, suivi de Tommy, et l'homme au cou rentré dans les épaules descendit la moitié de l'escalier.

« Ça suffit! » s'interposa le commandant. Il restait maître de lui, et son index oscillait comme un balancier entre les deux adversaires. « Tous les deux. Sinon on va tous avoir des ennuis. Vous avez intérêt à baisser la voix. Le magasin est encore ouvert.

— Je tiens pas à avoir des ennuis, commandant. Je suis juste venu faire ce que Mr. Stiles m'a demandé de faire : enlever les bouteilles cassées de la fosse.

— Bon, eh bien, vas-y. » Le commandant posa le pied sur le plancher du monte-charge et leva la tête vers le carré de ciel de fin d'après-midi qui se découpait par l'ouverture. « Tout se passe bien, là-haut, Harold ?

— Oui, monsieur, répondit l'agent posté dans la rue.

— Quand doit revenir le chauffeur du Model-T ? demanda le commandant à Mr. Klein.

— Shea ? Déjà, il devrait être là. Il est plus de cinq heures.

— Qu'est-ce qui peut bien le retarder ? » Le commandant s'écarta pour permettre à Harvey d'appuyer sur le bouton du monte-charge et, les sourcils froncés, il regarda la plate-forme s'élever et obstruer petit à petit la vue sur le dehors.

« *Gott saï dank*, les camions sont dans la rue et pas ici, dit Mr. Klein à mi-voix.

— Ici ? Les camions ? répéta Ira, manifestant sa stupéfaction devant l'absurdité de la remarque.

— Pourquoi tu crois qu'il y a un agent de la Prohibition derrière la porte ? » dit Mr. Klein qui, sans attendre la réponse, poursuivit : « Il protège le flanc. *S'vet a sakh helf'n.* Tu sais que là-haut, il y a des bouteilles, elles coûtent deux fois ce que je gagne en une semaine ? Chaque bouteille. » Maintenant que les commandes de Shea étaient soigneusement rangées dans le panier, Mr. Klein pouvait enfin se détendre. « Et c'était avant la Prohibition. Alors, qui sait ce que ça vaudrait aujourd'hui.

— Vous voulez dire ces vieilles bouteilles toutes sales que j'ai vues par la petite fenêtre ? s'étonna Ira, espérant que son ignorance prolongerait le moment de répit.

— Ces vieilles bouteilles toutes sales, oui. C'est du champagne. Tu sais ce que c'est le champagne : Mouton, Lafite et Rothschild ? Demande au *alter kacker* là-haut, avec son col cassé. Il te dira.

— Et alors ?

— *Oï ! gevald !* » s'exclama Mr. Klein en levant les bras de désespoir. Et alors ?

— Vous voulez dire que quelqu'un pourrait essayer de s'en

emparer ? demanda Ira, vexé d'être traité de manière si peu charitable.

— Tu n'as jamais entendu parler des gangsters ? *Shlemil !*

— Lorring ! appela le commandant en direction de la cave à vin. Je veux qu'on empile tout ce qui reste devant le monte-charge. Compris ?

— Oui, monsieur.

— Où il est ce chauffeur ? » reprit le commandant en se tournant vers Mr. Klein, le front toujours aussi soucieux.

— Je ne sais pas. Le Model-T... il a parfois des ennuis.

— On devrait avoir déjà fini. » Le commandant baissa les yeux sur Harvey qui ramassait les débris de verre dans la fosse avec sa pelle, puis il émit un petit sifflement pensif. « Ça fait bien trop longtemps qu'on traîne dans les parages. S'il a des ennuis, nous, on risque d'en avoir de bien plus graves. » Il se dirigea à grandes enjambées vers l'escalier et grimpa rapidement les marches.

« Maintenant, ils sont trois là-haut, dit Ira en éprouvant une sorte de vertige et d'appréhension, ce qu'il ne trouva pas tellement désagréable. Vous croyez quand même pas qu'il va arriver quelque chose ? » Il se tut pour écouter la dispute qui semblait avoir recommencé :

« Tu sais, Harv, j'ai rien contre toi. T'es un brave type. » Murphy ne paraissait pas trop tituber. Il plaqua sa main contre le mur, sous les boutons du monte-charge. « Mais le problème avec les gars comme toi — mais pas avec toi, hein — c'est que juste parce que vous l'avez fourrée dans un minou de Française, vous jouez les bêcheurs. Mais les putes françaises, elles croyaient que vous étiez juste des Yankees plus bronzés que les autres.

— Ouais, t'as raison, Murphy. » Le regard de Harvey, rivé sur le bras de Murphy, démentait le rire accommodant qui s'échappait de ses lèvres. « Ah ! ah ! ouais ! t'as raison.

— Et comment que j'ai raison ! Tu sais que des fois je

m'entends pas avec les gens parce que je refuse de leur lécher les bottes. J'en ai rien à foutre de la couleur de leur peau. J'aurais été fait au moins trois fois sergent si je leur aurais ciré les pompes.

— Je sais, Murphy. T'as pas besoin de me dire. Je l'ai su dès que je t'ai vu. » Adoptant un ton conciliant, Harvey n'en roulait pas moins des yeux.

« Juste parce que je suis pas grand, les gens croient que je suis bon à rien. Merde ! c'était juste que j'étais petit, et que tout le monde se foutait de ma gueule quand j'étais môme. L'a fallu que j'apprenne à me battre, tu vois ce que je veux dire ?

— Ouais, je vois.

— Alors si j'ai dit que les Sénégalais étaient des dégonflés, c'est que ces fils de putes étaient des dégonflés. » Il frappa le mur du poing. « Y pouvaient même pas se battre pour arriver jusqu'au bar.

— Fais attention aux boutons, vieux. » Harvey ne feignait plus l'indifférence. Le timbre de sa voix était devenu singulièrement riche — et vibrant. « Tu ferais mieux d'écarter ta main du mur et de me laisser finir pour que je puisse sortir de là.

— Ah ouais ? » Murphy appuya sur le bouton du bas. Le monte-charge s'ébranla avec une secousse. Murphy l'arrêta en pressant le bouton du haut. « Je vais te dire autre chose : un colonel qui se prenait pour un gros malin a mis des types comme toi dans l'uniforme de singes des Sénégalais, croyant faire une sacrée surprise aux Boches, et il les a lancés à l'attaque. » Murphy renouvela son manège avec les boutons. « Les types ont déboulé si vite des tranchées qu'on les a pas vus longtemps au milieu de toute cette poussière. Putain ! ils doivent encore être en train de cavaler. » Il joua de nouveau avec le monte-charge.

Harvey posa sa pelle contre le bord et s'extirpa de la fosse. Il se planta devant Murphy, le dominant de toute sa taille :

« Je cherche pas les ennuis, Murphy. Je cherche pas la bagarre.

Mais je te le dis, vieux, je la fuirai pas. Où et quand tu voudras.

— Tu ferais bien de filer là-haut, dit Mr. Klein en donnant un coup de coude à Ira. Non ! non ! Va chercher le gradé. Dis-lui qu'il y a de l'orage dans l'air. »

À ce moment-là, ils entendirent la voix du commandant qui descendait les marches quatre à quatre :

« Qu'est-ce qui se passe avec le monte-charge ? » Un simple coup d'œil lui suffit pour comprendre la situation. « Voilà que vous recommencez, vous deux ? Vous me décevez. Je pensais que vous seriez un peu plus intelligents. Vous avez été soldats, et vous vous conduisez comme... comme des gosses. Des hommes qui ont porté le même uniforme ! Qui ont fait la même guerre ! Qui se sont battus pour la même cause, pour le même idéal — et aux côtés de ceux qui y ont laissé la vie, vos propres camarades : pour la liberté et la démocratie. Et au cas où vous l'auriez oublié, nous avons gagné ! Oui, nous avons gagné ! Et vous allez gâcher tout ça ? Dans cette putain de cave ?

— Je cherchais pas la bagarre, commandant. C'est ce que je lui ai dit.

— Je sais, Harvey, dit le commandant avec une expression résolue. Parfois, nos paroles dépassent nos pensées. Allez, faites la paix. » Il prit les deux hommes par l'épaule, et tous trois contournèrent la grande table. « Raconte-nous encore cette histoire, Murph. On n'a pas souvent l'occasion de rire d'une histoire de trou d'obus. »

Ils disparurent en direction des glacières.

« Mets tout par-dessus. Tout le reste, ordonna Mr. Klein à Ira d'un ton las. Il le trouvera. Attends. Laisse-moi vérifier. Le dernier, poivre de Cayenne, il est là ?

— Oui, répondit Ira.

— Pain suédois, un paquet. Raisin blanc, deux livres. Sauge, une boîte. Oignons séchés, une boîte. Moka, en grains ils le veulent. » Il tâta le paquet. « Sucre. Loukoums. Deux boîtes de champignons de couche. Bon. Qu'est-ce que cette boîte de coriandre, elle fait là ? » Il marqua sa contrariété d'un petit claquement de langue. « Un jour comme aujourd'hui, tout il peut arriver. » Il lança la boîte dans le panier. « Coriandre », reprit-il en réunissant les factures pour en faire une liasse bien rangée qu'il glissa sous la pince de la planche qu'il tenait à la main. Son visage se plissa cependant qu'il étouffait un bâillement — et que des éclats de rire retentissaient du côté des glacières où Murphy racontait de nouveau son histoire.

Tommy roula le chariot jusqu'au monte-charge ; derrière lui venait l'agent aux cheveux blond filasse qui tirait une caisse ouverte remplie de bouteilles protégées par de la paille.

« Où est Murphy ? demanda-t-il à Mr. Klein. L'ascenseur est pas là. C'est bien la voix du commandant, non ? »

Mr. Klein se contenta de désigner les glacières d'un geste du pouce.

« Okay, les gars. On n'a qu'à décharger ici. Empilez-les. »

On entendit du bruit en haut de l'escalier, et Shea apparut.

« Cette saloperie de camion a refusé de démarrer. J'ai démonté l'alimentation, les bougies...

— Oh ! commandant ! cria l'agent en direction du fond de la cave. Le dernier chauffeur est là !

— Ah bon ? Parfait. » Le commandant se montra, suivi de Harvey et de Murphy, maintenant tout sourires l'un pour l'autre.

« Où est-ce qu'ils l'ont planqué ? demanda Shea en s'avançant furtivement vers Mr. Klein.

— Est-ce que je sais, moi ? répondit celui-ci d'un ton rogue. Derrière la glacière, quelque part. Demande à Tommy.

— Je trouverai bien tout seul, dit Shea en s'éloignant.

— Qui est-ce qui va conduire les camions jusqu'à l'entrepôt ?

s'interrogea Mr. Klein pour la forme. Les agents ? Ou qui ? A-t-on déjà vu une *meshugas* pareille ? Manquerait plus que les gangsters.

— Merci, Harvey. » Le commandant posa le doigt sur le bouton d'appel du monte-charge au moment où le garçon de magasin retirait sa pelle de la fosse. « Le seau, ça ira ?

— Oui, monsieur, oui, commandant. Il est pas assez haut pour gêner.

— Okay. Harold ! lança le commandant. On descend. Appuie sur le bouton, tu veux... j'ai failli ajouter, soldat.

— Bien, commandant.

— Je vais te dire un truc, Harvey. » Murphy titubait légèrement et parlait d'une voix pâteuse. « Quand tu sortais de ce trou, tout te revient, tu vois ce que je veux dire ? J'y étais de nouveau, tu vois ce que je veux dire ? Et y avait McGrath, le seul type avec qui je m'entendais bien, y me suivait. Y avait McGrath. Un grand balèze comme toi, mais blanc.

— Faut de tout pour faire un monde, commenta Harvey.

— Ouais, c'est vrai.

— Okay, les gars, dit le commandant. On s'y colle pendant qu'il fait encore jour. Rien à signaler, là-haut, Harold ?

— Je vois rien d'anormal, commandant, répondit l'agent posté dans la rue.

— Je t'envoie quand même Lorring. Okay, Lorring, tu te mets en faction. Discrètement. Si une voiture s'arrête, tu surveilles. Vu ? Moi, je m'occupe du chargement.

— Bien, commandant. » Lorring s'engagea dans l'escalier.

Grâce au nombre de bras disponibles, en quelques minutes, toutes les caisses furent empilées dans le monte-charge.

« C'est bien la première fois que je regrette que le jour ne dure pas plus longtemps, dit le commandant en examinant le chargement. Tout y est ?

— Ouais, commandant », répondit Murphy.

Tommy s'installa dans le monte-charge.

« Tu viens, Murphy ?

— Une seconde, intervint le commandant. Pas ce coup-ci. Il ne manquerait plus qu'une panne d'ascenseur. » Il attendit que Tommy soit descendu, puis il appuya sur le bouton. « Pour ne rien te cacher, Murphy, je commence à me sentir comme un nègre de Géorgie qui cuit au soleil. »

Les hommes en haut éclatèrent de rire. Le monte-charge s'ébranla et le major se tourna — pour se trouver face à face avec Harvey.

« Excuse-moi, Harvey, dit-il, un peu gêné. Je ne disais pas ça méchamment. C'est juste une foutue habitude, et une mauvaise, merde !

— Vous en faites pas, commandant, dit Harvey. Je comprends très bien.

— J'aime mieux ça », dit le commandant en lui tendant la main.

Pendant que les deux hommes se serraient la main, Quinn descendit.

« Où tu vas ? demanda le commandant.

— Aux chiottes, commandant. Ça peut pas attendre.

— On est prêts à partir.

— Je reviens tout de suite », dit Quinn qui passa devant le comptoir en adressant un clin d'œil à Mr. Klein, lequel détourna la tête avec un air exaspéré.

Le plancher du monte-charge tremblait cependant que les hommes déchargeaient les caisses sur le trottoir. Harvey s'agenouilla au bord de la fosse pour récupérer son seau, et le tenant dans une main, sa pelle dans l'autre, il s'approcha de la grande table.

« *Ça va comme ci, comme ça*, mister Klein. » Son épais poignet lisse luisait tandis qu'il balançait sa pelle comme un pendule. D'une démarche volontairement lourde et traînante, il fit encore quelques pas. « *C'est la guerre*, ajouta-t-il, également en français.

— Ça va te faire un sacré boulot pour nettoyer cette cave à vin et à whisky, tu te rends compte? le prévint gentiment Mr. Klein.

— Comme si je le savais pas! Mister Stiles m'a donné une houe. Une vraie pioche, dit Harvey en regardant Ira. J'aurai peut-être besoin d'aide.

— Hé! Quinn! tu rappliques ou quoi? » cria-t-on de la rue.

La voix de Quinn jaillit alors qu'il tournait le coin :

« Oh! les Français, c'est une drôle de race, *parlez-vous*. Les Français, c'est une drôle de race...

— Ne l'écoute pas! dit Mr. Klein en tendant le bras vers Ira d'un geste protecteur.

— Comment je peux faire autrement?

— Oh! les Français, c'est une drôle de race. » Quinn s'arrêta un instant devant Harvey : deux visages, presque à la même hauteur, l'un noir à la solide ossature, l'autre pâle et étroit par comparaison.

« Quinn, dit Mr. Klein avec un mouvement de tête vers l'escalier qui conduisait au magasin. Ferme-la, quelqu'un descend. »

Tous les regards se portèrent dans cette direction. Vêtu de sa veste marron, se tenant à la rampe, Walt sauta la dernière marche.

« Bon Dieu! ça, on peut pas confondre l'odeur de la gnôle avec celle des cigarettes!

— Ils devraient pourtant savoir ce qui se passe ici. Il y a du monde là-haut?

— Les clients commencent à arriver. Les courses de dernière minute, dit Walt en disparaissant dans une allée.

— Les Français, c'est une drôle de race... »

Des coups de klaxon venus de la rue couvrirent sa voix.

« Hé! Quinn!

— Ils vont venir te chercher, l'avertit Mr. Klein.

— Qu'ils aillent se faire foutre ! Comme si je me planquais dans une putain de casemate ! dit Quinn en titubant. Les Français, c'est une drôle de race. Y se battent avec les pieds et baisent avec la face... »

Au milieu du concert d'avertisseurs, on entendit de nouveau crier :

« Quinn !

— Hinky, dinky, *parlez-vous.* » Quinn se lécha le coin des lèvres et se dirigea vers l'escalier d'une démarche instable. « Bon, le mec, il a bu un petit coup de trop, y me semble. J'en ai pris un à la santé de mon pote le Juif, Schnitzel... » Il commença à monter. « Voilà, voilà ! Y a pas le feu, les gars ! »

Par la cage du monte-charge, leur parvenait le bruit des moteurs. Il y eut soudain une explosion. Tous trois se baissèrent vivement.

« Seigneur Jésus ! s'exclama Harvey, la tête enfouie contre son épaule.

— Oooh ! » fit Ira d'une voix tremblante.

Tous deux, immobiles, tendus, s'interrogeaient anxieusement du regard.

« Vous avez entendu ça ? » Walt revint, portant une pile de boîtes de conserve. Il en jeta une sur le comptoir ; elle était toute cabossée. « Poulet à la crème. Je l'ai laissé tomber. »

Une nouvelle explosion retentit.

« C'est rien. Rien de rien. C'est juste des ratés », les rassura Mr. Klein.

Les têtes se tournèrent vers la source du bruit, et on entendit grincer les changements de vitesse tandis que les camions s'ébranlaient... Le bruit décrut, puis se perdit dans le lointain.

« Je vous avais bien dit que ce n'était rien, dit Mr. Klein.

— Je parie qu'y en a qui ont dû faire un bond sur leur tabouret, dit Walt en montant l'escalier.

— La seule chose que j'avais pas encore connue. Et pourtant, je croyais avoir tout connu. » L'expression de Harvey se modifia. « Et vous, mister Klein, qu'est-ce que vous prenez ? »

Mr. Klein secoua la tête en signe de farouche dénégation :

« Je ne prends rien. Qu'est-ce que je prendrais ? De rien, j'ai besoin. »

Harvey éclata de rire, et ses dents blanches brillèrent dans son visage :

« Moi non plus, mister Klein. Pour pas nuire à la démocratie, comme dirait le commandant. » Balançant son seau et sa pelle, il reprit son chemin.

« *A kluger shvartzer*, reconnut Mr. Klein. *Nou*. Plus de cinq heures, il est. *Shabbes ba nakht*. Tu sais ce que je vais faire ? demanda-t-il en faisant claquer ses lèvres. Reste ici. » Il disparut dans une allée et revint presque tout de suite après avec une bouteille. « Du Perrier. C'est comme de l'eau de Seltz française. Elle est un peu chaude. » Il posa des petits gobelets en carton et un ouvre-bouteille sur la table bosselée qui luisait, maintenant vide. « Un peu chaude. *Shokl't nisht*. C'est bon quand même.

— C'est bizarre comme eau de Seltz, dit Ira après avoir goûté une gorgée.

— De l'eau de Seltz à deux *cents*, ça n'est pas, lui expliqua Mr. Klein. Elle sort de terre comme ça. Bois. C'est comme pour *kiddush ha Shem*. »

CHAPITRE XXVIII

Bon... le martèlement des touches sous les doigts de l'accordeur, le grincement de sa clé envahirent la conscience d'Ira : l'accordeur devait taper dessus, lui avait expliqué M avant de partir ; il fallait qu'il les entende sonner. Bon, Ira écouta les notes qui s'élevaient vers l'aigu, mélancoliques ; il n'était pas le premier écrivain à s'égarer, à s'écarter de son cap, de la voie tracée. Il n'était pas le premier, et il ne serait pas le dernier : son écriture l'avait acculé dans un coin, tout comme un caricaturiste se doit de caricaturer.

Pourquoi ? Pourquoi s'était-il éloigné du manuscrit, du premier jet qu'il avait tapé — en 79 ? Pour quelle raison ? Le premier jet datait de cinq, non de six ans ; avait-il à ce point changé ? Le premier jet avait mis l'accent de manière plus grossière mais plus fidèle, plus prévisible, sur le conflit noir-blanc, prévisible et presque stéréotypée. Et celui-là, confié à l'ordinateur, insistait sur la réconciliation.

Pourquoi ? Pour éviter le stéréotype ? Peut-être. Mais il ne se faisait pas une règle d'écrire ainsi, pas consciemment, ni « cérébralement ». Il écrivait dans le ton de l'émotion, en phase avec elle, comme la clé et le diapason de cet accordeur (réalisa-t-il). Alors pourquoi cet écart ? Était-ce mieux ? Cela reflétait-il une maturité accrue, une compréhension accrue ? Qui sait ? Une compréhension accrue, à la rigueur, mais une maturité accrue à l'âge de soixante-dix ans, ça paraissait quelque peu ridicule. Flatteur de le croire — si toutefois il en était ainsi. Mais dans ce cas, c'était au prix de se dépeindre acculé dans un coin, un cul-de-sac, une impasse — appelle ça comme tu veux, Ecclesias. Le passé se modifie à travers l'ordinateur.

— Le ciel et Wallace Stevens te pardonnent. Voici mon conseil : continue comme si tu ne t'étais pas écarté de ta voie première, ou pas trop, et reprends où tu en étais, relate les incidents que tu crois nécessaires à conférer une unité à ton schéma initial. De toute façon, il s'agit d'un faux; pas au sens où il s'agit d'une tromperie délibérée, je veux dire. Tu parles de te dépeindre acculé dans un coin. Il y a longtemps que tu l'as fait; tes prémisses mêmes t'ont mis au coin. Sans rire. Alors que signifie cet aveu, cette reconnaissance? Un double enfermement : un cercle dans un coin. Peu importe, et ferme-le. Ferme-le.

Tout est si loin, Ecclesias. Je n'aurais jamais imaginé quand j'ai commencé en 79, si tard, dans la soixante-treizième année *de mon âge quand toutes mes hontes j'ai bues*, il y a si longtemps, desséchées, pour citer Baudelaire, combien tout cela deviendrait non pas sans importance, mais beaucoup moins important, honteusement et pesamment important. Le mot que je cherche, est-ce insignifiant?

— Ça ne comptera bientôt plus, ces considérations existentielles seront bientôt confiées à la poussière.

Je suis à la fois d'accord et pas d'accord, Ecclesias. Au-delà des limites, plus rien ne compte; la condition humaine ne compte plus. Mais au-deçà, tout compte : Israël, le sentiment d'appartenance à un peuple; Mario, substitut de fils, italien — le traducteur florentin de mon unique roman — qui arrive à Albuquerque dans quelques jours; la pauvre Jane qui, s'il n'en existe qu'une, aime avec déraison et trop mon fils. Et le paie à présent — j'espère qu'il y a des symptômes de manque — au-delà de toute mesure; a payé... je peux me rasseoir et rêver. Avec l'imagination dont j'ai été doté, fouettée et fouettée encore — comme une chose en amène une autre! —, je peux concevoir, et je conçois, les plus folles, les plus érotiques, les plus farfelues et néanmoins les plus crédibles, les plus plausibles des situations romanesques. J'espère qu'elle pourra de même utiliser ses propres traumatismes à des fins littéraires, sans, hélas, mes commandements, utiliser son malheur pour se gagner des applaudissements, des récompenses matérielles et autres consolations dérivatives.

CHAPITRE XXIX

Quelques minutes avant six heures, Mr. Klein le libéra, lui rappela de ne pas oublier ses livres, et l'invita à partir sans attendre la fermeture. Devant l'entrée latérale, dans le soleil rasant du début d'automne, sur le trottoir et dans le caniveau, en partie éclairés par la lueur oblique des lampadaires provenant de Lenox Avenue encore bourdonnante d'animation et en partie cachés par les ombres du crépuscule qui s'allongeaient, gisaient les restes des activités de la journée, témoignages de la Prohibition : en particulier des brins de la paille ayant servi à envelopper les bouteilles de vin et qui s'étaient échappés on ne sait comment des caisses. Il aurait dû pisser un coup avant de partir, se dit-il, et il allait faire demi-tour quand la pensée de la générosité inhabituelle de Mr. Klein qui lui avait permis, et même enjoint, de partir un peu avant l'heure le retint, car elle était peut-être destinée à l'empêcher d'approcher de la bouteille encore dissimulée dans la cave, le trésor de Harvey. Bon, il y avait toujours le parc : traverser la Cinquième Avenue vers Madison Avenue au pied de la colline, puis foncer dans les toilettes.

Seulement lorsqu'il y arriva et se précipita dans les toilettes pour hommes, il les trouva fermées. Six heures. Son envie se fit plus pressante maintenant qu'il ne pouvait la satisfaire et qu'il ne cessait d'y penser. Il n'avait pas soulagé sa vessie depuis le milieu de l'après-midi, réalisa-t-il alors, depuis qu'il avait mangé les Lorna Doones et but de l'eau au robinet du sous-sol... vers quelle heure ? Bon sang ! si seulement il faisait un peu plus nuit ! Il était trop grand pour faire pipi dans le parc. Les passants, les femmes — pas un flic à l'horizon, mais on ne pouvait jamais savoir. Mieux valait se grouiller. Ouh ! là là !... et puis cette espèce d'eau de Seltz française. Une grande bouteille, et Mr. Klein avait fini par le persuader d'en boire davantage. Ça coûte cher. Bois encore. Qu'est-ce qu'on dit ? Gonflé comme une outre ? Ses livres serrés sous le bras, il se mit à courir. Comme dans la chanson, Jack et Jill vont chercher un seau d'eau... oh ! non !

Penser à autre chose, se dit-il, essoufflé. Dès qu'il serait dans la 119e Rue, plonger dans une cave, n'importe laquelle : se soulager. Entre Madison Avenue et Park Avenue. Ouille ouille ouille ! Jack et Jill vont... non ! si ! Ça facilitait les choses. Jill était la sœur de Jack. Courir, courir, jusqu'à la maison. Ouais, ouais. Se fourrer au lit, au lit ; mon pauvre frère, elle avait dit, mon pauvre frère... Alors... mon pauvre frère, elle avait dit. Dépêche-toi avant que... Où était leur mère ? Où était leur père ? Alors dépêche-toi avant que... travaillant dans la boutique de « delicatessen ». Hors d'haleine, il atteignit la 119e Rue. La maison. Encore un dernier effort. Se retenir. Arriver à la maison avant. Putain ! être un gosse, pisser dans le caniveau. Mais maintenant avec ce gros machin ; et même sans. Vite ! Park Avenue, ouf ! Park Avenue ! Le pont de chemin de fer.

Il courait de toutes ses forces lorsqu'il déboucha sur Park Avenue et fila sous le pont, le long des piliers entrecroisés. Ici. Pisser comme il l'avait déjà fait une centaine de fois... Mais il dut éviter une voiture qui fonçait à toute allure, jaillie des ténèbres du nord de Harlem, que ne perçait nulle lumière. Le conducteur l'injuria copieusement — et Ira se remit de sa peur. Haletant, il ralentit l'allure. Bon. Presque arrivé.

Se profilant contre le ciel envahi par la lueur du crépuscule qui prenait des teintes indigo au-dessus du ruban noir du métro aérien de la Troisième Avenue, Weasel, planté devant un sinistre petit immeuble, balançait au bout d'un fil de fer une boîte de conserve de laquelle s'échappaient des flammèches par les trous percés au fond. L'odeur de feu de bois évoquait avec nostalgie un passé révolu, les automnes où il faisait de même.

« Je t'ai vu te jeter devant cette bagnole. Tu devrais faire gaffe », dit Weasel. Il boitait ; il avait voulu sauter du perron en bas des marches de la cave, et il s'était cassé le pied.

« Ouais, je sais, mais le salaud avait pas de phares. Je l'avais même pas vu.

— Pourquoi tu cavalais comme ça ?

— J'avais envie de pisser, répondit Ira en levant la main pour partir.

— Va dans la cave. Pourquoi tu vas pas dans la cave ?

— C'est pas la peine. Je suis presque chez moi.

— Va dans la cave, insista Weasel. T'auras plus vite fait. Je t'accompagne. » Il posa son four improvisé sur le trottoir.

Soudain, le besoin d'uriner le tenailla de nouveau — impérieux. Ira poussa la grille en fer forgé, dévala les marches, ouvrit en hâte sa braguette et se mit à arroser la porte en bois délabrée de la cave. Weasel le rejoignit.

CHAPITRE XXX

J'aimerais finir, Ecclesias. J'ai tant à faire, du bricolage surtout : installer un nouveau ventilateur dans le carreau d'une fenêtre, fixer un bouton sur le couvercle en cuivre de la bouilloire que ma chère M a oubliée sur le feu (le cuivre a maintenant l'air grêlé de petite vérole) et une espèce d'étagère sous le meuble de l'imprimante pour y mettre le papier en paravent. Des choses de ce genre. Et j'ai déjà passé une partie de la matinée — du 17 avril 85, un mercredi — à Entre, le magasin où j'ai acheté l'IBM PC jr. sur lequel j'ai appris à me servir du traitement de texte. Dans une heure, je vais partir, ou plutôt M va me conduire en voiture chez le docteur David B, mon rhumatologue, pour un examen général et le renouvellement de mon ordonnance, en particulier le Percodan, un puissant analgésique qui ne se délivre que sur ordonnance. Voilà comment la journée va se dérouler, et je n'en aurai qu'à peine terminé avec cet épisode désagréable, hélas ! plus que désagréable : odieux.

Ces maudites choses qui arrivent à l'innocence, ou à l'ignorance, dans les taudis, les taudis étrangers, et qui ne seraient sans doute pas arrivées ailleurs, du moins je me plais à le croire, dans les quartiers dominés par l'orthodoxie comme l'East Side, ou par les liens familiaux comme la Petite Italie. Et, naturellement, elles occasionnent des ravages dans la personnalité. Mais cela n'exclut pas que des aventures tout aussi traumatisantes puissent affecter les enfants de la bourgeoisie ou de la classe supérieure, étant donné la terrible vulnérabilité et la nature impressionnable de la pubescence qui ne protège personne des dommages irréparables qui surviennent au cours de cette période de la vie.

Je me réjouis de posséder cet outil électronique, et ma gratitude devrait s'étendre ou se généraliser à la science ou à la technologie (j'écris cela le lendemain), en dépit de leurs détracteurs du style de celui dont j'ai lu récemment les déclarations et dont le nom m'échappe mais qui est bien connu, et qui paraît capable de résoudre avec une aisance relative les mots croisés joyciens à trois dimensions tout en traitant l'ordinateur personnel de ferraille onéreuse qui encombre la maison — ou autre qualificatif. Ce monsieur ne sait pas de quoi il parle. La courte période d'apprentissage nécessaire à maîtriser l'outil trouve bientôt sa formidable récompense (et je ne crois pas parler uniquement en mon nom) ; elle rend possible un nouveau lien — ou un lien plus étroit — entre celui qui désire exprimer ses sentiments et ses pensées et le véhicule de leur expression.

Les tâtonnements préliminaires, parfois brefs, parfois plus longs, qu'exige la mise en marche de la « machine » : les messages d'erreur quelque peu déconcertants qui s'affichent, ou même lorsque tout va bien, les questions de routine concernant la date et l'heure auxquelles il faut répondre, le nombre de « k » disponibles sur la disquette, tout cela fournit aussi des exercices d'échauffement pour l'esprit, l'ordinateur organique infiniment plus pénétrant placé devant la chose électronique. Quel est l'avenir de l'homme ? On ne peut s'empêcher de se le demander quand on entend à la radio le récit des combats entre deux sectes musulmanes au Liban qui ont fait une cinquantaine de morts et trois fois plus de blessés — au moment où des hommes se livrent dans l'espace à une tentative spectaculaire, encore que vouée à l'échec, en vue de réactiver un satellite tombé en panne. Le cortex de l'homme l'emportera-t-il sur son hypothalamus ?

Et tant d'autres notions, considérations, surgissent entre l'écrivain et son récit, dès le matin, lui envahissent l'esprit, quand M aide son mari rhumatisant, supplicié, à s'asseoir dans son lit, et plante un baiser de propriétaire sur un front, grotesque j'en suis sûr avec ses signaux graphiques de douleur : que faire de tous ces gens, ces « personnages » que j'ai introduits, dont j'ai parlé et dont je connais le sort, et des autres auxquels j'ai survécu dans la vie mais pas dans le récit ; et de ces années dont je ne parlerai pas, et dont je ne tiens pas à parler, celles qui ont suivi mon mariage avec M, passées dans les usines et les ateliers pendant la Seconde Guerre mondiale, les années de vicissitudes dans le Maine, les quatre années de travail dans un hôpital psychiatrique d'Augusta, celles consacrées à élever du gibier d'eau, les années M et mes étés absurdes et cruels avec notre locataire pathétique, veule, impossible : Pa, mon père... des années dont je n'aurai pas le temps de parler, que je n'aurai pas le temps d'essayer de présenter sous une forme littéraire. M (qui est en ce moment à son bureau en train d'écrire de la musique, pour faire face à une échéance : elle doit soumettre sa composition à son professeur ce samedi), M est tout pour moi, partie intégrante de ma conscience, des épreuves et des tribulations qui ont conduit à ma conscience actuelle. Plus que quiconque, elle me procure la détermination qui me permet de m'atteler à ma tâche d'écrivain ; elle m'imprègne du sentiment de ma propre valeur, et, par-dessus tout, de celui d'unité, une puissante forteresse qui défend le présent contre le passé.

CHAPITRE XXXI

Deux jets d'urine s'entrelacèrent, puis coulèrent le long du montant de la porte plongée dans l'ombre pour venir former deux minces ruisseaux sur le sol inégal.

« Tu bandes, tellement t'avais envie de pisser, hein ? remarqua Weasel.

— Tu vois bien, non ? Je peux pas m'en empêcher.

— Tu te branles beaucoup ?

— Non.

— C'est vrai ?

— Ouais, c'est vrai, répondit Ira d'un ton légèrement offensé. Qu'est-ce que tu veux dire ? »

De fait, il savait très bien ce que Weasel voulait dire : la même chose que l'année dernière sur le toit, ce que Morty Nussbaum avait voulu lui montrer, le seul gamin qu'il eût jamais vaincu au cours d'une bagarre à coups de poings à Harlem, la même chose que Mr. Lennard avait essayé de lui faire faire. Il savait. Naturellement qu'il savait : ce vagabond maigre et longiligne dans Fort Tryon Park — contre un arbre. Oh ! oui ! il savait.

Il savait, Ecclesias, naturellement qu'il savait.

— Mais n'avait jamais fait le rapprochement, associé les deux ? Je peux te garantir que non.

— Tu crois que c'est possible ?

Dans son cas, oui. N'oublie pas qu'on parle de quelqu'un qui était presque entièrement autodidacte.

— Il n'était pas prêt pour cette étape.

Oui et non. Il devait parvenir seul aux déductions permettant de jeter un pont entre l'enfance et la puberté, des déductions suffisantes pour convenir à sa sensibilité précoce. La charpente de son jugement était trop fragile pour supporter tous ces fantasmes fondés sur de fausses informations.

« Te branler. Comme ça. » La démonstration de Weasel se conformait à ce qu'il savait. « Tu veux te branler ?

— Non.

— Tierny et moi, on se branle.

— Ah ouais ?

— Faudrait que tu vois ça. Quelle pine il a ! On y va ?

— Non.

— Non ? Pourquoi ? Pourtant, vous, les Juifs, vous avez pas à vous confesser — ah ! je sais : tu baises c'est ça ? » Devant le silence d'Ira, il persista : « Hein ? Qui tu baises ?

— T'as laissé le feu brûler dans la boîte sur le trottoir.

— On s'en fout. » Weasel marqua une hésitation, rendu perplexe par le comportement anormal d'Ira ; et quand celui-ci recula pour se reboutonner, il fit de même. « Tu veux une de mes patates ? J'en ai deux qui cuisent.

— Non, je monte chez moi tout de suite. »

« Oh ! les vieux vaisseaux de chêne, oh ! le *Téméraire* disparu. » Citation au hasard, songea Ira : vers de Melville en épigraphe d'un poème de Hart Crane. Pourquoi lui revenait-elle à l'esprit ? Le rythme, l'atmosphère, la pureté nostalgique de l'océan et du vent.

Oh ! les ambiguïtés, les ambivalences que l'écrivain doit combattre et au travers desquelles il doit se frayer un chemin pour parvenir à un semblant de cohérence. Les contradictions, les dissimulations, les subterfuges auxquels il faut recourir : il avait affiné la sensibilité qu'il possédait à la naissance pour en faire un instrument qui le rendait capable de noter dans son esprit le plus éphémère des éphémères, l'acceptable, l'inacceptable. S'il avait été un romancier du XIXe siècle ou, en vérité, un vrai romancier reflétant la société qui l'environnait, il aurait pu projeter sur un personnage fictif une grande partie de ce qui se rattachait à lui, construire une fable sur autrui. Mais hélas, prisonnier de ce mode de récit de sa propre conception, et bien que le divorce entre sa personnalité actuelle et passée eût été inattendu, il n'avait pas d'autre choix que d'admettre la réalité : la vague de curiosité qui le poussait à analyser l'expérience — et son échec.

Vois-tu, Ecclesias, en ce qui me concerne, tout le processus « d'évolution » a été inversé. Tout aurait dû se faire dans l'autre sens comme, si je ne me trompe pas, pour la plupart des adolescents.

— C'est fort probable.

Je peux prévoir son développement, même avec des personnages identiques, un scénario identique — en éliminant les situations improbables, tel que s'enfuir de chez lui, un acte dont cet enfant totalement dépendant de sa maman était incapable. Considérons les treize ou quatorze ans qu'il avait alors, tout le reste demeurant semblable, le même environnement hétérogène composé des taudis de Harlem, bref, considérons la règle générale et non l'exception dévastatrice, eh bien une similitude ou un développement « normal » auraient peut-être encore été possibles. Tu me suis, Ecclesias ?

— Je crains bien que oui.

Oui ? Même si tout ce qui est arrivé devait arriver, étant donné cette entité maligne, tortueuse — totalement dénuée de scrupules, traîtresse et sans cesse occupée à dresser des plans — et privée aujourd'hui, il ne faut pas l'oublier quelque importance que cela puisse avoir, de toute attache avec le judaïsme orthodoxe, de tout étayage, de toute entrave, le traumatisme n'aurait peut-être pas été si violent ou si profond, n'aurait peut-être pas influé si profondément sur son comportement... ni autant vicié son caractère, autant miné l'intégrité et la fermeté de ses actes et de ses opinions.

Et, une nouvelle fois, M surgit à l'esprit, à travers le brouillard invétéré, non, chronique, de ma propre configuration, assise là, vêtue d'une chemise d'uniforme bleu marine — celle d'un garde forestier peut-être, ou d'un garde-chasse, que j'ai achetée pour moi au marché aux puces, mais qui s'est révélée trop petite —, assise à son bureau, plongée dans la sonate pour violoncelle sur laquelle elle travaille, et elle parle de temps en temps d'une fatigue inaccoutumée, elle qui, jeune, s'exerçait souvent au piano jusqu'au milieu de la nuit, parle de fatigue, excellente raison pour que je m'interroge avec une angoisse tout égoïste : que quelqu'un d'aussi bien, d'aussi bon, issu d'une « souche » américaine aussi estimée, ait pu unir sa vie avec moi, non sans, par surcroît, ignorer la nature de son choix, c'est — je renonce à comprendre, Ecclesias.

— Tu fais bien. C'est un miracle.

GLOSSAIRE

A brukh oïf zeï : littéralement : qu'une catastrophe leur arrive !
A faïner mensh : un homme distingué.
A kluger shvartzer : un Noir intelligent, ou bien le contraire par dérision.
A schaïner dank : merci beaucoup.
A schlock oïf zeï : littéralement : qu'ils aient une attaque ! Dans ce contexte : qu'ils crèvent !
A shvartze gelekhter : un rire amer, et aussi : larmes.
A shvartze yur : une année noire, terrible.
Abi gesund : tant qu'on a la santé.
Aïn aïdl mensh : un homme cultivé, un gentleman.
Alter kacker : vieil emmerdeur.
Azoï : ah bon ? vraiment ? c'est ainsi.
Azoi vi aïn offizier bin ikh : je suis quasiment un officier.
Baïgel : petit pain rond au pavot en forme de couronne. Ce mot est entré dans la langue anglaise sous la forme de *bagel*.
Barukh ata Adonaï : béni sois-tu Notre Dieu.
Barukh ha Shem : béni soit le Saint Nom.
Bekhelekh : gobelet, petite coupe.
Be lo ! : de l'anglais « be » (être) et de l'hébreu « lo » (non) : dis non ! refuse !
Bi'st dokh geboïr'n in Galitsie : littéralement : toi, tu es né en Galicie. Dans ce contexte : tu es un malin.
Bi'st meshugge : tu es fou.
Bi'st take a yold : tu es vraiment un imbécile, tu es ridicule.

Blintshe : crêpe.
Bobe : grand-mère.
Bortsh : jus de betteraves rouges sucré.
Davenen : prier.
Dermer : tripes.
Drek : merde.
Du rikh zekh vi a klotz : littéralement : tu te remues autant qu'une souche. Tu n'es pas malin. Dans ce contexte : empoté.
Du yogst aroïs di kishkes : littéralement : tu me fais sortir les tripes du ventre.
Dumkopf : idiot.
Entshuldik'n mir : excusez-moi.
Er hot shoïn opgetin : littéralement : il l'a déjà fait. Dans ce contexte : c'est bien de lui.
Erlekh : honnête, vertueux, pieux.
Es'n : manger.
Farbrent : brûlé.
Farstaïst? : tu as compris?
Farstaïst nisht? : tu ne comprends pas?
Farstinkene : puant.
Fartz, fartz'n : pet, péter.
Ferfalen is Yeroushalaïm : Jérusalem est tombée. Il s'agit de la destruction du Temple par Titus en 70.
Ferflukht : maudit.
Ferfoïlen zol er vi er ligt : littéralement : puisse-t-il pourrir comme s'il était couché dans sa tombe.
Foïl : paresseux.
Foïl letzt'n : être paresseux.
Freg nisht : ne me demande pas.
Gaï araïn : littéralement : rentre. Dans ce contexte : rentre chez toi.
Gaï mir in d'rerd : littéralement : va sous la terre! c'est-à-dire : crève!
Gaï mir in kaïver : littéralement : va dans ta tombe! c'est-à-dire : crève!
Galitsianer : issu de Galicie (en Pologne).

Ganef : voleur.
Gans : complètement.
Gefilte fish : carpe farcie qu'on mange en général le soir de shabbat.
Geld : argent.
Genug : assez.
Gesheft : une entreprise, un magasin, une affaire.
Gib dikh a rick : bouge-toi, dépêche-toi.
Glatt kasher fressen : « bouffer » strictement kasher.
Gliklekh : heureux.
Gott saï dank : Dieu merci.
Gottenyou : littéralement : notre Dieu. Dans ce contexte : mon Dieu !
Goy/goyim : non juif / non juifs.
Gvir/gvirim : fort / des forts.
Haggadah (hébr.) : récit de la sortie d'Égypte lu le premier soir de la Pâque.
Halevaï (hébr.) : si seulement.
Hanuka (hébr.) : fête religieuse célébrant la victoire des Maccabées contre Antiochos IV Épiphane.
Havdala : (hébr. — prononcé Havdolè en yiddish) prière célébrant la fin du shabbat.
Heder : école religieuse pour les garçons avant la bar-mitsva.
Hot er gelakht : il a ri.
Ikh bin dir moïkhl : je te pardonne.
Ikh hob mir bapisht : je me suis pissé dessus.
Im eïn ani li, mi li ? im lo akhshav, mataï ? (hébr.) : si je ne suis pas pour moi, qui le sera ? si ce n'est pas maintenant, quand ? Paroles prononcées par Rab Hillel (Maximes des Pères, *Pirkeï Avot*).
Iz nisht, iz nisht : si c'est non, c'est non.
Kaddish : prière à la gloire de Dieu récitée par l'officiant aux trois cultes quotidiens à la synagogue. Elle est également dite en l'honneur des morts, sauf les jours de fête. Désigne aussi l'héritier mâle.
Kaïn aïn horè : « Que le mauvais œil s'éloigne ! »
Kaïver : tombe.

Kamerad (allemand) : camarade.
Kasha : gruau de sarrasin.
Kashe/kasha (hébr.) : difficile.
Kasher : nourriture propre à la consommation parce que obéissant aux règles alimentaires énoncées dans le Deutéronome et l'Exode.
Kharoses (hébr.) : herbes amères consommées lors de la Pâque.
Kharuse : repenti.
Khukhem : intelligent, savant. Peut signifier le contraire par dérision.
Khumesh : les cinq livres de Moïse ou Pentateuque, et l'étude de celui-ci.
Khunte : putain.
Khuppa : le dais de mariage.
Kiddush haShem : littéralement béni soit le Saint Nom. Dans un sens plus étendu, tous les juifs qui ont sacrifié leur vie pour la sanctification du Nom, de la Torah, notamment lorsqu'on leur donnait le choix entre la conversion et la mort.
Kind, maïn kind : enfant, mon enfant.
Kishkes : tripes.
Klug : intelligent, malin.
Koïl : balle (d'une arme).
Kopf : tête.
Kreplekh : sorte de ravioli à la viande.
Latkes : galettes de pommes de terre râpées. Dans ce contexte désigne également les « pancakes ».
Lekhaïm (hébr.) : littéralement : à la vie ! à votre santé.
Lemekh (hébr.) : personnage biblique antédiluvien. Selon une tradition sacerdotale, fils de Seth. Selon une seconde tradition, fils de Mathusalem et père de Noé. Dans ce contexte : idiot.
Loshen koïdish : la langue de la Bible (hébreu et araméen).
Lyupka (russe) : ma chérie, mon amour.
Maïn ourmer man : mon pauvre mari.
Maïsse : une histoire.
Makher : un « faiseur », un combinard.
Mamele : ma petite maman.

Mamenyou : littéralement : notre maman.
Ma nishtana HaLaïla hazeh ? : en quoi cette nuit est-elle différente des autres nuits ? Première des quatre questions posées par le plus jeune convive le soir du Séder (repas) de la Pâque.
Matse/matses : pain azyme.
Mazl tov (hébr.) : félicitations, bonne chance.
Melamed : professeur d'hébreu et de Torah. Par extension : professeur.
Mensh : homme. Également homme de grande vertu.
Meshugas : folie.
Milkhome : guerre.
Mishpukhe : famille.
Nokh : encore.
Nou : alors ? bon !
Oï ! gevald ! : exclamation pouvant marquer la peur, l'étonnement, la surprise. Peut signifier aussi un appel au secours, une protestation.
Oï ! az maïn manneke volt gevez'n azoï vi du, Moïshe ! : ah ! si mon petit mari avait été comme toi, Moïshe !
Oï ! vaï'z mir : oh ! pauvre de moi !
Oï ! vus far a Yid bistu ! : quel Juif tu fais !
Oïsgebrent, « ikh bin gans oïsgebrent » : littéralement : brûlé, dans ce contexte : je suis desséchée, je n'ai plus d'amour.
Oumen : amen.
Pavoïlè (russe) : lent, doucement.
Pessah : la Pâque juive.
Payes : les boucles des Juifs religieux.
Petzl : diminutif de *potz*. Terme argotique désignant le sexe masculin.
Pishke : boîte percée d'une fente où on glisse les pièces pour les œuvres de charité. Ici, la boîte destinée à recevoir le prix du ticket dans le tramway.
Puretz : riche.
Schmaltz : gras.
Schweister : sœur.
Selah (hébr.) : en effet. Confirme ce qui précède dans une prière : *amen selah*. Dans ce contexte : ainsi soit-il ! Très ironique.

Seltzer cost geld : l'eau de Seltz coûte de l'argent. C'est-à-dire : c'est cher !
Sha ! : silence !
Shabbes ba nakht : le soir du shabbat.
Shaïtl : perruque portée par les Juives religieuses.
Shemevdick : timide.
Shicker/shikerim : ivrogne/ivrognes.
Shicker oïf toït : ivre mort.
Shikse : fille non juive.
Shlakhthoïs : abattoir.
Shlemil : désigne un malchanceux, un maladroit qui ne réussit rien.
Shlep'n : tirer, porter. Ici, déménager.
Shlimazl : un malchanceux ou malheureux chronique. Il est le frère jumeau du shlemil. Peut aussi être un mot d'amour.
Shmoulyare/shmoulyaris (yinglish) : dollar/dollars.
Shmus, shmues'n : bavardage, bavarder.
Shnorrer : un tapeur. Par extension : un pique-assiette.
Shokl't nisht : ne secoue pas.
Shoïn : déjà.
Shraïen, geshrig'n : crier, crié.
Shtickl : un morceau, un peu.
Shul : synagogue.
Shvartz, a shvartzer : noir, un Noir.
S'iz a faïner mensh : c'est quelqu'un de bien.
S'iz a maïsse mit a bear : littéralement : c'est une histoire avec un ours. Dans ce contexte : un conte de fées.
S'toïgt shoïn oïf kapure : ça ne vaut rien du tout.
Stratchke : diarrhée (vulgaire).
S'vet a sakh helf'n : littéralement : ça aidera beaucoup... ou bien exactement le contraire.
S'vet bald zaïn die milkhome : il y aura bientôt la guerre. Dans ce contexte : il va y avoir de la bagarre.
S'vet bald zaïn shabbat : c'est bientôt l'heure du shabbat.
S'vet zikh tun khoïshekh : littéralement : il va y avoir de l'ombre. Dans ce contexte : ça va barder.

Take : en effet, certes.
Tate : papa.
Tov (hébr.) : bien.
Traïf : nourriture non kasher.
Tsemisht : mélangé. Dans ce contexte : confus.
Tsures : soucis, ennuis.
Tukhes : le derrière.
Tug : le jour. *Der Tug* : titre d'un journal yiddish.
Vunderbar : magnifique, sensationnel.
Vus iz dus? : qu'est-ce que c'est?
Vus haïst dus? : qu'est-ce que ça veut dire? Signifie aussi une contestation.
Vus yogst zekh? : pourquoi tu cours comme ça?
Yapontichkes : les Japonais (jeu de mots avec pontchkes : beignets).
Yarmulke : kippa, calotte portée par les Juifs religieux.
Yeled (hébr.) : garçon. Dans ce contexte : l'enfant, le môme.
Yente : femme vulgaire, sentimentale, mémère.
Yid : Juif.
Yiddishkeit : désigne la manière d'être dans le monde de culture yiddish.
Yingatch : adolescent. Dans ce contexte : jeune homme bon à marier.
Yingele : petit garçon.
Yold : imbécile.
Ysgadal veyiskadach shémé rabo (araméen) : début du Kaddish.
Zaïde : grand-père.
Zeïr git : très bien.
Zollstu khapp'n a krank : littéralement : puisses-tu tomber malade!
Zollstu mir vite *gaïn in d'rerd!* : Que tu disparaisses vite sous la terre! Que tu crèves!
Zvicker : pince-nez.

Note de l'éditeur

Il y a dans l'ensemble deux façons de prononcer les voyelles en yiddish. Le yiddish littéraire a adopté la prononciation « litvak » — de Lituanie —, tandis que le yiddish populaire a conservé le « galitsianer » — de Galicie polonaise.

Le glossaire indique le plus souvent la prononciation « galitsianer », car les principaux personnages de ce livre parlent le yiddish des gens simples de Galicie.

Nous remercions Myriam Anissimov, qui a bien voulu vérifier et unifier les termes en yiddish utilisés dans cet ouvrage, et assurer la mise au point du glossaire.

LA FAMILLE D'IRA STIGMAN

Arbre généalogique de la mère d'Ira

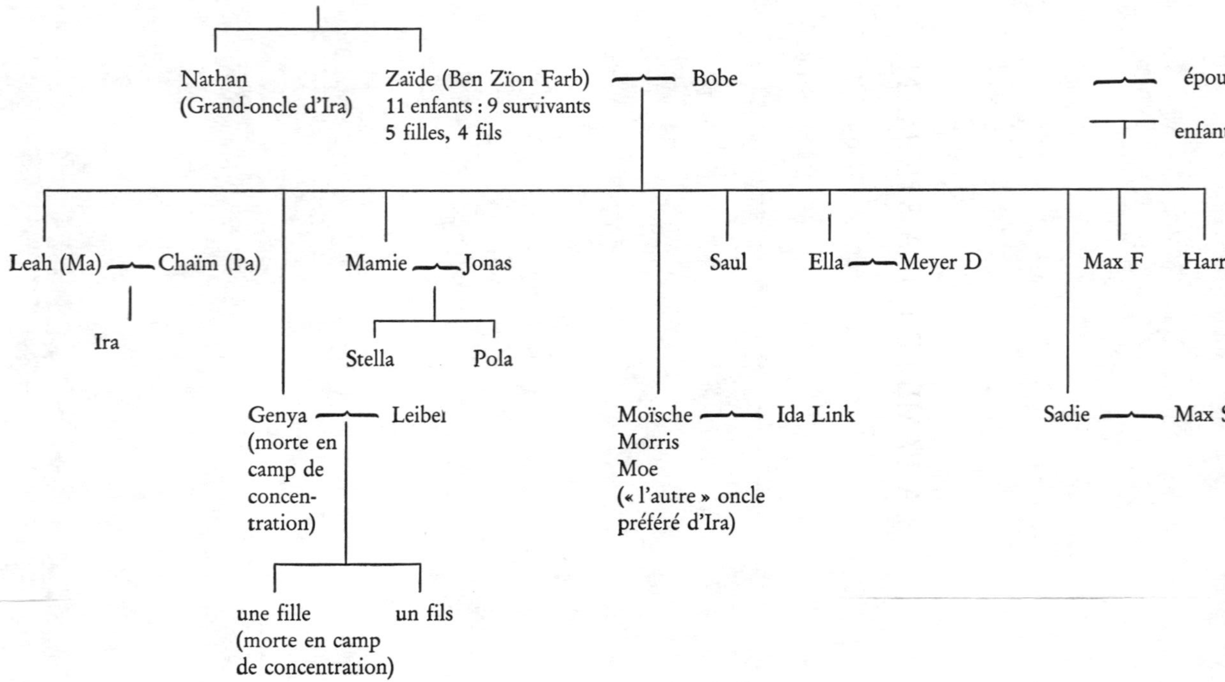

Arbre généalogique du père d'Ira

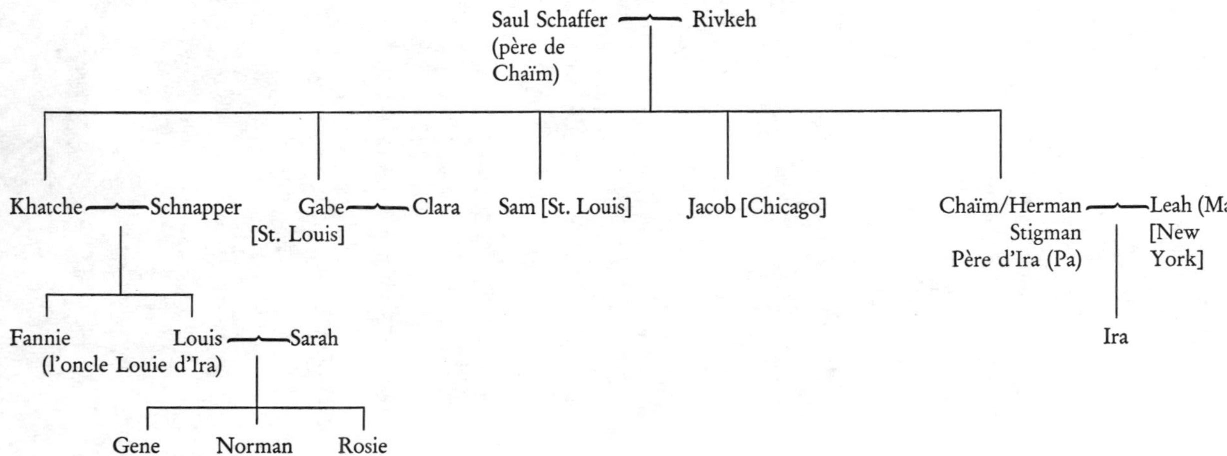

COMPOSITION : CHARENTE-PHOTOGRAVURE À L'ISLE D'ESPAGNAC
IMPRESSION : S.E.P.C. À SAINT-AMAND (CHER)
DÉPÔT LÉGAL SEPTEMBRE 1994. N° 063-2 (2206)